ANDREAS KROHBERGER

Alte Reben wurzeln tief

WEIN, VERGELTUNG, MORD Als Hanne erwacht, findet sie sich zusammen mit ihrem halbjährigen Baby in einem alten Schweinestall wieder. Eine Kette um ihren Hals fesselt sie an den Dachbalken. Es ist Winter und nur die Kühe nebenan geben ein bisschen Wärme ab.

Hanne ahnt nicht, dass ihr Mann, der Schorndorfer Winzer Conny Konrad, mit ihrer Entführung erpresst wird. Dabei hat Conny schon genug Probleme: Dem Weingut geht es schlecht und sein Konkurrent Leonhard macht ihm das Leben schwer. Dann wird ein mit Methanol vergifteter junger Mann in seinem Weinberg gefunden. Der Verdacht fällt auf den Winzer. Doch spätestens als unter einem alten Grab Knochen auftauchen, die genetisch mit Conny verwandt sein sollen, weiß er, dass hier etwas nicht mit rechten Dingen zugeht. Zusammen mit dem Lokalredakteur Hans-Peter Berner, mit dem ihn eine bissige Freundschaft verbindet, versucht Conny, diesen schicksalhaften Ereignissen auf den Grund zu gehen. Dabei stoßen die beiden auf ein dunkles Geheimnis aus der Vergangenheit …

© Ralf Klamann

Andreas Krohberger, geboren in Schorndorf im Remstal, ist in Oberschwaben sowie im Hochschwarzwald aufgewachsen. Nach den Staatsexamina in Germanistik und Politik arbeitete er bei einer Regionalzeitung als Redakteur und Redaktionsleiter. Als freier Autor schrieb er Sachbücher über Wein, Essen und heimatgeschichtliche Themen, Kinderbücher, Romane, Gedichte, Kurzgeschichten, Theaterstücke und Reportagen für diverse Magazine. Er spielt im STERN-Ensemble des Figurentheaters Phoenix und führt mit zwei Freunden ein Hobbyweingut im Remstal. Seine Kurzkrimis inszeniert er mit der Band »HERR KROHBERGER & der schlechte Einfluss«. Er hat drei Kinder und vier Enkelkinder und lebt mit seiner Lebensgefährtin in Winterbach und Weinstadt.

ANDREAS KROHBERGER

Alte Reben wurzeln tief

KRIMINALROMAN

GMEINER

Immer informiert

Spannung pur – mit unserem Newsletter informieren wir Sie regelmäßig über Wissenswertes aus unserer Bücherwelt.

Gefällt mir!

Facebook: @Gmeiner.Verlag
Instagram: @gmeinerverlag

MIX
Papier | Fördert gute Waldnutzung
FSC® C083411

Besuchen Sie uns im Internet:
www.gmeiner-verlag.de

Im Ehnried 5, 88605 Meßkirch
Telefon 07575/2095-0
info@gmeiner-verlag.de

1. Auflage 2024

Herstellung: Julia Franze
Umschlaggestaltung: U.O.R.G. Lutz Eberle, Stuttgart
unter Verwendung eines Fotos von: © Simon / stock.adobe.com
Druck: CPI books GmbH, Leck
Printed in Germany
ISBN 978-3-8392-0671-3

PROLOG

Sie knabberte an einem der mit Eigelb bestrichenen und mit Hagelzucker überstreuten Butterplätzchen: viele kleine Männer, kleine Frauen, kleine Sterne. Süß und mürbe. Dazu der kräftige, duftende Kaffee. Ein wohliges Gefühl durchflutete ihren Körper. Als sie vom Sofa aufstand, taumelte sie etwas. Der Mann im maßgeschneiderten Anzug mit der schmalen roten Krawatte fing sie geschickt auf. »Kommen Sie«, sagte er, »ich zeige Ihnen ein paar Fotoalben, das wird Sie interessieren.«

Fast wäre sie über den kleinen Nierentisch gestürzt. Sie lächelte verlegen. »Entschuldigung, mir ist plötzlich schwindelig.« Mit ihren hochhackigen Schuhen stolperte sie über den hochflorigen Teppich und sah ihr verwaschenes Spiegelbild in den Sprossenfenstern. Extraschick hatte sie sich für diesen Termin gemacht, die langen blonden Haare gebürstet, bis sie glänzten, den Lidstrich perfekt geschwungen, den aquamarinblauen Hosenanzug mit einer schwarzen Seidenbluse kombiniert. Vor dem Fenster reckte sich ein blattloser Apfelbaum zum grauen Himmel, eine Lichterkette flimmerte an den krummen, dunklen Ästen. Der Griff des Mannes führte sie vorbei an einem Bild mit tief verschneiten Tannen, fast glaubte sie, ein Reh aus der Kulisse treten zu sehen.

»Ganz langsam«, sagte der Mann. »Einen Schritt nach dem anderen. Gleich geht es Ihnen besser.«

Er führte sie durch einen Raum mit kitschigen Weihnachtsbildern. Sie kam sich vor wie in der Kinderabteilung eines Warenhauses und musste kichern. Ein riesiger Weihnachtsbaum, überladen geschmückt mit goldenen Glaskugeln, goldenem Lametta, goldenen Sternen und blinkenden Lämpchen. An den Wänden Bilder von reich gedeckten Tischen, dampfenden Weihnachtsbraten, strahlenden Kinderaugen, glücklichen Familien. Dann öffnete der Mann eine schmale Tür. Dahinter altes Gerümpel, spinnwebverklebte goldene Bilderrahmen, zusammengerollte Leinwände, zersprungene Fliesen.

Die Frau, die den Kaffee serviert hatte, nahm sie in Empfang. Über einem engen schwarzen Kleid trug sie einen weißen Schwesternkittel. Sie reichte ihr ein Glas: »Trinken Sie, das wird Ihnen guttun.«

»Meine Beine sind ganz weich«, nuschelte sie.

»Dann setzen Sie sich doch.« Die Schwester drückte sie in einen alten Ledersessel. Sie sank in die weichen Polster. Sanfte Hände massierten ihre Schläfen. Die Schwester hatte so ein fürsorgliches Lächeln, so sanfte Hände. Leise erklang Weihnachtsmusik: »Es wird schon gleich dunkel, es wird ja gleich Nacht.« Die Augen fielen ihr zu.

Sie wusste nicht, wie viel Zeit vergangen war. Als sie die Lider wieder aufschlug, hatte sie das merkwürdige Gefühl, als würden die Gegenstände im Raum sich ineinander verschieben. »Wo bin ich?«, murmelte sie. Ein dumpfer Schmerz erfasste ihren Kopf, das Gefühl, sich übergeben zu müssen, wurde übermächtig. Unkontrolliert zuckten ihre Arme und Beine, ein Krampf im Rücken verzog schmerzhaft ihren Körper. Sie hörte ein lautes Krachen. Ein hoher Stapel mit Kisten war in sich zusammengefallen. Dahinter erkannte sie einen jungen Mann, fast noch ein Jugendlicher. Mit weit geöffneten Augen starrte er sie an. Die Krankenschwester hatte ihm einen Arm auf den Rücken gedreht. Dann verlor sie das Bewusstsein.

1.

Ein Flow aus Bildern, Gesichtern, Gedichtzeilen, Liedern durchströmte Konrads Gedanken. Seine frisch geschliffene Rebschere durchschnitt die kahlen Triebe, die Blätter waren schon vor Wochen abgefallen. Er liebte die einsame Arbeit im Weinberg – Zen oder die Kunst, Reben zu pflegen. Hier oben am Grafenberg, in Schorndorfs besten Lagen, war der Blick über das Tal besonders schön. Die mittelalterliche Altstadt hob sich mit ihrem markanten Kirchturm deutlich von der Vorstadt und den Neubaugebieten ab. Mittendrin, in der Höllgasse, lag sein Weingut. Seit Generationen in Familienbesitz. Ein uraltes, von der Straße zurückgesetztes Fachwerkhaus mit grau verwittertem Putz in den Gefachen, weinumranktem Hof und tiefen Kellergewölben. Sein Haus. Seine Heimat.

Während er die Rebstöcke schnitt, dachte er an die hohen Schulden, die sein Vater in all den Jahren angehäuft hatte. Als Konrad das Weingut übernommen hatte, stand er vor einem grandiosen Investitionsstau. Nicht einmal genug Geld hatte er, um Reifen für seinen alten Holderschlepper zu kaufen. Sein Vater war ein guter Winzer gewesen, aber ein miserabler Geschäftsmann. Wahrscheinlich hatte er diese Eigenschaften von ihm geerbt. Seit er im letzten Herbst seine große Liebe gefunden hatte, war alles besser geworden. Hanne, diese wunderbare Frau, die ihn mit sanfter Gewalt aus seiner Einsamkeit gerissen hatte.

Hanne mit den lachenden Augen, Hanne mit ihrem Tatendrang, ihrer Begeisterungsfähigkeit, ihrer Lebensfreude. Hanne hatte die Preise erhöht, die bisher kaum die Produktionskosten gedeckt hatten. Sie kümmerte sich um den Verkauf und hatte dafür gesorgt, dass seine Weine mittlerweile in allen Vinotheken der Region gelistet waren. Dadurch konnte er sich ganz auf die Arbeit in den Weinbergen und im Keller konzentrieren. In ein paar Jahren wären sie vielleicht aus dem Gröbsten raus. Er lächelte, als er an ihre gemeinsame Tochter Clara dachte. Ein halbes Jahr war sie jetzt alt und der Sonnenschein ihrer beider Leben.

Am oberen Ende der Rebzeile sah er ein Mädchen stehen. Sie winkte etwas unsicher zu ihm herunter. Er lächelte ihr zu und winkte zurück.

»Komm runter, Anni«, rief er der 14-Jährigen zu. »Du kannst mir helfen!«

Er beobachtete, wie sie behäbig den schmalen Gang zwischen den Rebreihen herunterkam. Sie war keiner dieser Teenager, die im bauchfreien Top am Schorndorfer Bahnhof herumlungerten und ihre mit Kajal umrandeten Augen klimpern ließen. Sie trug Jeans mit den üblichen Löchern an den Knien, eine dunkelgrüne Jacke und hatte ihre rotblonden, leicht gekräuselten Haare zu einem üppigen Pferdeschwanz gebunden. Vor Konrad blieb sie stehen und brachte ein schräges Grinsen zustande.

»Hallo, Conny!«

»Lauerst du schon die ganze Zeit da oben?«

»Ich wollte nicht stören.«

»Du störst nie. Ich bin froh, wenn du mir hilfst!«

Von Westen her zogen dunkle Wolken auf. Als Konrad

dem Mädchen die Rebschere reichte, begann es leise zu schneien. Konrad lächelte. »Ist das nicht wunderschön? Bei Schneegestöber im Weinberg arbeiten! Komm, wir teilen uns die Arbeit nach Altvätersitte. Ich beschneide die Reben, du ziehst die abgeschnittenen Triebe aus der Drahtanlage. Das war schon immer Frauenarbeit.« Er grinste. »Auch wenn man so was heutzutage nicht mehr so gerne hört. Aber ich bin halt ein alter Sack!«

Anni protestierte: »So alt sind Sie doch gar nicht!«

»Danke für die Blumen. Ich gehe auf die 50 zu. Aber jetzt pass auf. Ich erkläre dir bei jedem Schnitt, warum ich die Rebschere so oder so führe. Dabei geht es nämlich um die Zukunft. Welche Vorjahrestriebe müssen entfernt werden? Welcher wird flach auf den Draht gebunden, damit an seinen frischen Austrieben im Frühjahr gesunde und starke Trauben wachsen? Welchen lasse ich als Frostrute stehen, damit er mir bei Spätfrösten als Reserve dient? Ich bleibe auf dieser Seite der Rebreihe, du gehst auf die andere, dann stehen wir uns nicht gegenseitig im Weg.«

Anni kroch unter den Spalierdrähten hindurch und ging an die Arbeit. »Wir müssen in der Schule bald ein Praktikum machen. Zur beruflichen Orientierung. Das dauert eine Woche. Den Betrieb dürfen wir uns selbst aussuchen. Kann ich das wohl bei Ihnen machen?«

»Waren wir nicht schon beim Du?«

»Entschuldige. Kann ich das bei dir machen, Conny?«

»Ja, klar. Bist du denn sicher, dass du Winzerin werden willst?«

Sie zuckte die Achseln. »Ich weiß noch nicht. Aber ich arbeite gerne auf dem Weinberg. Und ich würde auch gerne wissen, was man sonst noch alles machen muss in so einem Betrieb.« Sie grinste. »Von Weinverkostung habe ich natürlich keine Ahnung. Ich hoffe, das ändert sich bei einem Praktikum!«

Konrad lachte. »Ab 14 darf man Alkohol in der Öffentlichkeit trinken, wenn ein Sorgeberechtigter dabei ist. Das bin ich wohl eher nicht. Aber ich werde schon auf dich aufpassen und mein Fasskeller gilt wohl nicht als Öffentlichkeit. Von mir aus geht das jedenfalls in Ordnung mit dem Praktikum. Wann genau soll das sein?«

»Ich weiß nicht. Aber wir sollen uns schon mal Gedanken machen.«

Schweigend arbeiteten sie weiter. Zwischen dem Gewirr der Reben sah Konrad immer wieder ihr konzentriertes Gesicht und ihre leuchtenden Haare. Seit sie letztes Jahr am Grafenberg aufgetaucht war, hatte sich eine Art Vater-Tochter-Beziehung zwischen ihnen entwickelt. Sie hatte mal da, mal dort auf den alten Sandsteinmauern gesessen, war durch die Rebreihen getrödelt. Irgendwann hatte er ihr eine Rebschere in die Hand gedrückt und seither kam sie immer wieder. Sie lernte schnell und arbeitete gründlich. Es machte ihm Freude, sein Wissen an sie weiterzugeben.

Anni entfernte sauber die verholzten alten Ranken, zog die abgeschnittenen Triebe aus dem Spalier und warf sie auf den Boden. Nebenher erklärte ihr Konrad, warum er bestimmte Triebe abschnitt und andere stehen ließ. Unten am Hang gingen sie zur nächsten Rebreihe. Da hörte Konrad einen erstickten Schrei.

»Anni, was ist? Hast du dich mit der Schere geschnitten?«

Sie starrte nur entsetzt zu Boden. Zu ihren Füßen lag ein Körper. Nackt und verkrümmt.

Der Winzer schob das Mädchen zur Seite. Ein junger Mann. Sehr schmal, kurze braune Haare. Die Augen wie im Schlaf geschlossen. Konrad versuchte, seinen Puls zu tasten. Kein Pochen, auch an der Halsschlagader nicht. Er ließ die Hand sinken. Der Körper war schon steif, da war nichts mehr zu machen. Konrad suchte nach seinem Handy. Er rief die Polizei.

»Das ist Sascha!«, flüsterte Anni. »Seine Eltern haben das Haus direkt neben uns.« Sie presste ihre Faust gegen den Mund und stöhnte. Tränen stürzten ihr aus den Augen. Sie hatte noch nie einen Toten gesehen.

Konrad nahm sie in den Arm und strich tröstend über ihre Haare. Sie zitterte am ganzen Körper. »Ich bleibe hier und kläre das mit der Polizei, Anni. Du gehst runter ins Weingut und hilfst Hanne ein bisschen mit der Kleinen. Später komme ich nach.«

Der Schnee schmolz schon wieder, als sich das Mädchen einen Weg durch die Weinberge am Grafenberg suchte. Konrad kniete sich vor Sascha. Der junge Mann war ohne Zweifel schon eine ganze Weile tot. Arme und Beine krampften sich um den schmalen Körper.

2.

Von den bleigefassten Scheiben rann Kondenswasser. Während in der Hetzelgasse ein unfreundlicher Dezemberwind Plastiktüten und letzte Blätter über das Kopfsteinpflaster jagte, war es in dem kleinen Gastraum mit der niedrigen Decke stickig und warm. An ihrem üblichen Platz in der Ecke verzehrten der Winzer Konrad Konrad und der Redakteur Hans-Peter Berner wie im Gebet versunken ihre geschmälzten Maultaschen.

»Wieso haben deine Eltern eigentlich deinen Nachnamen auch zum Vornamen gemacht?«, wollte Berner wissen. »Das ist doch albern. Oder hat es eine tiefere Bedeutung?«

Konrad lachte. »Es war ein Versehen. Ich wurde zu Hause geboren, im Ehebett meiner Eltern. Um besser zu sehen, hat die Hebamme alle Lampen ins Schlafzimmer geschleppt. Kaum war ich auf der Welt, gab es einen Kurzschluss, alle Lichter gingen aus. Bei Kerzenlicht hat sie sich auf dem Formular in der Zeile vertan. Eine nachträgliche Änderung im Geburtsregister hätte Geld gekostet. Wahrscheinlich war es meinen Eltern auch egal. Oder sie fanden es sogar witzig.«

»Kaum tauchst du auf, gibt es einen Kurzschluss«, grinste Berner. »Wenn das mal kein Omen ist!«

Im »Flädle«, einer typisch schwäbischen Wirtschaft, duftete es neben den in Butter geschwenkten Maultaschen nach gerösteten Zwiebeln und warmem, in Brühe gezogenem Kartoffelsalat. Konrad schwenkte sein Glas, der Riesling schmeckte etwas flach und hatte keinen Abgang. Er wandte sich Berner zu. »Und? Was gibt es Neues? Weiß man, woran der Kerl in meinem Weinberg gestorben ist? Ein Unfall war das jedenfalls nicht. Sonst wäre er nicht nackt gewesen.«

Berner zog eine Augenbraue hoch. »Wie soll man denn auch auf einem Weinberg tödlich verunglücken?«

»Als ich ein Kind war, sind wir manches Mal im Winter mit dem Schlitten durch die Rebreihen hindurchgefahren. Aber nicht auf richtigen Schlitten, sondern auf Backblechen. Die hatte ein Kumpel von uns aus der Restaurantküche seines Vaters geklaut. Einer von uns ist dabei voll gegen einen Pfosten geknallt. Er hatte ein Schleudertrauma und musste wochenlang mit so einem komischen Kragen rumlaufen.«

Berner legte seinen Löffel in den Teller. »Zum Glück haben wir uns in deiner Jugendzeit noch nicht gekannt. Wer weiß, ob ich eure blödsinnigen Spiele überlebt hätte. Aber nein, über die Todesursache weiß ich noch nichts.«

»Drogen? Selbstmord?«

»Ich hab wirklich keine Ahnung. Aber sobald ich was weiß, wirst du es erfahren.«

»Und was gibt es sonst Neues in unserer kleinen Stadt? Du sitzt doch an der Quelle.«

Berner zog wieder eine Augenbraue hoch. Er übte das seit Wochen. Leider gelang es ihm nur rechts. »Sie haben Knochen gefunden.«

Konrad horchte auf. »Wo denn?«

»Auf dem Neuen Friedhof.«

Konrad verschluckte sich und hustete. »Was hast du gesagt? Sie haben Knochen auf dem Friedhof gefunden?«

»Ja.«

Der Winzer lachte schallend. »Na, das ist ja mal eine ganz ungewöhnliche Nachricht. Knochen auf einem Friedhof. Ist das in der Vergangenheit schon mal vorgekommen?«

»Conny, du lachst mal wieder zu früh.«

»Wie lautet deine Schlagzeile? ›Wie kamen die Knochen ins Grab?‹«

Berner fixierte ihn. »Dir wird das Lachen gleich vergehen. Diese Knochen sind nämlich mit dir verwandt.«

»Meine Eltern sind dort begraben, ebenso meine Großeltern. Wurden sie exhumiert? Habe ich irgendwelche Gebühren nicht bezahlt?«

Berner schob seinen leeren Teller von sich und nahm einen tiefen Schluck aus dem Glas. »Der Riesling ist doch nicht von dir, oder?«

Konrad schüttelte den Kopf. »Nein. Der ist von Leonhard. Mein Riesling vom Hungerberg ist zehnmal besser.«

»Was hast du eigentlich immer mit diesem Leonhard? Andere Winzer im Remstal konkurrieren auch und kommen trotzdem miteinander aus.«

»Leonhard macht mich überall schlecht. Er behauptet, ich würde im Keller unsauber arbeiten. Meine Weine enthielten flüchtige Säuren, sie würden nach Essig schmecken, sie seien nicht lange haltbar. Alles erstunken und erlogen. In Wahrheit ist er nur neidisch und vor allem ist er scharf auf meine Spitzenlagen am Grafenberg, am Remshaldener Lichtenberg und am Winterbacher Hungerberg. Am liebsten würde er mich aufkaufen. Das Geld hätte er ja. Eines Tages haue ich ihm eins in die Fresse.« Konrad legte seine kräftigen Hände auf den Tisch. Im Lauf der Jahre waren es Werkzeuge geworden, Multifunktionswerkzeuge, an denen die Arbeit in den Reben ihre Spuren hinterlassen hatte. Das Hantieren mit schweren Maschinen. Die ständigen Reparaturen an viel zu altem Arbeitsgerät. »Was ist jetzt mit deinen Knochen?«, fragte er schließlich.

»Warum heißt das eigentlich Hungerberg?«

»Den toten Mann haben wir nicht am Hungerberg gefunden, sondern am Schorndorfer Grafenberg. Dort stehen bei mir Lemberger und Merlot. Auf dem Hungerberg in Winterbach wächst mein Riesling. Dort waren die Böden immer sehr schwer, mit Hacke und Spaten mühsam zu bearbeiten. Ein Weinberg zum Verhungern sozusagen. Aber ich habe jede Menge Verwitterungsgestein eingebracht, Gipskeuper, das macht den Boden durchlässiger und die Weine schlanker. Mineralischer. Aber womöglich kommt der Name auch von ›Hungary‹. Vielleicht haben sich mal ungarische Auswanderer in Winterbach niedergelassen und den kargen Boden bestellt, den sonst niemand haben wollte. Ich kenne jemanden, der mit Nachnamen Hunger heißt und dessen Familie ursprünglich aus Ungarn kommt. Also, was ist jetzt mit den Knochen?«

»Sie sind entdeckt worden, als man ein altes Grab aushob. Sie lagen direkt unter dem Sarg. Da fanden sie einen ganzen Haufen davon. Das Grab ist noch aus der Gründerzeit des Friedhofs. Also um 1930 oder später.«

»Und wer lag in dem Sarg?«

»Irgendeiner, bei dem die Liegezeit nicht verlängert wurde. Deshalb wird das Grab neu vergeben. Jedenfalls hat die Polizei bei den Knochen unter dem Sarg eine DNA-Analyse durchgeführt. Cold Cases, du weißt schon. Da gibt es jetzt eigene Abteilungen bei der Kripo, die mit modernen Genanalysen alte Fälle neu aufrollen. Ja, und bei einigen der Knochen legt die Analyse eine gewisse Verwandtschaft zu dir nahe, mein Lieber. Die Daten zu deiner DNA sind wohl bei irgendeinem Datenleck weitergegeben worden. Vielleicht nach der Knochenmarkspende. Frag mich nicht.«

»Ich dachte, diese Daten sind streng geschützt?«

»Das glaubst auch nur du! Wer will, kommt an alle Daten ran. Frag mal meinen Sohn, der hackt sich durch die ganze Menschheitsgeschichte. Jedenfalls sind die Gebeine zu 99 Prozent mit dir verwandt. Übrigens muss es nach der Form der Hüftknochen ein Mann gewesen sein.«

»Woher weißt du das alles?«

»Ich habe einen Informanten bei der Pressestelle der Staatsanwaltschaft. Dabei kommt immer mal wieder eine gute Story für mich raus. Auf jeden Fall bin ich so schneller als die Konkurrenz.«

Konrad überlegte kurz. »Und was bedeutet das jetzt für mich?«

Berner zuckte die Achseln. »Die Knochen sind jedenfalls über 70 Jahre alt. Der Mann ist vermutlich Ende des Krieges gestorben oder in der Nachkriegszeit. Vielleicht ist er verhungert. Oder er war beim letzten Aufgebot dabei, dem Volkssturm. Oder die Nazis haben ihn totgeschlagen und verscharrt, weil er nicht mehr vom Endsieg geträumt hat. Was soll man da noch ermitteln? Ich nehme an, das Skelett liegt jetzt so lange in der Asservatenkammer, bis sich ein Verwandter findet, der die Kosten für eine würdige Bestattung übernimmt.« Dabei sah er Konrad an.

»Bevor ich jemanden würdig auf meine Kosten begrabe, würde ich gerne wissen, wer er überhaupt war.«

»Dann schlag ich vor, du schaust mal in deine Familienunterlagen, lieber Freund.« Der Redakteur grinste. Papierkram war Conny bekanntlich ein Graus. »Ich muss mich jetzt an den Bericht machen. Kriege ich von dir als nächstem Verwandten noch einen O-Ton?«

»Du kannst mich mal!«

»Gut, dann schreibe ich das so!«

Sie zwinkerten sich zu, tranken aus und zückten ihre Geldbeutel. Die Bedienung kam an den Tisch: schwarze Bluse, kurzer schwarzer Rock, bequeme Schuhe. Sie studierte den Bestellzettel und kassierte ab.

»Was muss man tun, um bei euch einen guten Riesling zu bekommen?«, fragte Konrad. »Dieses Zeug hier war ungenießbar.«

»Ganz einfach. Bringen Sie eine Flasche von Ihrem eigenen Riesling mit. Taugt er was, lässt sich der Chef bestimmt überzeugen.«

Sie traten vor die Tür. Konrad sah Berner nach, der die Redaktion am Oberen Marktplatz ansteuerte. Sein Freund war pummelig geworden im letzten Jahr. Kein Wunder, wenn er jeden Mittag und jeden Abend zum Essen ins Restaurant ging. Auch achtete der Lokalredakteur immer weniger auf sein Äußeres: Am Scheitel zeigte sich zwischen den schwarz gefärbten Haaren ein rotgrauer Streifen. Und die ausgebeulten Jeans gehörten besser in die Mülltonne als an einen Mann, der beruflich in der Öffentlichkeit stand.

Auch Konrad hatte nicht weit zu gehen. Im Schaufenster eines Blumengeschäfts am Unteren Marktplatz betrachtete er sein Spiegelbild. Nicht nur Berner, auch er selbst hatte zugelegt. Und es waren nicht nur Muskeln von der Arbeit im Weinberg, wie er Hanne gegenüber immer behauptete.

Aber immerhin waren seine braunen Haare auch mit Mitte 40 noch dicht. Er löste sich von seinem Anblick und trottete langsam über das feucht glänzende Kopfsteinpflaster der Höllgasse zu seinem Weingut. Dabei überlegte er, wo die Unterlagen über seine Familie sein könnten. Wer war dieser Knochenmann?

3.

Wie jeden Morgen studierte Konrad beim Frühstück die Schorndorfer Zeitung. Berner hatte dem Toten aus dem Weinberg den Aufmacher gewidmet. Seine Identität war inzwischen bekannt, die Eltern hatten ihn als vermisst gemeldet. Es handelte sich um einen gewissen Sascha von Kerf, 19 Jahre alt und aus Schorndorf. Konrad wusste, dass dem Vater, Siegfried Graf von Kerf, eine Fabrik für Automatisierungslösungen gehörte. Davon gab es einige im Remstal. Außer ein paar Quetschungen an den Handgelenken wies der Tote laut Bericht keine äußeren Verletzungen auf. Dafür fand sich im Blut eine hohe Dosis Alkohol.

Eine ganze Seite hatte Berner auch dem Skelett auf dem Friedhof eingeräumt. Illustriert durch ein vierspaltiges Foto von einem wirren Haufen Knochen auf dunkler Erde. Auf Konrads Namen als möglichem Nachfahren des Toten hatte der Redakteur zum Glück verzichtet. Auch bei weiteren Gräbern in diesem Teil des Friedhofes sei die Ruhezeit abgelaufen, schrieb er, sie würden in den kommenden Wochen aufgelöst. Die Friedhofsverwaltung hoffe, nicht auf weitere Gebeine fragwürdiger Herkunft zu stoßen.

Es folgte ein Infokasten mit der städtischen Friedhofsordnung. Danach betrug die Ruhezeit bei Erdgräbern 20 Jahre und konnte dann verlängert werden. Dass man bei einer Grabauflösung die nicht verwesten Knochen einfach etwas tiefer verbuddelt hatte, sei früher nichts Ungewöhnliches gewesen. Was hätte man auch sonst mit ihnen machen sollen? Ein Beinhaus gab es in Schorndorf nicht.

Konrad rechnete nach: Sein Vater Richard Konrad war 2007 gestorben, seine Mutter Ella 2017. Konrad hatte damals für die übliche Ruhezeit bezahlt, ebenso wie für den Grabstein. Seitdem war er nicht mehr auf dem Neuen Friedhof gewesen. Er fühlte sich nicht wohl zwischen auf Hochglanz polierten Steinblöcken, faulenden Blumensträußen, charakterlosen Bodendeckern und den allgegenwärtigen Hinweisen auf einen tröstenden Gott. Auch hatte er nicht das Gefühl, seinen Eltern an diesem Ort näher zu sein. Das war viel eher der Fall bei der Arbeit im Weinberg oder im Keller. Dort fiel ihm oft eine der gereimten Lebensweisheiten seiner Mutter ein: »Glück und Glas, wie leicht bricht das.« Oder das verschmitzte Gesicht seines Vaters, wenn er Goethe zitierte: »Das Leben ist zu kurz, um schlechten Wein zu trinken!« Konrad grinste in sich hinein. Sein Vater war nicht gerade ein humorvoller Mensch gewesen. Erst nach ein paar Gläsern Wein löste sich etwas von der Kruste, mit der er seine Seele überzogen hatte.

Auch seine Großeltern mussten auf dem Neuen Friedhof begraben sein. Großvater Georg war 1946 gestorben, seine Frau Maria 1962. Demnach war die Ruhezeit längst abgelaufen. Aber eine Rechnung über die Auflösung des Grabes hatte er nie erhalten. Musste man dafür überhaupt zahlen? Um die Grabpflege hatte er sich nie gekümmert.

Konrad legte die Zeitung beiseite. Seine Familienunterlagen konnten nur in dem alten Eichenholzschreibtisch liegen, der seit Generationen vor dem Fenster im Büro stand und nie ausgemistet worden war. Berge von vergilbten

Rechnungen warteten dort auf ihre Vernichtung, dazwischen Fotos von Leuten, die er nicht kannte, und Zeitungsausschnitte zum Thema Weinbau und Ortsgeschichte. Unentschlossen wühlte er in den Papieren. Unter einem Stapel alter Laborberichte stieß er eher zufällig auf ein Familienbuch. Der verblichene hellbraune Leineneinband war am Schnitt mit zwei Bändeln verknüpft. Beinahe ehrfürchtig löste er den Verschluss, der unter seinen Fingern zu zerbröseln drohte. Die Seiten waren steif und stockfleckig. Nur mühsam konnte er die sorgfältig geschwungenen Schriftzüge entziffern. Das Buch war 1906 ausgestellt worden, offenbar auf Grund der Eheschließung seiner Großeltern. Eigentlich hätte er in dieses Buch auch seine Heirat mit Hanne eintragen können, überlegte Konrad, und die Geburt ihrer Tochter Clara vor einem halben Jahr. Sollte er das nachholen? Aber wozu?

Er sah auf die Uhr: Noch war Zeit für einen Besuch auf dem Friedhof. Sein hellgrauer 2CV stand im Hof, er hatte es mal wieder nur mit Mühe durch die Hauptuntersuchung geschafft. Er lenkte ihn durch die Innenstadt Richtung Konnenberg. Keuchend kämpfte sich der schwache Motor die steile Hungerbühlstraße hoch. Er parkte vor der Friedhofsmauer und tappte planlos über das weitläufige Gelände. Seine Erinnerung an die Lage der Gräber schien nicht mit der Wirklichkeit übereinzustimmen. Schließlich rief er übers Handy den digitalen Friedhofsplan auf und gab den Namen Konrad ein. Sieben Treffer wurden angezeigt, aber die meisten hießen natürlich Konrad mit Vornamen. Das Grab seiner Großeltern war nicht verzeichnet. Seine Eltern lagen nicht weit von der Aussegnungshalle entfernt. Er studierte die Namen auf den Grabsteinen und wurde endlich fündig. Ein schlichter Findling mit einer Bronzeplatte: »Richard Georg Konrad, 1917 bis 2007«, darunter »Ella Emilia Konrad, 1948 bis 2017«. Verbunden durch das Relief einer Weintraube. Unkraut überwucherte das Grab, in einer Kupfervase standen hohe Zweige voll schwarzer Beeren: Liguster. Von wem konnten die denn sein? Er hatte doch keine lebenden Verwandten. Und warum ausgerechnet Liguster? War der nicht giftig?

Unschlüssig stand Konrad eine Weile vor dem Grab. Er dachte an seinen Vater. Der war schon 58 Jahre alt gewesen, als Konrad geboren wurde. Als Kind war es für ihn immer seltsam gewesen, einen so alten Vater zu haben. Wenn der Papa ihn – was selten vorkam – vom Kindergarten abholte, hatten ihn alle für seinen Großvater gehalten. Er konnte sich auch nicht daran erinnern, dass sein Vater jemals mit ihm gespielt hatte. »Ora et labora« war das Motto seines Lebens gewesen. Bete und arbeite. Eine gemeinsame Gesprächsebene hatten sie nie gefunden. Auch über frühere Zeiten, Bekannte oder Verwandte hatten sie nie gesprochen. Seine Mutter Ella wusste natürlich auch nichts, weil sie Richard erst 1968 geheiratet hatte. Andere Kinder hatten Geschwister, hatten Onkel und Tanten, Cousinen und Cousins. Konrad hatte keine Verwandten gekannt. Selbst die Großeltern waren lange vor seiner Geburt gestorben. Das Leben seiner Familie lag im Dunkeln.

Wegen seines verkürzten linken Beins hatte sein Vater nicht in den Krieg gemusst, aber an seinem verkniffenen Gesicht hatte sich abgezeichnet, dass er bei der Arbeit in den steilen Weinbergen Schmerzen gehabt hatte. Trotzdem war er 90 Jahre alt geworden. Hatte Konrad ihn jemals lachen sehen? Dieser schweigsame Mann hatte jeden Sonntag ein steifes weißes Hemd, eine schwarze Krawatte und seinen einzigen dunklen Anzug angezogen und war in den Gottesdienst irgendeiner der vielen Remstalsekten marschiert. An seine Mutter Ella hatte er freundlichere Erinnerungen, sie war ja auch erst vor fünf Jahren gestorben. Mit 69, eigentlich auch kein Alter für eine Frau. Sie war die zweite Frau seines Vaters gewesen. Die erste, Margret, hatte schon mit 29 Jahren das Zeitliche gesegnet. Eine Sepsis. Mit der Rebschere hatte sie sich in den Zeigefinger geschnitten. Ärzte verabscheute sie. Als ihr Mann sie dann doch ins Krankenhaus brachte, war es zu spät, nach wenigen Tagen war sie tot gewesen. Gedankenverloren stiefelte Konrad über die Kieswege zu seinem Wagen. Wer hatte giftigen Liguster auf das Grab seiner Eltern gestellt?

4.

Auf dem Hof von Konrads Weingut warteten schon ein paar Stammkunden. Er öffnete die unverschlossene Haustür mit den profilierten, etwas altmodischen Glaseinfassungen und ließ die Kunden ins Probierstüble. Beraten, ausschenken, verkosten, verkaufen: Diese Aufgaben hatte Hanne sehr selbstbewusst übernommen, schon bevor sie vergangenes Jahr geheiratet hatten. Aber heute war sie mit Packen beschäftigt, morgen würde sie mit der Kleinen in die Berge fahren. Im Südschwarzwald hatte es schon geschneit. Schnee und Sonne und Urlaub. Spaziergänge auf geräumten Wegen. Eisschießen. Tanz im Kurhaus. Auch Anni würde sie mitnehmen. Er beneidete sie ein wenig. Aber einer musste hierbleiben und Geld verdienen. Das Vorweihnachtsgeschäft brachte einen bedeutenden Teil der Einnahmen. Außerdem waren noch nicht alle Weine im Keller durchgegoren.

Er bediente seine Kunden und fuhr die Gebinde mit den Weinflaschen auf dem Sackkarren vor die Tür. Auf dem dunkelblauen Grund der Kartons prangte das Logo seines Weingutes: zwei weiße, gekreuzte Häben, gebogene Rebmesser, wie sie im Mittelalter verwendet worden waren. Aus den Augenwinkeln bemerkte er eine sehr schlanke Frau mit kurzen schwarzen Haaren. Sie musterte die Vitrinen und verglich die Flaschen mit der Preisliste. Nachdem er den letzten Stammkunden versorgt hatte und dieser gegangen war, wandte Konrad sich der Frau zu. Sie mochte in seinem Alter sein, und ihr nicht ganz ebenmäßiges, aber interessantes Gesicht gefiel ihm auf Anhieb. Ihr distanzierter Blick verlangte allerdings Zurückhaltung.

»Willkommen beim Weingut Konrad. Möchten Sie etwas Bestimmtes probieren?«, fragte er deshalb sehr förmlich.

»Welches sind denn Ihre besseren Weine?«

»Alle meine Weine sind gut«, sagte Konrad leicht verärgert. »Aber nicht jeder Wein schmeckt jedem Menschen. Außerdem kommt es darauf an, ob Sie einen Wein zu einem bestimmten Gericht genießen wollen oder einfach einen süffigen Trinkwein suchen. Ob Sie trockene, halbtrockene oder liebliche Weine bevorzugen. Und oft schmeckt sogar derselbe Wein morgens anders als mittags oder abends.«

»Das brauchen Sie mir nicht zu erklären. Ich habe Oenologie studiert. In Geisenheim!« Sie sah ihn scharf an, als wäre das ein besonderes Verdienst. »Sie werden aber doch wohl Weine haben, die von Michelin, Gault Millau, Falstaff oder wenigstens von Eichelmann prämiert wurden.«

Konrad versteifte sich. Was war denn das für eine blöde Zicke? »Wir beteiligen uns nur sehr selten an den Wettbewerben der diversen Magazine. Unsere Kunden verstehen genug von Wein, um selbst entscheiden zu können, was ihnen schmeckt.«

»Dann verfügen Sie also über keinerlei Referenzen?« Der Mund der Dame hatte sich spöttisch gekräuselt. Ihre blassrosa geschminkten Lippen schlugen kleine Fältchen. Fast bösartig sah sie jetzt aus. »Haben Sie wenigstens attraktive Lagen?«

»Wir haben Spitzenlagen. Wenn Sie keinen Wein probieren wollen, darf ich Sie jetzt bitten zu gehen? Ich habe noch zu tun.« Konrad wies mit der Hand zur Tür. Diplomatie gehörte nicht gerade zu seinen Tugenden.

Die Frau verzog das Gesicht. Dann ruderte sie zurück: »Schon gut, ich wollte Sie nicht beleidigen. Ich habe mich nur gewundert, weil doch jeder heute seine Wände mit irgendwelchen Auszeichnungen tapeziert. Und wenn es nur DLG-Prämierungen sind, die einem ja förmlich nachgeschmissen werden. Ich orientiere mich einfach mal am Preis.« Sie sah auf die Liste. »Ihre teuersten Weine sind diese beiden Cuvées, Kunz und Schwartzhans. Eigenartige Namen für Weine.«

»Kunz und Schwartzhans waren sogenannte Rädelsführer des Bauernaufstandes Armer Konrad von 1514. Ich ehre diese mutigen Männer mit meinen Weinen. Sie wurden hier in Schorndorf mit Brandeisen gefoltert und anschließend geköpft. Auch einer meiner eigenen Vorfahren war darunter. Seinen Kopf hatten sie zur Abschreckung am Unteren Tor bis zur Verwesung aufgespießt.«

Sie nickte. »So genau wollte ich es gar nicht wissen. Kann ich die Weine probieren?« Sie sah ihn auffordernd an.

Konrad riss sich zusammen. Die Kundin ist die Königin, beruhigte er sich. Er holte den Kunz, eine Cuvée aus Riesling und Sauvignon Blanc in der Schlegelflasche, aus dem Kühlschrank und aus der Vitrine die schlanke Flasche Schwartzhans, in der er neuerdings Lemberger und zu einem geringen Teil die pilzresistente Sorte Satin Noir miteinander vereinte. Er drehte die Long Caps auf, stellte zwei Gläser auf den Tisch und wollte schon einschenken, als die Frau ihn unterbrach.

»Verwenden Sie keine Korken? Bei hochwertigen Weinen ist das doch üblich!«

»Wir hatten in letzter Zeit Probleme mit der Qualität. Seit die Korkeichen stark gedüngt werden, um den Weltbedarf zu decken, ist das Rindengewebe zu locker. Kohlenwasserstoffe dringen in den Kork und sorgen für einen muffigen Geruch und Geschmack. Außerdem wollen die Verbraucher sowieso lieber Drehverschlüsse. Dann können sie eine angefangene Flasche besser wieder in den Kühlschrank stellen.«

»Nehmen Sie es mir bitte nicht übel, aber ich finde, Weine sollten entweder auf dem Weinberg, wo sie wachsen, verkostet werden oder im Keller, wo sie ausgebaut werden.«

Konrad war kurz sprachlos. So dreist hatte noch niemand mit ihm gesprochen. Er hob den Blick und sah in ihre dunklen, mit Kajal umrandeten Augen.

»Leider ist es mir zeitlich nicht möglich, mit jedem meiner Kunden in die Weinberge zu fahren«, sagte er schmallippig. »Sie dürfen diese Weine aber gerne im Keller probieren, wenn das für Sie so wichtig ist.« Er wies auf die Kellertür und ging voraus, die beiden Flaschen samt Gläsern in den Händen. Die Dame folgte.

In dem Kreuzgewölbe aus rotbraunem Backstein blieb Konrad stehen. Er goss vom Kunz nicht mehr als einen Schluck ins Glas. Dafür, dass sie studierte Oenologin war, verkostete die Dame den Wein ziemlich lieblos: Weder hielt sie ihn gegen das Licht, um seine Reinheit zu prüfen, noch schwenkte sie das Glas, um die Aromen sich entfalten zu lassen, noch ließ sie den Wein über die Zunge rollen. Stattdessen kippte sie ihn gleichgültig in den Rachen und stolzierte neugierig wie eine Immobilienmaklerin in den verschiedenen Kellerräumen umher. Vor dem Rundbogen über dem Durchgang zu den Edelstahltanks blieb sie stehen. »G. F. K. 1888«, war in den hellen Schlussstein gemeißelt. Sie zeigte darauf.

»Was bedeutet das?«

Konrad hatte sich wieder etwas beruhigt. Aber er sann darüber nach, was diese Frau eigentlich hier wollte. War ihr Interesse am Wein nur ein Vorwand? Aber wofür? Er goss etwas Schwartzhans in das bauchige Rotweinglas und reichte es ihr. »Das sind die Initialen meines Urgroßvaters Georg Friedrich Konrad. Wein wird in unserer Familie schon seit über 500 Jahren angebaut. Damals hatten die meisten im Remstal kleine Höfe mit ein paar Rindern und Schweinen, Äckern und Rebland. Erst 1888 hat mein Uropa dann ein richtiges Weingut aufgezogen. Damals hatte die aus Amerika eingeschleppte Reblaus gerade 80 Prozent aller Reben vernichtet. Rebland war günstig zu haben. Mein Urgroßvater griff zu und war einer der Ersten, der Reiser von unseren alten Edelreben auf resistente amerikanische Unterlagen pfropfte.«

»Dann sind Sie also sein Nachfolger in direkter Linie?« Wieder leerte sie ihr Glas mit einem schnellen Schluck und sah ihm fordernd in die Augen.

»Wer sonst? Schmeckt Ihnen der Wein?«

»Ja, wer sonst als Sie? Danke für den Wein. Sie werden von mir hören.«

Mit diesen Worten reichte sie ihm ihr leeres Glas und schritt zügig die steile Treppe mit den ausgetretenen Sandsteinstufen empor. Konrad folgte ihr verdutzt. Ihr Rock war zu kurz für Dezember und zu kurz für die steile Kellertreppe. Er gab viel zu viel von ihren langen bestrumpften Beinen preis. Oben angelangt, war sie mit wenigen Schritten am Ausgang. Dann wandte sie sich noch einmal um.

»Nach allem, was ich höre, sind Sie als Winzer nicht besonders erfolgreich, Herr Konrad. Warum verkaufen Sie Ihr Weingut nicht einfach und setzen sich zur Ruhe?«

Hanne kam die Treppe von der Wohnung herunter. »Weiß du zufällig, wo meine Winterstiefel sind, Conny? Ich kann sie nirgends finden.«

Flüchtig musterten sich die beiden Frauen. Dann schlug die Tür zu.

»Wer war denn das?«, fragte Hanne.

Konrad zuckte die Achseln. »Eine Neugierige. Und ziemlich unhöflich. Ich weiß gar nicht, warum ich ihr so viel erzählt habe. Die werden wir mit Sicherheit nie wiedersehen. Schau mal in den großen Bauernschrank im Flur. Ich glaube, dort habe ich deine Stiefel gesehen. Ganz unten, wo auch die Sandalen sind.«

Hanne ging wieder nach oben. Das Telefon klingelte. Berner war dran.

»Bitte schau doch mal in deinen Unterlagen, Conny. Ich würde gerne einen weiteren Artikel mit mehr Details über das Skelett ins Blatt heben. Das ist im Grunde eine tolle Story. Du hast doch bestimmt einen Stammbaum von deiner Familie oder wenigstens einen Ariernachweis deiner Eltern aus dem letzten Krieg. Dann könnten wir rausfinden, wer für die Knochen auf dem Friedhof infrage kommt.«

Konrad versprach, später nachzuschauen. Große Lust hatte er nicht. In Gedanken war er noch immer bei der seltsamen Dame. Oder bei ihren langen Beinen in den schwarzseidenen Nahtstrümpfen.

5.

Am späten Vormittag des nächsten Tages verabschiedete Konrad seine Frau und die beiden Mädchen. Die Woche Urlaub hatte Hanne bei einem Preisausschreiben gewonnen. Obwohl sie sich nicht entsinnen konnte, je an einem teilgenommen zu haben. Aber so etwas sollte es ja geben. Jedenfalls hatte das Hotel Silberdistel in Hinterzarten einen guten Ruf. Konrad hatte sich die Zimmer im Internet angeschaut, die breiten Balkone, den gemütlichen Frühstücksraum. Und Hanne freute sich auf die freien Tage in guter Luft. Anni würde sie im Adler abliefern. Die Mutter von Annis bester Freundin Vreneli hatte die Mädchen in dieses Luxushotel eingeladen. Für Konrads mageren Geldbeutel war das Hotel nichts, aber es stand auf seiner Kundenliste. Einen einzigen seiner Weine hatten sie dort auf der Karte. Immerhin.

Als Hanne in ihren grünen 2CV stieg – wie Konrad liebte sie dieses Modell –, bewunderte er wieder einmal ihre schlanke, sportliche Figur und die glänzenden braunen Haare, die sie zu einem winzigen Pferdeschwanz gebunden hatte. Die kleine Clara lag in ihrer Babyschale auf dem Rücksitz, Anni neben ihr kitzelte das Kind am Hals. Beide lachten. Er gab Hanne durchs geöffnete Fenster einen langen Kuss. »Fahr vorsichtig«, mahnte er. »Im Hochschwarzwald wird es schon glatt sein.«

»Keine Angst, ich habe ja Winterreifen. Und der 2CV

hat Vorderradantrieb. Der pflügt sich durch jede Schneewehe. Ich rufe dich an, wenn wir im Hotel sind!«

Er blickte dem Wagen nach, der langsam durch die gewundene Höllgasse zuckelte. Dann stieg er in den Keller, prüfte die Hefe der gärenden Weine und entnahm einige Proben für das Weinlabor. Keiner seiner Weine roch auch nur entfernt nach flüchtigen Säuren, keiner hatte einen Essigstich oder einen anderen Fehlton. Er ärgerte sich über Leonhard, wusste aber nicht, was er gegen dessen üble Behauptungen unternehmen konnte. Ein Gerücht wird immer stärker, je mehr man es bekämpft. Er sah auf die Uhr: Zeit zum Mittagessen.

Mit schnellen Schritten durchquerte er die Höllgasse, passierte das schmale Fachwerkgebäude, in dem einst Gottlieb Daimler, der große Visionär und Erfinder des Automobils, als Bäckersohn zur Welt gekommen war. Heute beherbergte das Haus ein Museum. Im Keller gab es angeblich eine beachtliche Weinkollektion, zu der aber nur der Vorstand der Mercedes-Benz-Group Zugang hatte. Vermutlich internationale Spitzenweine ab 250 Euro aufwärts. Bei ihm jedenfalls hatten sie noch keine Flasche gekauft. Obwohl der alte Daimler Remstalweine geliebt hatte. Als er bei Deutz arbeitete, hatte er sie sich sogar nach Köln nachschicken lassen, weil ihm die Moselweine zu süß waren.

Konrad überquerte den Unteren Marktplatz und warf einen kurzen Blick auf das Mosaik an der Rathausrückwand: Es stellte die Schorndorfer Weiber dar, die vor ein paar Hundert Jahren mit Mistgabeln, Sicheln und Hellebarden die Übergabe der Stadt an den grausamen französischen General Mélac verhindert hatten. Die Mosaiksteine waren fleckig, die dramatische Szene nur schwer zu erkennen. Er hatte das Mosaik nie gemocht. Über den Marktplatz gelangte er in die Spatzengasse, so liebevoll gekrümmt wie ein Butterhörnchen.

Der Gastraum des »Flädle« bot Platz für nur drei große und einen kleineren Tisch in der Ecke. Holzverkleidete Wände, weiß eingedeckte Tische, weiße Vorhänge, Pendellampen im Tiffany-Stil, die aktuellen Speisen auf einer Schiefertafel. Dazu bleigefasste Scheiben und ein Boden aus dunkel verfärbten, uralten Landhausdielen: schwäbische Gemütlichkeit. Im Sommer konnte man sein Viertele auf der Gartenterrasse genießen und Leute beobachten. Berner saß schon wie üblich am Ecktisch, einen Teller Saure Kutteln und Bratkartoffeln vor sich. Er blickte nicht auf, aber Konrad wusste, dass er ihn bemerkt hatte. Berner entging nichts. Er war ein aufmerksamer Beobachter, weshalb kein Gast das Lokal betrat, ohne dass der Redakteur nicht etwas über die Skandälchen in dessen Lebensgeschichte gewusst hätte. Konrad setzte sich zu ihm an die Fensterseite.

Schon war die Bedienung da: »Wir haben als Tagesessen Saure Kutteln in Trollingersößle, Herr Konrad. Dazu passt prima ein Viertele von unserem guten roten Fasswein vom Weingut Leonhard!«, flötete sie. Wie auf Kommando ärgerte sich Konrad.

»Ich hätte lieber eine Flasche Lemberger von einem anständigen Weingut.«

»Sie meinen einen Blaufränkischen?«

»Das heißt bei uns seit hundert Jahren Lemberger. Bringen Sie mir einen vom Weingut Markus Heid in Fellbach.«

»Jahrgang 2020?«

»Haben Sie denn noch andere Jahrgänge?«

»Wir haben alle Jahrgänge.«

»Dann einen Heid von 1699. Aber bitte kellerkalt!«

»Damals gab es noch gar keinen Lemberger!«

»Aber das Weingut Heid!«

Die Bedienung verzog das Gesicht und trollte sich.

Berner sah auf: »Bist du ganz sicher, dass du dich nicht irgendwie albern benimmst? Es muss doch nicht jeder deinen Wein auf der Karte haben, bloß weil du aus Schorndorf bist.«

»Davon verstehst du nichts. Du bist Angestellter und wirst nach Tarif bezahlt. Ich bin selbstständig und muss meine Brühe verkaufen. Ich komme nur wegen dir hierher. Sonst besuche ich lieber meine eigenen Kunden.«

»Hast du denn noch welche?« Ein Blick in Konrads Augen ließ den Redakteur sofort einlenken. Versöhnlich sagte er: »Ich habe Neuigkeiten. Sie kennen jetzt die Todesursache von dem jungen Mann, den du in deinem Weinberg gefunden hast.«

»Und?«

»Mein Informant bei der Staatsanwaltschaft meint, die Umstände seien etwas rätselhaft. Offenbar war kein normaler Alkohol in seinem Blut, vielmehr ist er an einer Methanolvergiftung gestorben.«

Konrad runzelte die Stirn. »Das kann passieren, wenn man beim Schnapsbrennen den Vorlauf trinkt. Aber da muss man erst mal rankommen. In eine Brennerei kann man nicht einfach so rein- und rausspazieren.«

»Gibt es viele Brennereien hier bei uns?«

»Einige Gaststätten haben noch ein altes Brennrecht, außerdem Winzer und andere landwirtschaftliche Betriebe.

Wegen der zahlreichen Streuobstwiesen wird im Remstal viel Obstler gebrannt, vor allem aus Äpfeln, Birnen und Zwetschgen. Oder aus Zibärtle.«

»Zibärtle?« Berner zog die rechte Augenbraue hoch. »Was soll das denn sein?«

»Man merkt wieder, wie wenig Ahnung du hast. Zibärtle sind Wildpflaumen. Der Schnaps ist das Beste vom Besten überhaupt. Ähnlich wie Zwetschgenwasser, aber viel mehr Aromen, ein Hauch von Marzipan und Minze, ein Schluck vom Odem des Lebens.«

»Jetzt wird er auch noch poetisch, der Schnäpsler. Also ich trinke lieber einen anständigen französischen Cognac. Brennst du selbst auch?«

»Was glaubst du, wie mein Tresterbrand entsteht? Ganz abgeneigt bist du solchen einfachen Genüssen gegenüber jedenfalls nicht, wie ich schon öfter feststellen durfte.«

Berner versuchte, die linke Augenbraue hochzuziehen, was aber misslang. »Gibt's im Wein nicht auch Methanol?«

Konrad winkte ab. »In so geringen Mengen, das kannst du vergessen.«

»Vielleicht irgendeine Mutprobe. Obwohl er dafür schon fast zu alt war. Jedenfalls tragisch. Der Kerl muss vor seinem Tod furchtbare Schmerzen gehabt haben. Muskelkrämpfe und so. Oder jemand hat ihm das Zeug eingeflößt. Das wäre dann Mord. Und warum war er nackt? Wurde er missbraucht? Kennst du ihn eigentlich? Die Eltern sind sehr reich. Sie wohnen im Viehweidweg in einer Villa. Der Vater ist sogar ein echter Graf: Siegfried Graf von Kerf.«

»Der Familie gehört eine recht stattliche Hütte oben auf dem Grafenberg. Also ein gemauertes, kleines Häuschen. Die Kerfs wohnen direkt neben Annis Elternhaus. Anni ist das Mädchen, von dem ich dir schon erzählt habe. Sie hilft mir manches Mal im Weinberg. Jetzt will sie sogar dieses Praktikum zur Berufsorientierung bei mir machen.«

»Scheint ein nettes Mädchen zu sein. Ich hab sie neulich mit deiner Frau auf dem Markt gesehen. Sie wirkten wie Mutter und Tochter.«

»Sie versteht sich mit ihren Eltern nicht. Deshalb ist sie mehr bei uns als zu Hause.« Konrad nahm einen Schluck aus dem Glas und sah Berner an: »Du glaubst doch nicht wirklich an Mord?«

»Warum nicht? Warum sollte in unserer idyllischen Stadt nicht ein Mörder herumlaufen? In unseren herrlichen Weinbergen auf dem schönen Grafenberg? Grafensohn am Grafenberg ermordet!«

»Ist das deine morgige Schlagzeile?«

»Natürlich nicht. Der Mann ist ein wichtiger Anzeigenkunde. Den dürfen wir nicht vergraulen.«

»Wie schön, dass die Presse unabhängig ist!«

»Sie ist genauso unabhängig wie du. Du beschimpfst deine Kunden ja auch erst, wenn sie die Tür von außen zumachen. Unser Verlag ist genau wie dein Weingut eine mittelständische Firma, du Pfeife!«

Nach diesen freundlichen Beleidigungen stießen sie an und tranken nachdenklich ihren Wein. Er stammte von der Fellbacher Lage Goldberg und war nicht gerade billig. Aber wunderbar weich. »Was wirst du jetzt tun?«, fragte Berner.

Konrad seufzte. »Ich habe noch eine kleine Nebenbeschäftigung als Winzer, wie du dich vielleicht erinnerst.«

Sie zahlten. Konrad gab ein großzügiges Trinkgeld. Er hatte ein schlechtes Gewissen, weil er zu der Bedienung so unfreundlich gewesen war. Sie konnte schließlich auch nichts für die Weinkarte. Überrascht lächelte sie ihn an.

»Tut mir leid, dass ich vorhin so unfreundlich war«, entschuldigte er sich.

»Es liegt an seinen Genen«, ergänzte Berner. »Er ist Schwabe. Das erklärt alles!«

6.

Im Arbeitszimmer zog Konrad den unbequemen Eichenstuhl mit dem rissigen Lederpolster und der geraden Lehne unter dem Schreibtisch hervor. Seufzend warf er ein paar ungeöffnete Rechnungen auf den Boden und nahm sich das Familienbuch vor. Tatsächlich klemmte zwischen den Seiten etwas. Es war ein eng zusammengefalteter Stammbaum. Vorsichtig faltete er das dünne Papier auseinander. Er setzte die Brille auf, die er seit seinem 40. Geburtstag zum Lesen brauchte. Sie verlieh seinem breiten Gesicht einen leicht intellektuellen Anstrich, was ihm gut gefiel. Die Einträge waren zum Glück nicht in Sütterlin verfasst, sondern in lateinischen Buchstaben. Er bewunderte die saubere Schrift, die fast kalligrafisch schönen Buchstaben. Gab es damals schon Füllfederhalter? Oder schrieben die noch mit Gänsekielen? Kein Vergleich jedenfalls zu seiner eigenen Klaue.

Die Eintragungen begannen mit seinen Urgroßeltern – Georg Friedrich Konrad, dem Gründer des Weingutes, und seiner Frau Emma. Im Wohnzimmer hing ein gerahmtes Foto von ihnen: ein kleiner Mann, der mit seinem Kaiser-Wilhelm-Bart etwas lächerlich wirkte. Daneben Emma mit schwarzem Kopftuch und einer bis zum Kinn zugeknöpften Bluse. Auf dem üppigen Busen eine emaillierte Brosche. Begraben waren sie auf dem Alten Friedhof. Ein Ort, den Konrad mochte. Mehr Park als

Friedhof, hohe, alte Bäume, schiefe, Efeu überwucherte Grabsteine, Mauern aus Naturstein, ein Engel aus Bronze. Ein Ort, der zum Meditieren einlud.

Außerdem gab es laut Stammbaum einen Bruder des Urgroßvaters, Wilhelm, der 1940 in Polen vermisst gemeldet worden war. Auch von ihm hing im Wohnzimmer ein Foto: ein offenes, klares Gesicht, ein Käppi schief auf dem Kopf, graue Uniformlederjacke. Seine Knochen ruhten vermutlich irgendwo in einem Massengrab.

Die nächste Konrad-Generation war sein Großvater Georg, genannt der Ehne. Laut den wenigen Erzählungen seines eher klein gewachsenen Vaters schlug der Ehne körperlich und politisch aus der Art. Ein Mann wie ein Baum. Sozialdemokrat schon lange vor dem Zweiten Weltkrieg. Dann dessen Schwester Minna, von der ein winziges Foto mit gezacktem Rand dem Familienbuch beilag. Sie war 1919 an der Spanischen Grippe gestorben. Auf dem Foto hatte sie feste schwarze Zöpfe und kräftige, gerade Augenbrauen. Offenbar hatte sie nie geheiratet, für die damalige Zeit war sie als alte Jungfer gestorben. Wenn überhaupt, war auch sie auf dem Alten Friedhof begraben. Ihr Grab kannte er nicht. Allerdings hatte er auch nie danach gesucht.

Dann die Elterngeneration: Dass sein Vater Richard noch einen jüngeren Bruder namens Karl gehabt hatte, wusste Konrad nur, weil er mal nach dem Foto gefragt hatte, das gerahmt über dem Schreibtisch hing. Erzählt hatte sein Vater nie von ihm. Dunkle Augen hatte Karl gehabt, einen weichen Zug um den Mund, ein kleines Muttermal auf der Wange. Gekleidet im Braunhemd mit Halstuch und Käppi der Hitlerjugend. Wahrscheinlich das einzige Foto, das von Karl existierte. Immer wenn Konrad nach ihm fragte, hatte der Vater den Kopf geschüttelt und den Rest des Tages schlechte Laune gehabt. Konrads Mutter Ella, die zweite Frau seines Vaters, hatte mal erzählt, Karl sei zwar direkt nach dem Krieg ohne sichtbare Verletzungen nach Hause gekommen, aber er sei nicht mehr derselbe gewesen. Irgendetwas sei in ihm zerbrochen. Sie selbst hatte ihn nicht mehr erlebt, ihr Wissen hatte sie vom Pfarrer der Neuapostolischen Kirche. Laut Familienbuch war Karl 1946 nach Amerika ausgewandert.

Konrad fand drei Briefbögen im hinteren Einband des Buches. Dünnes, knisterndes Luftpostpapier, die Umschläge fehlten. Er sei gut angekommen, schrieb Karl kurz und sachlich, aber es gestalte sich schwer, einen guten Job zu bekommen. Im nächsten Brief sprach er von seiner Hoffnung, in Kalifornien ein Weingut aufzubauen. Das Klima sei optimal. Das hatte wohl nicht geklappt, denn im dritten Brief kündigte er seine Abreise nach Kanada an. Bei Ontario gebe es fantastische Flächen für Rebland. Die Briefe waren sehr unpersönlich gehalten. Weitere Nachrichten von diesem Karl gab es nicht. Dafür fand Konrad einen Beleg über die Auflösung des Grabes seiner Großeltern. Offenbar hatte sein Vater diese veranlasst.

Konrad schlug das Buch zu. Die Lektüre ermüdete ihn. Wer auch immer unter dem Sarg im geöffneten Grab verscharrt worden war, ein Vorfahr von ihm konnte es nicht sein. Oder hatte sich jemand einen Seitensprung erlaubt? Ein uneheliches Kind, das dann auch einen anderen Namen trug? Das war denkbar. So jemand würde sich natürlich nicht im Familienbuch finden. Zumal im pietistischen Remstal, wo die Leute zum Lachen in den Keller gingen und beim Vögeln das Nachthemd anbehielten. Früher jedenfalls. Wo es aber auch heute noch Winzer gab, die sich zwischen lustfeindlicher Frömmigkeit und den Verführungen ihres eigenen Weines nicht entscheiden konnten.

Als Konrad das Buch zuklappte, flatterte ein kleiner Zettel heraus. Wegen den gotischen Buchstaben und dem dünnen Papier vermutete Konrad, dass es sich um eine Art »Traktätle« handelte, wie die Schwaben verniedlichend eine theologische Schrift bezeichneten, die mit pseudowissenschaftlichem Anstrich Bibelstellen zu erklären versuchte. Sicher gab es noch mehr davon im Schreibtisch seines bigotten Vaters. Aber warum war der Zettel ins Familienbuch geklebt worden? Im Buch und auf der Rückseite waren Spuren von Mehlpapp zu sehen, der sich im Lauf der Jahre aufgelöst hatte. Aber es handelte sich nicht wie üblich um eine Auslegung, eine Apologese, es waren schlicht zwei Bibelzitate. Dick mit Bleistift unterstrichen. Und am Rand mit Ausrufezeichen versehen. Unter »Sprüche 27:10« stand dort:

Geh nicht ins Haus deines Bruders, wenn dir's übel geht. Ein Nachbar in der Nähe ist besser als ein Bruder in der Ferne.

Sein Vater hatte sich offenbar doch mit Familienfragen befasst, obwohl er selbst nie etwas über seinen »Bruder in der Ferne« erzählt hatte. Damit konnte ja nur Karl gemeint sein. »Geh nicht ins Haus deines Bruders.« Hatte es zwischen den Brüdern Unstimmigkeiten gegeben? Eifersucht? Feindschaft? War Karl deshalb nach Amerika abgehauen?

Erstaunt las Konrad das zweite Zitat, das ebenfalls unkommentiert auf dem knisternden Papier stand:

Jesus sagt: »Ihr sollt nicht meinen, dass ich gekommen bin, Frieden zu bringen auf die Erde. Ich bin nicht gekommen, Frieden zu bringen, sondern das Schwert. Denn ich bin gekommen, den Menschen zu entzweien mit seinem Vater und die Tochter mit ihrer Mutter und die Schwiegertochter mit ihrer Schwiegermutter.« Matthäus 10,34–36.

Das waren harte Worte. So gar nicht das übliche Gerede von der ewigen Liebe Gottes, an das sich Konrad aus dem Religionsunterricht erinnerte. Welcher heimliche Krieg hatte da in seiner ach so christlichen Familie getobt? Verteidigte sich der Vater mit diesen Zitaten oder waren sie als Angriff gedacht? Lohnte es sich vielleicht doch, einmal genauer auf diesen dunklen Fleck in der Seele des alten Winzers zu schauen?

Versonnen steckte Konrad das dünne Papier in die Tasche und ging hinunter ins Probierstüble. Im Regal suchte er nach einer offenen Flasche. Den Schwarzen Urban hatte er erst vor vier Jahren angebaut, eine sehr alte, autochthone Rebsorte, die schon im 19. Jahrhundert von König Wilhelm empfohlen worden war. Wahrscheinlich stammte sie aus Dalmatien. Er liebte alte Sorten, sie erzählten viel über die Vergangenheit. Über die Kämpfe gegen Hitze und Dürre, die Angst vor den Spätfrösten, die Rebkrankheiten. Auch sein Vater hatte lange den Schwarzen Urban gepflegt, eine frühantike Sorte, ein Kind des Trollingers. Vielleicht lag etwas von den Geheimnissen des alten Winzers in diesem Wein, den Konrad im Eichenfass ausgebaut hatte. Doch im Verkauf lief die Sorte schlecht. In der Flasche fehlte kaum ein Viertel. Wurde auf den einschlägigen Seiten im Internet eine Rebsorte hoch gelobt, war sie sofort ausverkauft. Tauchte eine Sorte dort gar nicht auf, wollte kein Mensch sie probieren. Die meisten orientierten sich am Mainstream. Wenige hatten den Mut zu einer eigenen Meinung. Einmal hatte er an einer Verkostung mit Otto Geisel teilgenommen, dem ersten öffentlich bestellten, vereidigten Sachverständigen für die Bewertung von Wein. Geisel hatte den Teilnehmern verboten, miteinander zu sprechen. Sinngemäß hatte er gesagt: »Der Kopf ist schneller als der Gaumen. Man nimmt die Meinung des Tischnachbarn an, bevor man sich eine eigene Meinung gebildet hat.«

Konrad nahm ein bauchiges Glas aus dem Schrank und stellte es samt Flasche auf den großen, runden Tisch, der einem Fassboden nachempfunden war. Fruchtig duftend floss der Schwarze Urban ins Glas. Obwohl die Flasche nach einer Notiz auf dem Etikett schon seit einer Woche offen war, schmeckte der Wein lebendig und hatte eine feurige und leicht erdige Note. Wahrscheinlich hatte Hanne die Flasche geöffnet. Sie fehlte ihm. Entgegen ihrer Ankündigung hatte sie sich nicht gemeldet. Das passte nicht zu ihr. Er wollte aber nicht anrufen, das würde sie vielleicht als beengend empfinden. Sie hasste Kontrollen und Paare, die ständig aneinanderklebten.

Der Wein gebärdete sich am Anfang etwas widerspenstig, wurde aber mit jedem Schluck besser. Dass er in der geöffneten Flasche mit Sauerstoff in Berührung gekommen war, hatte ihm gutgetan. Konrad schenkte sich nach. Hinter den kleinen Fenstern der Eingangstür bemerkte er einen Schatten, die Klinke wurde niedergedrückt, kurz darauf klopfte es. Ausnahmsweise hatte er abgeschlossen. An der Silhouette erkannte er Berner.

»Seit wann schließt du ab?«, beklagte sich der Freund.

»Setz dich und erzähl mir von deinen Knochen«, wies ihn Konrad an. »Lust auf einen Schwarzen Urban?«

Berner rümpfte die Nase. »Der ist mir zu kantig. Hast du nichts Weicheres?«

Seufzend holte Konrad den Schwartzhans aus der Vitrine, den er für die langbeinige Dame geöffnet hatte. Er goss einen Schluck ins Glas und reichte es Berner. Der Redakteur sah ihn konsterniert an: »Ist das alles? Mehr bin ich dir nicht wert?«

»Du sollst probieren! Nicht, dass es nachher wieder heißt, der Wein hätte einen Fehlton. So was sagst du immer erst, wenn du schon die ganze Flasche vernichtet hast!«

Berner probierte artig, verlangte mehr, bog das Kreuz durch und sah Konrad in die Augen. Jetzt würde vermutlich eine großartige Ankündigung kommen. Konrad schenkte gehorsam nach und begann, sich vorsichtshalber eine Zigarette zu drehen. In letzter Zeit war er auf Schwarzen Krauser umgestiegen. Eine kräftige Sorte, duftend wie Pfeifentabak. »Leg los. Was hast du auf dem Herzen?«

»Es gibt noch eine Leiche, Conny!«, verkündete der Redakteur stolz. »Und wer hat sie gefunden?«

»Du vermutlich, wenn du schon so blöd fragst!«

»Genau. Ich habe mich nämlich ein bisschen auf dem Friedhof umgesehen. Dabei kam ich im Außenbereich an einem Container vorbei, in den die Friedhofsgärtner die kompostierbaren Abfälle schmeißen. Und was sehe ich da unter Heckenschnitt, verwelkten Blumensträußen, vermoderndem Laub und vergammelten Kränzen hervorlugen? Einen Fuß! Erst dachte ich, da hätte jemand einen Plastikengel entsorgt oder eine ganze Schaufensterpuppe. Aber dann bin ich über die Schranke geklettert und hab daran gezogen. An dem Fuß hing ein Körper. Eine komplette Frau. Splitternackt. Natürlich habe ich außer dem Fuß nichts angerührt und sofort die Polizei gerufen. Was sagst du?«

Konrad drückte seine Zigarette aus. »Und, ist auch sie mit mir verwandt?«

Berner zeigte ihm den Vogel. »Eine Genanalyse müssen sie natürlich noch machen. Vielleicht kann man sie so identifizieren. Sie hatte natürlich keine Papiere bei sich. Außerdem werden sie prüfen, wer in letzter Zeit vermisst gemeldet wurde. Die Rechtsmedizin wird untersuchen, ob sie missbraucht wurde, was in meinen Augen ziemlich wahrscheinlich ist. Warum wäre sie sonst nackt? Und die Todesursache steht auch noch nicht fest. Komisch ist allerdings, dass sie mir irgendwie bekannt vorkommt. Aber woher?«

»Vielleicht ist sie ja eine Verwandte von dir?«, schlug Konrad vor. »Schlag doch mal nach in deinem Ariernachweis. Von mir verlangst du das schließlich auch.«

Berner schüttelte ernst den Kopf. Offenbar suchte er in seinen Gedanken. Er schwieg einen Augenblick versonnen und fragte dann: »Was gibt's bei dir Neues?«

»Hanne ist mit Anni und Clara in den Schwarzwald abgedüst. Ich vermisse sie jetzt schon. Außerdem muss ich gleichzeitig Reben schneiden, den Keller betreuen und den ganzen Verkauf managen.«

»Arme Sau.« Berner sah ihn spöttisch an. Konrad warf die Zigarettenpackung nach ihm, Berner wich geschickt aus. »Warum verkaufst du dein Weingut nicht einfach? Dann musst du nicht unentwegt jammern!«

»Komisch. Du bist schon der Zweite, der mir das vorschlägt. Gestern war eine Frau hier, die hat dasselbe gesagt.«

»Was für eine Frau?«

»Ihren Namen hat sie mir nicht verraten. Wenn du allerdings eine Zimtzicke allererster Güte suchst, könnte sie dir gefallen. Du gehst ja ohnehin auf alles, was bei drei nicht auf dem Baum ist.«

Berner grinste und stand auf. »Hast du jetzt endlich Ahnenforschung betrieben?«

Konrad winkte ab: »Ich hab mal angefangen. Aber ich bin noch nicht durch. Wahrscheinlich ist das sowieso alles Unsinn und ich verschwende bloß meine Zeit.« Er dachte einen Augenblick nach. »Wusstest du, dass Ligusterbeeren giftig sind?«

»Ist das irgendwie wichtig?«

»Nein. Ich frage mich bloß, warum jemand einen Strauß Ligusterzweige auf das Grab meiner Eltern gestellt hat. Ein Friedhofsgärtner käme nie auf diese Idee, außerdem habe ich noch nie jemanden mit der Grabpflege beauftragt. Verwandte habe ich definitiv keine mehr. Soll das irgendeine Botschaft sein?«

Berner grinste. »Vielleicht eine Botschaft aus dem Jenseits. Eine Knochenhand erhebt sich aus dem Grab, zwischen den Fingern einen Ligusterzweig. Deine Eltern sind erzürnt, sie schicken dir giftige Beeren, weil du ihr Grab vernachlässigst.«

7.

Konrad hatte sich zwei Brezeln und ein Croissant vom Bäcker Hetzinger nebenan geholt und las die Zeitung beim Frühstück: »SZ-Redakteur findet Tote im Friedhofskompost«.

Konrad hatte sich daran gewöhnt, dass Hanne die Einkäufe erledigte. Da sie verreist war, gab es heute keinen Kaffee und er musste auf schwarzen Tee zurückgreifen. Wenigstens war es Earl Grey, der schmeckte nicht ganz so fade. Aber er hatte ihn zu lange ziehen lassen, er war bitter und nicht geeignet, seine Stimmung zu verbessern: Hanne hatte sich immer noch nicht gemeldet. Dabei hatte sie es fest versprochen. Inzwischen hatte er selbst probiert, sie zu erreichen, aber sie ging nicht ans Handy.

Der heutige Presseskandal: Auch diese Tote war an einer Methanolvergiftung gestorben. Berner spreizte sich in seinem Bericht, weil er sie selbst gefunden hatte. Konrad schüttelte den Kopf.

Im Moment, hieß es, würden alle Vermisstenfälle überprüft. Tatsächlich wurden in Schorndorf jedes Jahr um die 30 Personen als vermisst gemeldet. Die meisten tauchten irgendwann wieder auf. Jugendliche, die ausgerissen waren, Männer und Frauen, die die Enge ihrer Ehe nicht mehr ausgehalten hatten. Leute, die vom Urlaub nicht mehr zurückgekommen waren. Konrad las nicht weiter.

Ob es sich bei der Toten im Kompost um Mord, Suizid oder sonst was handelte, interessierte ihn nicht.

Schlimmer war, dass sein Lemberger im Fass noch immer nicht mit dem biologischen Säureabbau begonnen hatte. Wahrscheinlich wegen der kühlen Witterung. Also würde er den vergorenen Most wohl mit Milchsäurebakterien impfen müssen. Er seufzte und legte die Zeitung zum Altpapier. Irgendetwas war doch immer.

Zum wiederholten Mal schickte er Hanne eine Nachricht mit vielen Emojis, mit Küsschen und Weingläsern. Warum meldete sie sich nicht? Sie wusste doch, wie schnell er sich Sorgen machte. Warum nahm sie nicht ab, wenn er anrief? War ihr das Handy gestohlen worden? Hatte sie es sperren lassen?

Konrad googelte das Hotel Silberdistel in Hinterzarten und rief die Festnetznummer an. Eine freundliche Stimme mit badischem Akzent meldete sich. Er erfuhr, dass Frau und Kind gut angekommen seien. Die Kleine sei ja süß. Sie hätten das Zimmer bezogen, ein rothaariges Mädchen sei auch dabei gewesen. Gegen später hatten sie zum Abendessen fahren wollen. Sie hätte ihnen den Schwarzwaldhof empfohlen, aber die drei hatten wohl eine Verabredung im Adler gehabt. »Seitdem haben wir sie nicht mehr gesehen«, entschuldigte sich die Frau. »Zum Frühstück heute Morgen kamen sie jedenfalls nicht mehr. Vielleicht waren sie woanders verabredet? Manche treffen sich mit Bekannten in einem anderen Hotel.«

Frühstückte Hanne mit einem Bekannten? Oder hatte sie jemanden kennen gelernt? Im Kurhaus oder in einem der vielen Restaurants? War sie vielleicht recht froh, eine Weile ohne Konrad ihre Freiheit zu genießen? Aber sie hatte ja Clara dabei. Und sie war gerade erst angekommen. Wahrscheinlich machte er sich unnötig Sorgen. Er schalt sich einen Idioten und rief bei der Polizei an. Er wurde schnell durchgestellt. Ein Kommissar Heinz meldete sich. Konrad erklärte ihm sein Anliegen: Er vermisse seine Frau Hanne. Es sei ungewöhnlich, dass er sie nicht erreichen könne. Heinz erwiderte, dass die Polizei nicht viel ausrichten könne, wenn eine volljährige Person verschwand, er versprach aber zu tun, was er konnte.

»Was uns noch fehlt, ist ein Foto. Können Sie das bitte nachreichen?« Konrad versprach es.

»Wenn ich Sie gerade am Apparat habe: Es geht um die sterblichen Überreste Ihres Verwandten. Haben Sie eine Ahnung, wer es sein könnte?«

»Wie kommen Sie überhaupt an meine DNA? Als ich damals für das zentrale Knochenmarkspender-Register gespendet habe, wurde mir versichert, dass die Daten nicht weitergegeben werden.«

»Keine Ahnung. Hier steht nur, dass die Daten vorliegen, Herr Konrad. Ist das ein Problem für Sie?«

Konrad verdrängte seinen Ärger und berichtete von seinen Nachforschungen. »Es könnte höchstens ein unehelicher Sohn von meinem Großvater sein. Aber von einem solchen Seitensprung war in der Familie nie die Rede. Ich glaube, meine Großeltern waren ziemlich religiös, sogar pietistisch oder neuapostolisch, ich kann mir gar nicht vorstellen, dass mein Opa fremdgegangen ist. Er war nicht der Typ dafür.«

Heinz lachte. »Gibt es einen Typus für Seitensprünge? So etwas kommt in den besten Familien vor. Jedenfalls konnten wir den Todeszeitpunkt eingrenzen, es muss kurz nach dem Zweiten Weltkrieg passiert sein. Da es keine an den Knochen nachweisbaren Verletzungen gibt, ist er vielleicht an Krankheit oder Entbehrung gestorben. Die Nachkriegszeit war auch in Schorndorf nicht leicht. Die Leute lebten von Äpfeln und Birnen und geklauten Kartoffeln, da war kein Platz für einen unehelichen Fresser, für den man sich noch schämen musste. So was wurde unter den Teppich gekehrt. Vielleicht ist er ja in einem Heim aufgewachsen und vergessen worden.«

»Sie werden also nicht ermitteln?«

»Ich wüsste nicht, wo ich ansetzen sollte. Wäre die genaue Identität bekannt, gäbe es ein paar wenige Möglichkeiten. Aber wen soll ich vernehmen bei über 70 Jahre alten Gebeinen?«

»Kann ich ihn dann abholen?«, fragte Konrad. »Es steht ja wenigstens fest, dass es sich um einen Verwandten von mir handelt. Dann würde ich ihn gerne bestatten.«

»Sie müssen ihn ordnungsgemäß überführen lassen. Das kostet zwar, ist aber unumgänglich. Sie können die Knochen nicht einfach in einer Weinkiste im Auto mitnehmen und im Garten verscharren. Sie müssen direkt zum Friedhof gebracht oder in einem Bestattungsinstitut aufbewahrt werden. Bis zur Verbrennung oder bis zur Erdbestattung. So sind die Vorschriften.«

Deutsche Bürokratie. Konrad stöhnte und legte auf. Er wusste ja nicht einmal, ob er diesen unbekannten Mann überhaupt bestatten wollte. Das kostete auch bloß wieder Geld. Auf der anderen Seite war der Tote mit ihm verwandt. Und Blut war angeblich dicker als Wasser. Auch wenn an den Knochen bestimmt kein Blut mehr war. Dann fiel ihm Berners Bruder ein, der seit Jahren einen ausgemusterten Leichenwagen fuhr und seine Zeit damit verbrachte, Cannabis in bester Reblage auf dem Grafenberg anzubauen. Zwei Flurstücke von seinem Lemberger entfernt. Ob er sich so die Überführungsgebühren sparen konnte? Er rief Berner an und bekam die Nummer von dessen Bruder Joachim.

Der Cannabisbauer und Kleindealer meldete sich sofort. Konrad erklärte ihm die Angelegenheit. Ja, den Leichenwagen gebe es noch und er sei sogar generalüberholt. Und ja, er würde den Auftrag übernehmen. Gegen einen Fuffi. Und die Knochen dann zu Konrad bringen. Einen Sarg könne er auch beschaffen, nicht dass noch jemand bei der Polizei misstrauisch würde. Sowieso könne er fast alles beschaffen.

Konrad dankte ihm. Dass der Mann wahrscheinlich auf den Schulhöfen von Schorndorf sein »Württembergisches Gras Südlage« vertickte, verdrängte er erst einmal. Zumindest war das Zeug inzwischen legal. Jedenfalls in kleinen Mengen. Und irgendwie war der Anbau von Cannabis auch nicht viel anders als der Anbau von Wein: In beiden Fällen züchteten sie berauschende Substanzen heran, mit denen ihre Kunden dem Elend der Welt entfliehen konnten. Oder ihm wenigstens seine Spitzen nahmen.

Den Rest des Vormittags schnitt Konrad seine noch jungen Rieslingreben am Winterbacher Hungerberg. Sie ergaben herrliche Weine. Zwar nicht so duftig wie die von der Mosel, aber elegant und von einer rassigen Säure. Die besten Remstalrieslinge wurden in Stetten angebaut, unmittelbar an der Y-Burg. Dort sorgte der Gipskeuper im Boden für die nötige Mineralität. Aber sein eigener Riesling konnte mit denen durchaus mithalten. Er hatte den ersten Jahrgang zu einem leichten Wein ausgebaut. Mehr als 12,5 Prozent sollte er nicht haben, dann war er der ideale Sommerwein, von dem man auch mal ein Glas mehr trinken konnte.

Konrad sah auf seine Uhr, er hatte die Zeit ganz vergessen. Berner hatte nicht angerufen und das »Flädle« nur bis 14 Uhr geöffnet. Er beschloss, sich mal wieder einen Döner zu gönnen, am Unteren Marktplatz gab es einen Stand. Er fuhr den Wagen in seinen Hof im Weingut und ging zu Fuß durch die mittelalterliche Innenstadt. In der belebten Palmstraße kam ihm sein Konkurrent entgegen: Werner Leonhard. In schwarzem Anzug mit grüner Krawatte und einer Rolex mit grünem Ziffernblatt am Handgelenk. Kein Bauer, der er eigentlich war, sondern ein Prahlhans. Konrad wäre ihm am liebsten ausgewichen, aber der schwergewichtige Mann mit den hoch rasierten Haaren hatte ihn schon gesehen.

»Na, Konrad? Schon fertig mit Schneiden?«

»Was geht dich das an?«

»Hast du über mein Angebot nachgedacht?«

»Da gibt es nichts nachzudenken. Ich verkaufe nicht. Und schon gar nicht an dich.«

»Conny, du siehst das immer zu persönlich.« Gönnerhaft legte ihm Leonhard eine Hand auf die Schulter, Konrad zuckte zurück. »Betrachte doch mal die schlichten Fakten: Dein Weingut ist finanziell am Ende. Du hast weder eigenes Geld noch bekommst du welches von der Bank. Zufällig kenne ich deinen Bankberater. Er meint, du seist gar nicht in der Lage, deine Schulden regelmäßig abzustottern. Dabei musst du dringend investieren. Dein Weinbergschlepper ist ein Schrotthaufen. Deine Kelteranlagen sind völlig veraltet. Du besitzt nicht mal eine eigene Abfüllanlage, sondern musst sie immer ausleihen. Feste Arbeitskräfte kannst du ebenso wenig bezahlen wie ausländische Erntehelfer. Eingeklemmt in der Altstadt hast du keinerlei Erweiterungsmöglichkeiten. Keinen Platz für moderne Verkaufsräume, für einen ordentlichen Wagenpark, keinen Platz für eine Besenwirtschaft. Es treibt mir die Tränen in die Augen, wenn ich sehe, wie dir das Erbe deiner Vorfahren durch die Finger rinnt. Ich habe deinen Vater noch gekannt. Er würde sich im Grab umdrehen. Wenn du verkaufst, kommst du mit einem blauen Auge aus der Sache raus.«

Konrad blickte seinen Kontrahenten direkt an. »Verpiss dich«, zischte er. »Sonst hast du das blaue Auge!«

Leonhard warf sich in die Brust: »Ich habe dir ein gutes Angebot gemacht. Du musst nur Ja sagen und bist alle Sorgen los. Wegen mir musst du dich auch nicht gleich von allem trennen. Ich will dich ja nicht aus deinem Elternhaus vertreiben. Vielleicht erst mal den Riesling am Hungerberg, damit ich Planungssicherheit habe. Und natürlich die oberen Lagen am Grafenberg.«

Konrad lachte. »Auf meine Lagen bist du schon lange scharf. Spitzenlagen sind im Remstal rar geworden. Aber bevor ich sie dir gebe, pflanze ich dort Rüben.«

»Na ja.« Leonhard grinste böse. »Dein Marketing läuft ja auf Hochtouren. Ganz Schorndorf redet darüber, dass die beiden Toten, der junge Mann aus dem Weinberg und die Frau im Friedhofsabfall, Wein von dir getrunken haben. Methanol. Vermutlich von der Isabellarebe. Du hast ja deinen ganzen Hof damit bepflanzt. Weiß du denn nicht, dass du diesen Wein gar nicht verkaufen darfst?«

Konrad starrte ihn an. Was für eine Teufelei hatte sich

Leonhard da wieder ausgedacht? Tatsächlich hatte er seinen Innenhof mit einer Pergola überspannt, die dicht mit Isabellareben berankt war. Diese alte Sorte war sowohl gegen Reblaus wie gegen Mehltau resistent. So musste er dort, wo bei einem Weinfest die Gäste saßen, nicht spritzen. Isabella bildete im Gärprozess etwas mehr Methanol als andere Sorten und durfte nur für den Eigengebrauch ausgebaut werden.

»Spinnst du? Ich habe aus diesen Trauben noch nie Wein gemacht. Erstens, weil die Maische einen schleimigen Klumpen bildet, den man kaum auflösen kann. Zweitens, weil der Wein einen unangenehmen Fox-Ton hat. Und drittens, weil es verboten ist. Diese Reben sind bei mir nur zum Schmuck da, weiter nichts.«

»Soso.« Leonhard lachte. »Dann hast du ja nichts zu befürchten. Aber in Schorndorf bist du das Thema an jedem Stammtisch. Ich glaube kaum, dass dein Weinverkauf heute besonders gut läuft.«

Konrad war feuerrot geworden. Er musste schleunigst weg hier, bevor seine Faust den Weg aus seiner Tasche fand. Aber einen Satz musste er noch loswerden: »Manchmal frage ich mich, woher deine Frau eigentlich so viel Geld hat, dass du mein Weingut kaufen kannst. Selbst erwirtschaftet hast du das jedenfalls nicht. Du warst ein armer Schlucker vor deiner Heirat!«

Leonhard schwieg.

Offenbar hatte Konrad einen wunden Punkt getroffen. Aber der Hunger war ihm vergangen. Im Probierstüble fiel er auf einen Stuhl. Er brauchte jetzt dringend eine Zigarette. Aber natürlich waren nur noch Krümel in der Schublade. Also rannte er noch mal durch die Höllgasse zum Unteren Marktplatz, zum Tabak-Hirschmann, das waren zum Glück nur 150 Meter. Wieder zurück öffnete er einen Riesling, goss sich ein Glas voll, trank es auf einen Schluck leer, riss die Packung Drehtabak auf, rollte sich eine Zigarette, zündete sie an und inhalierte tief.

Wenn das Gerücht, er würde aus der Isabellatraube Wein machen, tatsächlich in Schorndorf kursierte, dann hatte Leonhard es in die Welt gesetzt. Wer außer ihm konnte wissen, dass er seine Pergola mit dieser Rebsorte bepflanzt hatte? Wahrscheinlich gab es in ganz Schorndorf sonst keinen Menschen, der diese Rebe überhaupt kannte. Oder der Rebsorten an den Blättern unterscheiden konnte.

Ihr sollt nicht meinen, dass ich gekommen bin, Frieden zu bringen auf die Erde. Ich bin nicht gekommen, Frieden zu bringen, sondern das Schwert. Wenn Leonhard das Schwert wollte, konnte er das Schwert haben. Konrads Zorn wuchs. Dieser Leonhard tat so, als wäre er der bessere Unternehmer. Und der bessere Kellermeister. Dabei war er noch vor ein paar Jahren ein ganz einfaches Mitglied der Weinbau-Genossenschaft gewesen. Keine zwei Hektar Rebland und nur schlechte Lagen. »Schattenmorelle« hatten sie ihn genannt. An Rebsorten hatte er nur Massenträger wie Kerner oder Trollinger gehabt. Dann hatte er eine Frau gefunden, die eine Menge Land mit in die Ehe gebracht hatte. Draußen in Weiler. Und wie es das Schicksal wollte, wurde oberhalb des Freibads das neue Baugebiet *Brunnbach* erschlossen. Sämtliche Grundstücke gehörten ihr. So konnten sie ein hochmodernes Weingut bauen. Den alten Nebenerwerbslandwirten, deren Kinder den Rücken nicht mehr krumm machen wollten, kaufte er Stück für Stück ihr Rebland ab und war jetzt bei 17 Hektar angelangt. Konrad hatte nur fünf. Dafür hatte er die Toplagen und Leonhard nicht.

Konrad füllte sein Glas wieder und drehte sich eine neue Zigarette. Er ahnte, dass es Leonhard nicht nur um das Rebland ging. Was dem Mann fehlte, war ein repräsentatives Haus in der Schorndorfer Altstadt. Ein Haus mit Sandsteinfundament, mit Fachwerk und einem tiefen, gemauerten Gewölbekeller. Ein Haus wie das von Konrad. Dort könnte er dann einen Verkostungsraum so einrichten, wie Touristen ihn sich vorstellten. Mittelalterliche Patina und gleichzeitig hochmoderne Technik. Dann wäre er der König von Schorndorf. Jedenfalls der Weinkönig. Konrad schlug mit der Faust auf den Tisch.

Leicht angetrunken öffnete er später das Probierstüble. Aber wie von Leonhard prophezeit, kamen kaum Kunden. Und die wenigen, die kamen, fragten ganz unschuldig, ob in seinen roten Cuvées auch Isabella enthalten sei. Man höre so allerhand in der Stadt. Geduldig erklärte Konrad, dass es Wein aus dieser Sorte nur noch im südlichen Burgenland gab, den sogenannten Uhudler. Und dass er dort ganz legal verkauft werden durfte. Dass er, Konrad, diese Reben nur aus optischen Gründen über die Pergola ranken ließ. Die Leute sahen ihn skeptisch an. War ein Gerücht erst in der Welt, kam man kaum noch dagegen an. Er musste mit Berner sprechen. Der Redakteur könnte in der nächsten Ausgabe diese irre Geschichte widerlegen. Er versuchte, Hanne zu erreichen, aber wieder ging sie nicht ans Handy.

Frustriert stieg er hinauf in sein Arbeitszimmer, das im Wesentlichen aus einem uralten, dunklen Eichenholzschreibtisch bestand, den der Wurm nach und nach in Sägemehl verwandelte. Ein paar schiefe Regale mit Stapeln von Papier. Alle aktuellen Unterlagen hatte Hanne ordentlich in einem neuen Aktenschrank an der Wand untergebracht. Sie hatte sich geweigert, auf seinem Schreibtisch für Ordnung zu sorgen. So hatte seine Arbeit eher archäologischen Charakter, er musste sich Schicht um Schicht durch die Vergangenheit graben.

Den ersten interessanten Fund machte er in der Schublade links unten. Dort entdeckte er ein Bündel von Feldpostbriefen. Graue Umschläge, vielfach gestempelt, graues Papier, einzelne Zeilen geschwärzt. Alle Briefe stammten von Karl Konrad, seinem ausgewanderten Onkel. Sie kamen aus Norwegen. Gerichtet waren sie an eine Isabella Denzinger in Schorndorf, Höllgasse. Seine Adresse. Aber Denzinger? Diesen Namen hatte er noch nie gehört. Und dann hieß sie auch noch Isabella. Wenn das mal kein schlechtes Omen war.

Liebe Isabella, las er. Die blaue Tinte war verblasst. Die Schrift fahrig.

Unablässig denke ich an Dich. Du bist wie die Quelle, von welcher der Verdurstende träumt, du bist der Ruhepol meines Lebens, die Geliebte, deren Bild mich am Leben hält. Seit Wochen sind wir jetzt schon in diesem fremden, schönen Land und stoßen, wen kann es wundern, vor allem auf ablehnende Gesichter. Der Hafen von (Name geschwärzt) *ist gesäumt von Fischerbooten, die aber wegen der vielen Minen nicht auslaufen können. Wenn der Krieg vorüber ist, mein geliebtes Mädel, möchte ich mit Dir hierher zurückkommen. Ich will mit Dir vor einer der urigen Hafenkneipen diese kleinen, gegrillten Fische essen, ein kühles Bier trinken und bei Sonnenuntergang auf den*

Hafen und die Berge blicken. Der Wind, der hier niemals aufhört zu wehen, wird Dir Dein unbezähmbares blondes Haar über die Augen blasen und Dein roter Mund wird mir zuflüstern: Bitte, Karl, bitte küsse mich! Jetzt sofort! Ach, Isabella! Warum kann das nicht morgen schon sein! Ich vermisse Dich mehr als alles andere auf der Welt und kann es nicht erwarten, Dich wieder in meinen Armen zu halten.

In Liebe, Dein Karl Ernst, oder wie Du immer sagst mit Deinem unvergleichlichen elsässischen Akzent: Charlemagne!

PS: Ernst bedeutet ja »der zum Kampf Entschlossene«. Die kommenden Wochen werden zeigen, dass ich diesen Zweitnamen zu Recht trage.

Um welchen Hafen konnte es sich gehandelt haben, überlegte Konrad. Die Deutschen waren ja in der halben Welt herumgekommen in jenen schrecklichen Jahren, an deren Ende 50 Millionen Tote standen. Vielleicht gab es Hinweise in den anderen Briefen. Er nahm sich den nächsten vor. Er trug das Datum 1942.

Geliebte Isabella,

inzwischen haben wir längst den Hafen verlassen und sind im Hinterland, im Gebiet (Name geschwärzt). *Wir kommen rasch voran und die Stimmung in der Truppe ist gut. Insgesamt sind wir sieben Freunde (sieben Schwaben), die alle aus Schorndorf oder jedenfalls dem Remstal stammen. Ein richtiges Schwabennest! Wir haben einen literarischen Zirkel gegründet und die meisten von uns haben Hefte aus der Reclam-Feldbücherei dabei. Es sagt viel über einen Mann aus, welches Buch er in seinem Tornister hat. Das sind alles gestandene Männer um mich herum, gute*

Soldaten, doch dann sehe ich Titel wie »Werthers Leiden« oder Liebesgedichte von Schiller. Kennst Du das: »Uns entgegen gossen Nektarquellen ewig strömend ihre Wollustwellen«? Wie doch jeder ach so harte Mann eine weiche Seite hat. Am liebsten von allen Kameraden ist mir Moritz, stell dir vor, er ist nicht nur genauso alt wie ich, er hat auch noch wie ich am 17. Januar Geburtstag! Während ich es mehr mit der Literatur habe, wäre er gerne Kunstmaler geworden. Wir verbringen Stunden, in denen er mir die Biografien berühmter Künstler nacherzählt, während ich mit Lessing und Klopstock dagegenhalte. Der Dritte aus unserem engeren Schorndorfer Kreis ist Hermann, ein Fotograf, der sich keine Sekunde von seiner Kamera trennt. Ich glaube, sein Finger ist inzwischen mit dem Auslöser der Kamera verwachsen! Natürlich muss er vor allem unser Vorwärtskommen dokumentieren, aber auch für Landschaftsaufnahmen findet er immer noch Zeit. Wer weiß, vielleicht können wir drei ja nach dem Krieg etwas zusammen machen, künstlerisch, meine ich.

Unentwegt marschieren wir gen Osten und jeden Tag vor dem Schlafengehen betrachte ich dieses kleine Foto von Dir, das mit den Haarspangen und dem kecken und unterschwellig so traurigen Ausdruck. Wie schön Deine Augen sind, wie sinnlich Dein Mund, wie reizend die zierlichen Muscheln Deiner Ohren!

Ich habe einen Entschluss gefasst. Wenn ich zurück bin, werde ich das Weingut Richard überschreiben, denn ihm, als dem älteren Bruder, steht es zu und seine Fassungslosigkeit, als Vaters Testament eröffnet wurde, werde ich nie vergessen (gewusst hat er es ja schon vorher, aber glauben wollte er es nicht). Vielleicht haben wir beide, Isabella, ja eine Zukunft in einem ganz anderen Land, warum nicht in Norwegen, wo die Leute den Schwaben so ähnlich sind!

In ewiger Liebe, Dein Charlie (so nennen mich neuerdings alle, nachdem die Amerikaner uns den Krieg erklärt haben).

Inzwischen hatte sich Konrad an die etwas flüchtige, um nicht zu sagen schlampige Schrift seines Onkels gewöhnt. Aber irgendetwas stimmte mit dieser Schrift nicht. Er nahm sich die Luftpostbriefe von Karl vor, die dieser aus Amerika geschrieben hatte. Die Schriftzüge waren ähnlich. Aber viel sauberer. Und die einzelnen Buchstaben waren ganz anders miteinander verbunden. Konnte ein Mensch in wenigen Jahren sein Schriftbild verändern?

8.

Das aufgeregte Muhen der Kühe weckte Hanne. Sie nahm an, dass es mit dem Melken zu tun hatte. Denn kurze Zeit danach war es wieder ruhig. Nie zuvor hatte sie die Ähnlichkeit zwischen sich und anderen Säugetieren so drastisch empfunden: Die Kühe wurden unruhig, wenn ihre Euter prall waren. Auch ihre Brüste spannten. Und prompt regte sich Clara: Zeit zu stillen.

Hanne hatte zwei löchrige, kratzige Decken um sie beide gewickelt. Claras winziges Gesicht verschwand fast in den vielen Falten. Hanne trug sie unter ihrer Winterjacke direkt auf der Haut. Wenn Clara Hunger bekam, musste Hanne den Säugling nur leicht drehen, damit er die Brustwarzen erreichen konnte. Und das würde gleich der Fall sein. Irgendwie war der Rhythmus der Kühe in den wenigen Tagen schon auf sie und ihr Kind übergegangen. Clara war jetzt ein halbes Jahr alt und verlangte alle drei Stunden nach der Brust.

Clara schlug die Augen auf und wie jedes Mal war Hanne überwältigt von dem klaren Blick, mit dem die Kleine ihre Umgebung musterte. Obwohl es hier nicht viel zu sehen gab: Von langen Rissen durchzogene graue Balken an der Decke, verrostete, spinnwebverklebte Gitterstäbe an den Seiten, eine dicke Schicht muffiges Stroh auf dem Boden. Der Höhe nach zu urteilen, in der die Tröge angebracht waren, befand sie sich in einem ehemaligen

Schweinestall. Zwischen ihrem Käfig und einem anderen befand sich ein niedriger, schmaler Durchgang. Von der Decke des zweiten Käfigs hing eine Rotlichtlampe, verkrustet von Staub und Dreck. Wahrscheinlich war sie mal für die Ferkel gedacht gewesen. Schade, dass sie nicht in Betrieb war. Etwas mehr Wärme hätte gutgetan.

Clara hatte ihre Besichtigung beendet und suchte jetzt nach der Brustwarze. Hanne führte den kleinen Kopf zur Brust und lächelte. Wie viele Ferkel hatten in diesen alten Stallungen wohl schon ihren Durst an den Zitzen ihrer Mutter gestillt? Vielleicht war es die Ursprünglichkeit ihres Gefängnisses, die ihr eine gewisse Gelassenheit gab. Denn sie begriff weder, wie sie hierhergekommen waren, noch, warum. Nach ihrer Ankunft im Hotel hatte sie die Kleine warm eingepackt und Anni zum Parkhotel Adler gefahren. Das Mädchen war dort mit Vreneli verabredet gewesen, Annis bester Freundin. Deren Mutter hatte sie eingeladen, verlängerte Weihnachtsferien mit Wellness, Hallenbad, Fitnessbereich, Massagen, Beautybehandlungen und vielem mehr zu verbringen. Wegen der Schulpflicht hatte es erst Probleme gegeben, aber beide Mädchen hatten so gute Noten, dass sie eine Ausnahmegenehmigung bekamen. Eine Sensation für die beiden 14-Jährigen.

Im letzten Jahr hatte Anni das Weingut von Hanne und Konrad so häufig besucht, dass sie schon zur Familie gehörte. Anni hatte ein Gefühl für Pflanzen, war hilfsbereit und arbeitete gerne mit Konrad im Weinberg. Sie hatten sie unter ihre Fittiche genommen.

Anni und Vreneli hatten sich in der übertriebenen Weise, wie es Mädchen in diesem Alter tun, umarmt und geküsst. Dann hatten sie sich an den Händen gefasst und waren schwatzend davongelaufen. Hanne trank mit Vrenelis Mutter, einer elegant gekleideten Geschäftsfrau, noch einen Kakao in den Adlerstuben und verabschiedete sich dann. Sie schob den Kinderwagen vorbei an einem kleinen See auf den gut geräumten Weg durch das Hinterzartener Hochmoor. Große Schneeflocken sanken sanft zur Erde und verzauberten das Moor, das sich in eine menschenleere Märchenlandschaft zwischen den dunklen Gestalten verkrüppelter Kiefern und dem einsamen Krächzen der Rabenkrähen verwandelte. Ein leichter Wind war aufgekommen, er stäubte den Schnee durch das Geäst der kahlen Birken und über den Weg. Ein bisschen unheimlich war es nun doch, der Wind trieb ihr die Tränen in die Augen, Wolken jagten in lang gezogenen Fetzen über den Himmel. Sie deckte Clara sorgfältig zu und beschloss umzukehren. Aufatmend erreichte sie den Rand des Moores, die Straßen wurden wieder breiter. Hanne schob den Kinderwagen im dichter werdenden Schneegestöber nach links in die Winterhalde. Dort sollte der Hof dieser Bäuerin liegen, die für ihr Nussbrot bekannt war, ein Tipp der Hotelbesitzerin. Der Besuch des urigen Hofes inklusive eines zünftigen Schwarzwälder Vespers sei Teil der Buchung und damit kostenlos. Hanne hatte angerufen und war sofort eingeladen worden, den Hof und die Tiere zu besichtigen. Clara schlief tief und fest und Hanne versuchte, an den nur schemenhaft erkennbaren Häusern die Nummern zu entziffern. Sie stellte sich eine gut geheizte Bauernstube vor mit einem grünen Kachelofen und niedriger Decke. Sie freute sich auf eine Scheibe Nussbrot mit Butter und Salz. Vielleicht gab es sogar Buttermilch. Dort würde sie auch Clara stillen und wickeln können.

In einer unübersichtlichen Kurve hatte ein Traktor die Straße blockiert und sie musste in den Tiefschnee ausweichen. Die kleinen Räder des Kinderwagens waren den Schneehaufen nicht gewachsen und blieben stecken. Hanne sah sich um. Irgendwo musste der Fahrer doch sein, er musste ihr helfen. Trotz des Schneefalls schickte jetzt die Sonne schräge Strahlen durch das Gewirr der Flocken und verlieh der Szenerie etwas Unwirkliches. Sie hörte Schnee hinter sich knirschen und wollte sich umwenden. Etwas stach ihr in den Hals, ein Insekt vielleicht, sie schlug danach. Erst hier im Halbdunkel des Schweinestalls war sie wieder aufgewacht, das weinende Kind neben sich im Stroh. Kein Mensch hatte seither mit ihr gesprochen.

Sie legte Clara an die andere Brust, was diese mit einem empörten Schrei quittierte. Aber schon hatte sie sich wieder festgesaugt. Hanne schob einen Finger durch das eng um ihren Hals gelegte Lederband, von dem eine Kette bis an die Decke führte. Ihr Bewegungsspielraum war minimal, vielleicht einen Meter in jede Richtung. Und das Halsband scheuerte an der Schwellung, die der Stich an ihrem Hals hinterlassen hatte.

Zweimal am Tag, immer beim Melken, ging das Licht im Stall an. Dann wurde eine Holzklappe in der Verbindungswand zwischen Kuh- und Schweinestall hochgeschoben. Auf einem Tablett lagen dann Brot, Wurst, Käse, Milch, Wasser und abends hatte es sogar einen reichlich gefüllten Topf Kartoffelsuppe mit Speck gegeben. Einfache, gute Küche, wie Hanne sie mochte. In einem Restaurant in Hinterzarten hätte sie nichts anderes bestellt. Auch frische Windeln wurden durch die Klappe geschoben, der Eimer mit den alten Windeln und einer mit ihren eigenen Ausscheidungen wurden gegen leere getauscht. Hanne hatte gelernt, das benutzte Geschirr und die vollen Eimer so vor die Klappe zu stellen, dass sie bequem von außen zu erreichen waren. Ihre Kette reichte nicht weit genug, um die Klappe zu heben. Sie sah nur die Hände, die sie versorgten: kräftige Handgelenke und schwielige, von der Arbeit gerötete Frauenhände, die herausragten aus den Ärmeln eines alten Pullovers. Ein einfacher goldener Ring an der linken Hand. Sicher war es dieselbe Frau, die auch die Kühe molk.

Die Kühe waren Hannes Glück. Nicht nur, weil die Geräusche aus dem Kuhstall sie beruhigten. Sondern auch, weil sie ihr Wärme schenkten. Immerhin war Winter und der Schweinestall nicht geheizt. Aber die Körperwärme der Tiere, ihre eigenen Wintersachen und die dicke Schicht Stroh unter ihr reichten gerade so aus.

Doch ihre Gedanken spielten verrückt. Tausende von Szenarien malte sie sich aus. Warum wurde sie hier gefangen gehalten? Ging es um Menschenhandel? Sollte sie verkauft werden? Oder das Baby? Und warum sprach niemand mit ihr? Sie dachte an Kaspar Hauser, der vor fast 200 Jahren angeblich bei Wasser und Brot allein in einem dunklen Raum gefangen gehalten worden war. Jahrelang. Ab und zu hatte man ihm Betäubungsmittel ins Essen gemischt, dann war er am Morgen gewaschen, mit geschnittenen Fingernägeln und sauberer Kleidung wieder aufgewacht. Würde ihr das auch so gehen? Und was würde mit Clara geschehen? Sie hob das kleine Mädchen an die Schulter und klopfte ihm auf den Rücken. Als es sein Bäuerchen machte, legte sich auch die Unruhe im Kuhstall. Das Stalllicht erlosch, bis zur Morgendämmerung würde es nicht richtig hell werden. Die Kühe lagen wohl in ihren Boxen und verdauten in ihren vier Mägen das Heu, das sie nach dem Melken bekommen hatten. Hanne griff nach dem Brot. Clara hob den Kopf. Aus dem Dämmerlicht des Stalls drang ein leises Maunzen. Dann kletterte ein winziges schwarz-weißes Kätzchen durch die Gitterstäbe und rieb sich schnurrend an Hannes Händen.

9.

Hans-Peter Berner legte den Hörer des Festnetzapparates zur Seite. Er hatte jetzt keine Lust, sich mit den Kümmernissen von Vereinsvorständen, Stadträten, den Pressesprechern mittelständischer Firmen oder den Kollegen aus der Waiblinger Zentralredaktion zu befassen. Er holte sich einen bitteren Kaffee aus der Maschine, ordnete oberflächlich die Papierberge auf seinem Schreibtisch und wandte sich den Polizeiakten zu.

Die Identität der toten Frau vom Friedhof hatte über ihren Zahnstatus inzwischen geklärt werden können. Es handelte sich um eine Katharina Weisswanger. Berner hatte die Akte von seinem Informanten bei der Pressestelle der Staatsanwaltschaft. Seit Jahren bekam er von dem Mann zuverlässige Tipps. Als Gegenleistung platzierte er Veranstaltungen der Polizei vom Kegelabend der Ehemaligen über den Polizeisport bis hin zu öffentlichen Events stets an prominenter Stelle im Blatt. Eine Hand wusch die andere. So ging der Job.

Berner verschüttete etwas Kaffee auf der Akte und fluchte. Mit einem gebrauchten Papiertaschentuch trocknete er den Fleck. Diese Weisswanger war Praktikantin in der Zentralredaktion der Schorndorfer Zeitung gewesen. Deshalb war sie ihm auch so bekannt vorgekommen. Mit 32 Jahren war sie eigentlich schon zu alt für ein Praktikum. Aber vielleicht hatte sie vorher studiert. Oder sie gehörte zur »Generation Praktikum«, junge Erwachsene, die sich für keinen Beruf entscheiden konnten. Immerhin war sie eine Kollegin. Berner packte der Ehrgeiz. Wenn schon die Waiblinger Redaktion nichts unternahm, dann wollte wenigstens er dem Tod dieser Frau auf den Grund gehen.

Er rief in der Zentralredaktion an, aber die Kollegen konnten ihm nicht weiterhelfen. Bei Google gab es keinen einzigen Eintrag zu dieser Frau. Auch der Zusatz »Schorndorf« blieb erfolglos. Bei Instagram hatte heutzutage jeder ein Konto. Er gab den Namen mit dem Zusatz »Instagram« ein. Wieder kein Treffer, was an und für sich schon erstaunlich war. Ein Foto wäre hilfreich gewesen, um es herumzuzeigen. Aber in den Akten fehlte es. So weit ging also die Freundschaft mit dem Mann von der Pressestelle nicht. Aber ihre Adresse stand da. Die Polizei war bestimmt schon dort gewesen, aber zwei Journalistenaugen sahen mehr als zehn Polizeiaugen, wie er gerne sagte. Sie hatte im Stadtteil Oberberken in der Unteren Straße gewohnt. Er entschloss sich, hinzufahren. Hinterher würde er sich mit Conny zum Mittagessen verabreden. Vielleicht konnte er ihm dann Neuigkeiten präsentieren.

Die serpentinenreiche, aber gut ausgebaute Straße nach Oberberken führte mitten durch den Schurwald. Hochgewachsene Buchen und Eichen auf beiden Seiten. Der lichte Waldboden war dicht mit abgefallenem Laub bedeckt, eine raue, rötlich-braune Schicht, ein dicker, weicher Teppich. Der verbeulte VW-Polo, ein in die Jahre gekommener Verlagswagen, schaffte die steile Strecke nur im dritten Gang. Oberberken lag am höchsten Punkt des Schurwaldes. Die ersten Bauern dort hatten unter den kargen Böden gelitten. Heute bauten reiche Schorndorfer hier ihre Villen.

Am Ortseingang bog er links ab und kam am SOS-Kinderdorf vorbei, wo er kurz die Aussicht auf die Schwäbische Alb und die Kaiserberge genoss. Dann fuhr er vorbei am Friedhof in die Untere Straße. Sie gehörte zur gewachsenen Ortsmitte, wo die Häuser inmitten großer Gärten standen. Ackerbürgerhäuser mit hohen Scheunentoren. Hier oben war es immer, wie sein Freund Conny sagte, »einen Kittel kälter« als im Tal. Er hielt vor einem Haus mit breiter Auffahrt.

In dem kleinen Ort blieb ein Fremder nicht lange unbemerkt. Berner war kaum vor dem hohen weißen Haus ausgestiegen, da kam ihm schon ein älterer Mann mit langen grauen Haaren entgegen. Offenbar der Hausbesitzer. Er schob die Hände in die Kitteltaschen und sah Berner fragend an. Der Redakteur grüßte höflich.

»Verzeihung, wohnt hier eine Katharina Weisswanger?«, fragte er den Mann.

»Wer will das wissen?«

»Entschuldigung, mein Name ist Berner, Hans-Peter Berner, ich komme von der Schorndorfer Zeitung. Ich habe die Leiche von Katharina Weisswanger auf dem Friedhof gefunden. Sie soll hier gewohnt haben. Ist das richtig?«

»Ich kenne einige von der Schorndorfer Zeitung. Aber den Namen Berner habe ich noch nie gehört.«

Der Redakteur versuchte, nicht beleidigt zu sein. Eigentlich müsste sein Name jedem Schorndorfer ein Begriff sein. Er stand schließlich jeden Tag in der Zeitung. Er reichte dem Mann seine Visitenkarte mit Verlagslogo. Der grinste nur.

»So einen Scheiß kann jeder drucken. Haben Sie keinen Presseausweis?«

Den hatte Berner natürlich. Aber wie üblich nicht dabei. Er wurde ungehalten. »Sie können gerne in der Redaktion anrufen. Die Nummer steht auf der Visitenkarte. Statt der Durchwahl nur die Null wählen. Dort wird man Ihnen bestätigen, dass ich im Auftrag der Zeitung unterwegs bin. Ich zeige Ihnen auch gerne noch meinen Personalausweis, den habe ich dabei.«

Der Mann lenkte ein. »Ich will nur nicht, dass Ihre Kollegen von der BILD-Zeitung hier rumschnüffeln. Was wollen Sie denn wissen?«

»Hat Frau Weisswanger jetzt hier gewohnt oder nicht?«

»Nicht dauerhaft. Wir haben sie für ein Jahr bei uns aufgenommen, weil sie keine Wohnung fand. Sie machte ein Praktikum bei Ihrer Zentralredaktion in Waiblingen. Neulich wollte sie eine Wohnung besichtigen. Meine Frau hat ihr den Wagen geliehen. Von dieser Fahrt kam Kathie nicht zurück. Unseren Wagen fand die Polizei dann in Schorndorf-Weiler. Wir haben ihn inzwischen zurück.«

»Haben Sie zufällig ein Foto von Frau Weisswanger?«

Der Mann überlegte. Er beabsichtigte offenbar nicht, Berner seinen Namen zu nennen.

»Tut mir leid, wir haben keine Fotos von ihr.«

Berners Hoffnung schwand. »Und ihre Wohnung? Dürfte ich die mir mal anschauen? Oder ihr Zimmer?«

Der Mann lachte. »Da könnte ja jeder kommen! Ich lasse doch keine wildfremden Leute in Kathis Zimmer. Im Übrigen hat die Polizei schon alles durchsucht.«

Das Misstrauen des Mannes ging Berner auf den Geist. »Ich komme auch so zu meinen Informationen«, sagte er hochnäsig. Stieg ein und gab Gas, der Kies spritzte. Im

Rückspiegel sah er den Mann grinsen. »Verdammte Alt-68er«, murmelte er vor sich hin.

Er beschloss, wieder ins Tal zu den Eltern von Sascha von Kerf zu fahren. Berner parkte in einer kleinen Haltebucht im Viehweidweg, einer der teuersten Wohnlagen in Schorndorf. Das Haus war von der schmalen Straße aus kaum zu erkennen, so dicht wuchsen die Pflanzen ringsum. Obwohl Bäume und Sträucher den Blick versperrten, war die ordnende Hand eines Gärtners zu erkennen.

Er zögerte. Termine wie diesen verabscheute er. Menschen in ihrer Trauer zu stören, fühlte sich immer unangenehm an. Aber es gehörte nun mal zu seinem Job. Wenn ein Promi eines natürlichen Todes starb, war es ja auch ganz normal, mit der Familie wegen eines Nachrufes zu sprechen. Und wenigstens gehörte er nicht zu den Kollegen, die die Verwirrung der Hinterbliebenen ausnutzten und Fotos oder Briefe klauten. Er klingelte.

Die Wechselsprechanlage knackte. »Ja, bitte?«

»Berner mein Name. Ich bin von der Schorndorfer Zeitung. Ich möchte um ein kurzes Gespräch mit den Angehörigen von Sascha von Kerf bitten.«

»Wir haben kein Interesse.«

Aufgelegt. Er klingelte ein zweites Mal.

»Was ist denn noch?«

»Entschuldigung. Aber es werden sich sicher noch Kollegen von überregionalen Blättern bei Ihnen melden. Da ist es doch besser, wenn Sie erst mal mit der Lokalzeitung reden. Wir sind ein seriöser Verlag. Ich kann Ihnen versprechen, dass wir sorgsamer mit diesem schrecklichen Todesfall umgehen, als es die Boulevard-Presse gewöhnlich tut.«

Pause. Dann summte der Türöffner und das schmiedeeiserne Gartentor glitt zur Seite. Er ging den gewundenen Weg aus geschliffenen Vulkansteinen entlang bis zu einem wuchtigen Portal aus dunkel gebeiztem Eichenholz. Die Tür schwang lautlos auf und Berner betrat etwas unsicher das Haus.

»Folgen Sie mir bitte!« Eine grauhaarige, schwarz gekleidete Frau, offenbar die Hausdame, musterte seine ausgebeulten Jeans und ging dann vor ihm durch einen breiten Flur, der direkt zu einer hohen Glasfront führte. Sie öffnete den Durchgang zu einem Wintergarten. »Bitte warten Sie einen Moment.«

Berner blickte sich um. Überall Parkett aus gekalkter Eiche, darüber gewebte Läufer. Moderne Bilder an den Wänden, kleine, antiquarische Möbel. Kein Protz, aber alles hier atmete Geld.

Die Tür öffnete sich wieder. »Bitte.« Die Hausdame wies auf eine Sitzecke im Wintergarten. Zwischen großen Pflanzkübeln saß in einem Sessel aus Teakholz und Aluminium eine kleine, schmale Frau. Sie trug eine Sonnenbrille, ein weites T-Shirt, pluderige Hosen und hatte ihre Beine hochgelegt. Sie sah ihn nicht an und stand auch nicht auf. Berner wurde sich seiner alten Sneaker und seines schlecht sitzenden Sakkos bewusst. Er trat näher und räusperte sich verlegen.

»Setzen Sie sich.« Sie wies mit einer müden Handbewegung auf einen niedrigen weißen Rattansessel. Berner setzte sich auf die Kante. Sie sah durch die raumhohen Fenster in die Ferne. »Sie haben fünf Minuten.«

»Ich bitte nochmals um Entschuldigung.« Berner zog sein Smartphone heraus und aktivierte das Mikrofon.

»Es geht um Ihren Sohn. Möglicherweise ist er ja ermordet worden.«

»Würden Sie bitte das Diktiergerät wieder einstecken?«

»Entschuldigung.« Berner verstaute das Handy in der Innentasche seines Sakkos. »Können Sie sich vorstellen, wer das getan hat?«

»Nein.«

»Sascha hatte Methanol im Blut. Man kann Methanol mit Schwefelsäure und Koffein zu einer Art Amphetaminpaste zusammenrühren. Hatte er denn Kontakt zur Drogenszene?«

»Nein.«

»Wie können Sie da so sicher sein? Ich meine, bei einem so jungen Mann weiß man nicht immer, wo und mit wem er verkehrt. Da ist die Clique oft wichtiger als das Elternhaus.«

Endlich blickte sie ihn an. Hinter der dunklen Sonnenbrille glaubte Berner, einen mühsam im Zaum gehaltenen Zorn zu erkennen.

»Sascha war mein einziges Kind. Ich weiß alles über ihn. Er hing nicht am Bahnhof rum oder in diesem selbst verwalteten Jugendzentrum, falls Sie das meinen. Er machte eine Ausbildung in unserem Betrieb und besuchte das Berufskolleg.«

»Dann hatte er also kein Abitur?«

»Das Abitur hat für einen, der mal unseren Betrieb übernehmen wird, keinen Sinn. Er absolvierte eine praxisbezogene Ausbildung.«

»War er vielleicht in politisch extremen Gruppen aktiv?«

»Was fällt Ihnen ein!« Sie nahm die Sonnenbrille ab.

Ihre schwarz umrandeten hellblauen Augen blitzten vor Wut. »Wissen Sie nicht, wer wir sind?«

»Doch, natürlich. Ich will Ihnen ja gar nicht zu nahe treten. Aber von irgendwoher muss er das Zeug ja haben. Könnte es mit der Firma Ihres Mannes zu tun haben? Haben Sie Feinde oder Neider?«

»Die fünf Minuten sind um.« Lautlos war die Hausdame hinter ihm erschienen.

Berner stand auf. Er entschuldigte sich noch einmal und wurde wortlos aus dem Haus geführt. Das schwere Portal schlug zu. Das Gartentor schob sich automatisch auf. Ein groß gewachsener Mann im grauen Anzug und mit grauen Schläfen kam ihm entgegen. Berner kannte ihn vom Neujahrsempfang der Stadt: Es war Siegfried Graf von Kerf. Berner wollte ihm kondolieren, doch Kerf schob ihn einfach zur Seite und ging weiter. Auf der Straße angekommen, seufzte Berner ergeben. Scheißjob. Aber egal. Für ein paar Zeilen würde es reichen.

Er stieg in seinen Dienstwagen, einen verbeulten, schmutzig weißen VW Polo mit Verlagslogo, und rollte langsam über die Alte Steige zurück ins Tal. Wer konnte noch etwas wissen? Sascha war also Schüler am Berufskolleg gewesen. Das Berufsschulzentrum befand sich in der Grabenstraße. Vielleicht konnte er dort etwas in Erfahrung bringen. Die Schüler regten ihn ständig auf. Wenn er durch die Grabenstraße fuhr und gerade Pause oder Schulschluss war, gingen sie dermaßen provozierend langsam über die Straße, dass er jedes Mal bremsen musste. Er beschleunigte den Wagen, wurde wie immer in der Krummhaarstraße geblitzt und fand einen Parkplatz direkt an der Eisenbahnlinie. Auf dem Schulhof standen Mädchen kichernd in kleinen Gruppen zusammen, Jungs gaben sich cool und einige sah er rauchen. Er zog seinen Spiralblock heraus und mischte sich unter die jungen Leute, die er zwischen 17 und 21 Jahre schätzte. Sascha war 19 gewesen, wahrscheinlich hatte er das Abi geschmissen und versucht, im Berufskolleg einen fachbezogenen Abschluss zu machen.

Drei junge Frauen in dicken Winterjacken schienen in Saschas Alter zu sein. »Berner«, stellte er sich vor, »Schorndorfer Zeitung. Könnt ihr mir was über Sascha von Kerf erzählen? Was war er für ein Typ?«

Wie immer in solchen Situationen hätte er gerne ein Mikrofon gehabt. So wie die Kollegen beim Fernsehen. Ein Mikrofon gab einem immer eine gewisse Bedeutung, eine Macht, ein Ansehen. Mit einem billigen Spiralblock und einem Kugelschreiber in der Hand nahm einen niemand ernst.

So war es auch bei diesen Mädchen mit ihren fast weiß geschminkten Gesichtern. Sie konnten noch keine 20 sein. Sie sahen ihn an mit einer Arroganz, die einer Familie von Kerf würdig gewesen wäre. Dann drehten sie sich wortlos um und gingen weg. Berner unterdrückte einen Fluch. Die Jugend hatte keinen Respekt mehr vor dem Alter. Er ging auf einen jungen Mann zu, der auf einer Mauer saß und mürrisch aufblickte. »Was?«

»Ich komme von der Schorndorfer Zeitung. Berner mein Name. Können Sie mir etwas über Sascha sagen, den jungen Mann, der in den Weinbergen gefunden wurde?«

»Sascha?«

»Sascha von Kerf. Der ging doch hier aufs Berufskolleg. Kennen Sie ihn?«

»Der machte irgendwas mit Elektrotechnik. Ich lerne Mechatroniker.«

»Aber Sie kannten ihn. Was war das für ein Typ? Kennen Sie seine Freunde?«

Der junge Mann erhob sich. »Wir reden nicht mit der Lügenpresse.«

Jetzt trat ein älterer Mann zu Berner. Typischer Berufsschullehrer, Dreitagebart, kariertes Hemd, Wohlstandsbäuchlein, runde Brille. »Verlassen Sie bitte das Gelände. Nehmen Sie doch ein kleines bisschen Rücksicht auf die Schüler. Wir alle trauern um Sascha. Wir wollen nicht, dass sein Tod in der Presse breitgetreten wird.«

Frustriert wandte sich Berner um. Gegenüber dem Schulgelände am Zaun vor den Eisenbahngleisen drückten sich drei Raucher herum. Er unternahm einen letzten Versuch.

»Kennen Sie Sascha von Kerf? Haben Sie eine Ahnung, was mit ihm geschehen sein könnte?«

Die drei sahen ihn an. »Sind Sie nicht der Bruder von Joe?«, fragte einer.

Berner schluckte. Dass sein jüngerer Bruder Joachim am Grafenberg zwischen den Weinbergen Cannabis anpflanzte und auf den Schulhöfen vertickte, zählte nicht zu den Ruhmesblättern der Familie. Aber er nickte. »Gehört ihr zu seinen Kunden?«, wechselte er vom Sie zum Du.

Die drei grinsten sich an. »Sie wollen was über Sascha wissen? Das kostet aber.«

Ganz schön geschäftstüchtig, die Jugend von heute, dachte Berner. Er zog einen Zwanziger aus der Tasche.

Sie sahen ihn erstaunt an. »Ist das alles?«

»Es kommt ganz darauf an, was ihr zu bieten habt!« Berner begann, sich zu ärgern. Aus den Augenwinkeln sah er, dass der Lehrer ihn beobachtete. »Also, was ist jetzt?«

»An dem Tag, an dem er verschwunden ist, waren wir hinter der alten Konservenfabrik in Weiler verabredet«, sagte einer hastig und schielte zu dem Lehrer. »Wir wollten da in Ruhe etwas Gras rauchen. Da ist normalerweise kein Mensch. Aber Sascha kam nicht. Oder vielmehr, er muss schon da gewesen sein. Denn sein Parka lag vor der verrosteten Metalltür, wo wir uns immer treffen.« Er schnappte sich den Zwanziger und verschwand mit seinen Freunden.

Berner stieg in seinen Wagen. Viele Augen folgten ihm. Wirkliche Erkenntnisse hatte er nicht gewonnen. Aber schon der knappe Satz des Lehrers reichte für eine Meldung. Die Schlagzeile hatte er schon vor Augen: »Berufsschulzentrum trauert: Was geschah mit Sascha?«. Er ließ den Wagen stehen, rief Konrad an und erinnerte ihn an den Termin im »Flädle«. »Lagebesprechung«, formulierte er hochtrabend.

Konrad versprach zu kommen. »Aber nicht lange. Ich fahre nachher in den Schwarzwald. Ich erreiche Hanne nicht. Da stimmt etwas nicht.«

10.

Konrad erwartete Berner bereits im Lokal. Weil ihr Lieblingstisch in der Ecke nicht mehr frei war, hatte er zwei Plätze direkt neben dem Eingang besetzt und studierte die Tageskarte. »Es gibt Maultaschen geschmälzt oder in der Brühe, mit Kartoffel- oder mit Feldsalat, große oder kleine Portion.«

Sie bestellten die Variante in der Brühe, die hier nicht aus Brühwürfeln, sondern aus Fleisch, ausgekochten Knochen, Suppengemüse und Gewürzen hergestellt wurde. Dazu je einen gemischten Salat. Konrad war nicht bei der Sache. Er verzichtete auf das übliche Viertele, obwohl Berner ihn dazu einlud. Das Tagesessen wurde sofort serviert, Konrad beachtete es kaum.

»Was ist los?«, fragte Berner schließlich. »Hast du meinen Bruder erreicht?«

Konrad schreckte hoch. »Was?«

»Ob du meinen Bruder Joachim erreicht hast. Du hast doch nach seiner Nummer gefragt.«

»Ach so, ja. Sein Leichenwagen ist offenbar in Topform, er hat sogar die Roststellen ausgebessert. Und er besorgt sich eine Art Livree, keine Ahnung, woher. In ein paar Tagen holt er die Knochen aus der Asservatenkammer.«

»Keine Sorge, Joachim kennt sich aus mit Behörden. Was hast du jetzt mit den Knochen vor?«

»Keine Ahnung. Ich weiß nicht mal, warum ich sie überhaupt will. Am besten, ich vergrabe sie im Weinberg.«

»Aber es muss doch irgendeinen Hinweis in deinen Familienpapieren geben. So ein Verwandter taucht doch nicht aus dem Nichts auf.«

»Eigentlich ist mir das gerade ziemlich egal.« Konrad stierte in seine Suppe. Dann hob er den Kopf. »Eines ist allerdings seltsam.«

»Jetzt red schon. Mach es nicht so spannend!«

»Ich dachte ja immer, mein Vater Richard als der ältere Sohn hätte das Weingut direkt von meinem Großvater geerbt. So ist das Tradition in landwirtschaftlichen Familien. Aber laut den Unterlagen war zuerst mein Onkel Karl, also Richards jüngerer Bruder, eingetragen. Vielleicht weil mein Vater durch sein Bein gehandicapt war. Erst als Karl vom Krieg zurückkam, hat er das Weingut meinem Vater überschrieben und ist ausgewandert. Tat er es aus Mitleid? Oder gab es eine Auseinandersetzung? ›Geh nicht ins Haus deines Bruders, wenn dir's übel geht. Ein Nachbar in der Nähe ist besser als ein Bruder in der Ferne.‹ Das ist aus der Bibel, auch wenn sich's nicht so anhört. Es steht auf einem Zettel, den mein Vater ins Familienbuch geklebt hat. Jedenfalls hat Karl nach dem Krieg viel gutes Ackerland in Schorndorf-Weiler verkauft. Mehrere Hektar. Wie kann das sein? Ich dachte immer, was ich von meinem Vater geerbt habe, ist alles, was die Familie je besessen hat. Außerdem hat mein Vater immer gesagt, man verkauft keinen Grund und Boden in Stadtnähe, früher oder später wird das alles Bauland.«

»Vielleicht hat Karl es verzockt?«

Konrad zeigte ihm den Vogel. Dann ließ er den Löffel

sinken. Er hatte die Maultaschen kaum angerührt. »Ich muss los.«

»Jetzt bleib doch noch einen Moment. Was ist denn mit Hanne?«

»Sie geht nicht ans Handy. Es klingelt nicht mal. Da kommt immer nur so ein komischer Ton. Und im Hotel ist sie gestern nicht zum Frühstück erschienen. Das passt nicht zu ihr. Hanne ist eine Genießerin. Ein Frühstücksbuffet mit Müsli, Saft, frischen Brötchen, Marmelade und Honig, das lässt sie sich nicht entgehen. Vor allem nicht im Urlaub. Und seitdem wurde sie von den Hotelbesitzern nicht mehr gesehen. Vielleicht weiß Anni was, aber ich habe blödsinnigerweise ihre Handynummer nicht. Und die von Annis Freundin sowieso nicht. Im Adler habe ich natürlich auch schon angerufen. Die Rezeption hat mich auf das Zimmer der Mädchen verbunden, aber dort geht auch niemand ran.«

»Hast du Hanne schon vermisst gemeldet?«

»Klar. Hier im Polizeirevier. Aber die nehmen so was gar nicht ernst. Die gehen erst mal davon aus, dass es Streit gab und die Frau abgehauen ist. Außerdem: Was können sie schon tun? Ich habe ihnen Hannes Foto gegeben, das geht an alle Streifen, damit sie sie identifizieren können, falls sie eine Leiche finden oder falls sie an irgendeiner Grenze aufgegriffen wird.«

»Jetzt denk nicht gleich an das Schlimmste! Vielleicht wurde ihr das Handy gestohlen und sie hat es sperren lassen. Das würde ich jedenfalls tun. Mach dir keine Sorgen. Im Nachbarort Titisee gibt es ein riesiges Erlebnisbad, ich habe mal einen Bericht im Dritten Programm darüber gesehen. Wahrscheinlich ist sie dort den ganzen Tag mit der Kleinen. Die haben jede Menge Wasserrutschen, ein Wellenbad, ein Restaurant und was weiß ich noch alles. Und warm ist es da drinnen auch, während sich die anderen draußen im Schneematsch die Zehen abfrieren. Mich würdest du dort den ganzen Tag nicht rauskriegen.«

Konrad sah ihn hoffnungsvoll an. »Meinst du wirklich?«

Das verzweifelte Gesicht seines Freundes machte Berner verlegen. So weich kannte er seinen raubauzigen Freund gar nicht. »Na klar. Aber fahr einfach hin, in zwei Stunden bist du dort. Dann verbringt ihr eine schöne Nacht in gesunder Schwarzwaldluft, zeugt das nächste Kind und morgen bist du wieder zurück. Wenn du willst, betreue ich solange dein Probierstüble. Wie du weißt, bin ich ein blendender Verkäufer.«

Konrad atmete auf. »Das tust du wirklich? Mensch, Hans-Peter, du glaubst gar nicht, wie dankbar ich dir dafür bin. Das Weihnachtsgeschäft ist wichtig für uns, vor allem, seit Leonhard uns mit seinen Gerüchten über die Isabellarebe an den Pranger stellt. Sei nicht böse, wenn ich sofort aufbreche. Du kannst ja noch sitzen bleiben.«

Er verschwand. Berner widmete sich seinen Maultaschen, bestellte noch einen Riesling und dachte über die Toten nach. Sascha von Kerf und Katharina Weisswanger. Und über die Vermissten: Hanne und Clara Konrad. Nach der Mittagspause meldete er sich in der Schorndorfer Redaktion ab und fuhr nach Waiblingen. Katharina hatte ihr Praktikum in der Kreisredaktion absolviert. Zu den Kollegen dort hatte er ein gutes Verhältnis.

Berner fand die Redaktion fast leer vor. Nur der Kollege vom Feuilleton hackte in die Tasten. Er konnte Berner nicht viel über die Praktikantin sagen. Ehrgeizig sei sie gewesen. In letzter Zeit habe sie viel im Archiv gestöbert und von Cold Cases geredet.

»Was war denn ihr letzter Auftrag?«

»Wir haben sie zu einer Hundertjährigen ins Altenheim geschickt. Typischer Praktikantentermin. Das hat sie auch noch geschrieben. War schon im Blatt.« Etwas verlegen reichte er Berner einen blauen Müllsack. »Da ist alles drin, was in ihren Schreibtischschubladen lag. Kennst du ihre Adresse? Bei uns hat die nämlich niemand notiert. Eine Anschrift von Verwandten haben wir auch nicht gefunden.«

Berner versprach, sich darum zu kümmern. Noch im Wagen untersuchte er den Inhalt des Beutels. Viel Erhellendes war nicht drin. Ein Lippenstift in Altrosa, eine aufgerissene Packung OBs, eine angefangene Schachtel Marlboro, eine Winterjacke, Wollhandschuhe, ein Prospekt von einem Schorndorfer Pflegeheim, eine Klarsichthülle, die nur ein winziges Schwarz-Weiß-Foto mit gezacktem Rand enthielt. Es zeigte einen Mann vor einer Backsteinwand. Ihm zu Füßen lag ein anderer Mann mit verdrehten Gliedern. Berner drehte das Foto um. Eine verschnörkelte Schrift, die er nicht entziffern konnte. Vermutlich Sütterlin. Dazu ein Datum: 18.01.1946. Das konnte wohl kaum etwas mit dem Tod von Katharina zu tun haben. Trotzdem steckte Berner das Foto in die Brieftasche. Den Sack warf er in den Kofferraum. Bei Gelegenheit würde er ihn nach Oberberken bringen.

Er sah noch kurz in der Schorndorfer Redaktion vorbei, schrieb einige Meldungen und Berichte und stiefelte kurz vor 16 Uhr quer über den Marktplatz in die Höllgasse. Konrad hatte ihm den Hausschlüssel gegeben, aber natürlich war das Probierstüble wie immer sowieso nicht abgeschlossen. Berner schüttelte den Kopf. Mit seinen über 40.000 Einwohnern war Schorndorf kein kleines Dorf mehr, wo jeder jedem vertrauen konnte. Zwar war die Kriminalität laut Statistik niedrig im Vergleich zur Region Stuttgart, aber dennoch gab es Einbruchsdiebstähle. »Eines Tages«, so hatte er Konrad prophezeit, »kommst du nach Hause und irgendwelche Chaoten haben deinen halben Weinkeller leer gesoffen!«

Berner begann, fehlende Flaschen in der Rotweinvitrine und Weißweine und Rosé im Kühlschrank nachzufüllen. Er freute sich auf seinen Einsatz, denn er war stolz auf sein Verkaufstalent und sein phänomenales Weinwissen. In der Redaktion hatte er sich im Lauf der Jahre zum Weinspezialisten gemausert. Eine dankbare Aufgabe in einer Gegend, die im Verhältnis zur Anbaufläche mehr Weinpreise gewann als jede andere Region in Deutschland.

Schon fuhren Kunden auf den Hof. Ihre erste Frage galt dem Methanol und ob Konrad tatsächlich damit zwei Menschen vergiftet hatte, wie überall herumerzählt wurde. Ob er schon verhaftet worden sei. Berner wunderte sich, wie schnell dieses Gerücht die Runde machte. »Methanol«, klärte er die Kunden auf, »kann man in jeden Baumarkt kaufen. Als Reinigungsmittel beispielsweise oder zur Desinfektion.« Katharina Weisswanger und Sascha von Kerf seien seines Wissens keine Kunden von Konrad gewesen.

Es kamen weitere Stammkunden, die ihre Kellerbestände auffüllen wollten. Trotzdem gelang es Berner, den einen oder anderen zu einem Kistle mehr zu überreden – »ewig wird es diesen Jahrgang nicht mehr geben, sorgen Sie lieber vor« – oder einen teureren Wein anzubieten – »stellen Sie sich vor, es kommen Freunde, die was von Wein verstehen, und Sie haben keinen Spitzenjahrgang im Haus«. Zuvorkommend fuhr er alle Kisten mit der Sackkarre in den Hof und lud sie in den jeweiligen Kofferraum. Der Umsatz konnte sich sehen lassen, Conny würde begeistert sein. Da Berner bei jeder Verkostung mittrank, war ihm nach drei Stunden etwas schwummrig zumute.

Gerade räumte er die Gläser in die Spülmaschine, da kam noch eine Kundin. Eine überschlanke Frau mit kurzen schwarzen Haaren, vielleicht Ende 30. Sie sah sich suchend um.

»Verzeihung, ich hätte gerne mit Herrn Konrad gesprochen.«

»Und mit wem habe ich die Ehre?« Berner verbeugte sich. *Namen sind Nachrichten*, hatte er schon als Volontär gelernt.

»Ist das wichtig für Sie?«

»Nein, natürlich nicht, verzeihen Sie.«

»Ist Herr Konrad nun hier oder nicht?«

»Herr Konrad macht Urlaub im Schwarzwald. Ich vertrete ihn. Sie können mir vertrauen. Ich bin sozusagen der Sommelier des Hauses. Möchten Sie etwas probieren?«

Spöttisch sah sie ihn an. Ihr Gesicht hatte etwas Apartes, Freches, das Berner ungemein anzog. Unter einem geöffneten schwarzen Wollmantel mit großen Knöpfen und einem eng geschnittenen ebenso schwarzen Samtkleid zeichnete sich eine knabenhafte Figur ab. Berner straffte die Schultern und versuchte, den Bauch einzuziehen. Gleichzeitig schielte er auf seine Fingernägel: Ganz sauber waren sie nicht mehr.

»Wir können auch gerne in den Keller gehen. Natürlich sind die aktuellen Weine weder durchgegoren noch abgefüllt, aber von den Letztjährigen könnte ich Ihnen eine Fassprobe anbieten. Vor allem die Roten im Barrique sind eine Sensation.«

Die Frau zögerte. »Wann kommt Herr Konrad denn zurück?«

»Ich denke, in ein paar Tagen ist er wieder hier. Er lässt den gärenden Wein im Keller nicht lange allein. Er behauptet immer, der Wein merkt es, wenn er nicht ständig um ihn herumschwänzelt und ihn beschwört.« Berner lachte etwas zu laut.

Die Frau schien zu überlegen. Dann lächelte sie. »Ich bin Ulrike«, stellte sie sich nun doch vor. »Wenn Sie morgen auch hier sind, komme ich gegen 19 Uhr auf eine Fassprobe vorbei.« Sie reichte ihm eine schmale Hand und Berner war versucht, sie an seine Lippen zu ziehen. Eine übermütige Fröhlichkeit stieg in ihm auf.

Er löschte das Licht, drehte den Schlüssel zweimal um, holte seinen Wagen vom Redaktionsparkplatz und fuhr nach Weiler, wo er um 20 Uhr in der Physiotherapie einen Massagetermin hatte. Er war nicht besonders sportlich und dem stundenlangen Sitzen vor dem PC verdankte er hartnäckige Rückenschmerzen. Nach jeder Massage hielt er wieder für ein paar Monate durch.

Wie immer begann seine Wellnessstunde mit einer Packung Fango. Die Hitze strömte in seinen geplagten Rücken, in den verspannten Nacken und die speckigen Schultern. Er dachte an diese Ulrike, die ihm zwar am Anfang etwas spröde, aber dann immer zugeneigter erschienen war. Hatte er bei ihr Chancen? Sie hatte eine

Figur, wie er sie liebte. Sein sprichwörtlicher Charme hatte jedenfalls gewirkt. Sonst hätte sie sich nicht für morgen angemeldet. Das war fast schon ein Date. Leise lächelte er in sich hinein.

Die Kabinen waren nur durch raumhohe gelbe Vorhänge getrennt. In der Nebenkabine raschelte es. Dann vernahm er Stimmen. Offenbar war gerade eine neue Patientin gekommen. Er hörte den beruhigenden Bass des Chefs und eine helle, junge Stimme.

»Was hast du denn diesmal mit deinem Knie angestellt?«, fragte der Physiotherapeut.

»Bei einer schnellen Drehung beim Aufstiegsspiel bin ich gestürzt. Meniskusriss. Letzte Woche war die Arthroskopie, die Schläuche sind schon raus, davor war's ganz schön schmerzhaft. Jetzt noch die Physio, dann kann ich in ein paar Wochen schon wieder joggen. Sagt jedenfalls der Chirurg.«

»Mach nur nicht so schnell. Bei einer Gelenkspiegelung sieht man äußerlich keine großen Wunden, aber innen im Knie ist schon einiges passiert. Wenn du zu schnell wieder trainierst, machst du den Erfolg der OP kaputt.«

»Ich pass schon auf.«

»Ich massier dir erst mal ganz sanft das Gelenk, dann zeig ich dir ein paar Übungen für zu Hause.«

»Haben Sie neulich meine Uroma in der Zeitung gesehen?«, fragte die junge Stimme. »Sie ist 100 geworden. Stellen Sie sich das mal vor! Sie hat noch die Weimarer Republik erlebt und den Zweiten Weltkrieg. Ein ganzes Jahrhundert! Das ist doch irre!«

Berner hörte konzentriert zu. War nicht Katharina Weisswanger zu einer Hundertjährigen geschickt worden?

»In welchem Altenheim ist sie denn«, fragte der Physiotherapeut. »Meine Oma ist in Schorndorf-Nord. Vielleicht kennen sich die beiden ja.«

»Nein, sie ist in dem Heim in der Palmstraße. Sie sagt, dort gefällt es ihr und das Essen sei auch gut. Ich besuche sie ab und zu. Sie ist noch ziemlich fit.«

»So, jetzt bitte das rechte Bein etwas anheben, den Fuß anspannen.«

Berners Masseur kam in die Kabine und bearbeitete seine Schultern und den Nacken. »Ihre Muskeln sind hart wie Beton«, kritisierte er. »Haben Sie denn die Übungen nicht gemacht, die ich Ihnen empfohlen habe?«

Natürlich hatte er die nicht gemacht. Berner schwieg und überlegte, ob er diese alte Frau aufsuchen sollte. Aber wozu? Wieso sollte sie etwas über Katharina wissen? Er ließ seine Gedanken treiben und dachte wieder an Ulrike. Morgen würde sie ins Weingut kommen. Hoffentlich blieb Conny noch ein paar Tage weg. Nicht dass ihm der Freund frauentechnisch ins Gehege kam.

11.

Von Schorndorf nach Hinterzarten waren es kaum 200 Kilometer, doch Konrads schwachbrüstiger Citroën hatte Mühe, gelegentlich mal einen Lastwagen zu passieren, ohne auf der Überholspur von hoch motorisierten Schweizern bedrängt zu werden. Ein Schicksal, das er mit anderen Kleinwagenfahrern teilte und das nicht gerade seine Laune hob. Kurz vor Villingen fuhr er von der A 81 ab und auf die Bundesstraße 31, auf der nicht minder gerast wurde. Bevor die Straße ins Höllental abtauchte, ging es ab nach Hinterzarten, einem Kurort, bekannt für sein Reizklima: warme Tage, kalte Nächte. Viel Schnee lag nicht mehr auf der Straße, trotzdem schlingerte der Wagen mit seinen Sommerreifen gefährlich durch die 30er-Zone. Das Hotel Silberdistel lag gleich rechts an der Freiburger Straße, erbaut im Stil eines Schwarzwaldhauses mit überstehendem Dach. Conny fuhr auf den Parkplatz und spähte nach Hannes froschgrünem 2CV. Vielleicht war es falscher Alarm. Aber der Wagen war nirgends zu sehen.

An der Rezeption stellte er sich als Hannes Mann vor und bekam anstandslos den Zimmerschlüssel ausgehändigt. Nein, hieß es, Frau Konrad sei nicht mehr gesehen worden. Beim Einchecken habe sie nach dem Wanderweg durchs Hochmoor gefragt. Die Polizei aus Neustadt sei auch schon da gewesen. Ob man das Zimmer jetzt weitervermieten könne.

Konrad behielt das Zimmer, die Rechnung war ja schließlich durch das Preisausschreiben bezahlt. »Wer hat dieses Preisausschreiben eigentlich ausgerichtet?«, wollte er wissen.

»Augenblick, ich schau mal nach.« Sie blätterte in einem Buch. »Wir haben immer wieder solche Gäste. In diesem Fall wurde die Rechnung allerdings bar bezahlt. Die Unterschrift kann ich nicht lesen.« Sie hielt ihm das Buch hin. Auch Konrad konnte das Gekrakel nicht entziffern. Eine Adresse stand nicht dabei. Er stieg ins zweite Obergeschoss. Hannes Zimmer hatte die Nummer 212. Ihr Bett war gemacht, die Babysachen, die Packung Windeln, ihre Kosmetikartikel im Bad, ihre sauber im Schrank zusammengelegte Kleidung und ein Buch über doppelte Buchführung auf dem Nachttisch rührten ihn. Was jetzt?

Er fragte nach dem Weg zum Hochmoor. Der Rundweg begann direkt gegenüber dem Hotel. Ein schöner, offener Weg, der nach ein paar Kilometern über Holzbrücken mitten durchs Moor führte. Hier vom Weg abzuweichen, war sicher nicht ratsam. Verkrüppelte Birken und Moorkiefern wichen schnell einer offenen Fläche mit Binsen und Sauergräsern. Die dicken Moorgrasbüschel trugen schiefe Kappen aus Schnee. Sie erinnerten Konrad an Geister, die vorsichtig beobachtend ihre Köpfe aus dem Morast hoben. Zwischen den Torfmoosen spiegelten kleine Tümpel mit stillem schwarzem Wasser die Wolken am Himmel. Hatte Hanne womöglich hier den Weg verlassen und war mit dem Kinderwagen ins Moor gestürzt? So viel Leichtsinn traute er ihr nicht zu. Aber auf dem Bohlenweg glänzte eine dünne Eisschicht. Hier konnte man leicht ausrutschen. Doch an den tiefen Stellen war der Weg mit massiven Geländern gesichert. Die hätten wenigstens den Kinderwagen aufhalten müssen.

Das Hochmoor mündete in einen niedrigen Kiefernwald, dann kam ein Bauhofgelände. Geradeaus wäre er wieder ins Dorf gekommen, doch er schlug den Weg links über die Winterhalde ein, Richtung Titisee. So war Hanne bestimmt auch gelaufen, der bisherige Weg wäre ihr zu kurz gewesen. Einfamilienhäuser mit Ferienwohnungen, sauber geräumte Garagenzufahrten, gepflegte Vorgärten, der schmelzende Schnee rutschte von kleinen Weißtannen. Außerhalb der Ortschaft kam Konrad an alten Bauernhöfen vorbei. Grau verwitterte Schindeln, schiefe Dächer, eingesunkene Fundamente. Hier schien die Zeit stehen geblieben zu sein. Wer als Bauer keine Ferienwohnung anbieten konnte, musste sich mit der Landwirtschaft begnügen. Frustriert hielt Konrad an. Hatte es irgendeinen Sinn, den Leuten das Foto von Hanne zu zeigen, das er extra mitgenommen hatte? Es dämmerte bereits, aber auf gut Glück fing er an.

Die wenigen Passanten schüttelten die Köpfe, es waren allesamt Kurgäste, Touristen, die nur Augen für die Landschaft hatten oder auf ihre Handys starrten. Konrad klopfte an Haus- und Stalltüren, mehr um überhaupt irgendetwas zu tun, als dass er sich davon etwas versprochen hätte. Aus einem alten Hof hörte er Kühe brüllen. Er sah auf die Uhr, wahrscheinlich war jetzt Melkzeit, dann war jedenfalls jemand da. Er drückte lange die Klingel, und als keine Reaktion kam, ging er um das Haus herum. Der Weg war aufgeweicht, eine braunweiße Mischung aus Dreck und Schnee. Bevor er klopfen konnte, wurde die halb vermoderte Stalltür aufgerissen und er sah sich einer Bäuerin in seinem Alter gegenüber. Strähnige Haare unter einem Kopftuch, Gummistiefel, zerrissene Strickjacke, schmutzige Cargohosen. Misstrauisch musterte sie ihn. Die Mistgabel in ihrer Hand zeigte auf Konrads Brust. Er entschuldigte sich und zog das Foto von Hanne aus der Tasche.

»Was ist mit der?«

»Das ist Hanne, meine Frau. Sie ist verschwunden. Mitsamt Clara, unserem Baby. Sie war mit einem dunkelblauen Kinderwagen unterwegs. Vielleicht ist sie hier vorbeigekommen. Haben Sie die beiden im Lauf der letzten Woche gesehen?«

Die Frau schlug ihm die Tür vor der Nase zu. Konrad sah zum Stall. Hatte er von dort eben einen Schrei gehört? Er lauschte. Nichts. Wahrscheinlich wurde gerade irgendein Vieh, ein Schwein oder ein Huhn geschlachtet. Trotzdem tastete er sich weiter. Hinter den Stallgebäuden waren halb verfallene Schuppen zu erkennen. Der Morast wurde immer tiefer. Ein Nachtvogel rief. Er hielt den Atem an. Aber außer dem Klopfen seines Herzens hörte er nichts mehr. Durch den Dreck stapfte er zurück zur Straße. Inzwischen war es dunkel.

Er orientierte sich am beleuchteten Zwiebelturm der Barockkirche und kam zum 600 Jahre alten Parkhotel Adler, einem seiner wenigen Kunden im ganzen badischen Raum. Auf dem Parkplatz entdeckte er zu seiner Überraschung Hannes grünen 2CV. Er umrundete ihn mehrmals und spähte durch die Scheiben. Im Licht der Straßenlaternen erkannte er eine Packung Windeln, Hannes Rucksack und ihre hochhackigen Schuhe. Sie hatte doch nur Anni hier abliefern wollen. Wieso stand ihr Wagen noch auf dem Parkplatz?

Konrad ging zur Rezeption im Hauptgebäude und zeigte dem Portier Hannes Foto. Der ältere Mann schüttelte den Kopf. Anni schien er der Beschreibung nach aber zu kennen und schlug vor, dass Konrad im Restaurant auf das Mädchen warten sollte. Er bekam einen Tisch zugewiesen, der zwischen holzvertäfelten Wänden stand. Er bestellte Forelle Müllerin und fand nach einigem Suchen auf der 120 Positionen umfassenden Weinkarte seinen eigenen Kunz, der zu einem wahnwitzigen Preis angeboten wurde. Während er die Filets von den Gräten löste, dachte er ununterbrochen an Hanne und Clara. Lagen ihre kalten Körper auf dem Grund des Hochmoors? Er konnte das Essen nicht genießen und schob den Teller weg. Wieder schlug er die Getränkekarte auf. Weine aus dem Kaiserstuhl, aus der Ortenau, aus Kalifornien und Neuseeland. Die Seiten zitterten in seinen Händen. Er bestellte noch ein Viertel Kunz, weil er ihn an Schorndorf erinnerte, an das Weingut, an Hanne und das Kind.

Als er gerade bezahlte, kamen zwei Mädchen in den Gastraum: Anni und ihre Freundin. Vrenelis Mutter war wohlhabend, sie konnte es sich leisten, mit zwei Jugendlichen in einem so teuren Hotel die Ferien zu verbringen. Wie immer, wenn er die beiden Mädchen zusammen sah, frappierte ihn ihre Ähnlichkeit: Beide hatten rote Haare, einen wachen Blick und waren gleich groß.

Er stand auf und die Mädchen fielen ihm um den Hals. »Wo ist Hanne?«, fragte Anni.

»Ich hatte gehofft, sie ist vielleicht bei euch«, entgegnete Konrad enttäuscht.

Anni schüttelte den Kopf: »Sie hat mich hier nur abgesetzt, so wie ausgemacht, und mit Neles Mutter einen

Kakao getrunken. Hinterher habe ich sie noch kurz gesehen, sie hat Claras Gesicht eingecremt und wollte einen Spaziergang machen.«

Begeistert erzählten die Mädchen von dem tollen Zimmer im Haupthaus. Und überhaupt sei alles hier im Adler allererste Klasse. Vrenelis Mutter würde auch gleich kommen. Sie habe Hanne schon mehrmals zum Essen einladen wollen, aber sie ging nie ans Telefon.

Als Frau Auwärter, Vrenelis Mutter, todschick und gut gelaunt ins Restaurant kam, verabschiedete sich Konrad. Er mochte die Frau nicht besonders. Bis zum Hotel Silberdistel waren es nur wenige Kilometer. Er umrundete den großen Dorfanger, ging am Bahnhof vorbei und an den weihnachtlich geschmückten Läden bis zu seinem Hotel. Dort holte er sich ein Pils aus der Minibar, warf sich aufs Bett und starrte auf den laufenden Fernseher, ohne zu begreifen, was er sah. Stundenlang wälzte er sich schlaflos auf seinem Bett. Hannes Nachthemd im Arm, das nach ihrer Haut und ihrem Parfüm duftete: blumig, würzig, lebendig.

Obwohl Hannes 2CV vor dem Adler stand und sie ja wohl kaum ohne Wagen nach Titisee gefahren sein konnte, suchte er am nächsten Tag gleich nach dem Frühstück das Badeparadies auf. Er zeigte an der Kasse ohne Hoffnung das Foto von Hanne. Die Frau am Tresen nickte.

»Das Foto hängt hier an der Wand. Die Polizei hat es vorbeigebracht. Aber wissen Sie, hier kommen so viele Leute durch, da kann sich keiner von uns die Gesichter merken. Und es kommen ja viele Frauen mit kleinen Kindern, wir haben ein tolles Kinderbecken mit einer süßen

Igelrutsche. Selbst wenn diese Frau und ihr Kind hier waren – registriert hat das niemand.«

Zurück in Hinterzarten buchte er Hannes Zimmer für eine weitere Nacht. Dann suchte er den Polizeiposten auf. Er war gleich beim Rathaus. Er fragte einen uniformierten Polizisten nach dem Stand der Ermittlungen in der Vermisstensache Hanne Konrad. Der Mann sah ihn lange an, verlangte nach seinen Papieren, kontrollierte umständlich den Personalausweis, blätterte in einem Aktenbündel, telefonierte und kam endlich mit einem seltsamen Ausdruck im Gesicht zurück.

»Soviel ich weiß, hat sich etwas Neues ergeben, aber es ist wohl das Beste, wenn Sie in Freiburg im Präsidium nachfragen.«

»Was hat sich Neues ergeben?«, fragte Konrad alarmiert. »So reden Sie doch! Was ist mit Hanne und Clara? Wurden sie gefunden?«

Ungeschickt wich der Polizist einen Schritt zurück. »Ich sage doch, fragen Sie in Freiburg. Wir hier oben wissen gar nichts über den Fund.«

»Was für einen Fund?«, brüllte Konrad. »Was für einen Fund, zum Teufel? Haben Sie meine Frau und meine Tochter gefunden oder nicht?«

Der Polizist wäre noch weiter zurückgewichen, wenn das in dem beengten Raum möglich gewesen wäre. Er war blass geworden und klammerte sich an die Lehne seines Bürostuhles. »Ich weiß nur, dass Winterwanderer beim Mathisleweiher zwei Tote gefunden haben. Eine Frau und ein Kind. Vor drei Tagen erst. Wahrscheinlich hat sich die Frau ein Bein gebrochen und die beiden sind in der Nacht erfroren. Dieser Moorsee ist im Sommer ein beliebtes Ausflugsziel, wissen Sie. Aber im Winter ist der Weg gesperrt, weil dort eine Loipe durchläuft. Da kann es dann Tage dauern, bis jemand an den Weiher kommt.«

»Wo sind sie jetzt?« Konrads Stimme klang rau.

»Das sage ich doch: Sie müssen nach Freiburg aufs Präsidium. Oder vielleicht besser zur Rechtsmedizin. Ich gebe dort Bescheid, dass Sie kommen, um die Leichen zu identifizieren. Das ist in der Albertstraße. Da können Sie gleich um die Ecke beim St. Josefskrankenhaus parken.«

Wortlos verließ Konrad den Raum. Die Fahrt über die B31 durchs Höllental mit seinen engen Serpentinen, die Suche nach der Albertstraße in Freiburg durchlebte er wie im Traum. Es dauerte eine gefühlte Ewigkeit, bis in einem Leichenschauraum endlich zwei Edelstahl-Schubladen aufgeschoben wurden. Hier sollte er die sterblichen Überreste seiner Frau und seiner Tochter identifizieren.

Der Blick auf die hübsche Frau und das kleine Mädchen waren ein Schock. Sie waren so jung! Aber es war nicht Hanne. Und es war nicht Clara. Die Erleichterung benebelte sein Gehirn. Wie ein Betrunkener stolperte er aus dem Raum. Ohne auf Verkehrszeichen zu achten, fuhr er mit dem Wagen durch Freiburg, verfolgt von wütendem Hupen. Irgendwann landete er in der Nähe der Altstadt, wo er parkte. Konrad ging zum Münsterplatz und blieb eine Weile wie in Trance mitten im Trubel stehen. Die Frau und das Kind waren Fremde, aber sie hatten die Möglichkeit, dass Hanne und Clara tot waren, plötzlich ganz real erscheinen lassen.

Rund um das von Scheinwerfern angestrahlte Münster war ein großer Weihnachtsmarkt aufgebaut. Lichterketten schmückten die dicht gedrängten Stände. Die Luft war geschwängert vom Duft nach gebrannten Mandeln, geräuchertem Speck, Käse, Pizza und Zuckerwatte. Der unwiderstehliche Geruch nach gebratenen Zwiebeln lockte ihn schließlich zu einem der Wurststände auf der Nordseite des Münsters. Früher war er einmal mit seinem Vater hier gewesen. Er hatte lange gebraucht, bis er sich zwischen einer weißen Bratwurst und einer langen, in der Mitte geknickten Roten entscheiden konnte. Dazu viel Zwiebeln. Sein Vater dagegen hatte die scharfe, französische Merguez bevorzugt. Seither liebte Konrad diese Wurstbuden. Er kaufte eine lange Rote und strich viel Senf darüber, aber an diesem Tag schmeckte sie nach Pappe. Nach wenigen Bissen warf er sie in einen überfüllten Mülleimer. Sofort machten sich Tauben darüber her. Dann lief er ziellos durch Freiburg, blieb hin und wieder vor einem Straßenmusikanten stehen, begaffte die Schaufenster und fuhr schließlich zurück nach Hinterzarten. Erst als hinter ihm ständig gehupt wurde, fiel ihm auf, dass er nur 30 fuhr. Im Hotel legte er sich aufs Bett. Nur noch eine Nacht wollte er dort liegen, wo ein immer schwächer werdender Duft an seine Frau und sein Kind erinnerte.

12.

Anni und Vreneli bummelten durch Hinterzarten. Je mehr die Reize des Luxushotels nachließen, desto mehr beschäftigte das Verschwinden von Hanne und Clara die beiden 14-jährigen Freundinnen. Waren sie bisher an den Vormittagen ins Hallenbad oder zu Wellnessangeboten gegangen und nachmittags an der Windeck oder auf dem Feldberg Ski gelaufen, so nagte die Sorge um die beiden immer mehr an ihnen. Vor allem für Anni, die mit ihren reichen, zerstrittenen Eltern lebte, waren die Konrads eine Art Ersatzfamilie geworden. Vreneli teilte zwar nicht Annis Leidenschaft für den Weinbau, aber auch sie saß regelmäßig bei Konrads am Esstisch. Seit Clara auf der Welt war, rissen sich die beiden Mädchen ums Babysitting.

»Wir können uns doch nicht hier vergnügen, während Hanne und die Kleine womöglich gar nicht weit von hier in einem Verlies vermodern«, sagte Anni nach dem Mittagessen. »Wir müssen was unternehmen! Am Ende sind sie tot, wie Sascha.«

»Hattest du was mit dem?«

Anni wand sich. »Die wohnen ja in dem Haus neben uns. Ich fand Sascha schon toll. Aber er hat mich nie beachtet. Er ist ja auch viel älter als ich. Seine Eltern vergöttern ihn. Die haben keine Ahnung, dass er heimlich kifft. Ich hab's selbst gesehen, als er mit seiner Clique im

Schlosspark war. Vielleicht hat er auch härtere Sachen genommen. Fentanyl oder so. Würde mich nicht wundern. Seine Eltern sind genauso beschissen arrogant wie meine.« Sie dachte einen Augenblick nach. »Aber um Sascha geht's mir nicht. Sorgen mach ich mir um Hanne und Clara. Können wir nichts tun?«

Vreneli stimmte sofort zu: »Wir müssen es wenigstens versuchen. Ich komme mir richtig schlecht vor, wenn ich mir beim Wellness heiße Schokolade aufs Gesicht schmieren lasse, während Hanne vielleicht in einer Gruft erfriert. Oder sie wird Tag und Nacht vergewaltigt. Und Clara wird womöglich bereits im Internet an irgend so ein Schwein versteigert.«

»Im Ort sind doch diese ganzen Souvenirläden, du weißt schon, mit Kuckucksuhren, Schwarzwälder Schinken und Postkarten«, fiel Anni plötzlich ein. »An einem war auch ein Schild von einer Hellseherin. Wir fragen sie einfach, ob sie weiß, wo Hanne ist!«

»Hellseherin?« Vreneli war skeptisch. Aber sie folgte der Freundin zu den Läden.

Vor einem Geschäft blieben sie stehen. »Natascha«, stand auf einem Schild im Schaufenster: »Hellsehen, Karten legen, Channeln, Reiki. Anmeldungen hier im Laden«. Sie traten ein und fragten nach Natascha. Die Verkäuferin lächelte die Mädchen an. »Wollt ihr euch die Zukunft lesen lassen? Bei Kindern macht sie das nicht so gerne.«

»Wir sind keine Kinder mehr!«, protestierte Vreneli.

Aber Anni zog sie am Ärmel und schüttelte den Kopf. »Es geht nicht um uns. Wir suchen nach einer Bekannten, die vermisst wird. Vielleicht kann diese Natascha uns ja helfen.«

Das Gesicht der Verkäuferin wurde ernst. »Doch nicht etwa die Frau mit dem kleinen Kind, nach der die Polizei überall sucht?«

»Doch, doch! Hanne und Clara Konrad. Wir sind mit ihnen befreundet. Und jetzt sind sie verschwunden. Hier in Hinterzarten. Deshalb sind sie bestimmt noch irgendwo in der Nähe. Glauben Sie, die Hellseherin kann uns da helfen?«

Die Verkäuferin schüttelte den Kopf. »Natascha Wanga ist meine Schwester. Die Polizei hat sie schon gefragt. Und sie hat sich wirklich große Mühe gegeben, mit Tarotkarten, mit der Kristallkugel, sie beherrscht ja alle Techniken. Aber sie konnte keinen genauen Ort nennen. Sie habe immer nur Kühe gesehen, sagt sie. Aber Kühe gibt es im Schwarzwald in rauen Mengen. Ich fürchte, da kann euch Natascha nicht weiterhelfen.«

Enttäuscht verließen sie das Geschäft. »Aber wenn die Wahrsagerin Kühe gesehen hat und Kühe jetzt im Winter natürlich im Stall sind, dann kann Hanne eigentlich nur in einem Bauernhof gefangen gehalten werden!«, stellte Vreneli fest. »Wie viele Bauernhöfe gibt es wohl in Hinterzarten, was meinst du?«

Anni zuckte die Achseln. »Jede Menge, würde ich sagen. Aber wir müssten sie heimlich durchsuchen. Wenn wir fragen, sagt bestimmt keiner: ›Ja, wir haben eine Frau und ein Kind entführt, ihr habt uns ertappt, wie peinlich, ruft bitte die Polizei.‹«

Vreneli dachte nach. »So groß ist Hinterzarten auch nicht. Und vor allem ist es ein Touristenort. Hier gibt es bestimmt mehr Hotels als Bauernhöfe. Außerdem muss man einen Hof nicht unbedingt gleich durchsuchen. Man kann ja in den Gesichtern der Bauern lesen. Man sieht den Leuten an, ob sie lügen oder ein schlechtes Gewissen haben. Denk doch mal an den Pantomime-Workshop in den Sommerferien: Wer lügt, bedeckt den Mund mit der Hand, er blinzelt oder reibt sich die Augen. Wir müssen die Leute nur scharf beobachten. Und Menschenkenntnis haben wir ja, oder?«

Das war ein guter Plan, fand Anni. Sie stimmte zu. Sie beschlossen, alle Bauernhöfe in der Umgebung aufzusuchen. Dabei würden sie sich die Arbeit teilen. Eine von ihnen würde Fragen stellen, die andere den Bauern oder die Bäuerin beobachten und heimlich mit dem Handy fotografieren. Anschließend würden sie ihr Material auswerten. »Wir können sogar die Wahrscheinlichkeit berechnen«, sagte Vreneli begeistert. »Für Wahrscheinlichkeiten gibt es eine Formel. Kannst du dich erinnern?«

Anni schüttelte den Kopf. Mathe war nicht gerade ihr Lieblingsfach. Aber sie machten sich mit Feuereifer an die Arbeit. Sie kauften sich eine Karte von Hinterzarten und gingen systematisch von Hof zu Hof. Der Schnee fiel leise und locker auf ihre roten Haare, wie in einem Weihnachtsfilm. Anni dachte an Sascha. Sie war regelrecht verknallt gewesen in ihn. Und einmal hatte er ihr sogar zugelächelt.

13.

Die Kühe muhten wie verrückt. Hanne dehnte ihre Muskeln, die von der unbequemen Lage an der Stallwand steif geworden waren. Ihre neue Freundin, die kleine schwarzweiße Katze, die mit ihnen im Stroh geschlafen hatte, tat es ihr nach. Und zeitgleich mit dem Muhen der Kühe begann Clara, sich zu regen: Zeit zum Melken. Hanne brachte ein schiefes Lächeln zustande. Sobald die Kühe gemolken waren, machte sich Mieze, wie sie die kleine Katze getauft hatte, auf den Weg. Wahrscheinlich bekam sie nun ihren Teil ab. Wie lange waren sie jetzt hier? Die Eintönigkeit ließ die Tage verschwimmen.

Nachdem sie Clara gestillt und gewickelt hatte, wurde das Essen durch die Holzklappe geschoben. Statt Kaffee gab es billigen Muckefuck, was Hanne ganz recht war, das Koffein in der Muttermilch hätte Clara sonst den Schlaf geraubt. Dafür schien das knusprige Bauernbrot frisch aus dem Holzofen zu kommen, der Quark war eine Art Bibeleskäs mit Schnittlauch. Hanne träumte sich in eine Skihütte in den Bergen. Das wäre ein schöner Winterurlaub gewesen. Dort hätte sie das einfache Essen und die gute Luft genießen können. Aber hier lag sie wie Vieh in einem Schweinestall an Ketten.

Dieses Mal lag auch Penatencreme auf dem Tablett, eine kleine Nagelschere, eine weiche Haarbürste für Babys und ein warmer rosa Strampler. Offenbar machte sich ihre Entführerin Sorgen um Claras Wohlergehen. Dass es eine Frau war, hörte Hanne, wenn die Bäuerin die Kühe mit unartikulierten Rufen beruhigte. Es klang so ähnlich wie »oaaah, oaaah, oaah«. Ansonsten kannte sie nur den ausgefransten Ärmel ihrer gestrickten Stalljacke, ihre kräftigen Finger und Handgelenke, ihre kurzen Fingernägel mit den schwarzen Rändern.

Hanne neckte ihr kleines Mädchen, das lachte und gluckste und dann wieder mit aufmerksamen Blicken seine Umgebung musterte. Da kam auch schon die Katze Mieze zurück, rieb sich an Hannes Beinen, kitzelte Clara mit ihren Schnurrhaaren an der Nase und purzelte durchs Stroh, auf der Jagd nach ihrem eigenen Schwanz. Hanne erhob sich, schob das Stroh zusammen, schüttelte es, wie wenn sie ein richtiges Bett am Morgen lüften würde. Es staubte. Aber die einfachen Handlungen täuschten einen friedlichen Alltag vor. »Urlaub im Schweinestall: Genießen Sie das einfache Landleben!« Oder: »Weg mit den Antidepressiva: Nur Kuhmist macht glücklich!« Sie kicherte und fiel unversehens in einen Lachkrampf. Dann gab sie sich selbst einen Klaps: Jetzt bloß nicht die Nerven verlieren! Sie musste an Clara denken!

Gestern Abend hatte das Mädchen den Kopf gehoben und aufmerksam gelauscht. Und Hanne hatte für einen Moment geglaubt, Connys Stimme zu hören. Sie hatte laut geschrien, doch dann war eine Tür zugeschlagen und das Einzige, was sie noch vernommen hatte, war das Brüllen der Kühe und ein Pfeifen in ihren Ohren gewesen. Trotzdem hatte die Vorstellung, dass Conny vielleicht ganz in der Nähe war, ihren Widerstandsgeist geweckt.

Nein, sie würde sich nicht in ihr Schicksal ergeben, sie würde nach Fluchtmöglichkeiten Ausschau halten. Wieder zerrte sie an ihrem Halsband. Es saß so fest, es war unmöglich, es über den Kopf zu ziehen. Verschlossen war es mit einem rostigen Vorhängeschloss, das schwer am Leder bis auf ihre Schulter hing. Von da führte eine dünne Metallkette bis zu den dicken Balken an der Decke. Die Kette war mit großen Nägeln an das alte Holz geschlagen. Denk nach, mahnte sich Hanne, jede Fessel hat ihre Schwachstelle.

Der Ring um ihren Hals war aus demselben dicken Rindsleder wie die Halsbänder, an denen hier im Schwarzwald die Glocken der Kühe hingen. Uralt und unzerstörbar. Vielleicht stammten sie von einem Hofhund. Die Kette war zwar dünn, aber höchstens mit einem Seitenschneider zu knacken. Hanne legte das Kind ins Stroh und begann, sich um sich selbst zu drehen. Irgendwann musste doch die Spannung so groß werden, dass sie die Nägel am Deckenbalken aus dem Holz riss. Stattdessen strangulierte sie sich selbst und musste schwer atmend aufgeben. Ihr Blick fiel auf die Nagelschere. Sie war winzig, hatte einen rosa Plastikgriff und war für die weichen Fingernägel von Babys gemacht. Konnte sie damit das Lederhalsband aufschneiden? Beim ersten Versuch stieß sie sich in den Hals. Sie schrie auf und schlug nach einem Blick auf Clara die Hand vor den Mund. Sie musste langsamer vorgehen, zielgerichteter. Das dicke Leder mit so einer kleinen Schere zu zerschneiden, war hoffnungslos. Eher würden die beiden Klingen auseinanderbrechen. Aber vielleicht konnte sie das Leder aufritzen. Es würde lange dauern, bis sie durch war, und wahrscheinlich ging es nicht ohne Verletzungen. Aber immerhin war das ein Ziel. Hanne wollte kein hilfloses Opfer mehr sein. Sie wollte nach Hause. Sie wollte zu Conny.

14.

Berner blickte zum Rathausturm. Die goldenen Zeiger rückten vor auf 16 Uhr. Wieder versuchte er, Konrad zu erreichen. Aber wie in den letzten Tagen ging der Winzer nicht ans Handy. Er fuhr seinen Rechner herunter und verließ mit einer gemurmelten Entschuldigung die Redaktion, verfolgt von vorwurfsvollen Blicken der Kollegen. Lange würde er seinen zweiten Job nicht mehr durchziehen können.

Rasch überquerte er unter leichtem Nieselregen den Marktplatz. Vor dem Weingut standen ungeduldig ein paar Kunden unter Regenschirmen und drängten schnell ins Innere. Eine Frau von der Stadtverwaltung war darunter. Für die Weihnachtsfeier im Rathaus durfte Konrad drei Kartons zu drei Weine liefern, weitere würden sie bei Leonhard bestellen. Die Vertreter zweier großer Firmen orderten Konrads teuerste Weine in kleinen Holzboxen. Weihnachtsgeschenke für wichtige Kunden und verdiente Mitarbeiter. Die Boxen mit dem eingebrannten Logo des Weinguts waren Hannes Idee gewesen. Konrad selbst hatte keinen Sinn für solchen »Schnickschnack«. Bis vor Kurzem hatte er Einzelflaschen noch in Zeitungspapier gewickelt. Berner trug die Bestellungen sorgfältig ein, aber er war nicht bei der Sache. Immer wieder schielte er auf die Uhr: Gegen 19 Uhr, hatte sie gesagt.

Punkt 19 Uhr kam eine Gruppe junger Leute, lachend, lärmend, bestens aufgelegt.

»Wo ist Conny?«, fragte ein sportlicher Typ Mitte 30 mit raspelkurzen Haaren. »Wir sind vom TCG, vom Tennisverein in Großheppach. Conny meinte, er könne das Vereinsheim in der nächsten Saison beliefern. Wir würden gerne ein paar Weine probieren. Wir brauchen für den Sommer einen Roten, einen Weißen und einen Rosé. Nicht zu teuer, aber gut. Was hat er denn anzubieten? Möglichst ohne Methanol, wenn's geht!« Er lachte übertrieben laut.

Ulrike erschien am Eingang. Sie hatte sich schick gemacht. Berners Herzschlag beschleunigte sich. Feuerroter Lippenstift. Schwarze, enge Hosen betonten ihre schlanke Taille. Unter einem grauen Poncho voll applizierter winziger Röschen trug sie einen engen schwarzen Pullover. Um den Hals einen kunstvoll drapierten roten Seidenschal. Schmale, flache Schuhe trotz der Jahreszeit. Auffordernd sah sie ihn an.

»Ich bin nur die Vertretung«, wehrte Berner die Tennisspieler ab. »Vielleicht sollten Sie Ihre Bestellung mit Herrn Konrad persönlich absprechen. Ich kann Ihnen nichts über Vereinsrabatte sagen. Er macht Ihnen sicher ein gutes Angebot, wenn er aus dem Schwarzwald zurück ist.«

»Wir wollen nur mal probieren, was er so im Angebot hat. Wir stellen uns einen schönen Lemberger vor, einen Riesling oder einen Grauburgunder und einen Rosé, vielleicht vom Muskattrollinger. Höchstens acht Euro die Flasche. Und Winzersekt brauchen wir auch. Über den Rabatt können wir später immer noch mit Ihrem Chef verhandeln.«

Berner verzog das Gesicht. Die ließen sich nicht so leicht abschütteln. Ausgerechnet jetzt. Aber rausschmeißen konnte er sie auch nicht. Er wusste nicht, wie groß dieser Tennisclub war, aber die ganze Saison über ein Vereinsheim zu beliefern, war wahrscheinlich ziemlich lukrativ für Conny. Er stellte ein paar Flaschen auf den Tisch und nahm Gläser aus dem Regal.

»Hier haben Sie eine kleine Auswahl. Bedienen Sie sich einfach selbst. Ich schaue nachher wieder nach Ihnen!«

Er griff sich zwei Gläser, zwinkerte Ulrike zu, sie zwinkerte zurück und folgte ihm in den Keller. Ihr Gang hatte etwas Provokantes, Aufreizendes. Wie machten Frauen das? Lag es am Hüftschwung?

»Habe ich jetzt wichtige Kunden verscheucht?«, fragte sie kokett, als sie im Gewölbe ankamen. Sie stand eindeutig näher bei ihm, als es die Konvention erlaubte.

Berner, der sich für unwiderstehlich hielt, fühlte sich auf sicherem Terrain. »Sie, Ulrike, sind für mich bedeutend wichtiger als irgendwelche Vereinsheinis. Und außerdem auch noch beträchtlich attraktiver!«

Sie lächelte geschmeichelt und deutete auf die übereinandergestapelten kleinen Barriquefässer: »Probieren wir uns durch? Ich bin neugierig, was Konrad so in seinem Schatzkämmerlein hat! Das Beste hat er mir bestimmt vorenthalten.«

Ohne sie aus den Augen zu lassen, nahm Berner einen dünnen Schlauch vom Haken und führte ihn in das Spundloch ein. Fachmännisch saugte er den Wein mit dem Mund an und füllte ihn in die Gläser. Er machte eine kleine Show aus dem Schwenken, Riechen, Schlürfen und fühlte sich großartig. Es lief alles wie am Schnürchen. »Ich wusste gar nicht, dass Schorndorf so hübsche junge Frauen in seinen alten Mauern beherbergt.«

»So jung bin ich nun auch nicht mehr. Und von hier komme ich auch nicht. Aber meine Vorfahren stammen aus Schorndorf. Ich mache nur ein paar Tage Urlaub, die Stadt ist ja unter Fachwerkliebhabern bekannt. Und der berühmte Gottlieb Daimler soll auch hier geboren sein. Schon mit 17 habe ich mich in ein Mercedes-Cabrio verliebt. Feuerrot. Ein Gute-Laune-Auto. Dafür könnte ich noch heute glatt einen Mord begehen. Fahren Sie auch Mercedes?«

Berner bedauerte sofort, dass er privat den Wagen eines bayerischen Herstellers fuhr, vom popeligen Dienstwagen ganz zu schweigen. »Für eine Fahrt mit dem Cabrio wäre das Wetter sowieso nicht gerade ideal«, gab er zu bedenken.

»Da haben Sie recht. Es regnet, seit ich in Schorndorf bin. Ich habe zwar ein sehr schönes Zimmer im Hotel an der Stadtmauer, aber wer will schon seinen Urlaub allein in einem Hotelzimmer verbringen?«

»Ewig wird es ja nicht regnen! Dann zeige ich Ihnen gerne die Stadt! So gut wie ich kennt sich hier keiner aus.«

Sie sah ihn interessiert an. »Sie sprechen kein Schwäbisch. Darf ich fragen, was Sie nach Schorndorf verschlagen hat?«

»Der Job bei der Zeitung. In Wirklichkeit bin ich kein Angestellter des Weinguts. Ich bin Reporter, wissen Sie. Ich vertrete hier nur meinen Freund Conny, solange er im Schwarzwald ist.«

Sie tranken den Wein und Berner zog mit dem Schlauch eine weitere Probe aus einem der kleinen Eichenfässer. Dabei verschlang er die Frau mit den Augen. »Das ist ein Syrah. Ein Experiment sozusagen. Wie Sie sicher wissen, kommt die Rebsorte aus Frankreich. Aber die Klimaerwärmung macht's möglich, sie auch hier anzubauen. Conny glaubt, dass er mit diesen Trauben richtig große Weine erzeugen kann.«

»Was macht Herr Konrad denn im Schwarzwald? Etwa Urlaub? Ich hätte nicht gedacht, dass er sich das leisten kann.«

»Kennen Sie ihn denn so gut?«, fragte Berner verblüfft. »Ich meine, es stimmt schon, das Weingut hatte in den letzten Jahren so seine Probleme. Aber seit Conny mit Hanne zusammen ist, geht es wieder bergauf. Sie hat Struktur in die Abläufe gebracht. Und sorgt dafür, dass Conny nicht vergisst, die Außenstände anzumahnen. Sie wissen doch, dass er verheiratet ist, oder?« Berner legte die Hand aufs Herz. »Ich dagegen bin immer noch zu haben. Eine feste Bindung verträgt sich nicht mit meinem Beruf.«

Er hatte gehofft, dass sie ihn weiter nach seinem Beruf ausfragen würde, aber sie leerte nur ihr Glas und Berner füllte einen weiteren Wein nach. »Das ist einer seiner Besten. Eine Cuvée. Jahrgang 1999. Streng selektiertes Traubenmaterial. Ich habe selbst mitgewirkt beim Vermählen der einzelnen Sorten. Keine Kleinigkeit. Man darf ja nicht nur an seinen eigenen Geschmack denken, sondern muss immer die Vorlieben der Kunden berücksichtigen.«

»Ich weiß. Ich bin vom Fach.« Sie lächelte, nahm einen großen Schluck und schloss die Augen. Auf dem unebenen Boden kam sie ins Taumeln.

Berner fing sie auf und zog sie eng an sich. »So stark ist der Wein nun auch wieder nicht«, scherzte er. »Oder liegt's am Kreislauf?«

»Keine Sorge, ich bin allerhand gewöhnt. Aber ich habe den ganzen Tag noch nichts gegessen«, entschuldigte sie sich. »Mir wird gerade ein bisschen schwindelig.«

»Sollen wir vielleicht irgendwo einkehren? Wir haben auch ein Sternerestaurant in der Stadt, den Pfauen, nur ein paar Meter die Höllgasse runter. Lust auf Entenleber oder Dorade? Auf Schokoladentarte oder französischen Apfelkuchen? Ich lade Sie natürlich ein!«

»Ich bin gerade nicht so scharf auf viele Leute. Können wir nicht auf mein Hotelzimmer gehen und eine Pizza kommen lassen?«

Die ging aber ran! Berner wusste kaum, wie ihm geschah. Zusammen stiegen sie die ausgetretenen Sandsteinstufen hinauf. Die Leute vom Tennisclub saßen noch immer um den großen, ovalen Tisch und hatten die Flaschen geleert.

»War das schon alles?«, fragte einer frech.

Berner stellte weitere Flaschen auf den Tisch und zwei Packungen von den teuren Grissini, die eigentlich nur sehr guten Kunden vorbehalten waren. »Lassen Sie sich Zeit. Ich habe leider noch andere Verpflichtungen. Ich weiß, dass Conny Ihren Tennisclub sehr schätzt. Er ist ja auch Mitglied. Wenn Sie gehen, ziehen Sie bitte die Tür einfach hinter sich zu. Ich werde den Chef informieren, dass Sie hier waren.«

Berner nickte Ulrike zu, griff sich seine Jacke von der Garderobe und zog die Frau zur Tür.

»Können Sie denn die Leute einfach alleine lassen?«, staunte sie draußen. »Ich meine, die können sich ja hier betrinken, ohne was zu bezahlen!«

»Keine Sorge! Conny macht das auch manches Mal. Er schließt sowieso nie ab.«

Trotzdem hatte Berner ein schlechtes Gewissen. Wenn die Tennisspieler sich an den besten Weinen aus der Vitrine bedienten, würde das ein teurer Spaß. Aber Conny war schließlich selbst schuld. Er hätte sich ja auch mal melden oder wenigstens ans Handy gehen können.

Ein scharfer Wind pfiff um die alten Häuser. Er trug Regen mit sich, durchsetzt von Schneeflocken, die aber schon schmolzen, bevor sie den Boden erreichten. Ulrike wickelte ihren Poncho eng um den Körper. Berner schlüpfte in seine Jacke. Sie blieben dicht bei den Häusern, aber auf dem Marktplatz waren sie ungeschützt. Plötzlich wurde der Regen stärker, sie begannen zu rennen. Berner legte den Arm um Ulrike, sie drückte sich eng an ihn. Ihre Taille war noch viel schmaler, als er gedacht hatte. Ihr extravagantes, schweres Parfüm umfing ihn trotzt des starken Windes.

Schwer atmend erreichten sie das Hotel. Im Aufzug stellte sie sich auf die Zehenspitzen und küsste ihn. Ihre Lippen waren fest und fordernd, ihre Zunge spielte mit seiner. Kaum schlug die Tür ihres Zimmers zu, war sie schon ausgezogen, während er noch umständlich an seiner Hose nestelte. Sie riss ihm das Hemd auf, die Knöpfe sprangen nach allen Seiten. Dann warf sie ihn aufs Bett und kniete nackt über ihm: Artemis und ihr erlegtes Wild. Ihre Haut war blendend weiß, sie hatte kleine, feste Brüste mit dunklen Warzen.

Berner, der sich viel auf seine Liebeskünste einbildete, hatte nicht mal ansatzweise Gelegenheit, so etwas wie ein Vorspiel einzuleiten. Sie benutzte ihn wie einen Gebrauchsgegenstand. Der Liebesakt war kurz und brutal. Sie stöhnte auf, während Berner vor Überraschung nicht zum Orgasmus kam. Schon im nächsten Moment zog sie sich von ihm zurück, sprang aus dem Bett, holte einen Weinbrand aus dem Regal, schmiss sich wieder neben ihn und zog die Decke bis zum Hals. Berner hatte das Gefühl, soeben von einem Sportwagen überfahren worden zu sein. Vielleicht einem Mercedes-Cabrio.

Sie trank aus der Flasche. »Du kennst Konrad schon lange?«

»Was?«

»Konrad Konrad, in dessen Weingut wir eben waren. Kannst du dich erinnern? Ich hab dich gefragt, ob du den Chef schon lange kennst.«

»Ich bin zwar nicht in Schorndorf geboren, aber ja, wir sind schon viele Jahre befreundet.« Berners Blick schweifte durchs Zimmer. Blaugrauer Teppichboden, kühle, moderne Möbel, eine Orchidee im stylischen Glas. Er war noch immer nicht wieder im Hier und Jetzt angekommen. Wurde er langsam alt? Oder war das heutzutage normal, ein Akt ohne jede Zärtlichkeit? Er wusste nicht, ob er enttäuscht oder fasziniert war. Was für ein Gefühlsleben hatte diese Frau? Hatte sie überhaupt Gefühle? Wäre er nicht nackt mit ihr unter der Decke gelegen, hätte das auch ein Gespräch zwischen Geschäftsleuten sein können. Er griff sich zwischen die Beine: Sie hatte ihn regelrecht wund gerammelt.

»Was?« Hatte sie irgendetwas gesagt?

»Ich rede von Konrad. Schläfst du eigentlich? Was macht er wirklich im Schwarzwald. Das mit dem Urlaub nehme ich dir nicht ab. Wer macht bei diesem Scheißwetter schon Urlaub im Schwarzwald?«

»Er ist im Hochschwarzwald. Dort schneit es vermutlich. Und es ist seine Frau, die dort Urlaub macht. Er sucht sie. Ich glaube, er steigert sich da in was rein. Bloß, weil sie nicht ans Handy geht, macht er sich Sorgen. Sie sind noch nicht so lange zusammen, weißt du. Wahrscheinlich ist er eifersüchtig, während sie einfach nur ein paar Tage ihre Ruhe haben will. Conny kann ganz schön anstrengend sein. Ein richtig sturer Bock. Viele Remstäler sind so.«

»Glaubt er etwa, sie wurde entführt?« Ulrike lachte. Ein seltsam hartes Lachen.

»Warum sollte jemand Hanne entführen? Ich bin sicher, sie genießt ihre Tage in dem Badeparadies in Titisee und hat ihr Handy abgeschaltet.«

»Hat er die Polizei verständigt?«

»Soviel ich weiß, ja.«

Ulrike verzog den Mund, nahm einen weiteren Schluck und stellte die Flasche neben das Bett. Berner hatte sie nichts angeboten. »Ich habe gehört, das Weingut sei fast pleite. Im Café am Markt haben sie mir erzählt, er hätte Wein von der Isabellatraube verkauft. Mit einem hohen Anteil an Methanol. Davon kann man blind oder verrückt werden oder sogar sterben.«

»Du hast doch gesehen, was im Probierstüble los war.« Berner begann, sich zu ärgern. Was wollte diese Frau eigentlich von ihm? »Natürlich ist Conny kein guter Geschäftsmann. Er kümmert sich lieber um die Arbeit im Weinberg und im Keller. Er ist eher Bauer als Verkäufer. Aber seit er verheiratet ist, geht es dem Weingut immer besser. Hanne macht den Verkauf und die Werbung und die ganze Buchhaltung und Conny konzentriert sich auf das, was er kann und was ihm liegt. Es läuft sogar so gut, dass er davon träumt, irgendwann das Nachbarhaus zu kaufen. Es steht leer. Dort könnte er eine Besenwirtschaft einrichten. Im Moment fehlt ihm allerdings noch das Geld dazu.«

Ulrike runzelte die Stirn. »Was glaubst du, was das Weingut wert ist?«

Berner lachte. »Willst du es etwa kaufen?«

»Ich bin gelernte Oenologin. Und für Konrad wäre es doch eine einzigartige Gelegenheit. Er bekommt einen Haufen Geld, ist seine Schulden los und kann sich zur Ruhe setzen.«

»Woher weißt du denn, dass er Schulden hat?«

Sie sah ihn unschuldig an. »Ich weiß nur, was die Leute sich so erzählen. Konrad hat ja einen Konkurrenten: Leonhard. Und der hat Konrad auch schon ein Angebot gemacht. Der versteht auch mehr von Weinbau als Konrad. Sagen die Leute.«

»So ein Quatsch. Conny ist der weitaus bessere Winzer. Und Leonhard ist ein …«, Berner suchte nach einem passenden Wort, »Leonhard ist ein Arschloch.«

»Hat Konrad denn irgendwelche Reserven? Ich meine, Immobilien oder so. Aktien? Irgendwas, was er kurzfristig zu Geld machen kann?«

»Ist das ein Verhör?« Berner wurde langsam misstrauisch. »Du fragst mich die ganze Zeit über Conny aus. Bist du etwa im Auftrag von Leonhard mit mir ins Bett gegangen? War das alles nur Theater?«

»Was du bloß denkst! Ich wollte vom ersten Augenblick an mit dir schlafen und ich habe es getan. Hinterher redet man eben. Über Gemeinsamkeiten. Conny ist ja der Einzige, den wir beide kennen.« Ulrike stand auf, die Bettdecke eng um sich gewickelt. »Tut mir leid, aber ich muss jetzt dringend mal telefonieren.« Sie stand im Raum und sah ihn an.

Das war ein glatter Rauswurf. Umständlich zog Berner seine Sachen an. Das Hemd war hinüber, er las die Knöpfe vom Boden auf und schloss es mit einem Knoten. Ulrike war unter der Dusche verschwunden. Ihre Handtasche lag auf dem Nachttisch. Mit spitzen Fingern zog er die Brieftasche heraus. »Ulrike Perler«, stand im Personalausweis. Geboren am 1. Mai 1975 in Stuttgart. Und dort wohnte sie auch. In der Rotenbergstraße. Er hörte ein Geräusch und versuchte, den Ausweis rasch zurückzustecken.

»Hast du gefunden, was du suchst?« Barfuß trat Ulrike aus der Duschzelle, in einen weißen Bademantel gehüllt. »Du hättest mich auch fragen können.«

»Ich wollte nur eine Zigarette für den Nachhauseweg. Aber kein Problem. Ich bin schon weg.« Berner schlüpfte in die Schuhe und ging zur Tür. Kein Lächeln von Ulrike, keine Umarmung, kein Küsschen zum Abschied, keine Frage nach einem Wiedersehen. Er kam sich benutzt vor. Und wie ein hirnloser Idiot hatte er sich benutzen lassen. Wer war diese Frau? Ging es ihr nur um Conny? War sie nach Schorndorf gekommen, um sein Weingut zu kaufen? Es regnete noch immer, als er über den Marktplatz ging. In der Redaktion stellte er seine durchweichten Schuhe und die ebenso nassen Socken auf die Heizung und fuhr den PC hoch.

»Ulrike Perler«, gab er ein. Es gab Hunderte von Einträgen. Ein Gruppenfoto der Weinbauschule Geisenheim fiel ihm auf, der Abschlussjahrgang. Ulrike war deutlich zu erkennen, etwas jünger und in roten Jeans. Sie war also wirklich Oenologin. Vielleicht konnte er etwas über die

Familie erfahren. Todesanzeigen waren oft erhellend. Er gab »Perler Stuttgart Traueranzeige« ein. Da gab es fünf. Und nur eine einzige, bei der das Datum stimmen konnte und bei der unter den Trauernden eine gewisse Ulrike aufgeführt wurde: »Wir trauern um Sigmund Perler, meinen geliebten Mann, unseren Vater, der durch einen schweren Schicksalsschlag aus dem Leben gerissen wurde.« Unterzeichnet war die Anzeige von Erika, Ulrike und Friederike Perler. Das Todesjahr war 1978. Berner rechnete nach. Wenn das tatsächlich Ulrikes Vater gewesen war, war sie schon als Kind Halbwaise geworden.

Er googelte Sigmund Perler. Ein einziger Hinweis deutete auf eine Verwandtschaft hin, nämlich das Todesdatum. Eine Notiz im Künstlerlexikon: Sigmund Perler, geboren 1945 in Stuttgart, verstorben ebenda 1978 – Autounfall. Vertreter der malerischen Reduktion – Minimalismus.

Berner schüttelte den Kopf. Diese Nachforschungen führten zu nichts. Wahrscheinlich waren sie nur seinem verletzten Ego geschuldet. Noch nie in seinem Leben war er so unverblümt ausgenutzt und abserviert worden. Es war wohl besser, die Sache unter »Erfahrung« abzuhaken. Er schaltete den PC aus und marschierte zurück über den Marktplatz ins »Flädle«, einen Zwiebelrostbraten und eine Flasche Rotwein vor Augen. Aber die Küche war schon geschlossen. Immerhin bekam er noch ein Viertele. Aber dieser schlanke, weiße, geschmeidige Körper ging ihm auch beim Trinken nicht aus dem Kopf.

15.

Am nächsten Tag schrieb Berner Konrad zuliebe in seiner wöchentlich erscheinenden Kolumne »Stadtgespräch« über den Zusammenhang von Isabellarebe und Methanol.

»In Schorndorf grassiert ein Gerücht«, schrieb er. »Der Winzer Konrad Konrad habe den beiden an einer Methanolvergiftung gestorbenen Personen Wein verkauft, der zu hohe Restbestände an Methanol aufgewiesen habe. Methanol wirkt im Körper zunächst berauschend wie Alkohol. Dann folgen Symptome, die von Übelkeit über Erblinden und schwere Muskelkrämpfe bis zum Tod reichen können. Methanol tritt beispielsweise beim Schnapsbrennen auf, es kann aber auch für Reinigungszwecke verwendet werden. In jeder Art von alkoholischen Getränken sind kleine Mengen Methanol enthalten, die aber für die Gesundheit nicht bedenklich sind. Während der Pandemie kam es vor allem in Amerika zu zahlreichen Methanolvergiftungen. Ursache sind Verschwörungserzählungen, nach denen die Chemikalie antivirale Mittel enthalte. Andere berichten von einem zu hohen Methanolgehalt in Händedesinfektionsmitteln, mit denen Coronaschutzmasken gereinigt wurden. Der ehemalige amerikanische Präsident Donald Trump hatte der Bevölkerung geraten, gegen das Coronavirus Desinfektionsmittel zu trinken. Später behauptete er, das sei sarkastisch gemeint gewesen. Aber mehrere Personen hatten ihm geglaubt und schwere Verätzungen erlitten.

Es gab sogar Todesfälle. Unter dem Verdacht, gefährliche Mengen an Methanol zu enthalten, steht auch die Isabellatraube. Sie ist ein sogenannter Direktträger wie Concord, Delaware, Elvira oder Ripatella, also nicht veredelte, wurzelechte Rebsorten aus Amerika. 1936 wurden Weine aus dieser Traube verboten, weil sie mehr Methanol als andere Sorten enthielten. Konrad sagte unserer Zeitung, dass der Wein sogar für ›Siechtum, Hysterie, Zornexzesse‹ und Missbildungen bei Kindern verantwortlich gemacht worden sei. Obwohl man heute weiß, dass Weine aus Direktträgern kaum mehr Methanol enthalten als andere, gilt das Verbot noch immer. Der Schorndorfer Winzer Konrad Konrad legt Wert auf die Feststellung, dass er die Rebsorte Isabella lediglich zur Berankung seiner Pergola verwendet. Da sie keinerlei Spritzmittel benötigt, gilt sie als umweltschonend und klimafreundlich. Entsprechend dem noch heute gültigen Verbot nutze er die Isabellatrauben weder für Wein noch für Traubensaft, Marmelade, Gelee oder Sirup, was für den Eigenverbrauch sogar erlaubt wäre. Zu keinem Zeitpunkt habe er Produkte aus der Isabellarebe in Umlauf gebracht. Zumal auch der Foxton dieser Trauben so ausgeprägt sei, dass sogar die Vögel die Beeren verachteten. Nach den Recherchen unserer Zeitung stammt die Bezeichnung ›Foxton‹ von dem Geruch nach Fuchsurin, nassem Fuchsfell und Tierfäkalien.

Zufrieden lehnte sich Berner zurück. Wieder einmal hatte er sich als guter Freund erwiesen, »dem Volk aufs Maul geschaut« und eine gute Story gebracht.

Er fuhr zur Konservenfabrik nach Weiler, um sich nach dem Hinweis der rauchenden Schüler dort umzusehen. Wie erwartet fand er ein im 19. Jahrhundert aus rotem

Backstein errichtetes Fabrikgebäude vor, dessen hinterer Teil von stacheligem Gestrüpp und Brombeerranken überwuchert war und dessen zur Straße ausgerichtete Front offenbar eine Galerie enthielt. Wäre Sascha auf diesem Gelände ermordet worden, hätte man ihn auch gleich liegen lassen können. Hier wäre er schwerer zu finden gewesen als in den Weinbergen. Er klingelte an der Galerie, aber sie hatte geschlossen.

Als Nächstes fuhr er zu einer Frau, die im Heimatmuseum arbeitete und seines Wissens Sütterlin lesen konnte. Sie hieß Ebinger, musste um die 80 sein, war gepflegt und schlank und früher sicherlich mal eine sehr gut aussehende Frau gewesen. Freundlich lud sie ihn in ihr Büro ein. Neugierig betrachtete sie das winzige Foto aus Katharinas Nachlass mit einem Vergrößerungsglas. »Das sieht aus, wie von einem Paparazzo gemacht. Eine heimliche Aufnahme wie aus einem Gebüsch. Im Vordergrund sieht man ganz unscharf sogar einen Wedel ins Bild hängen.« Sie drehte das Foto um. »Der Stempel des Fotogeschäftes ist etwas verwischt, aber es dürfte sich um das Fotohaus Zaber handeln«, meinte sie. »Das gibt es schon seit 1912. Ich bezweifle, dass die noch Unterlagen aus der Zeit nach dem Zweiten Weltkrieg haben. Den stehenden und den liegenden Mann kenne ich nicht. Es sind jedenfalls keine öffentlichen Personen aus der Kriegs- oder Nachkriegszeit. Die Backsteinwand im Hintergrund kann überall sein. In diesem Stil wurden vor hundert Jahren Fabrikgebäude hochgezogen. Wir hatten ja zahlreiche Ziegeleien im Remstal, in Winnenden beispielsweise oder in Waiblingen und hier in Schorndorf. Hier in der oberen rechten Ecke ist ein Teil einer gemauerten Fensterbank zu sehen. Vielleicht kann damit ein Ortskundiger etwas anfangen.«

Dann betrachtete sie die Schrift auf der Rückseite. »Das Datum können Sie ja lesen, das sind dieselben Ziffern, wie wir sie heute verwenden. Die Schrift ist nicht direkt Sütterlin, aber eine ähnliche Kurrentschrift, wie sie im Deutschen Reich sehr gebräuchlich war.« Dann las sie vor: »Unser armer Scharlie! Wie konnte Moritz ihm das nur antun? Wer von uns ist der Nächste?«

Berner hatte mitgeschrieben. Wie viele Moritze mochte es 1946 gegeben haben? Und hatte dieser überhaupt irgendetwas mit dem Tod von Katharina zu tun? Bestimmt nicht, denn er musste auf dem Foto Ende 20 oder Anfang 30 gewesen sein. Mit Sicherheit war er schon lange tot. Er sah auf die Uhr: Das Probierstüble sollte er in einer guten Stunde öffnen. Bereits vor Monaten hatte sich der Jahrgang 1965 aus Schwäbisch Gmünd zu einer ausgedehnten Weinprobe angemeldet. Vom Winzersekt aus Grauburgunder über zwei Weißweine, einen Schiller, drei Rotweine und eine Trockenbeerauslese vom Riesling hatten sie sich ein sportliches Programm vorgenommen. Die Gruppe würde mit der Remstalbahn kommen, also könnte sie trinken bis zum Umfallen.

Berner besorgte Schinken und Käse von dem italienischen Feinkostladen Da Elena in der Daimlerstraße, ein großes Holzofenbrot von der Bäckerei Hetzinger und trug alles ins Weingut. Dann stellte er Gläser bereit, karaffierte den Rotwein und richtete Platten mit Brot, Käse und Schinken an, die er mit Oliven, kleinen Gürkchen und Petersilie garnierte. Zufrieden trat er zurück und betrachtete sein Werk. Für eine Weinprobe unter Fachleuten hätte das Brot gereicht. Alle anderen Aromen verwirrten nur die Sinne. Aber so eine Weinprobe war eben ein gesellschaftliches Ereignis und außerdem brauchte der Mensch für eine Achterweinprobe eine Grundlage im Bauch.

Dann sah er auf die Uhr. Die Gäste mussten jeden Augenblick kommen. Er schenkte sich ein Schorle weißsauer ein und rauchte vor der Tür eine Zigarette. 45 Minuten später suchte er in Konrads Unterlagen nach der Telefonnummer der Gmünder Kontaktperson. Noch bevor er wählen konnte, klingelte der Festnetzanschluss.

»Herr Konrad, Sie vermissen uns sicher schon«, meldete sich die Stimme eines Mannes.

»Berner hier. Ich vertrete Herrn Konrad. Sind Sie der Gmünder Jahrgang? Kein Problem, wenn Sie später kommen. Es gibt ja nichts Warmes. Haben Sie den Zug verpasst?«

»Nein. Es liegt nicht an mir, wissen Sie. Ich wäre wirklich gerne gekommen, trotz allem.«

Berner befiel eine Ahnung. »Trotz was?«

»Trotz dieser Berichte in den sozialen Medien. Ich glaube das alles ja ohnehin nicht. Aber wissen Sie, in unserem Jahrgang gibt es große Befürchtungen wegen des Methanolgehalts in Konrads Weinen. Also der langen Rede kurzer Sinn: Wir kommen nicht. Es tut mir leid.«

»Aber das ist doch alles widerlegt! In der Zeitung kam heute eine Gegendarstellung. Konrad hat gar keine Weine von der Isabellarebe. Niemand muss etwas befürchten!«

»Ich weiß, ich weiß. Wir werden Herrn Konrad auch die Unkosten ersetzen. Und wenn der ganze Spuk vorbei ist, kommen wir und holen die Weinprobe nach. Versprochen!«

Er legte auf. Berner zückte sein Handy. Tatsächlich waren die sozialen Medien voll von Anschuldigungen. Das reichte von »Schorndorfer Winzer vergiftet Kunden« bis zu »Wie viele Tote noch? Winzer verkauft Isabellawein trotz Verbot«. Berner schloss die Augen. Da bahnte sich eine mittlere Katastrophe an.

16.

Am nächsten Morgen erreichte Berner endlich seinen Freund. »Warum meldest du dich denn nicht, Conny?«, warf er ihm vor. »Hast du Hanne und die Kleine gefunden?«

»Sie sind wie vom Erdboden verschluckt. Und die Polizei weiß auch nichts. Sie hat mich nach Freiburg in die Rechtsmedizin geschickt. Dort lagen eine tote Frau und ihr Kind, die in der Gegend von Hinterzarten gefunden wurden. Aber es waren nicht Hanne und Clara.«

»Und was hast du jetzt vor? Du kannst doch nicht ewig in Hinterzarten bleiben!«

»Ich renne den ganzen Tag durch das Kaff und zeige Hannes Foto allen möglichen Leuten. Aber keiner hat sie gesehen. Bei den Touristen wundert mich das nicht, aber ich geh auch in die Cafés und die Hotels und frage die Einheimischen. Nichts. Hans-Peter, ich werde langsam verrückt. Das ist alles wie ein Albtraum.«

Berner wusste auch keinen Trost. »Mensch Conny, du musst zurückkommen. Ich kann hier nicht ewig die Stellung halten. In der Redaktion maulen sie schon, weil ich mich jeden Tag um vier verdünnisiere und keinen Spätdienst mehr übernehme. Ich weiß auch nicht, was ich im Keller machen soll, überall blubbert es wie verrückt. Bestimmt muss der Wein irgendwie bearbeitet werden. Außerdem läuft wegen der Methanolgeschichte in den sozialen Medien ein Shitstorm gegen dich. Conny?«

Der Freund hatte aufgelegt. Berner stöhnte. Aber mehr konnte er jetzt nicht tun, zunächst musste er den morgigen Aufmacher schreiben. Außer einem Bericht über ein neues Baugebiet hatte er nichts. Auf dem Friedhof waren unter den regulären Gräbern keine weiteren Knochen gefunden worden. Frustriert arbeitete er den ganzen Tag an Artikeln über langweilige Kleinstadtprobleme.

Um 16 Uhr trat er wieder seinen Dienst im Weingut an. Außer drei Stammkunden kam niemand. Dann hupte es vor der Tür. Draußen winkte sein Bruder Joachim aus seinem schwarzen Leichenwagen. Musste der Kerl direkt vor die Tür fahren? Ein Leichenwagen vor dem Weingut? Das würde die Gerüchteküche weiter anheizen.

Er ging auf den Hof, Joachim kurbelte das Fenster herunter. Er trug eine Art schwarze Livree, die vermutlich aus einem Kostümverleih stammte, und hielt einen dünnen Joint in der Hand. »Die Knochen liegen im Sarg. Was soll ich damit machen?«

»Gab es Probleme bei der Polizei?«

»Woher denn! Ich wirke so seriös, dass die mir den Bestattungsunternehmer sofort abgekauft haben. Sollen wir den Sarg ins Haus tragen?«

»Bloß nicht! Dann heißt es in der ganzen Stadt, Conny sei an seinem eigenen Wein gestorben. Ich hole einen Karton, dann laden wir sie um.«

Gemeinsam füllten sie die Gebeine in eine alte Holzkiste und schleppten sie in den Keller. Joachim griff sich den Schädel heraus. »Hallo, du Vorfahr von Conny!« Er grinste. »Was kannst du uns über deinen Tod sagen? Bist du verhungert? War es Mord? War es Zufall oder Absicht, dass man dich unter einem Grab verscharrt hat?«

Der Unterkiefer des Totenkopfs sank herab. »Ich glaube, er hat Durst«, meinte Joachim. »Kein Wunder, seit 70 Jahren keinen Schluck Wein! Gib mir doch mal ein Glas!«

Am nächsten Morgen las Berner wie immer als Erstes die Todesanzeigen. Das war Pflichtlektüre für jeden Lokalredakteur: Man musste ja wissen, ob eventuell ein Nachruf verfasst werden musste. In der Redaktion gab es eine eigene Kommode mit der Aufschrift »Nachrufe im Schrank«. Weil berühmte Personen die unangenehme Eigenschaft hatten, außerhalb der Kernarbeitszeiten zu sterben. So konnte man dem Spätredakteur die Recherche etwas erleichtern.

Eine riesige, dreispaltige Anzeige dominierte die Seite: »Sascha von Kerf. Unser Schmerz wird nie enden«, stand kursiv unter einem Farbbild des gut aussehenden, sportlichen jungen Mannes beim Tennisspielen. Mehrere Tausend Euro, schätzte Berner, mussten die Eltern für die Anzeige wohl hingeblättert haben. Es folgte der übliche Hinweis auf die Beerdigung und dass von Beileidsbezeugungen am Grab abgesehen werden sollte. Dafür wurde um Spenden auf das Konto einer gemeinnützigen Vereinigung gebeten. Berners Blick glitt weiter über die Seite und blieb an einer ungewöhnlichen Anzeige hängen: Zwei Menschen, offenbar ein Ehepaar, waren am selben Tag verstorben. Eine Hedwig Wohlfahrt, geborene Stowasser, und ein Hermann Wohlfahrt, beide über 80 Jahre alt. Der Sinnspruch darüber: »Unzertrennlich im Leben und unzertrennlich in den Tod«. Unterschrieben war die Anzeige mit »Eure Euch liebende Margarete Haldenwag, Schwester und Schwägerin«.

Wieso starben zwei Menschen am selben Tag? Klar, alte Ehepaare überlebten einander oft nicht lange. Aber am selben Tag? Das gab es höchstens bei Autounfällen. Er blätterte im Polizeibericht. Da stand nichts von einem Unfall mit tödlichem Ausgang. Hatten sie womöglich gemeinsam Selbstmord begangen? Was steckte dahinter? Berner suchte und fand im Einwohnermeldebuch eine Margarete Haldenwag, vermutlich die Hinterbliebene. Sie wohnte in der Lederstraße. Vielleicht würde sich ein Gespräch mit der Frau lohnen. Er machte mit dem Handy ein Foto der Todesanzeige.

Zunächst aber mussten Texte von freien Mitarbeitern redigiert, Pressemitteilungen umgeschrieben, Anrufe beantwortet, liegen gebliebene Storys aufgearbeitet und die anstehende Themenkonferenz vorbereitet werden. Meldungen schreiben, Seiten layouten – der Tag nahm mal wieder kein Ende. Inzwischen waren auch fünf Leserbriefe eingegangen, die sich mit dem angeblichen Methanol in Konrads Weinen befassten. Sie gingen nicht besonders freundlich mit dem Winzer um. Am Nachmittag fuhr Berner den PC herunter, besorgte sich am Bahnhof eine Curry spezial und vertilgte sie auf dem Weg in die Höllgasse. Im Weingut erwartete ihn eine Überraschung: Konrad war zurück! Er fand ihn im Keller, wo er Proben von seinen Weinen nahm.

»Conny! Warum hast du nicht angerufen? Ist alles in Ordnung? Hast du Hanne und Clara gefunden?«

Der Winzer warf ihm nur einen kurzen Blick zu. »Es macht keinen Sinn. Ich habe aufgegeben. Hannes Wagen hat die Polizei konfisziert. Ihre Sachen hab ich eingepackt und das Kaff verlassen.«

»Willkommen zurück!« Etwas anderes fiel Berner nicht ein. Er trat einen Schritt auf Konrad zu und wollte ihm auf die Schulter klopfen.

Da fiel ihm sein Freund plötzlich in die Arme, umklammerte ihn, schluchzte: »Ich weiß nicht, was ich machen soll. Ich probiere den Wein und schmecke nichts. Ich stolpere in meinem Keller herum und weiß nicht, was ich hier überhaupt soll. Hans-Peter, ich verkrafte das nicht!«

Männer zu umarmen, war für Berner immer ein Problem gewesen. Zurückhaltend tätschelte er Konrad den Rücken und versuchte, ihn von sich wegzudrücken. Doch der Winzer verlor jede Fassung, hielt ihn fest und flennte wie ein Kind. Verlegen schob er Berner endlich von sich und schnäuzte in einen alten Lappen. »Entschuldige bitte, Hans-Peter. Seit Hanne und Clara weg sind, bin ich völlig neben der Spur.«

»Wenn sie ermordet wurden oder einen Unfall gehabt hätten, hätte man sie bestimmt gefunden. Ich bin überzeugt, dass sie noch leben. Wahrscheinlich sind sie wirklich entführt worden, weil jemand Geld von dir erpressen will. Allerdings müsste dann längst ein Erpresserbrief eingetroffen sein!« Berner versuchte, das Gespräch wieder auf eine sachliche Ebene zu heben.

»Ein Erpresserbrief? Darauf bin ich noch gar nicht gekommen. Hast du meine Post durchgesehen?«

»Ich hab nicht mal den Briefkasten geleert. Entschuldige. Ich hab nicht dran gedacht.«

Konrad rannte vom Keller ins Erdgeschoss. Er hatte einen großen Brief- und Paketkasten vor dem Haus installiert, weil er immer wieder umfangreiche Sendungen erhielt. Mit zitternden Händen drehte er den kleinen

Schlüssel im Schloss, ein Stoß von Briefen, Postkarten, Prospekten und braunen Versandtaschen fiel ihm entgegen. Er packte alles auf den Arm und trug den Haufen ins Probierstüble. Dabei fiel ihm auf, dass kein einziger Kunde wartete.

»Was ist los? Hast du meine Kunden vergrault?«

»Hast du mir nicht zugehört? Ich hab dir doch schon am Telefon berichtet, was in den sozialen Medien abgeht. Und entsprechende Leserbriefe sind auch schon eingegangen. Die Leute haben Angst, dass du sie mit Methanol vergiftest.«

Konrad blieb stehen. »Das war Leonhard, dieses Schwein. Er hat das Gerücht gestreut. Er nutzt die Gelegenheit, um mich zugrunde zu richten. Dann, glaubt er, mein Weingut billiger zu kriegen. Ich werde ihn wegen übler Nachrede verklagen. Und wegen Geschäftsschädigung.«

»Schwierig, das zu beweisen«, wandte Berner ein.

Konrad brachte die Post nach oben ins Wohnzimmer, Berner folgte ihm. Dort durchsuchte er den Stapel mit fliegenden Fingern. Rechnungen, Werbung, Bestellungen. Ein paar Briefe öffnete er flüchtig, um sie sofort wieder wegzulegen.

Berner griff sich einen Umschlag aus teurem Papier, weil er den Absender erkannte. Er riss ihn auf und überflog den Text. »Du hast eine hohe Bewertung im Falstaff-Weinguide für deinen Schwartzhans bekommen!«, sagte er staunend zu Konrad. »Sagenhafte 95 Punkte! Und außerdem bist du der Aufsteiger des Jahres. Conny, das ist der Hammer! Kann ich das Schreiben mitnehmen? Das muss so bald wie möglich in die Zeitung!«

Konrad beachtete ihn nicht. Er hatte einen einfachen, länglichen Briefumschlag mit dem Brotmesser aufgeschlitzt. Seine Anschrift im Adressfenster, kein Absender. Er faltete den Papierbogen auseinander und legte ihn auf den Tisch. Vorsichtig, als wäre er giftig. Berner sah, wie das Gesicht des Winzers bleich wurde und seine Hände sich an die Tischkante klammerten.

»Conny, was ist?«

»Schließ unten ab, ich will heute niemanden mehr sehen.« Konrads Stimme klang tonlos. Berner polterte die Treppe hinab und verschloss die Eingangstür. Mit Kunden war ohnehin nicht mehr zu rechnen. Dann stürzte er zwei Stufen auf einmal nehmend wieder in Konrads Wohnung.

Sein Freund saß fassungslos am Esstisch. Dann schlug er mit den Fäusten auf die Tischplatte. Schon wieder liefen Tränen aus seinen Augen. »Ich bin schuld«, schluchzte er. »Warum habe ich sie alleine fahren lassen?«

Schockiert nahm Berner den Brief vom Tisch. Es war ein Computerausdruck auf Standardpapier. Arial Unicode, 12 Punkt, wie er sofort erkannte. Eine der am häufigsten verwendeten Computerschriften.

Wenn Ihre Frau und Ihre Tochter am Leben bleiben sollen, zahlen Sie eine Million Euro in bar. Stellen Sie eine Vase mit Ligusterzweigen auf den Fenstersims neben dem Eingang zum Weingut, damit wir wissen, dass Sie kooperieren. Anschließend werden wir Ihnen die Details der Geldübergabe zukommen lassen. Stichtag ist der 11. Dezember. Wenn Sie dann nicht reagiert haben, nehmen wir an, dass Sie auf Ihre Familie keinen Wert legen, und werden sie entsorgen.

»Der 11. Dezember war gestern«, sagte Berner lahm.

Konrads Verzweiflung wich einer Wut, die sich gegen ihn selbst richtete. »Ich bin schuld!«, schrie er, sprang auf und schlug mit den Fäusten gegen die Wand. »Warum hab ich nicht einfach hier gewartet? Es ist doch logisch, dass die sich hier melden! Warum musste ich unbedingt im Schwarzwald den Ermittler spielen?« Er wollte einen Aschenbecher gegen die Wand schmeißen, den Berner ihm mühsam entwand. Dann brach er auf dem Sofa zusammen. Berner stand hilflos daneben. Im Trösten war er kein Profi.

Er holte aus dem Verkaufsraum eine Flasche Tresterbrand und zwei Gläser. Wenn das nicht half, wusste er auch nicht weiter. Als er wieder in die Wohnung kam, saß Konrad in stummer Verzweiflung vor einem Fotoalbum: Hanne mit dickem Schwangerschaftsbauch in den Weinbergen. Hanne und Clara kurz nach der Geburt im Krankenhaus. Ihre strahlenden Augen, das Kind an ihrer Brust. Es tat Berner weh, seinen Freund so zu sehen. So desolat hatte er ihn noch nie erlebt. Konrad griff nach dem Tresterschnaps und trank ihn wie Wasser direkt aus der Flasche. Er verzog nicht einmal das Gesicht.

Berner rannte aus dem Haus und zum Bäcker am Eck. Er besorgte Brezeln, süße Stückle und ein Holzofenbrot. Oben in der Wohnung strich er Butterbrote, bestreute sie mit Salz und stellte sie vor den Freund. Konrad reagierte nicht.

»Wegen einem Tag lassen die bestimmt mit sich reden«, sagte Berner zögerlich. »Schließlich wollen die Geld von dir und vielleicht haben sie ja mitgekriegt, dass du im Schwarzwald warst. Der Brief hat keine Marke, er muss also direkt hier eingeworfen worden sein. Bestimmt melden sie sich wieder. Eine Geisel bringt ihnen ja nichts, wenn sie tot ist. Ich hole jetzt Ligusterzweige und stelle sie unten auf den Sims. Das Zeug wächst ja überall. Dann wissen sie, dass du sie ernst nimmst, Conny.«

Der Freund sah ihn an. Seine Augen waren leblos. »Und woher soll ich eine Million Euro nehmen?«

17.

Auf der Themenkonferenz der Schorndorfer Zeitung wurde nach einem Weihnachtsbeitrag gesucht. Am besten eigneten sich dafür rührselige Geschichten von Familien in Not, von Spenden an bedürftige Kinder, von Geschwistern, die sich nach vielen Jahren wiedergefunden hatten, von dem Schicksal Geflüchteter oder Ähnlichem. Berner wies auf das zeitgleich verstorbene Ehepaar Wohlfahrt hin. Ob sich dahinter eine spannende Geschichte verbarg? War die Liebe so groß gewesen, dass keiner den anderen im Leben zurücklassen wollte? In einer Folge der »Schwarzwaldklinik« war das so gewesen, die Serie wurde gerade im Dritten Programm zum hundertsten Mal wiederholt. Vielleicht könnte man mit dieser Margarete Haldenwag einen Termin vereinbaren. Sicher gab es Fotomaterial aus glücklicheren Tagen. Einen Abschiedsbrief?

Die Idee fand Anklang. Die Weihnachtsgeschichte wurde traditionell der Volontärin oder dem Volontär aufs Auge gedrückt, weil keiner der Redakteure Lust auf das Gesülze hatte. Leider war der Schreibtisch der Volontärin verwaist, sie war in die Zentralredaktion beordert worden als Ersatz für Katharina Weisswanger. Und die Neue befand sich im Montafon beim Skifahren, sie kam erst nach Weihnachten zurück. Weil aber ein weiteres ungeschriebenes Redaktionsgesetz vorsah, dass derjenige, der eine Story vorschlug, sie dann letztlich auch selbst schreiben musste, blieb Berner nichts anderes übrig, als den Auftrag zu übernehmen.

Er beschloss, sich um die Geschichte zu kümmern, solange das Thema noch heiß war, und erreichte Margarete Haldenwag sofort telefonisch. Sie war die Schwester von Hedwig Wohlfahrt und zu einem Gespräch bereit. Berner stieg in den Dienstwagen und fuhr in die Lederstraße, eine eher ärmliche Gegend. Früher hatten in den umliegenden Straßen Arbeiter in kleinen Häusern gelebt, Männer mit Igelfrisuren, Koreablocker genannt. So hatte das Viertel seinen Namen erhalten: Koreaviertel. Margarete Haldenwag wohnte in einem älteren Mehrfamilienhaus. Sie war über 70, eine freundliche, rundliche Frau im Kittelschurz, mit grauer Löckchenfrisur. Sie bat Berner ins Wohnzimmer und hatte schon einen Filterkaffee vorbereitet. Berner begann, sie auszufragen.

Ihre Schwester Hedwig und deren Mann hätten in einem Altenheim in Schorndorf-Nord gewohnt, erzählte sie. Beide hätten sich bester Gesundheit erfreut, von diversen kleineren Beschwerden abgesehen, wie sie für ein hohes Alter typisch waren. Sie seien weder depressiv noch dement gewesen, eher das Gegenteil. An allen Angeboten des Altenheims hatten sie mit Freude teilgenommen. Hedwig hatte sogar die kleine Bibliothek des Heims verwaltet, Hermann hatte sich im Garten nützlich gemacht. Und ja, es sei die große Liebe gewesen, mit 16 oder 17 hätten sie sich im Auffanglager kennengelernt, wären als Vertriebene schließlich in Schorndorf gelandet und einander ein Leben lang treu geblieben. So etwas gäbe es ja heutzutage gar nicht mehr.

»Es ist mir ein Rätsel, warum die beiden ihr Leben hätten gemeinsam beenden sollen. Auch die Polizei glaubt wohl nicht daran.« Sie schwieg erschöpft.

Berner wurde hellhörig. »Die Polizei?«

Margarete Haldenwag nickte. »Trotz des hohen Alters der beiden wollte der Arzt den Totenschein nicht ausstellen, irgendetwas ist ihm merkwürdig vorgekommen. Er hat eine Obduktion angeordnet. Ich habe aber keine Ahnung, nach was gesucht wird.«

Das war nicht die erwartete Weihnachtsgeschichte. Große Liebe, ja, ein langes, glückliches Leben, ja, aber kein freiwilliger, gemeinsamer Abschied davon. Und so kurz vor Weihnachten hätten sich die beiden niemals umgebracht, meinte Margarete Haldenwag. Sie hätten vorgehabt, den Heiligen Abend bei ihr zu verbringen. Bratwürste, Wirsinggemüse und Kartoffelpüree hatten sie sich gewünscht. »Wer macht denn Pläne für ein Weihnachtsessen und nimmt sich dann das Leben?«, fragte die alte Frau und fing unvermittelt an zu weinen. Berner stand auf, tröstete sie umständlich und verabschiedete sich.

Margarete Haldenwag brachte ihn zur Tür. Im Flur kam ihnen ein Mann entgegen. »Mein Sohn«, schniefte Margarete Haldenwag. »Er wohnt wieder bei mir, seit er arbeitslos ist. Und Platz habe ich ja genug, seit mein Mann vor zwei Jahren verstorben ist. Krebs, wissen Sie.« Wieder liefen ihr Tränen übers Gesicht.

Der Sohn, deutlich übergewichtig und trotz seiner vielleicht erst 40 Jahre fast glatzköpfig, strich ihr unbeholfen über die Wange und verschwand in einem Zimmer. Berner fuhr zurück in die Redaktion und rief seinen Informanten bei der Staatsanwaltschaft an. Er erreichte ihn sofort und sprach ihn auf die Wohlfahrts an. Der Mann war nicht begeistert von Berners Anruf.

»Hör zu, Hans-Peter, das ist noch nicht für die Öffentlichkeit bestimmt. Du darfst das unter keinen Umständen schreiben. Die Obduktion ist gerade erst beendet worden. Die beiden hatten zwei Promille Methanol im Körper, schon eine Dosis von 0,2 wäre tödlich gewesen. Aber du musst die offizielle Pressemitteilung abwarten. Die wollen eine Panik vermeiden, weil ja in Schorndorf schon zwei Menschen an einer Methanolvergiftung gestorben sind. Du kannst recherchieren, aber noch nichts ins Blatt setzen, bitte!«

»Weiß man denn, woher das Methanol stammt?«

»Die Kollegen haben erst auf Desinfektionsmittel getippt. Davon wird ja in Altenheimen reichlich Gebrauch gemacht. Vor allem jetzt, wo alle Grippe haben und Corona noch nicht lange zurückliegt. Aber in diesem Heim werden nur Mittel auf Ethanolbasis verwendet. Das ist reiner Alkohol, den trinkt keiner freiwillig außer ein Alkoholiker im kalten Entzug. Das kann es also nicht sein.«

Berner hakte nach: »Wenn sich die beiden das Leben hätten nehmen wollen, müsste ja wohl auch eine Flasche Methanol neben ihnen gestanden haben, oder?«

»Das ist es ja gerade. Da war nix. Deshalb haben die im Heim auch angenommen, die beiden wären zufällig zur selben Zeit gestorben. In einem Altenheim wird schließlich ständig gestorben. Die haben keinen Verdacht geschöpft. Erst der Arzt wurde misstrauisch und hat uns informiert.«

»Was war das denn für ein Heim?«

»Das in der Palmstraße.«

»Aber«, Berner dachte nach, »aber das hieße ja, es handelt sich um Mord!«

»Behandle das bloß vertraulich, Hans-Peter! Ich will meinen Job gerne noch ein Weilchen behalten! Übrigens hast du noch nichts über das Wein- und Pizzafest des Polizeisport-Fördervereins am Wochenende gebracht.«

Berner entschuldigte sich und legte nachdenklich auf. Noch einmal zwei Methanol-Tote in so kurzer Zeit. Ein 19-Jähriger, eine 32-Jährige und zwei über 80-Jährige. Wo war der Zusammenhang? Ging ein Methanol-Mörder in Schorndorf um?

18.

Nach einem Telefonat mit ihrer Schwester fuhr Ulrike Perler aufgewühlt mit der S-Bahn nach Stuttgart. Fritzi wurde schwach. Sie könne das Baby unmöglich noch länger im Schweinestall gefangen halten, hatte sie gesagt. Was, wenn es krank würde? Außerdem habe ein Mann an der Stalltür geklopft und ihr ein Foto von Hanne gezeigt. Die Frau im Stall musste das mitbekommen haben, vielleicht hatte sie die Stimme erkannt, sie hatte geschrien. »Lange hält sie das nicht mehr durch«, hatte Fritzi gejammert.

»Aber sie hat doch alles, was sie braucht«, hatte Ulrike geantwortet. »Du sorgst doch für sie, oder? Du musst ihr reichlich zu essen geben. Das beruhigt die Nerven. Wir brauchen sie schließlich lebend.«

»Und was ist, wenn das Baby krank wird? Wir haben Winter, das ist im Hochschwarzwald was anderes als bei euch. Klar ist es neben dem Kuhstall recht warm, aber wenn sich Hanne nicht bewegen kann, dann fängt sie trotzdem an zu frieren. Dann kann sie dem Baby keine Wärme geben. Vielleicht hat sie auch nicht mehr viel Milch. Menschen funktionieren in der Hinsicht nicht anders als Kühe, bei Stress bekommen die auch einen Milchstau. Ricke, das kann so nicht weitergehen. Wir haben uns in etwas verrannt. Das muss aufhören!«

»Wir haben es Mama versprochen. An ihrem 80. Geburtstag. Sie wollte uns in all den Jahren nicht damit belasten. Aber dann brach es aus ihr heraus. Wegen der Bilder von Isabella im Fotoalbum. Als unsere Oma noch ein ganz junges Mädchen war. Und eins kann ich dir sagen: Wenn ich schon früher gewusst hätte, dass wir um unser Erbe betrogen wurden, hätte ich auch schon früher etwas unternommen. Notfalls auch allein. Und schließlich warst du beim Geburtstag genauso wütend wie ich. Du kannst jetzt nicht einfach einen Rückzieher machen.«

»Ich hätte auf diese Geburtstagsüberraschung verzichten können. Inzwischen denke ich, Mama hatte da nur so eine fixe Idee. Seit ich mich erinnern kann, trägt sie diesen Hass mit sich herum. Aber vielleicht hat der einen anderen Ursprung? Vielleicht hat sie einfach den Tod von unserem Vater nie verkraftet und sucht jetzt einen Schuldigen? Oder sie ist dement? Wir hätten das alles überprüfen sollen. Aber du bist ja gleich darauf angesprungen. So warst du schon immer. Mamas Liebling: die Rächerin der Enterbten. Und ich kann es jetzt ausbaden, während du dich in Schorndorf mal wieder durchvögelst.«

»Wenn ich vögle, dann hat das einen Sinn. Und jetzt ist es ohnehin zu spät für einen Rückzieher. Konrad hat den Brief bekommen. Wenn er seine Frau und sein Kind wirklich liebt, wird er das Lösegeld zahlen. Und dann kaufen wir uns mit seinem eigenen Geld unser Weingut zurück. Du gibst den verrotteten Hof von deinem verstorbenen Mann auf und kommst nach Schorndorf. Zusammen betreiben wir das Weingut. Es ist nicht gerade groß, aber es hat gute Lagen und gemeinsam können wir das stemmen. Es steht uns ja ohnehin zu. Wir sind keine Verbrecher, wir korrigieren nur das Schicksal. Da brauchst du doch kein schlechtes Gewissen zu haben!«

Fritzi hatte zu weinen angefangen. »Die Frau ist mir scheißegal. Aber ich höre immer wieder das Baby weinen. Vielleicht geht es ihm nicht gut? Vielleicht muss es zugefüttert werden? Braucht es schon Brei? Du hast gesagt, das mit der Entführung geht nur ein paar Tage, aber jetzt dauert es immer länger. Und was ist, wenn Konrad nicht zahlt? Ricke, ich kann nicht mehr. Lass uns ein Ende machen.«

Fritzi war nicht hart genug für so einen Job. Das hätte sie wissen müssen. Aber auch sie selbst bekam langsam Angst. Mit diesem Journalisten war sie nur ins Bett gestiegen, weil sie sich nützliche Infos über Konrad erhofft hatte. Aber viel gebracht hatte es nicht. Ihre einzige Chance waren seine Frau und seine Tochter. Und wenn die ihm egal waren? Wenn er vielleicht sogar froh war, sie loszuwerden? Dann bekamen sie kein Lösegeld, kein Weingut und hätten auch noch zwei Geiseln am Hals. Vielleicht waren sie doch zu naiv an diese Geschichte herangegangen.

Mit der U-Bahn fuhr sie bis zum Löwentor und lief zu Fuß bis zu einem heruntergekommenen Haus in der Sarweystraße. Sie schloss die Haustür auf und stieg in den zweiten Stock. Ihre Mutter saß vor dem Fernseher und schien sie nicht zu bemerken. Ulrike beobachtete die alte Frau. Sie liebte ihre Mutter mehr als alle anderen Menschen auf der Welt. Und Ulrike hatte ihr sofort geglaubt, als sie an ihrem letzten Geburtstag den Kindern zum ersten Mal ihre Lebens- und Leidensgeschichte erzählt hatte.

»Hallo, Mama!«

Die alte Frau richtete sich erschrocken auf, sie hatte

Ulrike nicht kommen hören. »Mädle! Wo kommsch au du her?«

Ulrike umarmte sie. »Soll ich uns einen Kaffee machen?«

Frau Denzinger strahlte. »In der Küche ist noch ein Rest vom Hefezopf. Ohne Rosinen, weil du die nicht magst. Bring uns doch ein paar Scheiben. Und Butter dazu, sonst ist er so trocken.«

Während Ulrike Kaffee kochte und den vertrockneten Hefezopf aufschnitt, wurde ihr die Ärmlichkeit der Wohnung wieder einmal bewusst. Seit ihr Vater vor über 40 Jahren gestorben war, hatte die Mutter kein einziges Möbelstück ersetzt. Der abgetretene Teppich im Wohnzimmer, die verwaschenen, ausgebleichten Gardinen, die angestoßenen Tassen, der Geruch nach alter Frau und abgestandener Luft – es fiel ihr immer erst auf, wenn sie nach längerer Zeit zurückkam. Aber hier waren sie aufgewachsen, Fritzi und sie. Und hatten so viel Liebe bekommen, so viel Unterstützung für ihre Pläne. Und mit dieser Korrektur des Schicksals hatte sie ihren Töchtern eine neue Lebensperspektive gegeben.

Ulrike servierte Kaffee und Hefekranz auf dem kleinen Nierentisch mit dem bunten Mosaikmuster, der noch aus den Fünfzigerjahren stammte. Die Häkeldecke darauf war grau geworden und wellte sich an den Rändern.

»Kann ich den Fernseher ausmachen?«, fragte sie.

»Natürlich, Liebes. Es kommen sowieso nur schlechte Filme. Und die Nachrichten interessieren mich schon lange nicht mehr.«

Der rostrote Sessel, auf dem Ulrike Platz nahm, war schon in ihrer Kindheit durchgesessen gewesen. Man hatte die Wahl zwischen einer harten Feder, die die Polsterung zu durchstoßen drohte, und einer tiefen Kuhle. Schweigend tranken sie ihren Kaffee, süß mit viel Sahne, und mümmelten dazu den Hefekranz.

»Hast du Papa eigentlich geliebt«, fragte Ulrike unvermittelt.

»Ach Kind, das weißt du doch. Es war eine verrückte Zeit. Die Terroristen, die Studentenunruhen, die sexuelle Revolution. Ständig war ich auf irgendeiner Demo oder bei einem Sit-in. Dabei habe ich Sigmund kennen gelernt, er war Künstler, das fand ich aufregend. Und der Name Perler – das klang irgendwie prickelnd, wie Schaumwein. Dass ich ihn geheiratet habe, war ein spontaner Entschluss, die Reue kam erst später. Er war ein Versager. Völlig erfolglos. Mit seiner minimalistischen Kunst konnte niemand was anfangen, nicht mal seine Freunde von der Kunstakademie. Er fing an zu trinken, und dann kam auch noch der Autounfall und ich saß alleine da mit zwei kleinen Kindern. Ein Haufen unverkäuflicher Bilder, das war das Einzige, was er mir hinterlassen hat. Ich musste Putzen gehen, um euch versorgen zu können.« Sie schwieg einen Augenblick. »Und Schlimmeres. Sigmund hat mich im Stich gelassen. Das werde ich ihm nie verzeihen.«

Eine Ehe mit einem armen Künstler. Die Erklärung für ihre ärmliche Existenz. Und für ihre Verbitterung. Aber früher hatte sie nie so schlecht von ihrem Mann gesprochen.

»Mama«, sagte Ulrike schließlich. »Die Fritzi dreht durch. Lange hält die das nicht mehr aus. Vor allem wegen dem Baby. Sie wollte doch immer Kinder, und nun hält sie eines im Schweinestall gefangen. Ich bin sicher, dass sie Dummheiten begeht, wenn du nicht mit ihr redest.«

»Die Fritzi!« Frau Denzinger schüttelte den Kopf. »Sie hört sowieso nicht auf mich. Immer lässt sie sich von Gefühlen leiten. Sonst hätte sie auch nicht diesen Bauerntrampel geheiratet, diesen Verlierer aus dem Schwarzwald. Ich kenne mich aus mit Versagern. Mir war von Anfang an klar, dass der keinen Hof betreiben kann. Und dann stirbt er auch noch mit kaum 30 Jahren. Weil er mit den Beinen ins Mähwerk gerät. Wie kann man nur so blöd sein!«

»Aber was sollen wir denn jetzt machen? Ich fürchte, der Konrad zahlt nicht. Und wenn er nicht zahlt, können wir das Weingut nicht kaufen. Und haben die Frau und das Kind am Hals.«

»Jetzt hör mir mal gut zu!« Die alte Frau richtete sich kerzengerade auf. »Es geht um euer Erbe. Du hast Winzerin gelernt, aber du hast kein Weingut. Die Fritzi hat einen Hof geerbt, der nichts abwirft und beim nächsten Sturm zusammenbricht. Ihr müsst jetzt an eure Zukunft denken. Und der Konrad hat's verdient. Ohne den Betrug damals wäre er ein armer Schlucker. Er hat sich auf eure Kosten bereichert. Nun muss er eben leiden.«

»Na ja, genau genommen war er ja nicht selbst schuld.«

Jetzt richtete sich die alte Frau auf. Ihre Augen blitzten vor Zorn. »Hör zu! Wir haben vielleicht keinen rechtlichen Anspruch, weil meine Mutter nur die uneheliche Tochter von deinem Opa Karl Konrad war. Und weil sie erst gezeugt wurde, als Karl das Gut schon auf seinen Bruder Richard überschrieben hatte, Connys Vater. Aber Karl hat das Weingut bekommen, weil ihm der Uropa mehr zugetraut hatte als diesem Hinkebein. Und dann hat der Krüppel ihn auch noch umgebracht und beerbt. Richard und seine Kinder und Kindeskinder haben Blut an den Händen. Und dieses Blut kommt jetzt über sie. Gott bestraft die Sünden auch noch in der dritten und vierten Generation! Weißt du das nicht? Ich zeige es dir!« Sie stand mühsam auf, nahm eine zerfledderte Bibel vom Büfett und begann, darin zu blättern. Das Buch fiel ihr aus den Händen. Sie ließ es liegen und setzte sich wieder.

»Bist du ganz sicher, dass Richard den Opa ermordet hat?«, fragte Ulrike. »Ich habe in Schorndorf kein Grab gefunden. Nur das von Richard und seiner Frau Ella. Aber«, sie lachte böse, »ich habe einen Zweig von giftigem Liguster drauf gestellt. Als Warnung an Konrad. Ob er das wohl kapiert?«

Auch die alte Frau lachte. Ein heiseres, meckerndes Lachen. »So schlau ist der nicht.«

»Sag mal, Mama, warum hast du uns eigentlich erst an deinem Geburtstag erzählt, dass wir die rechtmäßigen Erben von Karl Konrad sind? Wenn du vorher gestorben wärst, hätten wir nie etwas davon erfahren.«

»Das kann ich dir sagen. Ich wusste ja gar nicht, dass es das Weingut Konrad überhaupt noch gibt. Ich dachte, Richard hätte es schon längst zugrunde gerichtet. Hier in Stuttgart erfahren wir wenig über Schorndorf. Aber kurz vor meinem 80. Geburtstag blättere ich durch das Stuttgarter Tagblatt. Und was finde ich da auf der letzten Seite? Eine Heiratsanzeige: ›Konrad Konrad und Hannelore Wälden haben sich das Ja-Wort gegeben.‹ Geheiratet haben sie in einer Außenstelle des Standesamtes, einem Wengerthäuschen im Remstal. Und gefeiert haben sie in einem Weingut namens Konrad. Es hat mich getroffen wie ein Schlag. Und dann wusste ich: Bevor ich sterbe, werde ich diese Angelegenheit noch in Ordnung bringen. Euch zuliebe. Meinen Kindern.«

Sie schwieg erschöpft. Dann deutete sie auf den Fernseher: »Mach bitte wieder an. Auf RTL Gold kommt gleich ein Jerry-Cotton-Film. Mit George Nader. Den will ich sehen.« Sie sank in den Sessel. Schon während der ersten Szenen fielen ihr die Augen zu. Dann flackerten ihre Lider und sie richtete sich wieder auf. »Und wenn dieses Flittchen mit seinem Bastard im Schweinestall verreckt, soll es mir recht sein. Ich will vergelten, spricht der Herr. Fünftes Buch Mose 32.«

Dann schlief sie ein. Ulrike räumte das Kaffeegeschirr in die Küche. Zärtlich legte sie ihrer Mutter eine Decke über den Schoß. Sie brauchte einen neuen Plan. Vielleicht konnte ihr dieser Journalist doch noch nützlich sein.

19.

Das dicke Rindsleder war widerspenstiger als gedacht. Und da Hanne keinen Spiegel hatte, stach sie sich immer wieder mit der Nagelschere in den Hals. Clara legte sie solange ins Stroh, was dem Baby offenbar gefiel, denn es fing an zu robben. Da es sich dabei immer wieder an Strohhalmen stach, flossen ein paar Tränen. Aber Clara gab nicht auf. Wir geben beide nicht auf, dachte Hanne. Irgendwie kommen wir hier raus.

Sie hatte schon eine unregelmäßige Rille in das Halsband geritzt. Um das restliche Leder durchzuschneiden, war es noch zu dick. Wenn ihr Finger und Hals schmerzten und Clara gerade keine Bedürfnisse hatte, versuchte Hanne sich an Gymnastikübungen. Vom vielen Sitzen auf dem harten Boden tat ihr der Rücken weh. Schultern hochziehen, tief atmen, Arme schwingen lassen, auf den Fußspitzen stehen ... Das war anstrengender als gedacht. »Ich bin schon richtig eingerostet«, sagte sie zur Katze, die sie erstaunt beobachtete. »Das kann dir natürlich nicht passieren.«

Ein Interview mit einem Schorndorfer Bildhauer fiel ihr ein: Alfred Seidel. Der Mann stammte aus einer Generation, in der Schüler noch viele Gedichte hatten auswendig lernen müssen. »Das«, hatte er erzählt, »hat mir geholfen, Stalingrad zu überleben.« Im Unterstand, umgeben von einer Hölle aus zerfetzten Leibern, Hunger und Angst, hätten er und seine Kameraden sich gegenseitig Gedichte vorgetragen. So hätten sie ihr Menschsein bewahrt. Ihren Glauben an das Gute. Gedichte als Überlebenshilfe.

»›Zu Dionys, dem Tyrannen, schlich, Damon, den Dolch im Gewande: Ihn schlugen die Häscher in Bande‹«, erklärte sie der Katze, die aufmerksam zuhörte. »Oder: ›Burg Niedeck ist im Elsass der Sage wohlbekannt, die Höhe, wo vor Zeiten die Burg der Riesen stand.‹« Das hatten sie in der sechsten Klasse gelernt. Was kannte sie noch? Erstaunlich wenig. Von den meisten Gedichten wusste sie nur noch die erste Zeile. Sie sang: »Backe, backe, Kuchen, der Bäcker hat gerufen! Wer will guten Kuchen backen, der muss haben sieben Sachen: Eier und Schmalz, Butter und Salz, Milch und Mehl, Safran macht den Kuchen gehl! Schieb, schieb in den Ofen rein!« Es ging noch weiter, aber den Rest hatte sie vergessen. Clara sah sie mit großen Augen an. Urplötzlich hatte Hanne das Gefühl, dass noch jemand zuhörte. Ein leises Rascheln hinter der Bretterwand, in der sich die Klappe befand.

»Das ist der Daumen, der schüttelt die Pflaumen«, zeigte sie Clara die Finger. »Der hebt sie auf, der trägt sie nach Haus und der kleine Schelm hier, der isst sie alle auf!« Sie lachte und Clara strahlte. Angestrengt lauschte Hanne, ob wieder ein Geräusch zu ihr durch die Bretterwand drang. Sie glaubte, vorsichtige Schritte zu hören, ein Knacken, dann war Stille. Gab es hier weitere Gefangene? Oder wurden sie von ihrer Gefängniswärterin belauscht? »Hallo!«, rief sie. »Ist da jemand?«

Aber es blieb still. Gleich darauf begann die Melkmaschine zu brummen, die Katze verschwand. Nach einer knappen Stunde öffnete sich die Klappe und ein Topf mit

Fleischbrühe und Wurstschnitzen wurde hindurchgeschoben. Dazu das gute Bauernbrot, das Hanne schätzen gelernt hatte. Und noch etwas: eine Rassel für Clara. Und vier weiche, bunte Würfel, in denen Glöckchen bimmelten.

Am nächsten Tag begann Hanne kurz vor dem Melken wieder zu singen: »Heile, heile Segen, drei Tage Regen, drei Tage Schnee, dann tut es nicht mehr weh!« Sie kitzelte Clara, die vor Vergnügen laut kreischte. Von nebenan war nichts zu hören. Dann wagte sie einen Versuch: »Ich hätte so gerne was zu lesen«, sagte sie laut. »Ein paar Zeitungen oder Zeitschriften, vielleicht ein schönes Buch. Ich werde langsam depressiv. Und Clara auch.«

Wieder glaubte sie, Schritte zu hören. Die Kühe brüllten. Clara verlangte nach der Brust. Die Katze verschwand. Das Essen wurde durch die Klappe geschoben und dieses Mal lag ein Buch dabei. Ein dicker, zerlesener Roman: »Die rote Zora und ihre Bande«. Sie musste lachen. Das hatte ihr Vater ihr immer vorgelesen. »Danke!«, rief sie laut.

Im Dämmerlicht des Stalls zu lesen, war fast unmöglich. Schon nach wenigen Seiten schmerzten ihre Augen. Aber viel wichtiger als die Lektüre war der Kontakt, den sie zu der unbekannten Frau aufgenommen hatte. Sie fühlte sich nicht mehr so ausgeliefert, da war ein Mensch, der mitfühlen konnte, Mitleid hatte und ihr das Leben leichter machen wollte. Ob sie es wohl schaffte, den Kontakt auszubauen? Vielleicht ein richtiges Gespräch mit der Frau zu führen? Zu erfahren, warum sie hier gefangen gehalten wurde? Vielleicht konnte sie sich mit dieser Frau anfreunden und sie würde ihr bei der Flucht helfen.

20.

Die Sache mit dem alten Ehepaar ließ Berner keine Ruhe. Vier Menschen waren jetzt an einer Methanolvergiftung gestorben. Und die Polizei hatte offensichtlich keine heiße Spur. Er musste systematisch vorgehen und wollte sich zunächst auf das Ehepaar konzentrieren. Dass die beiden alten Leute gemeinsam Suizid begangen hatten, konnte er ausschließen. Außerdem hätten sie dann mit Sicherheit einen Brief hinterlassen. Dass sie das Methanol versehentlich zu sich genommen hatten, war ebenfalls unwahrscheinlich. Dann hätte man eine Flasche Desinfektionsmittel finden müssen oder eine Schnapsflasche mit Vorlauf. Also blieb nur Mord. Und bei Mord erhob sich die Frage: Cui bono – wem nützte ihr Tod?

Kam Eifersucht infrage? Dass beide schon so alt waren, war kein Hindernis. Liebschaften in Altenheimen waren keine Seltenheit. Also musste er die Bewohner des Heims befragen. Keine leichte Aufgabe, da viele wahrscheinlich schon an Demenz litten. Eine weitere Möglichkeit blieb: In den letzten Jahren hatten sich Fälle von mordenden Pflegern gehäuft. Der Todespfleger von München fiel ihm ein. Vor allem auf den Intensivstationen von Krankenhäusern hatten weibliche oder männliche Pfleger den Kranken absichtlich falsche Medikamente gegeben, um sich anschließend als Retter hervorzutun. Oder sie hatten alte Leute getötet, weil sie sie von ihrem Leiden befreien wollten. Aber wie konnte er bei solchen Morden ermitteln? Das war Polizeiarbeit: Befragungen, durchforsten von Statistiken, Pflegeprotokolle, Lebensläufe des Pflegepersonals überprüfen. Als Journalist kam er da nicht ran.

Cui bono? Wer hatte einen Vorteil vom Tod der beiden Alten? »Folge der Spur des Geldes«, fiel ihm eine weitere Weisheit ein. Hatten die beiden Kinder das Erbe nicht abwarten wollen? Er rief Margarete Haldenwag an, die Schwester der Toten. Wieder war sie sofort am Telefon.

»Frau Haldenwag, bitte betrachten Sie mich nicht als neugierig. Ich will mich in Ihre Familiengeschichte nicht einmischen. Aber der Tod von Ihrer Schwester und deren Mann lässt mir irgendwie keine Ruhe. Ich habe mich gewundert, dass Sie gar nichts von den Kindern der beiden erzählt haben. Sie haben doch Kinder, oder?«

Die Stimme der Frau klang gefasst. »Herr Berner, Sie müssen sich nicht entschuldigen. Sie dürfen mich gerne alles fragen. Ich stehe ja selbst vor einem Rätsel. Und ja, natürlich haben die beiden Kinder. Da sind die Söhne Jorg und Stenzel. Beide sind schon vor Jahren nach Brasilien ausgewandert und haben dort ihr Glück gefunden. Ich glaube, sie haben gemeinsam ein Baugeschäft. Ich habe ihnen schon geschrieben. Sie kommen auf jeden Fall zur Beerdigung. Und dann die Jüngste, Ligia. Sie lebt nicht weit von hier, in Esslingen. Sie hat ihre Eltern regelmäßig im Heim besucht. Ich habe sie schon angerufen.«

»Wie heißen die Kinder denn mit Nachnamen?«

»Na ja, Jorg und Stenzel heißen wie die Eltern, also Wohlfahrt. Ligia hat geheiratet, einen Winzer aus Esslingen. Er heißt Bantam, Weingut Bantam.«

»Gibt es auch Enkelkinder?«

»Jorg und Stenzel haben je einen Sohn, aber die habe ich noch nie gesehen. Ligia hat keine Kinder. Obwohl sie wohl gerne welche hätte. Sie kam regelmäßig ins Remstal, um ihre Eltern zu besuchen.«

Berner bedankte sich und legte auf.

Er googelte »Wohlfahrt« und »Brasilien« und »Bau« und fand heraus, dass die beiden Brüder vor allem mit dem Bau von kleineren Zisternen beschäftig waren. Dass sie allerdings eigens nach Deutschland geflogen waren, um ihre Eltern umzubringen, kam ihm eher unwahrscheinlich vor. Zumal das Spuren hinterlassen hätte: Flugbuchungen, Hotelübernachtungen. Und Margarete und das Pflegepersonal im Heim hätten auch davon erfahren. Er konnte sie wohl streichen.

Ligia dagegen wäre dem Personal nicht aufgefallen, da sie ihre Eltern wohl immer wieder besuchte. Und sie wohnte ganz in der Nähe. Berner sah auf die Uhr. Die Strecke nach Esslingen war in einer guten halben Stunde zu schaffen. Er holte den Dienstwagen und fuhr über Engelberg, Schlichten und Baltmannsweiler in die alte Reichsstadt. Das Weingut lag in der Untertürkheimer Straße. Parkraum war hier dünn gesät. Für Kunden gab es drei Parkplätze, zwei waren noch frei. Er beschloss, sich als Kunde auszugeben, und stellte seinen Wagen ab. Das Verlagslogo würde hoffentlich keinem auffallen.

Er betrat einen hellen, geschmackvoll eingerichteten Verkaufsraum mit großen Drucken von impressionistischen Malern an den Wänden. Eine breite Front mit Glasvitrinen für Rotweine und ebenfalls mit Glas verkleidete Kühlschränke für Weiße und Rosé. Daran könnte sich Conny mal ein Beispiel nehmen, dachte Berner. Während er noch die Etiketten der Flaschen studierte, betrat ein etwa 50-jähriger Mann den Raum und grüßte freundlich.

»Was darf ich Ihnen anbieten? Wir haben zum ersten Mal auch einen Primeur im Angebot, vom Frühburgunder. Ein samtiger Wein, der nach schwarzen Johannisbeeren schmeckt, nach Kirschen und Brombeeren. Es ist der aktuelle Jahrgang, erst vor ein paar Wochen abgefüllt.«

Berner nickte und probierte den ziegelfarbenen Wein. Die frische Gerbsäure ließ ihn lebendig schmecken. Berner nahm sich vor, Konrad davon zu erzählen. Er kannte keinen im Remstal, der einen Wein wie den berühmten Beaujolais Primeur auf den Markt brachte. Vielleicht war das eine tolle Vermarktungsidee: Schnell durchgegorene, noch junge Weine. Aber vielleicht war dieser Hype auch schon längst vorbei. Er überlegte krampfhaft, wie er das Gespräch auf die Familie Wohlfahrt lenken konnte. Da betrat eine blonde Frau den Raum, sehr schlank, fast mager, mit verhärmten Gesichtszügen.

»Meine Frau«, stellte der Winzer sie vor. »Ligia, leg dich doch wieder hin. Ich habe alles im Griff!«

»Ich habe die Glocke gehört und dachte, du bist noch im Keller.« Sie wandte sich an Berner. »Entschuldigen Sie bitte, mir geht es heute nicht so gut. Aber mein Mann kann Sie sowieso besser beraten als ich.« Sie verschwand wieder durch eine Tür im hinteren Teil des Verkaufsraumes.

»Ist Ihre Frau krank?«, fragte Berner mitleidig.

Der Winzer nickte. Sein Gesicht war voller Trauer. »Sie will immer noch mithelfen. Aber es geht ihr von Woche zu Woche schlechter. Der Krebs, wissen Sie. Wir haben alles versucht, aber er kehrt immer wieder zurück.«

Berner ließ sich einen Karton vom Primeur zu seinem Wagen bringen und verabschiedete sich. Der Mann tat ihm leid. »Kennen Sie eigentlich das Weingut Konrad aus Schorndorf«, fragte er zum Abschied, nur um etwas zu sagen.

»Den Conny? Ja, natürlich. Ich bin etwas älter als er, aber wir haben zusammen studiert. Gutes Weingut. Kann ich nur empfehlen. Ich habe gelesen, es gibt irgendwelche Vorwürfe gegen ihn wegen Methanol im Wein. So ein Quatsch. Wozu sollte er die Isabellarebe anbauen, wenn es doch jede Menge besserer Sorten gibt? Außerdem trinken die Österreicher seit Jahren ihren Uhudler und werden nicht blind davon. Wenn Sie mich fragen: Da steckt ein Konkurrent dahinter, der Conny schlechtmachen will. Ich habe sogar eine Ahnung, wer das sein könnte. Aber ich nenne keinen Namen.«

Berner nickte. »Ich weiß, wen Sie meinen.«

Berner fuhr wieder zurück, vom Neckartal ins Remstal. Ligia Bantam konnte er von seiner Liste streichen. Eine schwer krebskranke Frau würde wohl kaum ihre Eltern umbringen, um vorzeitig an das Erbe zu kommen. Und das Weingut sah auch nicht so aus, als fehlte es an Geld. Das aus Sandstein gemauerte Gebäude war in hervorragendem Zustand, alles war gepflegt und stilvoll angelegt. Was jetzt? Die Suche nach den Erben hatte sich als Sackgasse erwiesen.

Cui bono: Wem sonst könnte der Tod der beiden Wohlfahrts nützen? Margarete Haldenwag fiel ihm ein. Die Schwester. War sie im Testament vielleicht auch bedacht? Sollte diese freundliche, ältere Dame eine Mörderin sein? Und wenn ja: Hatte sie dann auch Katharina Weisswanger und Sascha von Kerf umgebracht?

21.

Konrad verbrachte den Vormittag am Grafenberg. An einem kleinen Bach hatte sein Vater schon vor 30 Jahren Kopfweiden gepflanzt. Er schnitt ein Bündel dünner Ruten ab und steckte sie in einen Köcher, den ebenfalls bereits sein Vater benutzt hatte. Dann begann er, die Fruchtruten der Weinstöcke an den unteren Draht zu heften. Er bevorzugte Flachbögen, dann standen sich die jungen Triebe im Frühjahr nicht gegenseitig im Weg, wie es bei Rundbögen der Fall war. Es war eine kontemplative, ruhige Arbeit, die ihm half, den Kopf frei zu bekommen. Traditionell nahm er dazu Weidenruten, obwohl es längst fortschrittlichere Methoden gab: Zangen mit Plastikbändern oder dünnen Drähten. Aber er war genauso schnell mit diesem natürlichen Material.

Er war ganz allein in den Weinbergen, denn die meisten Kollegen erledigten diese Arbeit erst im Frühjahr. Aber da er seine fünf Hektar allein bestellen musste, war es sinnvoll, früh anzufangen. Langsam arbeitete er sich vor, Reihe um Reihe. Es war angenehm kühl, die Luft war feucht und duftete nach den abgefallenen gelben und roten Weinblättern. Er liebte diese Arbeit: kein Motorenlärm, wenig Gassigeher, ab und zu ein Jogger. Er vergaß die Zeit, und als er auf die Uhr sah, war es schon Mittag vorbei. Er musste zurück in die Höllgasse, die Polizei hatte sich angekündigt. Es ging um das Erpresserschreiben. Er parkte im Hof, der Polizeiwagen stand bereits vor dem Haus.

»Herr Konrad, wie kommt jemand auf die Idee, ausgerechnet von Ihnen eine Million Euro zu erpressen?« Der Kommissar, dessen Namen er wieder vergessen hatte, schlug einen Ton an, der Konrad nicht gefiel.

Konrad zuckte die Achseln. »Gute Frage. Ich habe keine Million. Vielleicht denkt da jemand, ein Weingutbesitzer, der muss doch Geld haben. Die Leute haben keine Ahnung.«

»Tatsächlich?«

Ärger kroch in Konrad hoch. »Jetzt passen Sie mal auf, Herr Kommissar. An einer Flasche Kunz oder Schwartzhans verdiene ich nicht mehr als etwa zwei Euro. Und das sind meine Spitzenweine, die ich für 24 Euro verkaufe. Bei den Zehn-Euro-Weinen klingelt weniger als ein lumpiger Euro in meinem Kässle. Was glauben Sie, wie lange das dauert, bis da mal eine Million zusammenkommt? Und dann kommt ja erst noch die Steuer …«

»Alles gut, Konrad. Ich wollte Sie nicht provozieren. Aber ich frage mich schon, wieso ausgerechnet Sie erpresst werden. Haben Sie Feinde?«

Konrad überlegte. »Höchstens den Leonhard, Werner Leonhard, meinen Konkurrenten. Ich habe ihn gestern auf der Polizeidienststelle in der Grabenstraße angezeigt. Wegen übler Nachrede und Geschäftsschädigung. Weil er überall rumerzählt, in meinem Wein sei Methanol und ich sei schuld an den Todesfällen. Aber Leonhard ist kein Entführer. Der fährt doch nicht in den Hochschwarzwald, um Hanne zu entführen. Das hätte er in Schorndorf einfacher haben können. Außerdem hat der

Geld genug. Nicht vom Weinverkauf, sondern von seiner Frau.«

»Kommt sonst noch jemand infrage?«

Konrad dachte lange nach. Dann schüttelte er den Kopf. »Ich bin vielleicht manches Mal ein bisschen ruppig, das ist eben meine Art. Vielen ist das zu grob, aber deshalb entführt man doch niemanden.«

Der Kommissar sah ihn durchdringend an. »Und wenn Ihre Frau gar nicht entführt wurde, sondern weggelaufen ist?« Er wedelte mit der Hand, als er Konrads zorniges Gesicht sah. »Reine Routinefrage«, beschwichtigte er.

Den Erpresserbrief nahm er mit. Es gebe winzige Unterschiede bei PC-Druckern, die man definieren könne. Allerdings mache das nur Sinn, wenn man einen passenden Drucker finden und einen Vergleich herstellen könne. Der Brief werde auch einem Linguisten vorgelegt, der anhand des Sprachduktus das mögliche Profil des Täters modellieren könne. Konrads Telefon wurde angezapft, falls der Erpresser sich melden würde. Und das müsse er schließlich, um die Übergabe des Lösegeldes zu regeln. Solange er sich nicht melde, gebe es im Moment keinen Ermittlungsansatz.

Nachdem die Polizei endlich gegangen war, suchte Konrad seine Bank auf. Sein Berater zeigte großes Mitleid. Er habe ja selbst eine junge Frau und kleine Kinder. Aber einen weiteren Kredit könne er Konrad nicht gewähren. Nicht mal die kleinste Summe. Und eine Million schon gar nicht. Leider. Das Konto sei bereits weit überzogen. Sicher habe die Polizei eine Idee, was zu machen sei. Da gebe es doch bestimmt eine Möglichkeit, eine Extrakasse, aus der solche Lösegelder bezogen werden konnten. Konrad rief den Kommissar an. Aber die Polizei hatte weder eine Idee noch eine Extrakasse. Oder sie wollte ihm dies nicht mitteilen. Tatsächlich erkannte Konrad, dass er selbst der Hauptverdächtige war.

Er hatte noch eine Lebensversicherung auf Rentenbasis. Aber die Summe, die er sofort beleihen konnte, war zu gering. Da müsste er schon bei einem Unfall sterben, dann wurde das Doppelte an den Begünstigten ausgezahlt. Aber selbst das dauerte ewig und er brauchte das Geld sofort, und zwar vor seinem Unfalltod.

Eigentlich hatte er das Probierstüble an diesem Tag gar nicht öffnen wollen. Aber er musste Geld verdienen. Und während er die wenigen Kunden bediente, die noch nichts von den üblen Gerüchten mitbekommen hatten, dachte er ununterbrochen an Leonhard. Der wollte doch unbedingt Konrads Weingut. Sollte er ihm einen Deal vorschlagen? Aber Leonhard würde seinen Vorteil spüren, die Situation für sich ausnutzen und den Preis weit unter das drücken, was der Entführer verlangte. Mit einem Freundschaftspreis durfte er nicht rechnen.

Oder war Leonhard doch der Entführer? Sollte er versuchen, die Wahrheit aus ihm herauszuprügeln? Der Polizei traute Konrad nicht viel zu. Sollte er Leonhards Weingut auf eigene Faust durchsuchen? Würde er Hanne und Clara vielleicht halb verhungert im Barriquekeller finden? Er überlegte, wann Leonhard immer seine Weine auslieferte. Er könnte sich von der Rückseite her ins Weingut schleichen. Aber dann wäre Leonhards Frau Gerda bestimmt noch im Haus oder einer der beiden Rumänen, die er seit Jahren beschäftigte.

Konrad war nicht bei der Sache und verkaufte nur, was die Kunden auf ihrem Einkaufszettel hatten. Er bot keine Weine zum Probieren an und ging nicht auf die Leute ein, wenn sie Fragen hatten. Als er ein junges Paar vergraulte, weil er keine Lust hatte, eine große Verkostung für einen Geburtstag mit gerade mal sechs Gästen zu veranstalten, wurde ihm klar, dass er dabei war, seinen Betrieb zu ruinieren. Er riss sich am Riemen.

Kurz dachte er daran, dass er auf zehn Ar in Hebsack noch einen Muskattrollinger hatte stehen lassen. Es war ein gut durchlüfteter Weinberg, die Trauben waren noch im November gesund gewesen. Er hatte sie mit Netzen vor den Vögeln geschützt und auf eine Eisweinernte gehofft. Das war ein hohes Risiko in Zeiten der Klimaerwärmung, dufte der Wein doch erst bei minus sieben Grad gelesen werden. Die Lese war wahrscheinlich erst im Januar oder Februar möglich, trotzdem sollte er mal nach den Reben schauen. Vielleicht morgen. Oder übermorgen.

Als der letzte Kunde gegangen war, stieg er die Treppe hinab in den Weinkeller. Die meisten Weine waren vergoren und sein Sorgenkind, der Lemberger, hatte endlich den biologischen Säureabbau geschafft. Er prüfte, ob in allen Fässern die Hefe noch gesund war, ob Zeit für einen Abstich war. Dafür reichte ihm allein der Geruch. Er war so vertieft in seine Arbeit, dass er die Schritte auf der Treppe nicht hörte. Erst als sich hinter ihm jemand räusperte, fuhr er herum.

Es war diese überschlanke junge Frau, die ihm so auf den Geist gegangen war. Heute trug sie Jeans und einen Strickpullover.

»Wer hat Sie denn reingelassen?«, fuhr er sie an.

»Die Tür war offen. Und ich kenne ja den Weg in den Keller. Sind Sie zufrieden mit Ihren Weinen? Das Jahr war ja nicht ganz einfach, der viele Regen, der nasse Boden, der Befall mit falschem Mehltau, die Kirschessigfliege.«

»Ich wüsste nicht, was Sie das angeht.«

Konrad wandte sich wieder dem Edelstahltank zu, von dem er eine Probe gezogen hatte. Dann drehte er sich um: »Haben Sie vergessen, wo der Ausgang ist? Wie Sie sehen, bin ich beschäftigt.«

Die Frau ließ sich von seinem rüden Ton nicht beeindrucken. »Ich will Ihnen nichts Böses, Herr Konrad. Ich wünsche Ihnen, dass Ihre Weine wieder die Spitzenqualitäten erreichen wie in den vergangenen Jahren. Wie ich in der Zeitung gelesen habe, haben Sie für Ihren Schwartzhans 95 Parkerpunkte im Falstaff bekommen. Und Sie sind ›Aufsteiger des Jahres‹! Das ist eine hohe Auszeichnung. Da können Sie auf jede Flasche noch mal zehn Euro draufschlagen.«

Konrad deutete auf den Treppenaufgang: »Raus!«

Die Frau lächelte. »Ich habe gehört, dass die Winzer im Remstal ganz eigenwillige Gesellen sind. Deshalb nehme ich Ihnen Ihre Unhöflichkeit nicht übel. Haben Sie über mein Angebot nachgedacht?«

»Was für ein Angebot denn?«

»Ich hatte Ihnen geraten, Ihr Weingut zu verkaufen. Ich biete Ihnen eine Million Euro. Bar auf die Hand. Das ist eine Menge Geld.«

Konrad spuckte aus. »Mein Weingut ist wesentlich mehr wert. Sie sind völlig irre!«

»Das kommt auf den Käufer an. Nicht jeder will wie ich das Weingut weiterführen. Wer das Haus nur als

Geschäftshaus kauft, muss zahllose Umbauten vornehmen. Da das Haus auch noch unter Denkmalschutz steht, sind die Kosten kaum abzuschätzen. Und für Ihren klapprigen Maschinenpark bekommen Sie nicht mehr viel. Ihr Rebland schätze ich auf höchstens 150.000 Euro. Sie müssten also einen Winzer finden, der das Weingut als Gesamtpaket übernimmt, also Rebland, Maschinenpark, Verkaufsraum, Keller mit Zubehör. Dafür kommen nur Einsteiger infrage, und die haben in der Regel kein Geld. Oder Ihr Freund Leonhard. Wollen Sie an den verkaufen? Der zahlt Ihnen auch nicht mehr.«

Was wusste die blöde Kuh von Leonhard? Aber eine Million! Konrad überlegte. Damit könnte er die Entführer bezahlen. Sein Weingut wäre er los, aber er könnte sich ja später irgendwo in Neuseeland oder Südafrika als Kellermeister bewerben.

Die Frau schien seine Gedanken zu lesen. »Wir können auch darüber reden, ob Sie bei mir bleiben. Als Oenologin würde ich zunächst mal die Arbeit im Keller übernehmen, das habe ich schließlich gelernt. Aber Ihre Reben und die Böden in den Weinbergen kennen Sie viel besser als ich und Sie wissen, wie man damit umgehen muss. Sie könnten alle Arbeiten in den Weinbergen weiterführen und hätten ein regelmäßiges Einkommen. Jedenfalls, bis ich mich eingearbeitet habe.«

Konrad musterte die Frau. »Vielleicht stellen Sie sich endlich mal vor? Ich habe keine Lust mit jemandem zu verhandeln, der seinen Namen nicht nennt.«

Sie reichte ihm die Hand.

»Ich bin Ulrike Perler. Ich lebe in Stuttgart, aber ich habe in Geisenheim Oenologie studiert. Mit Abschluss.

Nun möchte ich natürlich auch mein eigenes Weingut haben.«

»Wo haben Sie Ihr Vorpraktikum gemacht?«

»Bei Wöhrwag!«, sagte sie stolz.

Konrad nickte. Ein herausragendes Weingut. »Wo haben Sie denn das Geld her, um ein Weingut zu kaufen?«

»Ich habe geerbt und habe gehört, dass Sie in Schwierigkeiten sind. Da könnten wir doch zusammenkommen. Eine Win-win-Situation sozusagen.«

Eine Win-win-Situation! »Wer hat Ihnen denn gesagt, dass ich in Schwierigkeiten bin?«, fragte Konrad.

»Oh!« Sie lachte. »Die Spatzen pfeifen das doch von den Dächern. Nichts für ungut. Wenn ich eine so große Investition tätige, muss ich alle Faktoren berücksichtigen. Und es wird nicht leicht sein, Ihren schlechten Ruf loszuwerden. Ich sage nur: Methanol!«

Konrad verzichtete auf eine Antwort. Gerade kam Berner die Treppe herunter.

»Du hast mal wieder nicht abgeschlossen!«, beklagte er sich. Dann erblickte er Ulrike und riss die Augen auf.

»Ich gehe dann mal«, meinte sie. »Aber warten Sie nicht zu lange. Ich habe noch andere Optionen.«

Damit drückte sie sich an Berner vorbei, der mit offenem Mund am Fußende der Treppe stehen geblieben war.

»Na, alles fit im Schritt?«, fragte sie ihn spöttisch. Dann sprang sie die Treppe hoch und schlug die Kellertür hinter sich zu.

Berner sah ihr nach. »Was wollte sie?«, fragte er Konrad.

Der zuckte mit den Schultern. »Ich hab dir doch von dieser Frau erzählt, die mir empfohlen hat, mein Weingut zu verkaufen. Das war sie. Die Kellerarbeit will sie selbst übernehmen und mir die Weinberge anvertrauen. Jedenfalls die ersten Jahre. Offenbar hat sie geerbt.«

»Das machst du doch nicht! Die Frau ist eine Schlange! Der würde ich keinen Meter über den Weg trauen!«

»Keine Angst. Ich verkaufe mein Weingut nicht. Schon gar nicht an dieses arrogante Weib.« Konrad spülte den Schlauch aus, mit dem er die Probe genommen hatte, und wandte sich dem nächsten Fass zu. Er warf Berner einen Blick zu. »Woher kennst du die Frau überhaupt?«

Berner druckste herum. »Sie kam mal im Probierstüble, als du im Schwarzwald warst«, erklärte er lapidar.

Er ging ins Probierstüble und öffnete eine Flasche Lemberger. Konrad kam hinzu und trank mit. Beide sprachen nicht. Konrad dachte über den seltsamen Zufall nach, dass die Entführer eine Million Euro wollten. Und diese Frau Perler ihm eine Million für das Weingut bot. Aber Hanne war im Hochschwarzwald entführt worden. Ulrike Perler stammte aus Stuttgart und dort, bei Wöhrwag, hatte sie auch ihr Praktikum absolviert. Geisenheim wiederum, wo sie studiert hatte, lag im Rheingau. Allein räumlich konnte er keinen Zusammenhang entdecken. Und wer war so irrsinnig, einen Winzer zu erpressen, um von dem Lösegeld sein Weingut zu kaufen? Er sah Berner zu, der den Wein in sich hineinleerte. »Wenn du dich besaufen willst, hättest du auch einen billigeren Wein nehmen können«, muffelte er.

22.

Als Berner Stunden später angetrunken vom Weingut zu seiner Wohnung in der Altstadt stolperte, war es schon dunkel. Das Pflaster glänzte im Schein der Straßenlaternen, die Straßen waren fast leer. Der leichte Westwind trieb den Geruch von feuchten Steinen und Schmutz durch die Gassen. In der Palmstraße leuchtete unvermittelt ein Feuerzeug auf, eine schmale Gestalt zündete sich vor dem Café Schreyer eine Zigarette an. Sie blickte auf.

»Hans-Peter! Wie schön, dass wir uns noch mal sehen!«

Berner war sich nicht sicher, ob er das auch so empfand. Er blieb unschlüssig stehen. Sie bewegte sich, ihr Wollmantel klaffte auf und gab den Blick frei auf eine durchbrochene schwarze Bluse. Darunter leuchtete ihre helle Haut. Und zwei dunkle Flecken, die unschwer zu enträtseln waren. Er schluckte schwer.

»Was willst du von mir, Ulrike?«

Sie lächelte. »Dasselbe wie du von mir, schätze ich mal.«

»Schätzt du mal. Überschätz dich nicht! Letztes Mal hast du mich rausgeschmissen!«

»Sei doch nicht so empfindlich. Das erste Mal läuft meistens nicht so gut. Wenn zwei Menschen sich fremd sind, brauchen sie eine Zeit, um sich aufeinander einzustellen. Aber wenn du wirklich sauer auf mich bist, bin ich dir was schuldig. Und ich finde, Rechnungen sollte man schnell begleichen.«

Dabei strich sie sich mit der Hand sanft über die Brust und sah ihm in die Augen. Berner starrte zurück. Unter ihrer Kleidung erahnte er den knabenhaften Körper, die kleinen, festen Brüste, die blendend weiße Haut. Er sah ihren zuckenden Körper, sah einen Film, der sich in sein Gedächtnis gebrannt hatte.

»Ich wollte eigentlich nach Hause«, sagte er lahm.

»Dann komme ich mit!« Plötzlich war sie an seiner Seite, hängte sich in seinen Arm und drängte ihn vorwärts. »Ich würde so gerne mal deine Wohnung sehen. Du hast mich ja nicht eingeladen. Ich weiß eigentlich nichts über dich.«

Stumm gingen sie weiter. Ulrike hing schwer an seinem Arm. Als er nach 50 Metern in der Archivstraße die schwere Eichentür aufschloss, hatte er immer noch nichts gesagt. Der Wind war heftiger geworden, er trieb Regenschauer vor sich her.

Im Türrahmen wandte er sich um. Klein und zierlich stand sie in der dunklen Straße. »Du wirst mich doch jetzt nicht im Regen stehen lassen?«, schmollte sie. Wieder klaffte der Mantel auf. Ein Wagen rollte im Schritttempo über die Straße und hupte.

»Dann komm halt mit.« Berner sagte es unfreundlich, er war mit sich selbst im Zwiespalt.

Wie ein Schatten folgte sie ihm über die breite Holztreppe in den ersten Stock. Eine Tür aus Weißglas, er öffnete sie, kein Flur, man stand sofort im Wohnzimmer. Er deutete auf das rote Kunstledersofa, ein hässliches Möbelstück, das er gebraucht gekauft hatte. Sittsam nahm sie Platz und sah ihn an. Berner stand stumm neben der Tür.

»Darf ich ablegen?«, fragte sie. Er wies auf die Garderobe. Sie sprang wieder auf und hängte ihren Mantel an einen der beiden einzigen Haken, auch Berner zog seine Jacke aus und warf sie über einen Sessel, genauso rot und hässlich wie das Sofa. Sie setzte sich wieder und strich ihre feuchten Haare zurück. Anders als beim letzten Mal zog sie sich nicht aus. Aber die dünne Bluse war verführerischer als nackte Haut.

»Willst du was trinken?«, fragte er verlegen.

Sie schüttelte den Kopf. »Sollen wir einfach noch mal von vorne anfangen?«, schlug sie vor. Ihre gespreizten Finger wanderten über ihre Brust und begannen, langsam zu kreisen. »Tun wir doch einfach so, als wären wir uns eben auf der Straße zum ersten Mal begegnet.«

Als Berner noch immer keine Reaktion zeigte, stand sie auf und streichelte sein Gesicht. Sie drückte sich eng an ihn. Er spürte ihren Körper deutlich durch den dünnen Stoff. Dann küsste sie ihn. Langsam, zärtlich, die Ohren, die Augenwinkel, die Nase, den Mund. Ihre Zunge spielte mit seinen Lippen. Ihre schmale Hand öffnete den obersten Knopf seiner Hose und glitt hinein.

Der Sex danach war anders als im Hotelzimmer. Sie hielt ihn lange hin, zögerte das Vorspiel hinaus, entzog sich ihm, wenn er in sie eindringen wollte, umschlang und küsste ihn, überall waren ihre Hände, ihre Lippen, ihre Zunge. Dann gab sie sich ihm hin, weich und sanft, eine ganz andere Frau als die im Hotel. Später dann, die Uhr im Kirchturm hatte schon eins geschlagen, wurde der Sex härter, leidenschaftlicher, sie biss ihn, er schlug sie, beide gerieten völlig außer sich und Berner erlebte einen sinnlichen Rausch wie nie zuvor in seinem Leben.

Als sie danach schwer atmend im Bett lagen, kuschelte sie sich in seine Armbeuge und lag ganz still da. Schließlich löste sich Berner von ihr, öffnete eine Flasche Sekt und sie tranken ihn, eng aneinandergepresst, in kleinen Schlucken. Gemeinsam rauchten sie ihre letzte Zigarette.

Über Nacht bleiben wollte sie nicht. Als sie sich angezogen hatte, ging sie geschmeidig wie ein Kätzchen zum Fenster und sah nachdenklich auf die dunkle Stadt. »Wir werden uns nicht mehr wiedersehen, Hans-Peter«, sagte sie leise. »Ich reise ab. Ich hätte so gerne Konrads Weingut gekauft, ich dachte, ich könnte ihm damit einen Gefallen tun. Aber der Mann mag mich nicht. Er wird nicht verkaufen. Jedenfalls nicht an mich. Damit habe ich in Schorndorf nichts mehr verloren. Vielleicht gehe ich ja nach Südafrika. Dort gibt es große Weingüter, die gute Oenologen suchen. Die zahlen auch besser als die Europäer. Dann bin ich weit weg. 12.000 Kilometer. Weg von Schorndorf, von meinem Traum von einem eigenen Weingut.« Sie drehte sich um und sah ihn an. »Und von dir, Hans-Peter. Das fällt mir schwer.«

Sie ging zum Bett und gab ihm einen Kuss, leicht wie ein Schmetterling. Ihre Zunge fuhr die Konturen seiner Lippen nach. Sie wandte sich ab. »Schade«, sagte sie. »Sonst könnten wir uns täglich sehen. Und nächtlich. Und nicht nur sehen …« Sie lächelte kapriziös.

An der Tür wandte sie sich noch einmal um: »Das war der schönste Sex meines Lebens«, sagte sie. »Leb wohl, du toller Mann.«

Die Tür fiel ins Schloss und Berner starrte auf den Zettel mit ihrer Handynummer, den sie ihm hinterlassen hatte. Er musste mit Conny reden. Das Weingut an Ulrike zu verkaufen, war doch wirklich die Lösung aller seiner Probleme. Dass dieser sture Bock das nicht einsah. Gleich morgen würde er ihn zum Essen einladen.

23.

Hanne hatte es geschafft. Die letzten Fasern des Lederhalsbandes hatte sie mit einem kräftigen Ruck zerrissen. Sie war frei. Sie rieb sich den Hals. Eine Wundsalbe hätte den aufgeriebenen Stellen gutgetan. Zur Tarnung legte sie das beschädigte Halsband wieder um.

Clara schlief zusammen mit der Katze in einem Haufen Stroh wie das Jesuskind in der Krippe. Gleich würde sie aufwachen. Auch die Unruhe im Kuhstall nahm zu. Wahrscheinlich trotteten die Kühe jetzt in ihre Melkstände. Der Lärm der Melkmaschine ertönte. Nach einer halben Stunde wurde die Maschine abgestellt. Die Katze wollte sich gerade auf den Weg machen, da stellte sie die Ohren auf und konzentrierte ihren Blick auf die Bretterwand. War die heimliche Lauscherin wieder da?

Hanne beschloss, sie anzusprechen. »Ich weiß, dass Sie da sind. Und ich weiß, dass Sie ein gutes Herz haben. Wollen Sie mir nicht erklären, warum wir hier gefangen gehalten werden? Die Ungewissheit ist das Schlimmste für mich. Warum lassen Sie uns nicht einfach gehen?«

Sie hörte ein Rascheln hinter der Wand. Wie wenn jemand seine Sitzposition verändert. Dann ein Schluchzen. »Es tut mir so leid wegen dem Baby. Es kann ja nichts dafür. Am Anfang dachte ich ja auch, der Plan wäre eine gute Idee. Wegen der Gerechtigkeit. Aber es war nicht richtig, ein kleines Mädchen im Schweinestall einzusperren. Das habe ich meiner Schwester schon gesagt. Aber sie will nicht hören.«

Eine Schwester. Ein Plan. Und das Baby schien der Frau wichtig zu sein. Hanne versuchte es auf die Mitleidstour: »Ich glaube, Clara hat eine Blasenentzündung. Die Kälte aus dem Betonboden dringt auch durch das Stroh. Wir müssen zu einem Arzt. Sie wollen doch nicht Ihr Gewissen mit dem Tod eines Säuglings belasten!«

Das Schluchzen wurde stärker. »Um Gottes willen! Das hätte alles gar nicht so lange dauern dürfen. Ich dachte, zwei, drei Tage und dann ist es vorbei.«

»Dann ist was vorbei?«

»Das darf ich nicht sagen.«

»Lassen Sie uns frei«, verlangte Hanne. »Sie versündigen sich!«

»Ich muss die Hühner versorgen.«

Die Bäuerin hatte das Licht angelassen. Hanne kletterte über das Gestänge der Schweinebucht und untersuchte die Stalltür. Sie bestand aus Zentimeter dicken Bohlen und war verriegelt. Eine weitere Tür nach draußen gab es nicht. Als sie zurückkam, war Clara aufgewacht und wollte gestillt werden. Sie gab ihr die Brust und legte sie dann ins Stroh.

Zwischen Schweine- und Kuhstall befand sich ein schmaler Durchgang. Durch diesen trat jetzt die Bäuerin, ein Tablett auf dem Arm. Ein Gemüseeintopf. Er duftete unwahrscheinlich gut. Während Hanne vorsichtig löffelte, betrachtete sie ihre Gefängniswärterin. Sie hatte Gummistiefel an, trug weite Cargohosen, den Pullover, dessen Ärmel Hanne schon kannte, und einen schmutzigen Kittelschurz. Wie alt mochte die Frau sein? Ende 40, vielleicht 50. Sie hatte müde Züge, tiefe Falten zogen sich von der Nase über die Mundwinkel. Mit sehnsüchtigen Augen sah sie nach Clara, die mit großer Energie durch das Stroh robbte.

»Ich hätte auch gerne Kinder gehabt«, sagte sie.

»Und warum haben Sie keine?«

»Ich bin unfruchtbar, eine Eierstockentzündung. Deshalb konnte ich meinem Mann keinen Hoferben schenken. Dann hatte er den schrecklichen Unfall. Der Mäher kippte beim Wenden an dem steilen Hang auf der oberen Weide. Josef wurde herausgeschleudert und geriet unter das Mähwerk. Er verblutete in meinen Armen.«

Plötzlich verlor Hanne die Geduld. Die Situation war absurd. Die Frau hatte sie eingesperrt und nun unterhielten sie sich wie alte Freundinnen übers Kinderkriegen.

»Jetzt reden Sie schon! Warum sind wir hier? Was haben Sie mit uns vor?«

Die Frau brach in Tränen aus. »Ich habe Ulrike gleich gesagt, dass ich so was nicht kann. Aber Ulrike und Mutter sind härter als ich.«

»Lassen Sie uns jetzt frei!«

Die Frau sah zu Boden, dann wieder auf Clara. »Ich muss doch erst mit Ulrike telefonieren.«

»Sie müssen gar nichts.« Hanne hatte den Eintopf ausgelöffelt. Sie stellte den Topf auf den Boden. »Ich gehe jetzt mit Clara hier heraus. Und Sie werden uns nicht daran hindern! Wer sind Sie überhaupt?«

Die Frau nickte. »Ich bin Friederike Winterhalter. Mir gehört der Hof. Unsere Mutter sagt, dass auch das Weingut von Konrad eigentlich uns gehört. Dass wir ein Recht darauf haben.« Die Bäuerin starrte ins Leere.

»Wollen Sie durch meine Entführung etwa Conny erpressen?« Hanne kam aus dem Staunen nicht heraus.

Ja, woher sollte ihr Mann denn das Geld nehmen? Er hatte doch nur Schulden. Was für ein kranker Plan.

»Warum verkaufen Sie denn nicht Ihren Bauernhof? Dann haben Sie auch Geld. Davon können Sie sich selbst ein Weingut kaufen. Im Remstal wird zurzeit viel Rebland verkauft, weil die kleinen Nebenerwerbsbetriebe aufgeben.«

Die Bäuerin machte eine wegwerfende Handbewegung. »Das ist ja der Hof von meinem verstorbenen Mann. Der Josef konnte nicht wirtschaften. Er hat sich verschuldet. Ja, wenn man den Hof hätte abreißen können und das Gelände als Bauland verkaufen. Aber das geht nicht, weil er unter Denkmalschutz steht. 1622 erbaut. Einer der ältesten Höfe in Hinterzarten. Und weil ich kein Geld reinstecken kann, verfällt er nach und nach. Ich will hier weg. Mir ist das alles zu viel. Ich will zusammen mit Ulrike ins Remstal, weg aus dieser Kälte und dem Morast.«

Die Situation war irreal. Warum erzählte diese Friederike ihr das alles? Sie musste doch wissen, dass Hanne das nicht für sich behalten würde. Sie streckte die Hand aus. »Geben Sie mir sofort mein Handy zurück. Ich muss Conny Bescheid sagen. Er sorgt sich wahrscheinlich zu Tode. Sie sind eine Verbrecherin. Ich werde Sie anzeigen.«

Ein schlaues Lächeln glitt über das Gesicht der Frau.

»Sie denken, ich bin dumm. Sie denken, ich habe nicht bemerkt, dass Sie das Halsband durchgeritzt haben. Aber ich beobachte Sie jeden Tag. Hat Ihnen der Eintopf geschmeckt? Schlafen Sie gut. Ich sorge für Ihr Baby.« Sie streckte die Arme nach Clara aus, hob sie hoch und überhäufte das Kind mit Küssen.

Hanne wollte nach Clara greifen. Aber ein Schwall von

Müdigkeit umfing sie plötzlich. Sie spürte alle Kraft aus ihrem Körper weichen. Sie wollte aufstehen, aber ihre Beine gehorchten ihr nicht. »Clara«, murmelte sie. Dann hüllte der Schlaf sie ein, eine dunkle, Unheil verkündende Wolke.

24.

Das steinerne Portal nahm Konrad auf. Der Alte Friedhof war ein schattiger Park mit hohen Bäumen und einer umfassenden Mauer. Seit 1930 waren hier nur noch wenige bestattet worden, meistens Angehörige alter Familien. Berühmte Männer wie Dr. Reinhold Maier, der erste Ministerpräsident von Baden-Württemberg, lagen hier. Ein Weinliebhaber, der an jedem Stammtisch im Remstal seinen Platz gehabt hatte. Es gab ein Mahnmal für die Opfer der NS-Gewaltherrschaft, ein Denkmal gefallener Soldaten beider Weltkriege und ein Gräberfeld für die NS-Zwangsarbeiter aus Osteuropa. Manche Grabsteine waren von Efeu überwuchert, andere halb im Boden versunken. Konrad liebte die kleine Friedhofskapelle mit ihrer Fachwerkfassade und die anrührende Statue eines Engels. Im oberen Teil des Friedhofs befand sich das Grab seiner Urgroßeltern. Georg Friedrich Konrad und Emma Konrad, geborene Wais. Den verwitterten Sandstein schmückte das Relief einer Weintraube. Der Grabstein stand leicht schief, die Wurzeln einer mächtigen Fichte hatten ihn angehoben.

Konrad war kein religiöser Mensch. Wenn er sich fragte, wie diese Welt wohl ohne einen gütigen Gott aussehen würde, stellte er immer wieder fest: Sie würde genauso aussehen, wie sie war. Auch ein Leben nach dem Tod konnte er sich nicht vorstellen. Aber hier, unter den riesigen, alten Bäumen, setzte er sich im Sommer gerne ins

Moos und hielt Zwiesprache mit den Vorfahren. Es war eine Art Meditation, ein Fließen der Gedanken, ein spiritueller Moment. Die Zeit verging langsam, ein träger Fluss. Von weit her drang das Krächzen der Elstern, das Knirschen vom Kies unter den Schuhen der Besucher, das Rauschen der Blätter. Er glaubte, die Stimme seines Urgroßvaters zu hören, der ihm von den Tugenden eines Weinbauern erzählte: Geduld, Ruhe, Gelassenheit, Sorgfalt und der vorausschauende Blick aufs kommende Jahr. Aber das war pure Einbildung, er hatte den Mann ja gar nicht gekannt. Vielleicht sollte er sich diese Tugenden auch außerhalb des Weinbaus zu eigen machen, statt immer so schnell aus der Haut zu fahren. Eine halbe Stunde blieb Konrad auf dem Friedhof, dann fröstelte er und ging durch die Stadt zu seinem Weingut, es waren kaum zehn Minuten.

Schon auf der Straße kam ihm die Gülle entgegen. Sie rann aus einem Haufen Stallmist, der direkt vor die Tür seines Probierstübles gekippt worden war. Fassungslos stand er davor: Das also war Leonhards Antwort auf die Anzeige wegen Geschäftsschädigung. Weil der Mist am Hauseingang fast einen Meter hoch lag, betrat Konrad das Haus über die Scheunentür. Um ins obere Stockwerk zu gelangen, musste er durch das Probierstüble. Auch hier stank es bestialisch. Die braune Brühe war unter dem Türspalt hindurchgelaufen. Es würde Monate dauern, den Gestank zu beseitigen – wenn das überhaupt möglich war.

Er rief im Polizeirevier an. Sie versprachen, jemanden zu schicken. Konrad seufzte. Helfen würde das auch nicht. Aus der Scheune holte er eine Mistgabel, fuhr den Anhänger direkt neben den Misthaufen und begann, den Dreck aufzugabeln. Zwischendurch kam ein Uniformierter und fotografierte »die ganze Scheiße«, wie er sich ausdrückte. Dann klingelte er bei den Nachbarn, in der Hoffnung, einen Zeugen zu finden. Konrad glaubte nicht daran. »Halt de raus, dann kommsch in nix nei«, sagte man im Schwäbischen. Selbst wenn jemand etwas gesehen hatte, würde er sich aus jedem Konflikt heraushalten.

Er schaufelte zwei Stunden, bis aller Mist auf dem Hänger war. Dann spritzte er den Hof, die Tür zum Probierstüble und Teile des Innenraums mit dem Schlauch ab. Der Gestank nahm dadurch kaum ab.

Kurz überlegte er, den Mist zu Leonhard zu fahren und ihm vor die Tür zu kippen. Doch der wartete bestimmt schon darauf. Mit Zeugen und gezückten Handys. Aber wohin mit dem Zeug? Er könnte den Mist in den Weinbergen verteilen, jedenfalls dort, wo er schon geschnitten und gebunden hatte. Bis zum Frühjahr wäre alles in den Boden eingezogen. Aber er war kein Freund von oberflächlicher Düngung: Dann wuchs vor allem das Gras. Der Rebstock wurde verwöhnt und holte sich den Stickstoff direkt unter der Grasnarbe. Konrad zwang ihn lieber, seine Wurzeln tief in den Untergrund zu graben, dorthin, wo die von Bakterien und Pilzen aufbereiteten Mineralien waren, die dann ihren Weg in die Trauben finden konnten. Lagern durfte man das Zeug auch nicht irgendwo, laut Vorschrift war das nur auf einer Dungplatte erlaubt. Wer hatte eine Dungplatte? Ein Kunde aus Schornbach fiel ihm ein. Ein Bauer, der Fleischrinder hielt. Die standen zwar das ganze Jahr auf der Weide, waren aber im Winter im Stall und dafür brauchte er eine »Miste«. Er packte einen Karton Trollinger ein und fuhr zu dem Schorndorfer Teilort, eine Güllespur hinter sich herziehend.

Der alte Bauer vertrug allerhand. Und auch Konrad hatte nach dem Abladen seiner stinkenden Fracht gewaltigen Durst. Sie leerten zusammen den ganzen Karton, beklagten die Ungerechtigkeit der Welt, den Niedergang aller Werte, den rapiden Verfall der Sitten und etwas unsicher tuckerte Konrad anschließend zurück nach Schorndorf. Im ganzen Haus stank es nach Mist. Nach Verwesung.

25.

Für die Jahreszeit war es ungewöhnlich warm. Endlich schien wieder die Sonne, ihre Strahlen fielen schräg in die Gassen der Altstadt. Viele Plätze an den kleinen Tischchen der Straßencafés waren besetzt. Die Heizpilze, die manche Wirte aufgestellt hatten, blieben ausgeschaltet, nur mit Fleecedecken umhüllten sich die Gäste. Der Wochenmarkt war auf den Spitalhof verlegt worden, weil auf dem Marktplatz der Weihnachtsmarkt aufgebaut war. Orangen und Mandarinen leuchteten in der Sonne, unwiderstehlich dufteten geräucherte Würste und italienische Käse, Kartoffel- und Hühnchenverkäufer priesen ihre Ware an. Ulrike Perler nahm nichts davon wahr. Seit ihrem Telefonat mit Fritzi lief sie wie gejagt durch die Stadt. Was hatte die Schwester nur getan? Wie bescheuert war das denn?

»Ich wollte das Baby haben«, hatte Fritzi am Handy gegreint. »Ich halte das nicht mehr aus. So ein süßes Kind. Ich wollte es in den Armen halten. Ich konnte nicht anders. Ich musste es tun.«

»Warum hast du der Frau nicht schon früher was ins Essen getan? Dann hättest du das Baby jeden Tag mit dir rumschleppen können wie so eine Affenmutter.«

»Aber sie hat das Kind doch gestillt. Wenn ich ihr gleich ein Schlafmittel gegeben hätte, wäre das in die Muttermilch gelangt. Das hätte dem Kind geschadet.«

»Und was geht dich das an? Du bist nicht seine Mutter. In ein paar Tagen wären wir die beiden los gewesen. Du hast dieser Hanne viel zu viel gesagt und den Rest kann sie sich zusammenreimen. Du blöde Kuh hast den ganzen Plan versaut. Weißt du, was das bedeutet?«

Fritzi schwieg.

»Ich sage dir, was das bedeutet: Sie kennt jetzt deinen Namen, sie kennt unsere Absichten. Das bedeutet kein neuer Anfang für uns in Schorndorf, kein Weingut. Es bedeutet Gefängnis. Ich versteh dich nicht. Wie kann man nur so bescheuert sein!«

»Aber ich habe das Baby!« Fritzis Stimme war klein, fast kindlich, aber voll trotzigem Stolz.

»Wir wollten kein Baby, sondern ein Weingut!«

»Du willst das Weingut. Ich will nur das Baby. Weißt du überhaupt, wie süß sie ist, die kleine Isabella?«

»Isabella? Ich denke, das Kind heißt Clara!«

»Ich nenne sie Isabella. Nach unserer Großmutter.«

»Fritzi, bist du noch bei Trost? Du willst das Kind doch nicht etwa behalten?«

»Ich werde sie nie mehr hergeben!«

»Und was zum Teufel soll mit der Mutter geschehen?«

»Ich lasse sie verhungern. Das kriegt hier niemand mit. Und der Hof ist groß genug, um die Leiche irgendwo zu verscharren. Oder ich halte mir wieder ein paar Schweine, die fressen alles, sogar die Knochen.«

An dieser Stelle hatte Ulrike das Telefonat beendet. Sie konnte es nicht fassen. Ausgerechnet ihre Schwester, die sonst so unentschlossen war, so unselbstständig, wollte so mir nichts, dir nichts einen Menschen verhungern lassen? Das war eine ganz andere Nummer als die Entführung. Das war Mord. Und das Kind wollte sie behalten? Und als ihr eigenes ausgeben? Wie dumm, wie grenzenlos naiv war ihre Schwester.

Sie musste in den Schwarzwald fahren. Es war besser, dabei zu sein, wenn Friederike die Frau tötete. Nicht dass die blöde Kuh am Ende von Mitleid überwältigt wurde und sie freiließ. Oder gab es noch eine andere Lösung? Ulrike fiel keine ein.

Leider war ihre Schwester nur eines der Probleme, die sie an diesem Tag bedrängten. Ein zentraler Punkt in ihrem Plan war gescheitert. Wenn Berner seinen Freund wie vorgesehen dazu überredete, ihr sein Weingut doch noch zu verkaufen, mussten sie Konrad ja zuerst das Geld geben, bevor er es als Lösegeld wieder an sie zurückzahlen konnte. Sie mussten den zweiten Schritt vor dem ersten tun. Was wie ein unlösbarer Widerspruch klang, hätte klappen können: mit einem Zwischenkredit von der Bank. Aber kein Mensch bekam einen Zwischenkredit über eine Million Euro ohne Sicherheiten. Schon gar nicht eine mittellose Oenologin oder eine bettelarme Bäuerin. Ihre Mutter hatte sich verkalkuliert. Wurde sie doch langsam dement?

Von Anfang an hatte die alte Frau behauptet, es sei kein Problem für sie, vorübergehend an Geld zu kommen. Und Ulrike hatte ihr geglaubt. Bis sich herausgestellt hatte, dass ihre Mutter gedanklich noch in den 70er-Jahren lebte: »Der Vorsitzende der Kreissparkasse hat mich bei dem Künstlerfest an der Akademie vergewaltigt«, hatte sie behauptet. »Der Kerl ist verheiratet! Und Fritzi ist seine Tochter!« Damit hatte sie von dem Mann einen Zwischenkredit erpressen wollen. »Er muss mir das Geld ja nicht schenken. Nur etwa eine Woche leihen. Dann kriegt er es zurück.

Das ist doch kein Problem.« Aber es war ein Problem. Denn die Vergewaltigung lag bald 50 Jahre zurück und der Bänker auf dem Pragfriedhof in Stuttgart. Damit war der ganze Plan undurchführbar geworden. Und nun auch noch Fritzi mit ihrem Babywahn. Immerhin hatte die Vergewaltigung erklärt, warum sie und ihre Schwester so verschieden waren.

Aber nun musste sie Konrad das Messer an den Hals setzen. Irgendwie musste er das Geld eben auftreiben. Sollte er doch eine Bank überfallen. Dann konnte sie immer noch das Weingut kaufen. Dafür, dass er es an sie verkaufte, würde der Journalist sorgen. Wie ein kleines Hündchen hatte sie ihn abgerichtet. Wenn er sie nur sah, fing er an zu sabbern. Vor lauter Gier nach ihrem Körper und der Angst, sie zu verlieren, würde er Konrad in ihrem Sinne beeinflussen. Einen Rat von seinem besten Freund würde Konrad ernst nehmen. Für die Übergabe des Lösegeldes hatte Ulrike auch einen Plan. Hoffentlich war der auch so todsicher, wie sie annahm. An Fritzis Verhalten konnte man sehen, dass immer etwas schiefgehen konnte. Und Fritzi war blöderweise ein Teil des Plans.

26.

Ulrike fand ihre Schwester in der Küche des alten Schwarzwaldhofes, das Baby auf dem Arm, die Bluse geöffnet.

»Was zum Teufel treibst du da?«

Friederike fuhr zusammen. »Wo kommst du denn her?«

»Woher komme ich wohl? Aus Schorndorf natürlich. Während ich die Arbeit erledige, spielst du hier die liebende Mutter. Glaubst du etwa, du kannst sie stillen? So bescheuert kann doch kein Mensch sein!«

»Es ist so schön, sie an die Brust zu nehmen. Schau, wie sie nach der Warze sucht! Ich träufle einfach etwas Milch auf meine Brust und dann saugt sie.«

»Wenn das die Milch von deinen Kühen ist, stirbt sie sowieso bald.«

Friederike sah ihre Schwester entrüstet an. »Glaubst du, ich bin blöd? Natürlich habe ich Babymilch in der Drogerie gekauft. Mein Baby wird nicht krank. Isabella hat es gut bei mir. Und sie hat auch keine Blasenentzündung, wie Hanne behauptet hat. Ich war beim Arzt mit ihr. Sie ist kerngesund und sehr weit für ihr Alter.«

»Du warst beim Arzt?« Ulrike schnappte nach Luft. »Mit einem Kind ohne Papiere? Ohne eine Bescheinigung des Krankenhauses über die Geburt? Da hättest du auch gleich zur Polizei gehen können.«

»Ach was. Hier im Hochschwarzwald bringen viele Frauen ihre Kinder alleine zur Welt. Beim Menschen funktioniert das auch nicht viel anders als beim Vieh. Und wenn die Straßen zugeschneit sind, kommt sowieso kein Arzt oder eine Hebamme auf die Höfe. Nur die Frauen aus der Stadt, die machen immer so ein Theater um die Geburt.«

»Und der Arzt hat keinen Verdacht geschöpft?«

»Ich war beim Tierarzt. Der meinte nur, ich müsste sie bald mal registrieren lassen. Damit alles seine Ordnung hätte. Das sei aber kein Problem. Er kenne viele Bäuerinnen, die von ihrer Schwangerschaft gar nichts gemerkt hatten. Plötzlich kamen die Wehen. Während der Heuernte. Oder beim Kartoffelnausgraben. Er habe sich schon gewundert, dass ich trotz der vielen Arbeit so mollig geworden sei. Und dann hat er mir nachträglich eine Geburtsurkunde ausgestellt. Auf dem Tisch liegt sie.«

Ulrike nahm das Schreiben vom Tisch. »Isabella Winterhalter«, las sie. »Mutter: Friederike Winterhalter. Vater: unbekannt.« Erst schüttelte sie den Kopf, dann kam ihr ein Gedanke. »Vielleicht kriegen wir das sogar hin. Babys verändern sich schnell. Konrad wird die eigene Tochter in Isabella schon bald nicht wiedererkennen. Männer haben sowieso keinen Blick dafür. Und Hanne wird tot sein. Dann ziehen wir eben mit Nachwuchs ins Weingut ein.« Sie lachte. »Eine gewisse Ironie hat das schon. Wenn ich selbst keine eigenen Kinder habe, und das will ich weiß Gott nicht, wird eines Tages Isabella das Weingut von uns erben. Konrads Tochter! Dann hat die Erbfolge nur einen kleinen Umweg genommen. Wie das früher ja auch schon vorgekommen ist.« Der Gedanke amüsierte sie.

Sie stand auf und suchte im Küchenbuffet nach einer Flasche Wein. Sie fand eine grüne Literflasche. Missbilligend sah sie aufs Etikett: »Was du wieder für einen Schrott gekauft hast! Wein aus europäischen Beständen! Da ist ja das Etikett teurer als der Inhalt.«

»Ich hab eben nicht so viel Geld.« Friederike hatte ihre Bluse wieder zugeknöpft und gab Clara jetzt das Fläschchen. »Findest du nicht auch, dass sie mir ähnlich sieht?«

Ulrike nahm einen kräftigen Schluck und schüttelte sich. »Und was machen wir jetzt mit Hanne? Willst du sie wirklich verhungern lassen? Das kann dauern.«

Friederike zuckte mit den Schultern. »Ohne Wasser hält sie nicht lange durch.«

»Nach dem warmen Wetter in den letzten Tagen haben sie schwere Schneestürme angekündigt und dann 15 Grad minus«, überlegte Ulrike. »Wir geben ihr was ins Wasser und setzen sie irgendwo im Wald aus. Wahrscheinlich wacht sie gar nicht erst auf. Und wenn im Frühjahr ihre Leiche gefunden wird, deutet nichts auf uns zurück. Dann hat sie sich eben beim Wandern verirrt. So wie diese Frau neulich beim Mathisleweiher. Und ihr Baby haben die Füchse gefressen. Oder dieser Wolf, der sich neuerdings hier herumtreibt.«

Ulrike setzte sich an den Laptop und beschrieb Konrad Zeit, Ort und Ablauf der Geldübergabe. Das ausgedruckte Dokument und den Umschlag fasste sie mit Spülhandschuhen an. Konrad würde es bald in seinem Briefkasten finden.

27.

Die Rieslingreben waren noch jung, aber sie hatten gesunde, starke Triebe. Konrad kürzte sie auf vier bis sechs Augen. Dazu brauchte er den ganzen Vormittag. Zum Mittagessen war er mit Berner verabredet, sie trafen sich im »Flädle«. Als Tagesessen gab es Siedfleisch mit Salzkartoffeln und Meerrettichsoße, ein Essen, das Konrad eigentlich liebte. Aber heute schmeckte es ihm nicht. Dafür trank er viel und schnell.

»Was ist los? Schlechte Nachrichten?«, fragte Berner.

Konrad hob kaum den Kopf. »Keine Nachricht von den Entführern. Vielleicht sind Hanne und Clara längst tot. Und wenn nicht: Ich habe noch immer keine Million, mit der ich sie auslösen könnte. Jetzt bleibt mir nur noch eine Möglichkeit.«

»Und die wäre?«

»Ich verkaufe mein Weingut an Leonhard und bringe mich anschließend um.«

»Was hilft es Hanne, wenn du dich umbringst?«

»Bei Tod zahlt die Lebensversicherung die doppelte Summe. Das Geld werde ich brauchen, weil Leonhard mir mit Sicherheit nicht genügend gibt.« Konrad zog eine zerknitterte Zeitungsseite aus der Tasche und hielt sie Berner hin: »Lies das!«

Mit spitzen Fingern nahm sich Berner das Blatt. »Seit wann liest du die BILD-Zeitung?«

»Ich habe ein paar Äpfel gekauft, von einem alten Mann auf dem Markt. Die waren da drin eingewickelt. Jetzt lies endlich!« Konrad war aufgeregt.

»Tod auf der Ostsee vorgetäuscht«, las Berner laut vor. »Betrüger-Trio heckte fast perfekten Plan aus, um Millionen aus Lebensversicherungen zu kassieren.« Er sah auf den Kopf der Seite: »Das ist von 2020. Und das Ganze ist 2019 passiert.«

»Na und? Lies weiter!«

Berner überflog die Seite. »Also, da hat ein Mann mehrere Lebensversicherungen abgeschlossen zugunsten seiner Frau. Dann ist er mit einem Motorboot auf die Ostsee gefahren, Richtung Dänemark. Er hat ein Leck in den Boden geschlagen und ist mit einem Schlauchboot zurück an die Kieler Küste gerudert. Dort wurde er von seiner Mutter mit dem Wagen abgeholt und hat sich bei ihr versteckt, während seine Frau ihn als vermisst gemeldet hat. Nach einiger Zeit hat sie ihn beim Amtsgericht für tot erklären lassen, um die Versicherungssumme zu kassieren.«

»Das ist doch genial, oder?« Konrad strahlte.

»Da steht aber auch, dass die drei erwischt wurden«, meinte Berner. »Es ist aufgefallen, dass er kurz vor seinem angeblichen Tod die Versicherungen zugunsten seiner Frau abgeschlossen hat. Und die Ermittler fanden heraus, dass das Boot manipuliert worden war. Sie fanden den Mann auf dem Dachboden seiner Mutter. Also: alles umsonst!«

»Ja klar.« Konrad wurde ungehalten. »Aber ich werde es besser machen. Man kann ja aus den Fehlern von anderen lernen.«

Berner schüttelte den Kopf. »Das ist völliger Nonsens. Du musst die Summe ja zahlen, damit Hanne und Clara freigelassen werden. Also vorher. Aber solche Versicherungsgeschichten ziehen sich hin. Mindestens ein halbes Jahr oder länger. Selbst wenn du es wie einen Unfall aussehen lässt, und nur dann zahlt die Versicherung. Bei Selbstmord nämlich nicht. Du glaubst doch nicht im Ernst, dass die Entführer sich auf so einen Deal einlassen?«

»An Leonhard komme ich jedenfalls nicht vorbei. Und dann fällt mir schon was ein.«

Berner schwieg. Er wusste, dass das für seinen Freund die schlimmstmögliche Lösung war. Er hasste seinen Konkurrenten. Zumal es nicht von der Hand zu weisen war, dass Leonhard ihm die Ladung Mist vor das Probierstüble gekippt hatte. Wenn schon bisher kaum noch Kunden kamen, war es jetzt ganz vorbei. Wer wollte Wein verkosten, wenn alle Räume nach Stallmist rochen?

»Hast du schon mit ihm gesprochen?«

»Nein. Aber selbst wenn ich mich dazu entschließe, weiß er natürlich, dass ich unter Druck stehe, und wird mir weniger als die Lösegeldsumme zahlen. Wenn er das Weingut überhaupt noch will. Ich habe gehört, er will bei sich draußen in Weiler eine große Vinothek bauen. Mit viel Holz und Glas. Mit Busparkplätzen und allem Drumherum. Vielleicht hat er gar kein Interesse mehr.«

Konrad wollte sich nachschenken, aber die Flasche war leer. Er hob den Blick: »Bestell mal was, ich hab kein Geld dabei.«

Berner winkte der Bedienung, sie servierte einen Lemberger. Nachdenklich wog Berner die Flasche in der Hand.

»Sag mal, Conny, sagt dir der Name Perler irgendwas?«

»So heißt die blöde Kuh, die mir angeblich mein Weingut abkaufen will. Dämliche Ziege. Mit der stimmt was nicht. Ich glaube nicht, dass ihr Angebot seriös ist. Wahrscheinlich hat sie gar kein Geld und spielt sich nur auf.«

Berner zögerte. »Ich habe sie wieder getroffen. Ich finde sie eigentlich sehr sympathisch. Sie hat bestimmt Geld, das sieht man schon an ihren Klamotten. Sie will abreisen, aber ich habe ihre Handynummer, vielleicht erreichst du sie noch. Wenn sie dich einstellt, erledigst du dieselbe Arbeit wie bisher, nur eben als Angestellter. Du kriegst ein regelmäßiges Gehalt und musst dir keine Sorgen um deine Existenz mehr machen. An Leonhard würde ich jedenfalls nicht verkaufen. Der ist doch ein Gauner!«

»Schenk mir endlich ein. Oder hast du was an den Händen?«

Berner füllte beide Gläser. Er wollte Konrad zuprosten, doch der starrte sein Glas nur an.

»Hans-Peter. Wart mal einen Moment.«

Konrads Stimme war ungewohnt rau. Berner setzte sein Glas wieder ab.

»Weißt du, Hans-Peter, was eigentlich mit der Welt los ist?«

Berner wusste nicht, worauf sein Freund hinauswollte. »Die Welt ist am Arsch«, sagte er.

Konrad nickte. »Aber wir begreifen es nicht, weißt du. Wir begreifen es einfach nicht. Ich sehe den Klimawandel doch in den Weinbergen: Wir bauen Sorten an, die früher bei uns nie reif geworden wären. Merlot beispielsweise oder Syrah. Einerseits ist das fantastisch. Aber gleichzeitig verlieren wir bald Sorten wie den Trollinger, dem es zu trocken wird, oder womöglich sogar den Riesling, der kalte Nächte braucht.«

»Aber das ist doch alles bekannt. Darüber reden wir seit Jahren!«

»Und dann das Wetter. Es gibt keine Winter mehr. Keinen Schnee, der die Böden durchfeuchtet. Die Reben treiben zu früh aus, und dann kommt der Frost. Warst du mal nach einer Frostnacht im Weinberg? Alles schwarz. Alles kaputt. Und dann die Sommer: Entweder sind sie zu heiß und trocken, dann verdursten die Junganlagen. Oder sie sind zu nass. Dann kommen die Pilze. Und überhaupt die ganzen Krankheiten.«

Er sah Berner mit verwaschenen Augen an. »Die Krankheiten, Hans-Peter! Klar, die Reblaus, falscher und echter Mehltau, das ist alles aus den USA eingeschleppt, aber daran haben wir Winzer uns gewöhnt und Gegenmittel gefunden. Aber nun auch noch die Kirschessigfliege. Aus Südostasien oder so. Gar nichts kann man gegen die machen, gar nichts! Und Esca, ein Pilz, da stirbt eine Rebe in wenigen Tagen ab, gestern hängt sie noch voller Trauben, heute verwelkt. Jetzt ist schon wieder ein neuer Virus aufgetaucht, GPGV heißt der, angeblich wird er von Milben übertragen und befällt die jungen Triebe. Fadenwürmer, Nepoviren – das ist doch alles nicht mehr normal!«

»Conny! Das ist doch schon immer so gewesen! Es ändert sich halt alles. Aber man kann sich darauf einstellen! Gegen jede Krankheit gibt es ein Mittel.«

»Nein! Das ist nicht immer so gewesen!« Konrad schüttelte heftig den Kopf. »Es kommt alles zusammen. Im Sommer war zum Beispiel die Windschutzscheibe immer voller Insekten. Heute kannst du Hunderte von Kilometern fahren, und die Scheibe ist immer noch sauber. Weil es nämlich keine Insekten mehr gibt. Erst gibt es keine

Insekten mehr und dann keine Menschen!« Konrad hob sein Glas und trank es mit einem Schluck leer. »Keine Menschen!«, lallte er.

»Conny, du bist blau! Warum gießt du das Zeug in dich rein wie Wasser?«

Konrad fuchtelte wirr durch die Luft. »Und dann kidnappen sie einfach so meine Frau und mein Kind und wollen eine Million von mir! Eine Million! Was ist los mit dieser Welt, mit dieser verschissenen Welt, hä? Kannst du mir das mal erklären? Du weißt doch sonst alles, du verfickter Journalist!«

Konrad hob sein leeres Glas und ließ es fallen. Pikiert kam die Bedienung und fegte die Scherben zusammen. Berner zahlte und zog seinen Freund vom Stuhl. Mit Mühe brachte er ihn ins Weingut. Der Gestank nach Kuhmist war kaum auszuhalten. Taumelnd schleppte er ihn die Stufen zur Wohnung hoch und ließ ihn im Schlafzimmer aufs Bett fallen. Berner kämpfte mit sich, dann zog er ihm die Schuhe von den Füßen. Für ihn war das fast ein Grad Intimität zu viel. Er deckte den Freund zu und ging in die Redaktion.

28.

Zwei Stunden später wachte Konrad wieder auf. Er hatte rasende Kopfschmerzen und nahm zwei Aspirin. Aber irgendetwas musste er tun, um nicht immer an Hanne und Clara zu denken. Er stellte sich unter die Dusche, trank einen Cognac und nahm sich wieder die Feldpostbriefe seines Onkels vor. Er zog das nächste Schreiben aus dem Stapel. Es war eine Postkarte. Freigestempelt 1942. Sie enthielt nur wenige Zeilen in winziger Schrift.

Liebste Isabella,

ich hoffe bei Gott, dass es Dir gut geht. Wenn es Dir an irgendetwas fehlt, bitte wende Dich an meinen Bruder Richard. Ich weiß, Du magst ihn nicht besonders, aber er ist in Ordnung und hat das Herz am rechten Fleck. Richard wird Dir helfen, ich liebe ihn ebenso wie Dich. Der Boden in Weiler ist sehr fruchtbar, bestimmt ist die Kartoffelernte gut, trotz des kühlen Wetters, und Richard wird Dir ein paar Säcke abgeben. Mein Herz, ich kann das hier nicht durchstehen, wenn ich nicht weiß, dass bei Dir alles zum Besten steht.

Tausend Küsse von Deinem Charlie, den sie jetzt Marx nennen, denn die Kommunisten sind nicht mehr weit.

Der Tenor der weiteren Briefe war nicht anders. Wie war es möglich, dass sein Vater Richard seinem Sohn gegenüber nie etwas von dieser Isabella erwähnt hatte? War sie verstorben? Weggezogen? Er öffnete den letzten Brief. Er bestand fast nur aus geschwärzten Stellen.

Geliebte Isabella,

wir weichen der Gewalt der (geschwärzt) *und marschieren zurück nach* (geschwärzt). *Die Moral der Truppe ist* (drei Zeilen geschwärzt). *Wir sind, wo wir schon einmal waren, nur dass wir jetzt unsere eigene böse Ernte einfahren: kein Korn, kein Vieh, kein Haus, kein Hof. Aber trotzdem sind wir voller Hoffnung und werden morgen schon in* (geschwärzt) *eintreffen. Abends ist es im Unterstand recht gemütlich, vor allem Hermann, Moritz und ich sind unzertrennlich. Wir tragen uns gegenseitig deutsche Balladen vor: Des Sängers Fluch, Nis Randers, Pidder Lüng. Das würde Dir auch gefallen. Aber schade, wie viel ich vergessen habe. Die Poesie ist unser Brot und sie ernähret uns besser als* (fünf Zeilen geschwärzt).

Du schreibst, dass Richard sich um Dich kümmert. Dass Du ihn auf einmal von einer ganz anderen Seite kennengelernt hast, seit seine Frau gestorben ist. Das freut mich ungemein. Hast Du ihm gesagt, dass er das Weingut kriegt? Ich glaube, wenn der Krieg zu Ende ist, will ich von Deutschland nicht mehr viel wissen. Am liebsten würde ich auswandern. Dann feiern wir Deinen 20. Geburtstag eben im Ausland!

Auf dass ich Dir bald wieder Worte voller Liebe und Poesie ins Ohr flüstern kann,

Dein Karl Ernst

Konrad ließ die Briefe sinken. Er musste mehr über seine Familie herausfinden. Was war aus dieser Isabella geworden? Zumindest hatte sie seinen Onkel und seinen Vater gekannt. Und sie musste in den letzten Kriegsjahren im Weingut gelebt haben. Er googelte Isabella Denzinger, es gab Treffer, aber keiner erschien ihm wahrscheinlich. Es konnte ja auch kaum sein, wenn sie damals 19 Jahre alt gewesen war. Dann müsste sie heute 95 sein. Vermutlich war sie schon lange tot. Oder sie hatte geheiratet und trug einen anderen Namen. Unmöglich, sie zu finden.

Im Familienbuch fand er außerdem einen Bruder seines Großvaters, Wilhelm Konrad, 1917–1940. Laut einer Personensuchseite im Internet hatte er sogar eine Tochter: Barbara Burri. Und die wohnte laut Telefonbuch in Stuttgart. Die Dame war 1940 geboren, im Todesjahr ihres Vaters. Sie war also schon recht betagt. Unter derselben Adresse war auch eine Monika Burri eingetragen, die den Weg allerdings nicht ins Familienbuch gefunden hatte. Die Tochter von Barbara? Ihre Schwester? Er musste nach Stuttgart. Hier in Schorndorf würde er sowieso langsam wahnsinnig werden. Und noch etwas musste er klären. Er rief Berner in der Redaktion an, der überrascht abnahm.

»Hans-Peter, du hast doch einen Sohn, Schorsch, der sich letztes Jahr ein bisschen was bei mir dazuverdient hat. Neulich sagte er mir auf dem Wochenmarkt, dass er irgendwas bei der Stadtverwaltung macht. Ich brauche Informationen. Ich habe dir doch erzählt, dass mein Onkel Karl in der Zeit, in der er Chef des Weingutes war, jede Menge Land verkauft hat. Aber an wen? Glaubst du, dein Sohn könnte das rausfinden?«

Berner war überrascht, dass Konrad schon wieder so aktiv war. Aber er rief umgehend seinen Sohn an. Georg, 14 Jahre alt, unehelich, bei seiner Mutter lebend, besserte sein Taschengeld an drei Nachmittagen der Woche mit einem Job im Liegenschaftsamt auf. Er wollte Beamter werden. Berner wählte die Handynummer. Es knackte.

»Hier Krematorium, wann können wir Ihre Leiche holen?«

Berner war so verblüfft, dass er die Nummer wegdrücken wollte. Aber dann meldete er sich doch.

»Schorsch, bist du das?«

»Wenn du meine Nummer gewählt hast, werd ich's wohl sein!«

»Sehr witzig! Wie geht es dir?«

»Du rufst mich tatsächlich nach einem halben Jahr an, um zu fragen, wie es mir geht? Hast du dich nach dem vierten Viertele plötzlich daran erinnert, einen Sohn zu haben? Oder hat dein Anruf einen ganz anderen Grund?«

»Hör zu, Schorsch, ich weiß, ich melde mich viel zu selten. Aber es ist auch schwierig, weil das zwischen deiner Mutter und mir immer noch so problembehaftet ist. Und außerdem arbeite ich Tag und Nacht.«

»Was willst du? Infos aus dem Herzen der Stadtverwaltung für dein Schmierblatt?«

Berner atmete tief durch. Er schaffte es einfach nicht, mit seinem Sohn ein normales Gespräch zu führen.

»Schorsch, ich brauche deine Hilfe. Ich benötige Informationen vom Liegenschaftsamt. Aber nicht für mich, sondern für Conny. Er könnte ja selbst nachfragen als Betroffener, aber Conny ist völlig durch den Wind, seit Hanne entführt wurde und er Lösegeld zahlen soll, das er nicht hat. Deshalb müssen wir ihm helfen. Es geht um Vorfahren von ihm. Conny hat dir ja auch schon geholfen, damals, als du einen Ferienjob gebraucht hast. Da kannst du was wiedergutmachen.«

Schorsch schwieg. Dann meldete er sich wieder. »Worum geht es?«

»Es geht um Connys Onkel Karl. Er hat für kurze Zeit das Weingut besessen. Dann ist er 1946 nach Amerika ausgewandert. Aber davor hat er jede Menge Land in Weiler verkauft, das ursprünglich zum Weingut gehörte. Kannst du mal in den Unterlagen nachschauen, an wen Karl das Land verkauft hat? Er hieß mit vollem Namen Karl Ernst Konrad, geboren 1917.«

»Mach ich.« Aufgelegt. Berner seufzte. Ihm fiel ein, dass er seinen Sohn auch nach Anni hätte fragen können, die beiden waren ja wohl ein Liebespaar. Hanne hatte ihm das erzählt. Er selbst hatte mal wieder nichts mitbekommen. Irgendwie war er einfach kein Familienmensch. Um so was kümmerten sich doch immer die Frauen. Sollte er irgendwann doch heiraten? Er dachte an die traumhaft schöne Nacht mit Ulrike Perler. Wäre sie die Richtige? Oder sollte er lieber ledig bleiben und weiter von Blüte zu Blüte schwirren? Von den Damen im Gemeinderat hatte er noch längst nicht alle durch.

29.

Seit er die Bibelsprüche im Familienbuch gelesen hatte, ließen sie Konrad keine Ruhe mehr. »Ihr sollt nicht meinen, dass ich gekommen bin, Frieden zu bringen auf die Erde. Ich bin nicht gekommen, Frieden zu bringen, sondern das Schwert. Denn ich bin gekommen, den Menschen zu entzweien mit seinem Vater und die Tochter mit ihrer Mutter und die Schwiegertochter mit ihrer Schwiegermutter.« So stand es in Matthäus 10,34–36. So soll Jesus es gesagt haben. Hatte irgendein Ereignis, irgendein Mensch einen Keil in seine Familie getrieben? Hatte sein Vater Richard Geheimnisse gehabt, deren Folgen bis in die Gegenwart reichten? Oder lag der faule Kern des Apfels bei seiner Stuttgarter Verwandtschaft? Der einzige Weg, das herauszufinden, war ein unangemeldeter Besuch in Stuttgart.

Barbara Burri wohnte im Stuttgarter Westen. Aber bevor er dorthin fuhr, bog er kurz entschlossen auf Höhe des Wasens nach Osten ab. Er hatte die Adresse von dieser Ulrike Perler im Telefonbuch gefunden. Sie wohnte in der Rotenbergstraße. Eigentlich wollte er nur sein Bauchgefühl bestätigt sehen: dass die Frau eine Betrügerin war. Die Rotenbergstraße war endlos lang. Endlich fand er einen Parkplatz am Straßenrand und ging zu Fuß zu dem Haus. Eine alte Frau kehrte den Bürgersteig. Er sprach sie an.

»Entschuldigung. Wohnt hier eine Ulrike Perler?«

Die Frau richtete sich stöhnend auf. »Sie müssen bei Berger klingeln. Frau Perler wohnt dort nur zur Untermiete. Aber sie ist sowieso verreist.«

Konrad bedankte sich für die Auskunft. Also hatte er recht gehabt. Wer bereit war, eine Million Euro für ein Weingut zu bezahlen, würde wohl kaum zur Untermiete wohnen. Die Frau war eine Hochstaplerin. Er ging wieder zu seinem Wagen und fuhr in den Westen. Neben den Sandsteinfassaden alter Jugendstilhäuser gab es dort auch jede Menge Bausünden. Vor allem aber drängten sich in dem von vielen Studenten bewohnten Viertel kleine Cafés, Pop-up-Läden, Bars, Spezialitäten-Restaurants und Eckkneipen. Dort einen Parkplatz zu finden, glich einem Lotteriespiel. Konrad kurvte fast eine Stunde durch die engen Straßen und hielt schließlich im Parkverbot. Die Hausnummer fand er schnell. Am Klingelschild standen die Namen Barbara und Monika Burri. Er klingelte. Oben öffnete sich ein Fenster. »Was wollen Sie?«, fragte ein dunkler Wuschelkopf.

»Entschuldigen Sie bitte die Störung, mein Name ist Konrad Konrad aus Schorndorf, ich bin in der Familiengeschichte auf Ihren Namen gestoßen. Dürfte ich wohl kurz mit Ihnen reden?«

Statt einer Antwort ertönte der Türsummer. Das Treppenhaus hatte sicher mal bessere Zeiten gesehen. Konrad stieg schwer atmend in den vierten Stock, wo eine ausgesprochen hübsche Frau in der offenen Tür stand und ihn interessiert musterte.

»Kommen Sie rein. Das ist ja eine Überraschung. Besuch von der Schorndorfer Verwandtschaft! Das gab's ja noch nie!«

Sie gab ihm die Hand. »Ich bin Monika Burri. Wollen Sie ablegen?«

Er reichte ihr seinen Mantel, den sie an der Garderobe verstaute. Dann wies sie ihm den Weg in einen großen, gemütlich eingerichteten Raum, das Wohnzimmer.

»Das ist meine Mutter, Barbara«, deutete sie auf eine grauhaarige Dame, die in einem fast herrschaftlich wirkenden Lehnstuhl saß. Bei seinem Eintreten klappte sie ein Buch zu, ersetzte die Lesebrille durch eine andere und sah ihn fragend an.

Konrad erklärte, dass auf dem Friedhof Knochen eines Mannes gefunden worden waren, der laut Genanalyse mit ihm verwandt war. Er habe auch sehr liebevolle Feldpostbriefe von seinem Onkel Karl Konrad entdeckt. Adressiert waren sie an eine Isabella Denzinger. Ob sie wüssten, was aus ihr geworden war?

»Meine Mutter weiß das bestimmt«, sagte Monika Burri. »Aber sprechen Sie etwas lauter, sie hört nicht mehr so gut. Ich selbst weiß nur, dass wir irgendwie mit dem Weingut Konrad in Schorndorf verwandt sind. Mama, du kennst doch die ganze Mischpoke!« Sie lachte und entblößte dabei eine Reihe regelmäßiger, glänzender Zähne.

Barbara Burri musste über 80 sein. Sie hatte hellblaue Augen und einen wachen Blick, trug eine Jogginghose und einen grauen Pullover. Ihre Füße steckten in Pantoffeln aus Lammfell. »Mach doch mal Kaffee, Schatz. Oder wollen Sie lieber ein Glas Wein, Herr Konrad? Wir haben zwar keine Weine von Ihnen, die kriegt man hier in Stuttgart nirgends, aber einen sehr guten Riesling vom Wöhrwag. Da hab ich auch Lust drauf. Moni, holt doch mal drei Gläser, die Flasche steht im Kühlschrank!«

»Ich weiß nicht.« Konrad zierte sich ein wenig. Er hatte noch immer einen schweren Kopf. »Am hellen Morgen?«

»Ach, was glauben Sie denn, wie ich so alt geworden bin? Ich trinke jeden Tag ein Glas. Außerdem ist Besuch aus Schorndorf ein Grund zum Feiern.«

Während Monika Burri den Wein entkorkte und einschenkte, beobachtete Konrad sie. Sie hatte eine äußerst lebendige Ausstrahlung, ein Gesicht, das ständig zu lächeln schien.

Er schnupperte an dem Riesling, ein Duft nach Weinbergpfirsich stieg ihm in die Nase. »Goldkapsel«, stand auf dem Etikett. Wöhrwag war einer seiner großen Vorbilder. Einer der ganz großen Winzer in der Region. Er hatte sein Rebland in Stuttgart-Untertürkheim. Angeblich hatte ja diese Ulrike Perler bei ihm ein Praktikum gemacht. Sie stießen an und Konrad erzählte von der Entführung seiner Frau und seiner Tochter und der Erpressung. Und dass er dadurch wahrscheinlich sein Weingut verlieren würde. Die beiden Frauen hörten konzentriert zu.

»Also, ich bin ja eine geborene Konrad«, erklärte die alte Dame. »Mein Vater war Wilhelm Konrad, einer der Söhne von Georg Friedrich Konrad, der das Weingut seinerzeit gegründet hat. Mein Vater war aber nicht interessiert am Weinbau, das war ja Landwirtschaft, er wollte Ingenieur werden und nicht Bauer. Er starb auch schon kurz nach dem Beginn des Krieges. Da muss er Mitte zwanzig gewesen sein. Er hatte gerade noch genug Zeit, um mich zu zeugen.« Sie lachte und ihr Gesicht verzog sich zu tausend winzigen Fältchen. »Ich bin verwitwet. Meine einzige Tochter Monika haben Sie ja nun auch kennengelernt. Und solange sie nicht endlich heiratet und

Kinder kriegt, endet damit praktisch die Geschichte unseres Familienzweiges.«

Konrad überlegte. Von diesem Wilhelm konnten die Knochen auf dem Friedhof wohl nicht stammen. Er fragte nach dem genauen Todesdatum. 1940. Vermisst in Polen. War er vielleicht desertiert? Hatte sich nach Schorndorf durchgeschlagen? War dort nach dem Krieg ums Leben gekommen und auf dem Friedhof verscharrt worden? Eher unwahrscheinlich.

»Und Karls Freundin Isabella, der er so liebevolle Briefe geschrieben hat, kannten Sie die Frau?«

»Natürlich erinnere ich mich an Isabella Denzinger. Sehr gut sogar. Obwohl sie zwölf oder 13 Jahre älter war als ich. In der Nachkriegszeit waren wir oft im Remstal, um Lebensmittel zu tauschen. Einmal war ich bei einem Besuch in Schorndorf zusammen mit ihr im Ziegeleibad. Sie hatte Butterbrote eingepackt und Äpfel, die haben wir dann auf der kleinen Insel im See verzehrt. Es war herrlich. Ich habe Isabella bewundert. Sie war reizend, voller Herzlichkeit und Güte. Ich glaube, sie kam aus dem Elsass. Wie die beiden sich kennengelernt haben, weiß ich nicht.«

Die alte Dame schwieg einen Moment und kramte in ihren Erinnerungen. »Sie hat mir im Ziegeleibad ihren Verlobungsring gezeigt. Der war natürlich ganz schlicht, keine Diamanten oder so, wie das heute üblich ist. Ein ganz einfaches goldenes Ringelein. Aber er hat mich trotzdem beeindruckt. Dann hieß es plötzlich, Karl sei nach Amerika ausgewandert. Allein! Ich habe das nie geglaubt, er wäre niemals ohne seine Isabella gegangen. Aber damals habe ich mir keine Gedanken darüber gemacht. Ich war ja noch ein Kind.«

»Was wurde aus Isabella, nachdem Karl ausgewandert oder jedenfalls verschwunden ist?«

»Sie ging nach Stuttgart. Dort hat sie ihre Tochter zur Welt gebracht: Erika. Aber ich war damals ja höchstens sieben Jahre alt, das hat mich nicht wirklich interessiert. Und wir hatten andere Sorgen. Im Krieg wurde Stuttgart in Schutt und Asche gelegt. Jedenfalls die Innenstadt, wo wir gewohnt haben. Trotzdem hatten wir losen Kontakt über all die Jahre. Sie muss sogar bei meiner Konfirmation dabei gewesen sein, ich muss irgendwo noch einen goldenen Anhänger haben, den hat sie mir geschenkt. Sehr viel später traf ich sie durch reinen Zufall wieder. Bei einer Kunstausstellung, die ihre Tochter Erika und deren Mann ausgerichtet haben. Aber inzwischen ist sie natürlich schon lange tot. Ich erinnere mich, dass wir die Nachricht genau an dem Tag erhalten haben, als im Großen Haus die Kameliendame aufgeführt wurde. Mit Marcia Haydée als Edelkurtisane. Es war die Uraufführung im Herbst 1978! Ich war mit deinem Vater dort, Moni, stell dir mal vor! Sensationell! Die Leute haben nicht aufgehört zu applaudieren.«

»Und die Tochter von Isabella, diese Erika«, fragte Konrad nach, »lebt sie noch?«

»Aber ja! Sie ist ein paar Jahre jünger als ich, aber inzwischen muss sie auch schon 80 sein. Vor ein paar Jahren hatten wir noch Kontakt, aber selten, sie ist eine verbitterte Frau. Ich war immer froh, wenn ich mich von ihr verabschieden konnte. Warten Sie, ich habe irgendwo ihre Adresse. Wenn sie noch dort wohnt. Sie hat ja einen Künstler geheiratet, von dem sind auch die Kinder. Völlig mittellos, der Kerl, ich glaube, der hat in seinem ganzen Leben nicht ein einziges Bild verkauft!« Wieder lachte sie herzlich. »Aber das will ja nichts heißen, van Gogh ging es auch so. Schatz, schau doch mal im Buffet, ganz oben, das Adressbuch!«

Monika fand das Büchlein in der obersten Schublade und gab es ihrer Mutter. Die alte Frau setzte ihre Lesebrille auf und blätterte. Die Seiten waren gelblich verfärbt und voller Eselsohren.

»Hier ist es schon! Sie wohnte damals in der Sarweystraße. Das ist ganz oben beim Löwentor. Sie hat ja wieder ihren Mädchennamen angenommen. Also Denzinger. Soviel ich weiß, hat sie zwei Söhne. Aber die Namen habe ich vergessen. Sie haben sich auch nie bei uns gemeldet.«

Konrad trank sein Glas aus und verabschiedete sich. Am liebsten wäre er noch geblieben. Er fühlte sich wohl in Gegenwart der beiden Frauen. Monika brachte ihn zur Tür. Beim Abschied bot sie ihm das Du an: »Wir sind ja schließlich verwandt!« Sie umarmte ihn. »Du kommst doch wieder?«, fragte sie. »Oder ich komme einfach mal nach Schorndorf«, verbesserte sie sich. »Dann kannst du mir das Weingut zeigen! Bestimmt geht das alles gut aus mit deiner Frau und deiner kleinen Tochter.«

Unter dem Scheibenwischer von Konrads Wagen klemmte ein Strafzettel. 20 Euro. Fluchend zerknüllte er ihn. Wenigstens hatten sie ihn nicht abgeschleppt. Parkplatzmäßig war der Westen Stuttgarts eine einzige Katastrophe. Hoffentlich war es oben beim Löwentor besser. Aber er glaubte nicht daran.

Tatsächlich fand er weder in der Sarweystraße noch in der Umgebung einen Parkplatz. Er stellte den Wagen in die zweite Reihe, direkt vor die Hausnummer, die ihm Frau Burri notiert hatte. Das Gebäude machte keinen vertrauenerweckenden Eindruck. Ein altes Mietshaus, graue, schmutzige Fassade, überquellende Mülltonnen, überklebte Klingelschilder: Denzinger. Er klingelte.

Nichts geschah. Beim zweiten Mal drückte er die Klingel länger. Im zweiten Stock wurde ein Fenster aufgestoßen.

»Ich habe Ihnen schon hundert Mal gesagt, dass wir an keinen Umfragen teilnehmen«, bellte eine schrille Stimme. »Scheren Sie sich zum Teufel!« Das Fenster schlug zu.

Konrad wollte sich nicht abwimmeln lassen. Er beschloss, sich als Nachlassverwalter auszugeben. Wenn es ums Erben ging, wurden die meisten Leute zugänglich. Er klingelte wieder. Und wieder.

»Ich bin von der Nachlassverwaltung!«, brüllte er, als sich das Fenster wieder öffnete. »Ich muss etwas klären mit einer gewissen Frau Erika Denzinger. Sind Sie das?«

Eine Bananenschale klatschte neben ihm auf die Straße. Die Frau hatte wohl mal eben den Mülleimer über ihm ausleeren wollen, es sich dann aber anders überlegt. Das Fenster schloss sich, dafür öffnete sich die Haustür mit einem leisen Klacken.

Konrad stieg durch ein muffiges Treppenhaus. Alte, ausgetretene Holzstufen. An einer Tür hing das Kehrwochenschild, aber besonders ernst schien das niemand zu nehmen: Hier war schon lange nicht mehr gefegt worden. Im zweiten Stock ging die Tür einen Spalt weit auf.

»Ausweis«, knurrte eine Stimme.

Konrad tat so, als würde er seine Taschen durchwühlen. »Verzeihung, aber den muss ich wohl im Büro vergessen haben. Häfner ist mein Name. Es geht um die Erbfolge eines gewissen Karl Konrad aus Schorndorf. Da bin ich doch hier richtig, oder?«

Aus dem Türspalt drang der Geruch von kochenden Kartoffeln. Vorsichtig wurde ihm geöffnet.

»Karl Konrad? Mein Vater? Das wird aber auch Zeit! Endlich meldet sich mal jemand bei mir!«

Sie schlurfte ihm voraus durch einen engen Flur, Konrad folgte zögernd.

Das Wohnzimmer wurde in beträchtlicher Lautstärke von einem Fernseher beschallt. Die Frau ließ sich auf ein Sofa plumpsen, das wohl früher einmal grün gewesen war. Konrad bot sie keinen Platz an.

»Sind Sie Erika Denzinger?« Konrad zog ein Blatt Papier aus der Tasche, um sich ein amtliches Aussehen zu geben.

»Wenn Sie bei mir klingeln, werd ich's wohl sein!«

Unaufgefordert nahm er in einem rostroten Sessel Platz, was ein Fehler war, wie er sofort erkannte: Eine unbefestigte Sprungfeder drückte seinen Hintern zur Seite und ließ ihn in ein tiefes Loch rutschen. »Können Sie wohl den Fernseher ausschalten?«

Die alte Frau griff mürrisch nach der Fernbedienung und drehte das Gerät leiser. Ihre grauen Haare hatte sie zu einem dünnen Knoten gebunden. Sie trug einen Kittelschurz, darunter Kleid und Bluse in einer undefinierbaren Farbe, ausgetretene Filzpantoffeln.

»Können Sie sich bitte ausweisen?« Konrad musste die Amtsperson spielen, sonst hatte er hier schlechte Karten.

»Ich bin Erika Denzinger und damit basta! Haben Sie jetzt endlich herausgefunden, dass Richard meinen Vater umgebracht hat? Die Schlamperei Ihrer Behörde ist unglaublich.«

»Wie kommen Sie denn auf die Idee, dass Richard seinen Bruder umgebracht hat?« Konrad war erstaunt. »Warum hätte er das tun sollen?«

»Das ist doch klar: Weil er an das Weingut wollte! Weil er dachte, ihm als dem Älteren stünde das zu. Er hat nicht akzeptiert, dass der Vater ihn für den schlechteren Winzer gehalten und das Weingut deshalb meinem Vater gegeben hat. Sonntags in die Kirche springen und beten und danach lügen, betrügen und töten. So war Richard. Ein böser Mensch. Ich weiß nicht, wie er es getan hat, aber er hat es getan. Meiner Mutter hat er gesagt, Karl sei ausgewandert und hätte ihm das Weingut freiwillig überschrieben. So ein Quatsch! Ohne ihr ein Wort zu sagen? Sie mit ihrem dicken Bauch ganz alleine zurückzulassen? Seine geliebte Isabella? Das glaubt doch kein Mensch!«

Sie hustete. »Jedenfalls war Karl mit meiner Mutter verlobt. Sie war die große Liebe seines Lebens. Ich bin zwar unehelich geboren, das gebe ich zu, aber nach heutigem Recht steht mir trotzdem das Erbe zu. Ich habe mich erkundigt. Ehelich oder unehelich, das spielt heute keine Rolle mehr!«

Die Frau hielt seinen Vater für einen Mörder? Und sie wollte einen Anspruch auf das Weingut geltend machen? Mit allem hatte Konrad gerechnet, aber damit nicht. Hatte sie womöglich recht? »Wann sind Sie denn gezeugt worden?«, fragte er ins Blaue hinein.

Empört sah sie ihn an. Es war in der Tat eine recht intime Frage.

»Daran kann ich mich nicht erinnern.«

Beißender Sarkasmus.

»Ich meine, es kommt doch darauf an, ob Karl Konrad da das Weingut schon an seinen Bruder Richard überschrieben hatte«, beharrte Konrad. »Wann sind Sie denn geboren, wenn ich fragen darf?«

»Warum glotzen Sie nicht einfach in Ihre Unterlagen?«

»Das habe ich schon«, log Konrad. »Aber ich will es von Ihnen wissen.«

Die alte Frau schwieg und starrte auf ihren Schoß. Ihre Zähne mahlten. »Es gibt auch ein moralisches Recht«, sagte sie schließlich. »Ein Recht vor Gott. Und das steht auf meiner Seite. Und darauf werde ich nicht verzichten.«

»Haben Sie es denn schon mal auf juristischem Weg versucht?«, wollte Konrad wissen, der sich nicht erinnern konnte, dass ihm sein Vater jemals etwas über eine Gerichtsverhandlung über Eigentumsrechte erzählt hatte. Andererseits hatte sein Vater wohl so manches verschwiegen. Er versuchte, sich aus den Abgründen des Sessels zu befreien, rutschte aber immer wieder zurück. Schließlich stand er auf.

»Auf juristischem Weg?« Sie spuckte tatsächlich auf den Teppich. »Arrogante Rechtsverdreher, Winkeladvokaten, Schleimscheißer! Ich will mein Recht. Und jetzt kommen Sie mit so bescheuerten Fragen. Krieg ich jetzt mein Weingut oder nicht?«

Konrad sah sich im Zimmer um. An die geschliffenen Gläser eines abgestoßenen Buffets waren mit Tesafilm Fotos geklebt. Schwarz-weiße Kinderbilder, zwei kleine Gestalten, die sich auf einer Wiese an den Händen hielten. Zwei Kinder im Zoo, wahrscheinlich die Stuttgarter Wilhelma. Zwei Kinder auf dem Schoß einer lächelnden Frau, die entfernt an sein Gegenüber erinnerte.

»Ihre Söhne?«, fragte er.

»Was reden Sie für einen Unsinn. In ihren Unterlagen muss doch stehen, dass ich zwei Mädchen habe!« Misstrauisch sah sie ihn an: »Sind Sie überhaupt vom Amt?«

Konrad war verwirrt. Wenn die Frau recht hatte, dann stammten die Schorndorfer Friedhofsknochen von seinem Onkel Karl. Dann war Richard, sein eigener Vater, ein Mörder.

Ein Brudermörder.

Das war unvorstellbar!

Erika Denzinger wuchtete sich mühsam aus dem Sofa. Konrad glaubte, sie wollte ihm die Hand reichen, aber sie deutete auf das Foto, das vor dem Elefantengehege aufgenommen worden war. »Das links ist mein Rickele«, sagte sie. Sie kommt ganz nach mir. Sie besucht mich regelmäßig. Rechts das ist Fritzi. Sie hat diesen Schwarzwälder Deppen geheiratet, diesen Josef Winterhalter, einen Versager. Schmeißt sich der Kerl doch unter das eigene Mähwerk. Wie blöd kann man sein!«

Für Konrad war es Zeit zu verschwinden.

»Ich glaube, Ihre Kartoffeln brennen an«, deutete er Richtung Küche.

»Verdammt! Daran sind nur Sie schuld!« Sie humpelte in die Küche.

Konrad stahl sich davon. Leise schloss er die Wohnungstür. Sollte er die Töchter aufsuchen? Wussten sie etwas über den angeblichen Mord? Das »Rickele« konnte er vielleicht im Einwohnermeldebuch von Stuttgart ausfindig machen, falls sie denselben Nachnamen trug wie ihre Mutter. Seltsam war allerdings, dass diese Fritzi einen Schwarzwälder Bauern namens Winterhalter geheiratet hatte. Und Hanne war im Schwarzwald entführt worden. Das hieß natürlich gar nichts. Der Schwarzwald war groß. Und wieso sollte diese Fritzi Hanne entführt haben? Er schüttelte den Kopf. Das war doch alles Irrsinn. Ich fange schon an, Gespenster zu sehen, dachte er frustriert.

Während er das Haus verließ und fluchend den zweiten Strafzettel zerknüllte, ergriff ihn plötzlich eine ungeheure Sehnsucht nach Hanne. Der Besuch bei den Burris und bei dieser hasserfüllten Denzinger hatte ihn kurzzeitig abgelenkt. Jetzt griff die Verzweiflung wieder nach seinem Herzen. Die Passivität, zu der er verdammt war, machte ihn wahnsinnig. Er musste etwas tun.

30.

Es war eine braune Pakettasche, wie man sie in jeder Postfiliale kaufen konnte. Darinnen ein längliches Fenstercouvert ohne Absender. Neben dem Umschlag enthielt das Päckchen etwas Sonderbares: ein Nikolauskostüm.

Konrads Herz klopfte wie nach einer Überdosis Kaffee. Er ahnte, was in dem Umschlag war, musste sich aber beherrschen, ihn nicht aufzureißen. Erst musste er noch den Gast loswerden, der es sich gerade am Probiertisch gemütlich gemacht hatte.

Neugierig sah der Mann auf das Kostüm. »Hat man Sie als Nikolaus engagiert? Ein lukrativer Nebenverdienst in dieser Zeit.«

»Herr Kommissar, wie gesagt habe ich nicht viel Zeit. Ich bin gerade dabei, den zweiten Abstich von meinem Chardonnay zu machen. Da kann ich keine Störung gebrauchen.«

Kommissar Heinz sah ihn lange an. »Und Ihre Kellerarbeit nimmt Sie so in Anspruch, dass Ihnen Ihre entführte Frau gerade egal ist?«

»Natürlich nicht! Was reden Sie denn? Aber Sie haben doch sowieso keine Nachricht von Hanne und Clara. Wenn Sie irgendwas wüssten, hätten Sie es schon lange gesagt. Also stehlen Sie mir nur die Zeit!«

»Viel haben wir leider in der Tat nicht. Eine Zeugin will Ihre Frau an dem besagten Tag in Hinterzarten gesehen haben. Sie sei wohl betrunken gewesen. Jedenfalls habe sie getaumelt. An einen dunkelblauen Kinderwagen erinnert sie sich auch, er steckte in einer Schneewehe am Straßenrand.«

»Wo genau war das?«

»In einer schmalen Straße, die nach Titisee führt. Eher ein asphaltierter Feldweg.«

»Aber da war ich doch auch. Vor welchem Haus war das?«

»Daran kann sich die Zeugin leider nicht mehr erinnern. Es hatte wohl zu schneien begonnen und sie kennt sich in der Gegend nicht besonders gut aus. Sie wollte zu Fuß nach Titisee, ist wegen dem Schnee aber dann umgekehrt. Sagen Sie mal, Herr Konrad, gab es in Ihrer Ehe eigentlich Probleme?«

Konrad verstand nicht. »Wieso?«

»Tja, dieses Mädchen, diese Anni, ist ja wohl außer der Spaziergängerin die letzte Person, die Ihre Frau in Hinterzarten gesehen hat. Anni wurde von Ihrer Frau ins Hotel Adler gefahren. Als sie sich verabschiedeten, sei Ihre Frau mit der Mutter von Annis Freundin Vreneli in die Adlerstuben gegenüber dem Hotel gegangen. Sie wollten wohl etwas essen oder trinken.«

»Und was schließen Sie daraus?« Konrad hatte keine Ahnung, worauf der Kommissar hinauswollte.

»Die Adlerstuben haben nicht nur ein Restaurant, sondern auch eine große Bar und eine Tanzfläche. Kann es vielleicht sein, dass Ihre Frau Kummer hatte und sich etwas zu viel Alkohol gegönnt hat? Und dann mit einem anderen Mann weggefahren ist?«

Konrad war sprachlos. »Sind Sie noch ganz bei Trost? Hanne stillt, sie trinkt sowieso keinen Alkohol. Und niemals würde sie das Kind im Auto lassen, am hellen Vormittag an der Bar versacken und dann noch mit irgendeiner Bekanntschaft verschwinden! Sie haben eine kranke Fantasie! Ist das alles oder kommen jetzt weitere abstruse Theorien?«

Der Kommissar stand auf. »Das ist leider alles. Wir waren zwar auch bei Leonhard, aber seine Beteiligung an der Entführung ist unwahrscheinlich. Allerdings«, der Kommissar wandte sich zur Tür, »vielleicht sollte ich Ihnen das gar nicht sagen. Aber wir hatten den Eindruck, dass Leonhard uns irgendetwas verschweigt. Was könnte das sein?«

»Sie können ja mal fragen, woher seine Frau eigentlich ihre Grundstücke hat, die sie nach und nach versilbert. Ohne dieses Geld wäre Leonhard nämlich nichts anderes als ein kleiner Nebenerwerbswinzer der Remstalkellerei.«

»Das haben wir überprüft. Sie hat das Land ordnungsgemäß geerbt. Von ihrem Vater. Und der hat es von seinem Großvater. Sie dürfen nicht vergessen, dass das meiste überbaute Land mal Acker- oder Weideland war. Manche haben eben Glück, wenn ein neues Baugebiet ausgewiesen wird, andere nicht.«

Er ging zur Tür. Wie Inspektor Columbo drehte er sich am Ausgang noch einmal um.

»Konrad, Sie verheimlichen uns doch nichts? Es kommt uns seltsam vor, dass Sie noch kein Schreiben wegen der Geldübergabe erhalten haben. Und dass keinerlei Telefonanrufe eingegangen sind. Irgendetwas ist komisch bei dieser ganzen Geschichte. Irgendwas passt nicht. Ist es vielleicht Ihr Verhalten, Herr Konrad?«

»Gehen Sie jetzt besser! Sonst ist es meine Faust, die auf Ihr Auge passt!«

Konrad ging drohend auf den Kommissar zu. Der zog sich kopfschüttelnd zurück und schloss betont langsam die Tür.

Was für ein Volltrottel! Konrad setzte sich. Glaubte er wirklich, Konrad hätte seine eigene Frau entführt? Nur weil die Polizei mal wieder keine eigenen Erkenntnisse vorzuweisen hatte? Fluchend stand er wieder auf, verschloss die Eingangstür, nahm den Stapel Post und ging nach oben. Er legte das Nikolauskostüm auf den Tisch, das Fenstercouvert obendrauf. Er hatte Angst, es zu öffnen. Stattdessen nahm er seine Brille aus der Hemdentasche und las seine gesamte Post, selbst die Werbeflyer.

Endlich griff er nach dem Umschlag. Statt ihn einfach aufzureißen, schlitzte er den Falz langsam und bedächtig mit einem Küchenmesser auf. Das Schreiben hatte dieselbe Druckerschrift wie das Erpresserschreiben der Entführer. Da sah er einen zweiten Bogen Papier. Er faltete ihn auf.

Es war der schwarz-weiße Computerausdruck eines Fotos. Darauf erkannte er Hanne. Sie lag auf einem strohbedeckten Boden, die Augen geschlossen. Clara war nicht auf dem Bild.

Konrad stieß einen verzweifelten Schrei aus. Was hatten sie Hanne angetan? Wo war Clara? Tränen schossen ihm in die Augen. Mit verschleiertem Blick las er das Schreiben.

Konrad!

Wir haben Ihnen nun genug Zeit gelassen, um das Lösegeld zu besorgen. Hiermit teilen wir Ihnen mit, wie die Geldübergabe zu erfolgen hat.

Am 21. Dezember wird in Schorndorf ein sogenannter Nikolaus-Fun-Run stattfinden. Dabei werden Hun-

derte als Nikolaus verkleidete Jogger ausgehend vom Weihnachtsmarkt auf einer festgelegten Strecke durch die Stadt laufen. Auch Sie werden an diesem Fun-Run teilnehmen. Wie Sie sehen, haben wir Ihnen das passende Kostüm beigelegt. Es besteht aus Hose, Jacke, Mütze, Bart und einem Sack. In den Sack legen Sie die vereinbarte Summe in Höhe von einer Million Euro. Sollte das Geld in irgendeiner Weise präpariert sein oder sollte sich ein Sender im Sack befinden, werden Sie Ihre Frau und Ihr Kind nie wieder sehen. Dasselbe gilt, wenn Sie die Polizei verständigen.

Konrad war, ohne es zu merken, aufgestanden. Nun setzte er sich wieder. Natürlich würde er die Polizei nicht verständigen. Das ging meistens schief. Und dieser Kommissar würde sowieso alles versauen. Es war besser, mit den Entführern zu kooperieren. Aber bis zum 21. Dezember waren nur noch wenige Tage. Bis dahin musste er das Geld besorgt haben, egal wie.

Diese Ulrike Perler hatte angerufen. Die Hochstaplerin. Angeblich wollte sie den Verkauf des Weinguts mit ihm besprechen. Aber natürlich war sie nicht bereit, ihm das Geld vorher zu geben. Erst müsse alles notariell abgesichert sein, beharrte sie. Er glaubte ihr kein Wort. Verzweifelt sah er sich um. Dann griff er zum Telefon, legte den Hörer aber sofort wieder nieder. Sollte er die Polizei informieren oder es besser lassen? Er zog Mantel und Stiefel an und fuhr mit dem 2CV nach Schorndorf-Weiler. Es musste etwas tun, das ihm zutiefst zuwider war.

31.

Leonhard öffnete die Tür und sah Konrad verblüfft an. »Du hier?«, fragte er. Dann schüttelte er heftig den Kopf. »Was auch immer passiert ist, ich habe nichts damit zu tun!«

»Dann hast du auch nicht die Fuhre Stallmist vor meinem Haus abgeladen? Es gibt nur sehr wenige im Remstal, die ihre Weinberge mit Mist düngen. Du gehörst dazu.«

»Es ist die Frage, wer hier mehr Mist baut, du oder ich!«, knurrte Leonhard.

Konrad riss sich zusammen. »Wir müssen reden. Darf ich reinkommen?«

»Bitte.« Leonhard ließ ihn eintreten und deutete ins Wohnzimmer. Konrad sah sich um: schwere, klotzige Möbel, dicker Teppich. Sein Blick blieb an einem großen, gerahmten Bild über der Couch hängen, ein Frühlingsfoto, zart begrünter Hochwald mit eingemalter Hirschfamilie und Bambi. Unsagbarer Kitsch. Wie konnte man einen derartigen Schinken bei sich aufhängen?

Leonhard war Konrads Blick gefolgt. »Ich find's auch scheußlich. Wir kriegen diese Bilder immer leihweise vom Bruder meiner Frau, er ist Kunstgeschichtler und hat eine eigene Galerie. Wenn er umdekoriert, landen die unverkauften Werke bei uns. Dann muss ich sie aus familiären Gründen ertragen bis zum nächsten Jahreszeitenwechsel, wenn er eine neue Ausstellung macht. An Ostern hängt dann da vermutlich ein Weihnachtsbild. Wahrscheinlich genauso scheußlich.«

Konrad hatte nicht vor, sich mit Leonhard über Kunst auszutauschen. Er kam zur Sache.

»Werner, du bist doch seit Jahren hinter meinem Weingut her. Ich bin jetzt in einer Situation, in der ich verkaufen muss. Und zwar sehr schnell. Du bekommst es billiger, als du jemals gedacht hast. Aber es muss schnell gehen. Und ich brauche das Geld sofort, noch vor dem Notartermin.«

Leonhard nickte langsam. »Ich hab schon von deinem Problem gehört. Hast du Nachricht von Hanne?«

»Das tut jetzt nichts zur Sache. Willst du kaufen oder nicht?«

Leonhard musste nicht überlegen. Er nickte. Dann rief er seine Frau, die erstaunlich schnell aus dem Hintergrund erschien.

»Gerda, bitte bring uns Papier und Stift, eine Flasche Tresterschnaps und Gläser.«

Sie verschwand wortlos.

Leonhard nahm sich eine Zigarette aus der Packung und bot auch Konrad eine an. Beide rauchten schweigend.

»Konrad, wir sind nicht gerade Freunde. In den vergangenen Jahren ist einiges zwischen uns schiefgelaufen. Ich gebe zu, dass auch ich Scheiße gebaut habe. Aber du bist auch nicht ganz unschuldig. Du hast mich immer spüren lassen, dass ich für dich nur ein Emporkömmling bin. Dass ich keine Ahnung von Weinbau habe. Aber ich werde deine Situation nicht ausnutzen. So ein Schweinehund bin ich nicht. Ich möchte weiß Gott nicht an deiner Stelle sein. Deshalb mache ich dir ein faires Angebot.«

Seine Frau kam und schenkte beiden Schnaps in kleine Gläser. Sie wollte wieder gehen.

»Gerda, das Gespräch geht auch dich an. Setz dich zu uns.«

Die Frau nahm auf der vordersten Kante eines Sessels Platz. Sie sah zu Boden. Ein paar graue Strähnen hingen ihr ins Gesicht. Konrad kannte sie kaum, er hatte nicht gewusst, dass sie ein so schüchternes Wesen hatte. Er trank das Glas aus, ohne anzustoßen.

»Also, was stellst du dir als Kaufpreis vor, Conny?«

Konrad zuckte zusammen. Die Anrede Conny war eigentlich nur Freunden vorbehalten. Und Leonhard war kein Freund. Konrad hob die Schultern. »Mir ist inzwischen alles egal. Hauptsache, ich bekomme Hanne und das Baby zurück. Die Erpresser verlangen eine Million Euro, in bar natürlich. Ich brauche das Geld bis spätestens Mittwoch, 21. Dezember.«

»Dein Weingut ist mehr wert als eine Million. Aber das weißt du ja selbst am besten. Ich schätze Haus samt Keller auf mindestens 1,3 Millionen Euro. Dazu die Weinberge, du hast ja sehr gute Lagen, Pi mal Daumen 150.000. Macht zusammen eine Million und 450.000.«

Konrad nickte. Damit konnte er die Entführer bezahlen. Aber Leonhard fuhr fort.

»Du glaubst vielleicht, ich könnte eine so große Summe aus der Portokasse zahlen, aber das kann ich natürlich nicht. Ich bin kein Krösus. Ich bin Winzer. Ich kann dir 800.000 Euro zahlen, aber keinen Cent mehr.«

Konrad nickte wieder. Er war enttäuscht. Aber der Perler konnte er nicht vertrauen. Die Frau hatte mit Sicherheit keinen einzigen Penny.

Leonhard musterte Konrad. »Was du an Kellereieinrichtung hast und dein Wagenpark, das ist alles nicht viel wert, das kannst du behalten«, fuhr er fort. »Auch den Wein im Keller, ich kann ja unmöglich deinen Wein als meinen ausgeben. Vielleicht kannst du ihn irgendwo einlagern und nach und nach verkaufen. Das ist mein Angebot. Was sagst du?«

Konrad stimmte zu. Er war zwar einen Schritt weiter, aber keinen entscheidenden.

»Gut, dann sind wir uns einig. Wir machen jetzt einen handschriftlichen Vorvertrag und gehen morgen zusammen auf die Bank. Das Geld kriegst du noch vor dem 21. Dezember. Unter uns Winzern reicht ein Handschlag. Und noch was.« Die Gläser waren leer, er schenkte nach. »Für mich ist das natürlich eine große Investition und ich kann das nur leisten, weil meine Frau zwei Grundstücke aus ihrem Erbe als Bauland verkaufen konnte. Gerda, bist du einverstanden, dass wir mit deinem Geld Conny helfen?«

Gerda sah Konrad zum ersten Mal direkt an. Es war ein angstvoller Blick aus ungeschminkten Augen, starr und voller Verzweiflung. Sofort senkte sie die Lider wieder, als könnten ihre Augen ein Geheimnis preisgeben. »Ich bin einverstanden«, flüsterte sie, den Blick auf den Teppich gerichtet.

Sie notierten die Abmachung auf einem Zettel und unterschrieben beide. »Jetzt haben wir was zum Feiern!«, lachte Leonhard und griff wieder zum Tresterschnaps. Aber Konrad war schon aufgestanden. Auch Leonhard stand auf. »Konrad, wie du weißt, bin ich kein Unmensch. Vor Weihnachten schmeißt man keinen aus der Wohnung. Außerdem muss ich mit meinem Architekten sowieso die

Umbaupläne besprechen. Das dauert alles seine Zeit. Du kannst also noch bis Ende Januar in deiner Wohnung bleiben. Dann allerdings geht's los. Das Erdgeschoss wird zu einem Restaurant, der Keller zu einer Besenwirtschaft. In den Wohnbereich baue ich ein paar Hotelzimmer ein, es gibt ja immer Gäste, die einen zu viel in der Birne haben und lieber übernachten.« Er grinste.

Konrad nickte. Leonhard brachte ihn zur Tür. Vor dem Haus blieben sie stehen. Konrad deutete über einen Acker, Richtung altes Ziegeleigelände: »Sag mal, Werner, die alte Konservenfabrik dort drüben, steht die eigentlich leer? Vielleicht könnte ich dort Räume anmieten und meine Sachen unterbringen. Kennst du den Besitzer?«

Leonhard nickte. »Klar. Das ist ja der Bruder von Gerda. Der hat bestimmt Leerstände. Der ganze Komplex ist riesig. Geh einfach mal vorbei, sag ihm einen Gruß von seinem Schwager, dann macht er dir ein gutes Angebot.«

Sie verabschiedeten sich. Tief in Gedanken versunken legte Konrad die Strecke von Weiler nach Schorndorf-Mitte zurück. Soeben war er das Weingut losgeworden, das seit Generationen seiner Familie gehörte. Für mehr als eine halbe Million unter Wert. Würde er für das Lösegeld Hanne und Clara zurückbekommen? Er hatte ja keinerlei Sicherheiten. Ein Zurück gab es jetzt jedenfalls nicht mehr. Und er musste eine Lösung finden: Noch immer fehlten ihm 200.000 Euro zur Million. Und die Zeit lief ihm davon. Er dachte an den Artikel in der BILD-Zeitung.

32.

Eine graue Wolkenschicht lag wie ein Deckel über der Stadt. Berner sah aus dem Fenster der Redaktion auf dem Oberen Marktplatz. Würde es regnen? Würde es schneien? Würde der Himmel irgendwann aufreißen? Würde überhaupt irgendetwas passieren? Das Wetter machte ihn depressiv. Er musste zugeben, dass die Ergebnisse seiner Recherchen bei Licht betrachtet eher mickrig waren. Er hatte nichts über Katharina Weisswanger herausgefunden und nichts über Sascha von Kerf. Um zu erfahren, wer von dem Tod der beiden Wohlfahrts profitierte, hätte er das Testament einsehen müssen. Aber beim Nachlassgericht hatte er keinen Informanten. Er wusste nicht einmal, wann die Testamentseröffnung war. Er rief Konrad an, aber der Freund war mal wieder nicht zu erreichen. Weder ging er an seinen Festnetzapparat noch an sein Handy.

Dafür klingelte das Redaktionstelefon. Sein Sohn Schorsch meldete sich.

»Hallo, Papa. Hast du gerade Zeit?«

»Für dich immer!«

»Jetzt übertreib's mal nicht. Hör zu. Ich hab versucht, für Conny was über diesen mysteriösen Verkauf von Konradschen Grundstücken nach dem Krieg rauszufinden. Dir ist schon klar, dass diese Akten nicht digitalisiert sind, oder? Ich musste also ins Archiv und in uralten

Aktenordnern blättern. Ein einziges Chaos, kann ich dir sagen. Ich habe den ganzen Tag Staub eingeatmet. Aber ich kann dir immerhin so viel sagen, dass ein gewisser Karl Ernst Konrad, Weingutbesitzer, 1946 sieben landwirtschaftliche Grundstücke auf der Gemarkung Beutersberg in Weiler verkauft hat. Dazu musst du wissen, dass Weiler bis 1973 noch eine selbstständige Gemeinde war und erst durch die Gebietsreform ins benachbarte Schorndorf eingemeindet wurde. Das machte die Sache besonders schwierig, weil die in Weiler früher eine ganz andere Systematik im Liegenschaftsamt hatten. Aber jetzt kommt der Knaller. Hörst du zu?«

»Natürlich. Red schon!« Berner klopfte ungeduldig mit dem Stift gegen das Telefon.

»Alle sieben Grundstücke wurden zusammen für lediglich 70 Reichsmark veräußert. Das ist praktisch nichts. Damals war ja Inflation, das Geld wurde immer wertloser und nur noch Grundbesitz war eine sichere Bank. Jeder wusste doch, dass irgendwann eine Währungsreform kommt. In dieser Situation Land zu verkaufen, auch noch Land, das landwirtschaftlich genutzt werden kann und nahe an der Bebauung liegt, war der schiere Irrsinn. Also entweder war Connys Onkel ein Volltrottel oder er hatte es eilig. Übrigens glaube ich, dass dieser Karl schlicht und einfach verhungert ist. Der Winter 1946/47 war der kälteste des ganzen Jahrhunderts. 40 Tage Dauerfrost. Und nach dem verlorenen Krieg gab es kaum Nahrungsmittel oder Heizmaterial.«

»Aber wieso hat dann Connys Vater überlebt? Die beiden haben doch vermutlich im selben Haus gewohnt in der Höllgasse.«

Schorsch schwieg einen Augenblick. »Keine Ahnung«, sagte er dann. »Vielleicht war Karl ja durch seine Jahre bei der Wehrmacht entkräftet oder sogar verletzt.«

»Konrad hat aber Briefe von Karl aus Amerika, also ist er ausgewandert.«

»Briefe kann man fälschen.«

Berner schwieg. War Karl ermordet worden? War das die Story, hinter der Katharina her gewesen war? Er musste sich dieses Foto noch mal vornehmen.

»Bist du noch dran, Papa?«

»Ja, klar. Entschuldige. Hast du noch was?«

»Brauchst du auch die ehemaligen Flurstücksnummern?«

»Ist dort immer noch Landwirtschaft?«

»Quatsch. Das ganze Gelände wurde natürlich umgelegt. Heute ist es ein Mischgebiet, also Gewerbe, Wohnbau und noch ein paar Wiesen. Zusammen waren die Grundstücke etwa vier Hektar groß. Ein Hektar hat 10.000 Quadratmeter, wenn du mir folgen kannst. Da Gewerbe in der Bodenrichtwerttabelle anders bewertet wird als Bauland, ist es schwierig, den Wert zu kalkulieren. Aber die Grundstücke dürften heute zusammen auf keinen Fall weniger als 20 Millionen Euro wert sein!«

Berner staunte. War es doch richtig, was immer in Krimis stand? Folge der Spur des Geldes. »Ich sehe, es hat sich gelohnt, dich aufs Gymnasium zu schicken«, meinte er. »Aber eine Frage steht noch aus. Und das ist die wichtigste von allen: Wer hat diese Flurstücke von Karl Konrad gekauft?«

»Das war ein gewisser Moritz Korovai. Laut Grundbuch Geschäftsmann in der Nahrungsmittelindustrie. Er hatte wohl eine Konservenfabrik. Vielleicht wollte er auf den Feldern Gemüse anbauen.«

»Was wurde aus den Grundstücken? Kannst du sehen, ob er sie weiterverkauft hat?«

»Ja, klar. Direkt nach der Währungsreform hat er ein größeres Grundstück verkauft. Dann lange nichts. Richtig zugeschlagen hat er erst, als das Gebiet zum Teil Bauland wurde. Da dürfte er sich eine goldene Nase verdient haben.«

»Schorsch, du bist wirklich klasse! Du hast mir enorm weitergeholfen. Ich lade dich und Anni mal zum Essen ein!«

»Pizza oder Pommes? Übernimm dich bloß nicht, Papa. Ich hab das vor allem für Conny getan. Für Anni ist er wie ein Papa. Ihr eigener ist ja abgehauen. Kommt dir das bekannt vor?«

Berner seufzte. Dass er sich so wenig um seinen unehelichen Sohn gekümmert hatte, würde der ihm wohl noch ewig anlasten. Er wollte schon auflegen, da meldete sich Schorsch noch einmal.

»Papa, ich habe im Einwohnerverzeichnis nachgeschaut. Es gibt auch heute noch Korovais in der Stadt. Eine Merle Korovai, geborene Ohngemach, verheiratet mit Hans Korovai. Sie wohnen in der Goethestraße. Und einen Willibald Korovai, der wohnt in Weiler und hat eine Galerie. Sie haben eine Schwester, Gerda, die einen gewissen Werner Leonhard geheiratet hat. Beide leben auch in Weiler. Auf einem Weingut. Vielleicht erinnert dich der Name Leonhard an irgendjemanden?«

»Ach du Scheiße! Das kann doch nicht sein! Leonhard hängt da mit drin?«

»Find's raus. Du bist der investigative Journalist. Tschau, Papa. Ach, warte noch. Dürfen Anni und ich uns das Lokal aussuchen, in das du uns einlädst?«

»Na klar!«, sagte Berner. Erst nachdem er aufgelegt hatte, kamen ihm Bedenken. Die beiden würden doch nicht etwa einen Sterneladen aussuchen? Nur um ihn zu ärgern?

Noch immer konnte er Conny nicht erreichen. Aber diesem Galeristen könnte er mal einen Besuch abstatten. Doch vorher wollte er noch jemand anders treffen. Eine Frau, die ihn unentwegt beschäftigte.

33.

Berner hatte eingekauft: Winzersekt, Kaviar, Lachs, Baguette, Knabberzeug, einen Rémy Martin. Er hatte sein Bett frisch bezogen und die ganze Wohnung so gründlich geputzt wie noch nie. Vor dem Fenster standen in einer neuen Keramikvase rote Rosen. Auch beim Friseur war er gewesen und hatte sich sogar die Augenbrauen trimmen lassen. Er stand in seiner Wohnung und sah sich um. Hatte er irgendetwas vergessen?

Plötzlich fiel ihm ein, dass der moderne Mann Parfüm trug! Er rannte die Treppe hinunter und in die Daimlerstraße. Im Kosmetikhaus Schäfer fragte er nicht lange, sondern deutete auf einen teuren Duft namens Memo Paris, der wahnwitzige 180 Euro kostete. Kaum zurück in der Wohnung, war er drauf und dran, sich vollständig damit einzunebeln. Im letzten Moment konnte er sich bremsen, er hatte irgendwo gelesen, man sollte mit Parfüm gerade als Mann sehr sparsam umgehen. So gab er nur wenig auf die Handgelenke und verrieb noch weniger auf seiner Brust. Er sah auf die Uhr. Jeden Moment musste sie kommen.

Unruhig tigerte er durch die kleine Wohnung. Ob sie gleich im Bett landen würden? Ob sie lieb und zärtlich oder unbeherrscht und wild sein würde? Er malte sich alle Möglichkeiten aus. Sie war zum Glück noch nicht abgereist und hatte sofort zugesagt, als er sie angerufen hatte. Seither war er wie auf Speed. Er hatte kein Auge zugetan und auch noch das Kamasutra zu Rate gezogen, falls sie exklusivere Wünsche hatte.

Endlich klingelte es. Statt auf den Öffner zu drücken, sprang er die Treppe hinab und riss die Haustür auf. Ulrike stand davor. Sie trug ihren schwarzen Wollmantel und rote High Heels. Um den Kopf ein schwarzes Tuch. Statt ihm die Hand zu geben, trat sie einen Schritt vor und gab ihm eine schallende Ohrfeige.

Berner schrie auf, vor Verblüffung und Schmerz. Ärgerlicherweise kamen ihm auch noch die Tränen. Körperliche Auseinandersetzungen war er nicht gewöhnt.

»Wofür war das denn«, stotterte er. Peinlicherweise war die Mieterin vom Dachgeschoss genau in dem Moment hinter Ulrike getreten, als diese zugeschlagen hatte. Nun drängte sie sichtlich verwirrt an beiden vorbei ins Treppenhaus.

Ulrike deutete wortlos auf die Treppe. Wie ein geprügelter Hund schlich Berner voraus in seine Wohnung. Ulrike zog die Tür ins Schloss.

»Du riechst gut. Was ist das?«

»Ich weiß nicht, irgendwas mit Paris.« Er sah sie mit großen Augen an. War das eine neue Art von Vorspiel? Erwartete sie, dass er zurückschlug?

Ulrike ging zum Kühlschrank, nahm die Flasche Sekt heraus, ließ den Korken knallen und füllte eines der beiden Gläser auf der Spüle so heftig, dass es überlief. Dann nahm sie einen großen Schluck und sah ihm in die Augen.

»Die Ohrfeige war mein Dankeschön dafür, dass Konrad sein Weingut an Leonhard verkauft hat. Ich habe es eben im Café erfahren. Es ist Stadtgespräch. Ich habe dir gesagt, dass ich es will. Dass mir sehr viel daran liegt. Ich habe dich gebeten, dich für mich einzusetzen. Stattdessen erfahre ich, dass ich draußen bin. Endgültig draußen. Verstehst du? Was soll ich von einem Mann halten, der einem den kleinsten Liebesdienst verweigert? Bin ich dir so egal?«

Berner schluckte. »Aber Ulrike. Was hätte ich denn machen sollen? Konrad informiert mich auch nicht über alles. Und seit dieser Entführung haben wir nicht mehr viel Kontakt. Er ist total in sich gekehrt, er kommt auf die verrücktesten Ideen, man kann kaum noch vernünftig mit ihm sprechen. Den Verkauf an Leonhard hat er ganz kurzfristig ohne mich entschieden. Ich glaube, er traut dir nicht zu, dass du das Geld überhaupt hast. Du hast keinen guten Eindruck bei ihm hinterlassen.«

»Du bist sein Freund, du bist Journalist und hast keine Ahnung, was in dieser Stadt vor sich geht? Du hättest dich mehr für mich einsetzen müssen!«

Sie trat einen Schritt auf ihn zu und hob die Hand. Berner wich ängstlich zurück. Aber statt ihn zu schlagen, strich sie ihm übers Gesicht, fuhr mit dem Finger über seine Lippen und kniff ihn in die Wangen.

»Armer Schatz. Du weißt gar nicht, wie dir geschieht, was? Und das, obwohl du extra für mich Parfüm aufgelegt hast. Irgendwie bist du schon süß. Ein Dummerchen zwar, aber dumm fickt gut, wie man so schön sagt.«

Berner versuchte, sich zu entspannen. Offenbar war die Gefahr fürs Erste vorbei.

»Möchtest du etwas essen?«, fragte er schüchtern. »Ich habe Lachs und Kaviar. Und französisches Weißbrot. Ich habe einen guten Weißwein kalt gestellt. Oder möchtest du lieber einen Cognac?«

»Du hast für mich eingekauft? Wie goldig! Hans-Peter, du bist wirklich ein Mann zum Heiraten.«

Sie sah ihn an wie eine Katze die Maus. Dann lachte sie. Und drängte ihn ins Schlafzimmer. Berner war so verwirrt, dass er sich wie eine Puppe aufs Bett werfen ließ. Sie zog ihn aus, fast mit mütterlicher Sorgfalt: das Hemd, die Hosen, die Socken, die Unterhosen. Dann trat sie einen Schritt zurück wie ein Maler, der sein Bild betrachtet. Aus ihrer Handtasche zog sie etwas Schwarzes, eine kleine Lederpeitsche.

Die folgenden Stunden waren für Berner ein Wechselbad aus Schmerzen, Tränen, Stöhnen, Schreien und hemmungsloser Wollust. So hatte er Sex noch nie erlebt. Als sie sich schließlich im Bett über Lachs, Kaviar, Baguette und Wein hermachten, gab es keinen Quadratzentimeter seiner Haut, der nicht wie Feuer brannte. Aber gleichzeitig fühlte er sich wie neugeboren.

Nach dem Essen öffneten sie den Rémy Martin. Berner war bald betrunken. Ulrike vertrug mehr als jede andere Frau, die er kannte. Er erzählte ihr alles, was er über die Entführung wusste. Und über die Geldübergabe beim Weihnachtsmannrennen. Sie hörte genau zu.

»Dein Freund Conny tut mir unendlich leid. Wie muss der Mann leiden. Er weiß ja nicht, ob er Frau und Kind je wiedersehen wird. Stehst du ihm wenigstens zur Seite in seiner Not?«

Berner nickte schwerfällig. Er war kurz davor einzuschlafen. Sie rüttelte ihn wach.

»Hör zu, Schatz. Wenn du ihm wirklich helfen willst, musst du ihm beibringen, dass er unter keinen Umständen, hörst du, unter gar keinen Umständen die Polizei einweihen darf. Das geht nämlich in den meisten Fällen schief. Die meisten Geiseln sterben beim Polizeieinsatz. Oder sie verhungern oder ersticken in irgendeinem Erdloch, weil der Entführer zwar geschnappt wurde, aber das Versteck nicht verrät.«

Berner döste wieder ein. Sie gab ihm einen Klaps: »Du wirst das doch bis morgen nicht vergessen, oder, Schatz?«

Berner schüttelte den Kopf. Sie ließ ihn schlafen. Sie zog sich an und verließ das Haus. Eigentlich hatte sie keine Lust, angetrunken so spät noch durch die eisige Nacht zu gehen. Aber das Frühstück mit einem drittklassigen Mann wie Berner zu verbringen, dazu hatte sie noch weniger Lust. Vielleicht gab es ja noch eine andere Option. Eine ganz andere. Dass sie daran bisher nicht gedacht hatte! Von der Archivstraße bis zur Höllgasse waren es nicht viel mehr als 100 Meter. Die Regentropfen auf ihrem Gesicht nahm sie gar nicht wahr.

34.

Ein älterer Mann hatte im Probierstüble Platz genommen. Konrad kannte ihn vom Sehen, von ihm hatte er auf dem Markt die Äpfel gekauft, die in die BILD-Zeitung eingewickelt gewesen waren. Er war schlecht rasiert, seine grauen Haare wellten sich über den Ohren, der Kopf schien direkt auf den Schultern zu sitzen. Er hatte sich Schwartzhans einschenken lassen und genoss ihn in kleinen Schlucken.

»Wie kommen Sie auf diesen Namen?« Er deutete auf die Flasche.

Diese Frage hörte Konrad oft. »Ich habe den Wein nach einem meiner Vorfahren benannt«, erklärte er. »Er wurde geköpft. Hier in Schorndorf. Nachdem Herzog Ulrich im 16. Jahrhundert den Bauernaufstand Armer Konrad niedergeschlagen hatte. Mein Vorfahr war einer der Rädelsführer. Ich ehre ihn mit diesem Wein, der seinen Namen trägt. Schmeckt er Ihnen?«

Der Mann nickte. Er hieß Fender oder so ähnlich, der Name stand an seinem Obststand, erinnerte sich Konrad. »Der Arme Konrad«, sagte der Mann, »war ein Aufstand des gemeinen Mannes, wie es in den Geschichtsbüchern heißt. Die Bauern im Remstal wehrten sich gegen überhöhte Steuern, gegen die Willkür der Rechtsprechung und dagegen, dass Herzog Ulrich, um ihnen noch mehr Geld abpressen zu können, die Gewichte veränderte. So bekamen sie weniger Geld für ihre Produkte.«

»Ich weiß. Die Geschichte kennt hier jeder. Nicht weit von hier warf Peter Gaiß, einer der Anführer, die neuen Gewichte in die Rems. Wenn sie auf dem Wasser schwämmen, so der Gaißpeter, hätte der Herzog recht, gingen sie unter, die Bauern. Es war so eine Art spöttisches Gottesurteil.«

Der Mann trank sein Glas aus. »Der Arme Konrad hat sich gegen Ungerechtigkeit gewandt. Das war eine gute Sache. Aber der Aufstand der Bauern wurde von einem Söldnerheer zerschlagen. Die Rädelsführer geköpft, so wie Ihr Vorfahr. Auch heute gibt es viel Ungerechtigkeit.«

Konrad nickte. Worauf wollte der Bauer hinaus?

Der Mann stand auf und sah Konrad direkt in die Augen: »Der Arme Konrad lebt. Denken Sie daran. Ich weiß, dass Sie Probleme haben. Ich komme Sie mal wieder besuchen. Danke für den Wein. Er macht Ihrem Vorfahren alle Ehre.« Er zog einen verschrumpelten Apfel aus der Tasche, legte ihn auf den Tisch und ging zur Tür.

Verblüfft blieb Konrad zurück. Dann wandte er sich wieder seiner Arbeit zu.

Die Aufregung wegen des Methanols hatte sich offenbar gelegt. Im Laufe des Nachmittags kamen weitere Kunden. Gute Kunden, alte Kunden, gute Freunde, alte Freunde. Einige kamen gar nicht zum Einkauf, sie wollten nur gemütlich mit ihm ein paar Viertele schlürfen. Der Bauer aus Schornbach, dem er den Mist gebracht hatte. Ein Winzer aus Großheppach, der seinen eigenen Wein mitbrachte und schon bald am Tisch einschlief. Ein Stadtrat, der von seiner Partei für die nächste Wahl nicht mehr aufgestellt wurde und seinen Kummer ertränken musste. Der Vorsitzende des Ringervereins, dessen Verdienste nicht gewürdigt wurden. Zwei ehemalige Klassenkameraden, die mittlerweile in Berlin lebten, aber immer über Weihnachten zu Besuch kamen. Dazu noch zwei oder drei andere, die er kaum kannte, aber denen er trotzdem ihre Gläser füllte.

Es war schon weit nach Mitternacht, als er mit großer Mühe versuchte, die Treppe zu seiner Wohnung zu erklimmen. Er hatte sie nicht so steil in Erinnerung. Die letzten Stufen krabbelte er auf allen vieren aus Angst, über seine Beine zu stürzen. Schwer ließ er sich im Wohnzimmer in einen Sessel fallen. Kurz fielen ihm die Augen zu, dann kam er wieder zu sich. Er musste ins Bett. Sonst würde er sich morgen wie gerädert fühlen. Als er sich erhob, begann das Zimmer sich zu drehen. Fenster öffnen, tief die kalte Nachtluft einatmen, geht doch! Er schaffte es noch, die Zähne zu putzen, dann steuerte er unsicher Richtung Schlafzimmer. Er knipste die Deckenlampe an, hell leuchtete sie auf, er starrte auf sein Bett.

Hanne lag darauf. Sie lächelte ihn an, warf die Decke zurück und strich sich mit einer Hand sanft über die Brust. Ihm wurde schwindelig. Mühsam hielt er sich am Türrahmen fest. Dann wurde ihm schlecht. Taumelnd fand er den Weg zum Klo und übergab sich. Die Kloschüssel in den Armen nickte er wieder ein. Als er erwachte, war ihm eiskalt. Er spülte sich den Mund aus und schloss das Fenster im Wohnzimmer. Wieder steuerte er das Schlafzimmer an. War da nicht Hanne gewesen?

Sie schlief. Auf dem Nachttisch standen eine leere Flasche Sekt und ein Glas. Als er sich auf das Fußende des Bettes fallen ließ, ganz vorsichtig, weil er Angst hatte, das Bild zu zerstören, wachte sie auf. Sie lächelte. »Komm doch!«, sagte sie. »Komm doch zu mir, Conny. Wir lieben uns doch!«

Sie schlug die Decke zurück. Darunter war sie nackt. Conny stöhnte. Bilder schoben sich wie Dias übereinander. Hanne im Weinberg. Hanne im Wochenbett. Hanne in seinen Armen. Sie zog ihre Knie an, ihre Beine waren so weiß wie Schnee. Als er nach ihr griff, klafften sie auseinander. Sie gaben den Blick frei auf einen Körper, schlank und knabenhaft. Auf kleine, feste Brüste mit dunklen Warzen.

»Komm doch!« Die Stimme lockte. Mühsam versuchte Konrad, sich aufzurichten. Er taumelte. Hände zogen ihn aus, zogen ihn aufs Bett, machten sich an ihm zu schaffen. Er wehrte sich nicht. Es war so schön! Hanne war wieder da! Sie zog ihn auf sich, streichelte ihn, nahm ihn in sich auf. Er schloss die Augen. Er schlief ein.

Vor dem Haus lärmten ein paar Nachtschwärmer. Ein Fahrrad klapperte durch die Höllgasse. Vom Bahnhof her das getaktete Rauschen eines durchfahrenden Zuges. Ein Hund schlug an. Der Schrei eines Tieres.

Ulrike stand auf. Langsam zog sie sich an. Konrad lag schnarchend auf dem Bett. Ein glückliches Lächeln im Gesicht. Er würde sich morgen an nichts erinnern.

Sie war durcheinander. Hierherzukommen war ein spontaner Entschluss gewesen. Sie hatte gar nicht darüber nachgedacht. Hatte ihr Unterbewusstsein ihr einen Streich gespielt? War sie gar nicht die, die sie glaubte zu sein? Für eine kurze Zeitspanne war sie Konrads Ehefrau gewesen. Und obwohl er nicht gut roch und schnarchte wie ein Tier, hatte sich das gut angefühlt. Am liebsten hätte sie den kommenden Tag mit ihm begonnen. Sie hätte Brezeln geholt,

Kaffee gekocht, am Frühstückstisch hätten sie die Aufgaben des Tages besprochen.

Nachdenklich ging sie durch die Stadt. Im Osten zeigte ein heller Schein den Morgen an. Was war mit ihr passiert? Hatte sie sich in ihr Opfer verliebt? Irgendetwas war verrutscht in dieser Nacht. Sollte sie diesen Weg weiter beschreiten? Es würde manches einfacher machen. Nur eine Person störte: diese Hanne. Aber nicht mehr lange.

35.

Der Weihnachtsmarkt auf dem Marktplatz bekam durch die Fachwerkkulisse einen gewissen Zauber, auch wenn die genormten Buden wenig Charme versprühten. Wie schön wäre etwas mehr Chaos, sinnierte Konrad, während er durch die Reihen der Stände schlurfte. Er dachte an die Suks und andere orientalische Märkte, die er in seiner Jugend bereist hatte. Jedes Mal, wenn seine Gedanken abschweiften, griff er sich an den Kopf: Wie konnte er, der nicht wusste, ob seine Frau und seine Tochter überhaupt noch lebten, an so etwas Triviales denken? Trotzdem berührten ihn die kleinen musikalischen Vorträge von Schülern der Musikschule, die Schafe, die jedes Jahr in einem kleinen Pferch ein lebendiges Bild der Christgeburtshöhle vermittelten, der Geruch nach Thüringer Bratwurst vom Stand der Partnerstadt, die vielen kleinen Spezialitäten und natürlich der Glühwein, die schwäbische Pizza, Dinnete genannt, all die vielfältigen kulinarischen und sinnlichen Genüsse.

Er hatte einen Kater, hatte schwer geträumt, hatte am Morgen geglaubt, Hanne wäre zurückgekommen. Umso schlimmer die Enttäuschung, als er die andere Bettseite zwar zerknüllt, aber leer fand. Er grüßte hier und grüßte da, schließlich war das seine Stadt, hier war er geboren, hier war er zu Hause, hier verdiente er sein Brot. Und alle grüßten zurück: freundlich, herzlich, manche allerdings auch ein wenig ängstlich, sie wollten nicht in seine Probleme hineingezogen werden. Registriert wurde er aber allerseits.

Konrad ging Richtung Wochenmarkt durch die kleine Gasse Am Brünnele, vorbei am Café de Ville, am von alten Kastanien bewachsenen Hof der Grundschule und reihte sich ein in den Strom der Marktbesucher. Kunden hatten sich für heute Abend angekündigt, ein gutes Dutzend, ein Rentnerstammtisch. Trotz seiner ausweglosen Situation konnte er auf Einnahmen nicht verzichten. Er besorgte bei Elenas Stand eine gute italienische Salami, Oliven vom Griechen, Weich- und Hartkäse vom Käsestand, ein paar Baguette. Vor dem Stand des Gemüsebauern, der ihn gestern besucht hatte, blieb er stehen.

»Sieh an, der arme Konrad«, lächelte der Mann.

Konrad brachte ein schiefes Lächeln zustande. Dann kaufte er ihm eine Tüte Walnüsse ab.

»Vergessen Sie nicht: Der Arme Konrad lebt«, sagte der Bauer zum Abschied. Er legte ihm noch einen Apfel in die Tüte und lupfte den Hut. Konrad ging kopfschüttelnd weiter.

Vollbepackt mit Einkaufstüten stand er eine Weile geistesabwesend auf dem Platz. Ein Schild wies auf den Hauptevent des diesjährigen Weihnachtsmarktes hin: »Wettbewerb für das Guinnessbuch der Rekorde! Wir veranstalten in Schorndorf den größten Spaßlauf mit Teilnehmern in Weihnachtsmann-Kostümen! Am 21. Dezember sind alle aufgerufen, den bisherigen Rekord des irischen ›Dundalk Charity Santa Fun Run‹ zu brechen. Damals kamen 4.961 ›Santas‹ zusammen und liefen für einen guten Zweck. Werden wir besser sein? Kostüme kostenlos bei der Marketinggemeinschaft Schorndorf.«

Dann entdeckte er eine kleine Autoausstellung der örtlichen Anbieter. Wie ferngesteuert betrachtete er die verschiedenen Modelle, die alle für ihn nicht infrage kamen. Plug-in-Hybride, Elektroautos, in die Zukunft weisende Wasserstoffautos. BMW ging damit gerade in Serie. Äußerlich konnte er keinen Unterschied zu anderen Fahrzeugen feststellen.

»Wollen Sie Probe fahren?«

Konrad zuckte zusammen. Ein Verkäufer hatte ihn angesprochen. Er schüttelte den Kopf. »Heute nicht.« Er deutete auf seine zahlreichen Einkaufstaschen.

»Wir sind noch bis Weihnachten für Sie da!« Der Verkäufer, agil, gut gelaunt, schob ihm einen Prospekt in die Bäckertüte. »Kommen Sie einfach wieder. Sie werden ein ganz neues Fahren erleben, das verspreche ich Ihnen!«

Konrad war nun doch interessiert. »Ich habe gehört, all diese E-Autos und Wasserstoffautos brennen auch schon mal. Oder sie explodieren sogar wie in amerikanischen Filmen. Wie ist das eigentlich? Eine Hitze wie in einem Krematorium? Werden die Insassen dann komplett zu Asche?«

»Ein Benziner explodiert sowieso nicht. Das ist amerikanischer Quatsch aus Hollywood. Um zu explodieren, muss ja erst mal Sauerstoff an Benzindämpfe kommen. Die meisten Benziner brennen ganz friedlich aus. Nix mit Explosion. Und E-Autos explodieren auch nicht. Das wird auch immer falsch dargestellt. Sie brennen sogar seltener als Benziner oder Diesel. Allerdings«, er zögerte, »wenn sie mal brennen, dann brennen sie. Das liegt an den Batterien. Die lassen sich nicht so einfach löschen. Man muss den ganzen Wagen in einen Wasserbottich heben. Und Wasserstoffautos: Wie sollen die denn explodieren? Eine

Selbstentzündung praktisch ausgeschlossen. Wie soll das gehen?«

»Keine Ahnung«, sagte Konrad. Ganz kurz war der Bericht aus der BILD-Zeitung vor seinem inneren Auge aufgetaucht. Eine dramatische Inszenierung, eine Lösung für die fehlenden 200.000 Euro. Ein Versicherungsbetrug. Aber mit Fahrzeugen würde sich sein Unfalltod wohl nicht realisieren lassen. Er musste etwas anderes finden. Er trödelte weiter.

Er kam zu einem Stand des Naturparks Schwäbisch-Fränkischer Wald. Dort oben war er oft gewandert, es war das größte zusammenhängende Waldgebiet Württembergs. An dem Stand duftete es nach Räucherwürsten und Edelschinken, Käse und Honig. Im Hintergrund hing eine große Karte dieser »grünen Lunge« der Region Stuttgart. Zahlreiche Stauseen waren darauf verzeichnet, die meisten wurden als Badeseen genutzt. Keine Ostsee, aber Ertrinken konnte man auch in einer Pfütze. Von Schorndorf aus waren sie in 20, 30 Autominuten erreichbar. Ein Katzensprung. Einige wurden im Sommer von der Deutschen Lebensrettungsgesellschaft überwacht, andere nicht. Und im Winter sowieso nicht. 200.000 fehlende Euro für das Lösegeld. Und die Geldübergabe war in wenigen Tagen. Er ging zurück auf den Oberen Marktplatz und sah Berner am Fenster der Redaktion stehen. Allein würde er das nicht schaffen. Er ging an den Aushängen vorbei in die Redaktion.

Berner war überrascht, als Konrad eintrat. Schließlich war der Freund seit Tagen kaum ansprechbar. Entsprechend ungnädig reagierte er.

»Du lebst also noch, Conny?«

Aber Konrad hatte keine Lust auf ein ironisches Geplänkel. Er sah sich um. Außer Berner waren noch zwei Männer und eine Frau in der Redaktion. »12 Uhr, ›Flädle‹, Hans-Peter. Sei pünktlich, ich habe nicht alle Zeit der Welt!«

»Gibt's was Neues?«

»Ja. Ich brauche deine Hilfe.«

Punkt 12 Uhr betrat Berner das Lokal. Es war brechend voll. Er fand an der Garderobe keinen Platz mehr für seinen Wintermantel und hängte ihn über die Stuhllehne, wo Konrad den Ecktisch besetzt hatte.

»Setz dich!« Konrad verzichtete auf die üblichen Präliminarien. »Was willst du essen? Ich lade dich ein. Es gibt Gaisburger Marsch. Das ist das Tagesessen. Du kann natürlich auch à la carte bestellen. Zwiebelrostbraten, Tafelspitz, Ochsenmaulsalat, was immer du wünschst.«

Konrad so freundlich? Da war doch was im Busch, war sich Berner sicher. Er orderte den Gaisburger Marsch: Rindfleisch, Gemüse, Spätzle und Kartoffelschnitze in einer kräftigen Fleischbrühe. Dazu bestellte er, um Konrad ein bisschen zu ärgern, einen Lemberger von Leonhard. Aber Konrad reagierte nicht auf die Provokation. Er stierte vor sich hin.

Der Gaisburger Marsch kam sofort, er war heiß, Berner verbrannte sich die Lippen. »In der Redaktion haben sie mir erzählt, du hättest an Leonhard verkauft. Wieso nicht an Ulrike Perler? Wieso verkaufst du an deinen Erzfeind und nicht an eine sympathische junge Frau, die sich eine Zukunft aufbauen will? Und die dir sogar noch einen Job anbietet?«

»Von Leonhard weiß ich, dass er das Geld hat. Zumindest hat er Immobilien, die er verkaufen kann. Von dieser Perler weiß ich nur, dass sie in Stuttgart zur Untermiete wohnt. Ich stehe unter Zeitdruck und kann es mir nicht leisten, einer Betrügerin auf den Leim zu gehen. Und sympathisch ist sie sowieso nur dir. Ich frage mich, warum.«

Berner wurde rot. »Was willst du damit sagen?«

Konrad winkte ab. »Vergiss es. Es ist egal.« Dann hob er den Kopf. »Kannst du mir 200.000 Euro borgen?«

»Was?« Berner verschluckte sich an der heißen Brühe und hustete.

»Ob du mir 200.000 Euro borgen kannst? Nicht für lange. Aber sofort.«

Berner nahm sich etwas von dem Fleisch, butterwei[illegible] Rinderbrust. Gott sei Dank hatte der Koch etwas Fett [illegible]an gelassen. »Woher soll ich das nehmen?«

»Du musst doch in all den Jahren bei deinem stattlichen Gehalt irgendwas zur Seite gelegt haben.«

»Zur Seite gelegt!« Berner sah aus, als würde er am liebsten auf den Boden spucken. »Wie stellst du dir das vor? Ich zahle Alimente, mindestens bis mein Sohn seine Ausbildung fertig hat, und wenn er studiert, was bei seiner Intelligenz zu befürchten ist, noch länger. Ich glaube an ein Leben vor dem Tod und nicht danach. Ich bin Genießer. Ich gehe, wie du vielleicht weißt, jeden Tag mindestens einmal essen und trinke gerne gute Weine. Ich sammle keine irdischen Güter an, ich verbrauche sie, solange ich die Möglichkeit dazu habe!«

»Ich dachte, ihr Journalisten seid über ein berufsständisches Versorgungswerk gut abgesichert.«

Berner verschluckte sich schon wieder. »Erstens zahle ich da jeden Monat rein. Und zweitens habe ich das auf

Rentenbasis angelegt. Davon werde ich leben, wenn der Job mich so verschlissen hat, dass ich noch vor der sowieso bescheidenen gesetzlichen Rente den Abschied nehmen muss!«

»Aber du hast doch bei deiner Bank einen guten Leumund, oder?«, hakte Konrad nach. »Du würdest doch auch kurzfristig einen Kredit über 200.000 Euro bekommen, wenn du eine Sicherheit nachweisen kannst?«

»Was für eine Sicherheit soll das sein?« Berner hielt die offenen Handflächen nach oben. »Mir gehört doch nichts.«

»Ich dachte, eine Tante hätte dir ein Grundstück oben auf den Fildern vermacht. Hast du jedenfalls mal erzählt. Dass das jetzt noch ein Krautacker sei, aber irgendwann werde die Stuttgarter Messe Land brauchen, dann sei das Gold wert. Als Sicherheit für einen Kredit würde das die Bank bestimmt akzeptieren.«

Berner wand sich. Er gab sich immer gern als armer Schlucker aus. Aber Konrad sah ihm fest in die Augen. »Jetzt pass mal auf, Hans-Peter. Du kriegst das Geld ja wieder. Wir begehen zusammen einen kleinen Versicherungsbetrug. Ist das ein Problem für dich?«

Berner schnappte nach Luft. »Bist du jetzt vollkommen durchgedreht?«

Konrad lächelte bitter. »Im Prinzip ja. Aber da ich weiß, dass du keinen Heiligenschein besitzt, war die Frage durchaus ernst gemeint. Ich will, dass du als mein Freund mir hilfst, meine Lebensversicherung zu betrügen. Du hast ja den Artikel in der BILD gesehen. Ich weiß jetzt, wie ich das hinbekomme. Du kommst damit in keinerlei Schwierigkeiten. Jedenfalls glaube ich das.«

Berner schob den Teller von sich. »Ich weiß auch nicht«, sagte er. »Irgendwie schmeckt das heute alles nach Fisch. Nach verdorbenem Fisch.«

Konrad zog seinen Geldbeutel, um zu bezahlen. Aber Berner winkte ab: »Lass mal stecken, du armer Konrad. Das übernehme ich.« Aus seiner Brieftasche fiel das Foto, das er in Katharina Weisswangers Hinterlassenschaft gefunden hatte.

Konrad nahm es auf. Erstaunt deutete er auf den Mann, der mit verrenkten Gliedern auf dem Boden lag. »Aber das ist doch Karl, mein Onkel! Sein Foto hängt bei mir im Wohnzimmer.« Er sah genauer hin. »Natürlich ist das Karl! Dieses Muttermal an der Wange! Woher hast du das Foto?«

Berner erzählte es ihm. Die Backsteinwand, vor der das Foto aufgenommen worden war, konnte natürlich auch in Amerika stehen. Aber jedenfalls bewies das Foto, dass Karl tot war. Und dass er ermordet worden war. Allerdings war der andere Mann auf dem Foto nicht Konrads Vater Richard.

36.

Die Stauseen des Welzheimer Waldes waren einst gebaut worden, um die Täler vor Überflutungen zu schützen. Inzwischen waren sie Attraktionen für Badegäste. Der Aichstruter See war einer der beliebtesten. Nur eine gute halbe Stunde Fahrt von Schorndorf entfernt, war hier im Sommer die Hölle los. Vor allem Familien mit Kindern bevölkerten die Liegewiesen. Jetzt, mitten im Winter, war alles menschenleer.

Fröstelnd stand Konrad am Ufer. Er blickte auf das schwarze Wasser und Zweifel stiegen in ihm auf. Er wischte sie weg. Die Ostsee war auch nicht wärmer. Er zog sich aus und schlüpfte in eine altmodische, khakifarbene Badehose. Etwas Moderneres besaß er nicht. Den Luxus, faul an einem Badesee zu liegen, hatte er sich schon seit 20 Jahren nicht mehr gegönnt. Die Weinbergsonne erreichte stets nur sein Gesicht und die Unterarme, der Rest seines Körpers blieb schneeweiß. Seine in die Jahre gekommenen Kleider und Schuhe warf er auf ein ebenso altes, gestreiftes Badetuch, dazu eine Leinentasche, in der wenig Geld, sein Bibliotheksausweis und der Ersatzautoschlüssel verstaut waren. Dann streckte er die Zehen ins Wasser. Es war unmenschlich kalt. Langsam stakste er wie ein Storch über die schlammige Uferzone ins tiefe Wasser. Immerhin war er früher ein guter Schwimmer gewesen. Und die Strecke war nicht weit.

War das Wasser an der Oberfläche nahe null Grad, so hatte sich die Wärme des Sommers in einem halben Meter Tiefe noch etwas gehalten. Trotzdem wurden Konrads Muskeln schnell steif, sein Kreislauf protestierte, er schwamm wie ein Verzweifelter. Aber schon nach wenig mehr als 15 Minuten erkletterte er das andere Ufer. Krebsrot am ganzen Körper, schlotterte er so stark, dass er es kaum aus dem Wasser schaffte und auf allen vieren auf das Ufer krabbeln musste.

»Hans-Peter«, rief er mit erstickter Stimme.

Der Kopf des Freundes erschien hinter einem winterkahlen Strauch. »Hier!«, rief er.

Konrad taumelte hinter das Gebüsch. Berner hielt ein riesiges grünes Handtuch bereit. Konrad stöhnte: »Herrgott, ist das kalt! Gib mir das Handtuch! Aber schnell, wenn ich bitten darf!«

Pausenlos auf der Stelle springend, rubbelte er sich ab, von Berner kopfschüttelnd beobachtet. Dann zog er mit steifen Fingern die Ersatzkleidung an, die Berner ihm reichte.

»Wozu diese Inszenierung? Ich hätte dich auch am Parkplatz abholen können. Oder du wärst einfach um den See herumgelaufen, Conny! Hier ist doch nirgends ein Mensch!«

»Irgendein Bauer oder Wanderer ist immer irgendwo. Es muss schon alles täuschend echt aussehen, sonst fällt der ganze Plan ins Wasser. Ich kann mir keine Fehler erlauben wie das Trio an der Ostsee. Hast du deine Karre vorgeheizt?«

Sie liefen zusammen zu Berners Privatwagen, einem 3er BMW, den Konrad noch nie gesehen hatte. Der Freund gönnte sich also doch einen gewissen Luxus. Seinen 2CV hatte Konrad auf dem Parkplatz für Badegäste zurückgelassen. Dort sollte er gefunden werden.

Berner drehte die Heizung auf. Konrad bekam einen Kaffee samt Cognac aus der Thermoskanne und hörte ganz langsam auf zu zittern. Sie fuhren ins Tal, auf die Bundesstraße 29, quer durch Stuttgart auf die A 81 Richtung Südschwarzwald. Dabei gingen sie noch einmal die Details durch.

»Du, Hans-Peter, bist der Begünstigte meiner Lebensversicherung. Das warst du ja schon früher, ich hatte aber glücklicherweise vergessen, sie nach der Hochzeit auf Hanne umzuschreiben. Das ist ein großer Vorteil, denn wenn meine Ehefrau die Begünstigte wäre, würden sie sicher Verdacht schöpfen. Das heißt, wenn mein Unfalltod festgestellt wird, bekommst du die doppelte Summe ausgezahlt, das sind um die 200.000 Euro. Damit kannst du deiner Bank den Kredit zurückzahlen, sobald die Versicherung das Geld rausrückt. Das dauert natürlich, aber du bekommst jedenfalls das Geld.

»Du weißt schon, dass du dann nie mehr zurückkommen kannst!«, bemerkte Berner.

»Das habe ich auch nicht vor. Wenn du an meiner Stelle das Lösegeld übergeben hast, werden Hanne und Clara freigelassen. Nach einer gewissen Zeit fliegen sie erst einmal als Touristen nach Neuseeland. Dort treffen wir uns und bauen eine neue Existenz auf. Du musst Hanne natürlich sofort Bescheid sagen, nicht dass sie zusammenbricht, wenn sie von meinem Tod erfährt. Ich habe das alles schon durchgeplant, mach dir keine Sorgen. Du musst als Begünstigter natürlich einen Totenschein beantragen, sonst zahlt die Versicherung nicht. Und noch was.«

Er schwieg einen Augenblick. »Wenn ich aus Hinterzarten zurück bin, werde ich mich erst mal in meiner Wohnung verstecken. Aber du musst Hanne helfen, meine ganzen Geräte, den Schlepper, die Entrappungsmaschine, die Traubenpresse, die Fässer zu verkaufen. Leonhard will sie ja nicht. Dasselbe gilt für den Wein, der jetzt noch in den Fässern liegt. Mein Freund Bernhard aus Großheppach ist ein erfahrener Winzer. Er wird dir beim Ausbau, beim Abfüllen und beim Verkaufen der Weine helfen. Da kommt eine ordentliche Summe zusammen. Mit dem Erlös kann Hanne nach Neuseeland auswandern, vielleicht bleibt genug übrig, um ein kleines Weingut aufzubauen. Rebland ist dort billig, einen alten Hof werde ich schon finden.«

»Als Herr Konrad Konrad kannst du aber nicht einfach nach Neuseeland auswandern. Dann fliegt alles sofort auf.«

»Ich bin ja nicht bescheuert. Aber erstens behauptet dein Bruder Joachim, er habe Kontakte in einschlägige Kreise. Er meinte, Papiere zu fälschen, sei eine Spezialität der Russenmafia. Und wenn das nicht klappt, so kenne ich immer noch ein paar Leute aus dem Stuttgarter Rotlichtviertel, wo ich Restaurants in der Weberstraße und in der Olgastraße beliefere. Mein Pass muss ja nur leicht abgeändert werden. Ein anderer Nachname, eine andere Nummer, eine Unterschrift, das Foto bleibt. So viel Geld hab ich noch. Du fährst mich dann zum Flughafen. Über dich bleibe ich auch mit Hanne in Verbindung. In Neuseeland treffe ich sie dann.«

Konrad schwieg erschöpft. Das alles war höchst unsicher. Aber eine andere Lösung war ihm nicht eingefallen. Der Kommissar hatte ihm erklärt, dass sich die Polizei grundsätzlich an keiner Lösegeldzahlung beteilige. Selbst wenn das Leben der Geiseln in Gefahr war. »Das ist schließlich Steuergeld«, hatte Heinz gemeint. Aber Konrad solle sich keine Sorgen machen. Die meisten Täter würden bei der Übergabe des Lösegeldes ohnehin geschnappt. Leider glaubte Konrad nicht daran. Berner hatte im Zeitungsarchiv eine ganze Reihe von Entführungen gefunden, bei denen der Einsatz der Polizei zum Tod der Geiseln geführt hatte. Der Freund hatte ihn eindringlich davor gewarnt, die Polizei hinzuzuziehen. Zumal sie beide den Kommissar nicht gerade für eine Leuchte in seinem Beruf hielten.

Berner nahm die A 81 und setzte Konrad in Hinterzarten ab. Er hatte unter seinem eigenen Namen für ihn ein Zimmer in einer kleinen Pension gemietet. Er überließ ihm den Wagen und fuhr mit dem Zug zurück. Nachdenklich saß er im Waggon. Soeben hatte er einen Beitrag zum Versicherungsbetrug geleistet. Nicht, dass ihn das belastete. Aber wenn es rauskam, würde er wohl bei keiner Zeitung mehr eine Anstellung finden.

37.

Zwei Tage später rief Berner beim Polizeirevier Schorndorf an. Sein Freund, der Schorndorfer Winzer Konrad Konrad, sei verschwunden. Er sei zu mehreren Verabredungen nicht erschienen. Sein Weingut sei geschlossen, auch zu Hause könne er Konrad nicht erreichen. Er mache sich Sorgen.

Der Beamte wehrte zunächst ab. Nach ein paar Tagen werde bei Erwachsenen keine Vermisstenmeldung rausgegeben. Schließlich könne Konrad tun und lassen, was er wollte. Und Berner sei schließlich nicht mit ihm verheiratet, oder? Berner spürte am Telefon, dass der Beamte grinste. Er schien gerade antworten zu wollen, doch etwas ließ ihn innehalten. Dann meldete er sich wieder. »Hören Sie, da ist gerade eine Meldung reingekommen. Ein Bauer hat wohl gestern schon angerufen, auf dem Parkplatz des Aichstruter Stausees stünde ein verlassener Wagen. Er hat das Kennzeichen durchgegeben. Der Wagen ist auf einen Konrad Konrad zugelassen. Am Ufer des Sees haben sie Kleider und Schuhe gefunden. Es tut mir leid. Womöglich hat er sich etwas angetan. Wir gehen der Sache nach.«

Berner widersprach sofort. Bei Selbstmord würde die Lebensversicherung nicht die doppelte Summe auszahlen. Das musste er verhindern. »Konrad würde sich nie etwas antun. Er hängt viel zu sehr am Leben. Und er hofft ja noch auf die Freilassung von Hanne und Clara. Ich glaube eher, dass das ein Badeunfall ist. Konrad ist zwar ein blendender Schwimmer, aber vielleicht hat in dem eiskalten Wasser sein Kreislauf versagt!«

»Wenn Sie meinen. Die Kollegen haben jedenfalls Taucher angefordert. Der See wird bereits abgesucht, höre ich gerade.«

Berner zerdrückte einen Fluch zwischen den Zähnen. Daran hatte Konrad natürlich nicht gedacht: In der Ostsee konnte eine Leiche verschwinden, aber nicht in einem See, der höchstens vier Hektar groß war. Da er Konrad selbst als vermisst gemeldet hatte, musste er wenigstens pro forma zum See fahren und Anteilnahme heucheln. Dieser ganze Versicherungsbetrug war eine bescheuerte Idee gewesen. Es war doch klar, dass irgendwas schiefgehen musste. Er nahm den Redaktionswagen und raste über Haubersbronn und Welzheim nach Aichstrut.

Das Gelände am See war abgesperrt. Zum Glück hatte er seinen Presseausweis dabei. Am Ufer war ein Zelt aufgebaut, vermutlich die Einsatzzentrale. Davor traf er einen Kollegen von der Welzheimer Lokalredaktion, die der Schorndorfer Zeitung zuarbeitete. Er machte fleißig Fotos von Polizeiwagen, einem Gummiboot auf dem See und mehreren Tauchern. »Was machst du denn hier?«, fragte er Berner verblüfft. »Das ist meine Story.«

»Keine Angst, ich bin nicht dienstlich hier. Konrad war mein Freund. Ich will wissen, ob er wirklich hier ertrunken ist.«

»Davon kannst du ausgehen. Es wäre nicht die erste Leiche im See. Die meisten ertrinken allerdings im Sommer. Vor allem Jugendliche, die nachts am Ufer kiffen und saufen und dann ins Wasser springen. Womöglich noch mit Kopfsprung.«

Plötzlich schrillte ein Telefon in der Einsatzzentrale. Ein Polizist trat vor das Zelt. Er lauschte ins Tauchertelefon und winkte aufgeregt. Mitten im See stieg ein Schwall von Luftblasen auf. Das Gummiboot wurde zu der Stelle gerudert. Weitere Taucher kamen dazu. Nach einiger Zeit hoben sie mühsam einen Körper aus dem Wasser, der sofort in einem schwarzen Sack auf dem Gummiboot verstaut wurde. Der Welzheimer Kollege sprach mit dem Polizisten am Tauchertelefon, offenbar kannte er ihn. Kurze Zeit später kam er zurück zu Berner.

»Dein Freund ist es wohl nicht. Eine Frau, schon ziemlich verwest. Möglicherweise ist es die, die im Sommer hier vermisst wurde. Eine weitere Leiche können sie nicht bergen, sie liegt eingeklemmt unter einem Motorrad. Für heute brechen sie die Aktion ab. Der See ist zwar höchstens drei Meter tief, aber sehr morastig. Und von Autoreifen über Fahrräder bis zu Grillgeräten ist er voll mit Müll und abgestorbenen Ästen. Die Sicht ist extrem schlecht. Sie bezweifeln, dass Konrad die zweite Leiche ist. Er kam ja wohl mit dem Auto. Vielleicht finden sie ihn gar nicht. Wahrscheinlich hoffen sie, dass die Gärgase seinen Körper irgendwann nach oben treiben. Bei der Frau war das allerdings nicht der Fall. Ich jedenfalls habe meine Story.«

Zwei Polizisten in weißen Ganzkörperanzügen erschienen vor der Einsatzzentrale. Sie trugen mehrere Papiertüten. »Was habt ihr gefunden«, fragte Berners Kollege neugierig.

»Das meiste ist wohl Müll, der vom letzten Sommer übrig geblieben ist. Das einzig Interessante waren Abdrücke von Stiefelsohlen am Ufer direkt gegenüber, hinter einem Gebüsch. Sie sind relativ frisch. Wir haben Gipsabdrücke gemacht. Vielleicht können wir so die Marke herausfinden. Am Ende war es gar kein Unfall oder Suizid, sondern es ist eine weitere Person im Spiel. Auf jeden Fall kann man Mord nicht ausschließen. Oder Versicherungsbetrug.«

Berner sah auf seine Schuhe. Es waren Trekkingstiefel der Marke La Sportiva. Sie waren fast neu und sauteuer gewesen. Er hatte sie auch getragen, als er mit Konrad am See gewesen war. Schnell verabschiedete er sich.

38.

Neben einem zweispaltigen Foto von Konrad erschien folgender Bericht in der Schorndorfer Zeitung:

SCHORNDORF (hpb). Der Schorndorfer Winzer Konrad Konrad (46) kam vermutlich durch einen tragischen Unfall ums Leben. Ein Bauer entdeckte seinen verlassenen Wagen, einen Citroën 2CV, auf dem Parkplatz des Aichstruter Stausees bei Welzheim. Die herbeigerufene Polizei fand die Kleider von Konrad direkt am See. Anhand eines Ausweisdokuments konnten die Sachgegenstände einwandfrei zugeordnet werden. Offensichtlich ist der Winzer beim Winterbaden ertrunken oder hat in dem kalten Wasser einen Herzinfarkt erlitten. Laut einem Freund schwamm Konrad ganzjährig in den Seen des Welzheimer Waldes, um sich abzuhärten. Dabei schreckten ihn auch tiefe Temperaturen nicht. Zurzeit allerdings beträgt die Wassertemperatur des Sees lediglich 3 Grad an der Oberfläche. Derzeit suchen Taucher im See nach der Leiche.

Konrad Konrad hat sich im Remstal und darüber hinaus einen Namen als Winzer gemacht. Er hinterlässt eine Frau und eine erst halbjährige Tochter. Das Weingut selbst wurde schon vor dem Unfall an Werner Leonhard verkauft, der das größere der beiden Schorndorfer Weingüter besitzt.

Die Stadt Schorndorf verliert mit Konrad einen engagierten, mutigen Bürger und einen hervorragenden Winzer, der erst vor Kurzem von dem österreichischen Gourmetma-

gazin Falstaff für seine Cuvée Schwartzhans ausgezeichnet wurde. Das Anwesen in der Höllgasse soll laut Leonhard aber der Weinwelt erhalten bleiben: Der Winzer will es zu einer Besenwirtschaft mit Restaurant und Fremdenzimmern umbauen. Zu Ehren des Verstorbenen soll der »Besen« den Namen »Konradstüble« tragen.

Berner las seinen eigenen Bericht in der Redaktion mit Genuss. Besonders stolz war er auf seine Idee, dass Konrad regelmäßig zum Winterbaden ging. Das war eine kühne Erfindung, würde aber glaubhafter machen, dass der Winzer mitten im Dezember extra in den Welzheimer Wald fuhr, um schwimmen zu gehen. Er hatte auch noch mit einer Todesanzeige geliebäugelt, aber beschlossen, nicht zu übertreiben und abzuwarten.

Die Kollegen hatten ihm schon kondoliert, sie wussten um seine Freundschaft mit Konrad. Daher wunderten sie sich auch nicht, dass er schon kurz vor zehn mit den Worten »morgens koin Schnaps isch 's größte Gift« einen kippte.

Berner machte sich Sorgen. Konrads Rechnung enthielt dermaßen viele Unbekannte, der Plan konnte eigentlich nur scheitern. So leicht war es heute nicht mehr, falsche Papiere zu bekommen und damit auszureisen. Schon am Flughafen würden sie ihn schnappen. Und selbst wenn nicht: Auch die Neuseeländer nahmen nicht jeden mit Kusshand auf. Und wenn alles aufflog, konnte auch er, Berner, sich kaum herausreden. Er googelte den Fall an der Ostsee. Tatsächlich waren die Angeklagten nur zu Bewährungsstrafen verurteilt worden. Das beruhigte ihn ein wenig.

Trotz der schrägen Blicke der Kollegen nahm er sich den restlichen Tag frei. Ziellos streifte er durch die Stadt, trank

Glühwein auf dem Weihnachtsmarkt, vertilgte Lebkuchen und eine Rote mit Senf, schwäbische Pizza und Welzheimer Edelschinken mit französischem Weißbrot, trank noch einen Glühwein und noch einen und fiel schließlich in seiner Wohnung in der Archivstraße ins Bett. Er schlief sofort ein. Doch schon nach vier Stunden war er wieder unterwegs und fand Asyl im »Flädle«, wo ihm selbst Unbekannte ihr Beileid bekundeten. Da erkannte er, dass es eine andere Art von Trost war, die er so dringend brauchte. Er rief Ulrike an. Sie war immer noch in Schorndorf und kam sofort. Zusammen gingen sie in Berners Wohnung. Die Zeitung hatte sie schon gelesen. Auch sie schien bedrückt.

»Damit ist ja nun auch die Lösegeldübergabe geplatzt«, meinte sie. »Das ist das Todesurteil für Hanne und Clara. Ohne Geld werden die Entführer Konrads Frau und Kind sicher nicht laufen lassen.«

Berner versuchte, nach ihr zu greifen, er wäre ihr gern nähergekommen, nicht auf die brutale Art, eher auf die zärtliche, liebevolle. Aber Ulrike hielt ihn auf Distanz. Auch sie schien durch Konrads Tod zutiefst getroffen.

»Ich glaube nicht, dass wir uns um Hanne und Clara Sorgen machen müssen«, erklärte Berner. »Ich hatte ja ohnehin mit Conny abgesprochen, dass ich das übernehme. Die Übergabe, meine ich. Das Geld habe ich ja schon.«

»Du hast das Geld?« Ulrike riss die Augen auf. »Kann ich es sehen?«

»Es sieht auch nicht anders aus als anderes Geld, nur dass es viel ist«, antwortete Berner überrascht.

»Wo hast du es denn?« Ulrike war aufgesprungen und sah sich suchend in der Wohnung um.

»Nicht hier«, lachte er. »Natürlich nicht. Ich bewahre doch nicht eine Million Euro unterm Kopfkissen auf. Stell dir vor, es wird eingebrochen und das Geld ist weg.«

»Wo dann?«

Obwohl er bei Weitem zu viel getrunken hatte, war Berner doch irritiert. Wieso interessierte sie sich dermaßen für das Lösegeld? »Ich habe es natürlich in einem Banksafe deponiert. Wenn es so weit ist, kann ich in wenigen Minuten darauf zugreifen.«

Ulrike kam ihm seltsam euphorisiert vor. Sie begann, ihn auszuziehen, aufgeregt und etwas fahrig. Dass sie dabei seine Taschen durchsuchte, bemerkte er nicht. Vielmehr war er gerührt, endlich die zärtliche Seite der Gespielin genießen zu können. Und es war schön, er fühlte sich geborgen und beschützt. Nach dem Sex füllte sie ihn mit Rémy Martin ab, aber viel war nicht mehr nötig.

Als Berner schlief, durchwühlte sie die ganze Wohnung. Doch den Schlüssel für das Schließfach fand sie nicht. Dafür sein Handy. Der Dummkopf hatte es nicht geschützt. Wie einfach, eine Tracking-App darauf zu laden.

39.

Am 21. Dezember startete die Marketinggemeinschaft Schorndorfer Innenstadtgeschäfte ihren Nikolauslauf für jedermann, auch »Santa Fun Run« genannt, wie er schon in Köln, Berlin, London, New York und Madrid stattgefunden hatte. Das Startgeld sollte für einen guten Zweck gespendet werden. Der Zehn-Kilometer-Lauf ging über fünf Runden zu je zwei Kilometern durch die Altstadt. Die Kostüme wurden schon seit Wochen überall in der Stadt angeboten.

Berner war pünktlich zur Stelle, in seinem Kostüm war er von den anderen Nikoläusen nicht zu unterscheiden. Den Schlüssel für das Schließfach hatte er aus der Schublade seines Redaktionsschreibtisches genommen, das Geld geholt und in den Sack gestopft. Ein Fotograf war bestellt, der Redaktion hatte er erklärt, er könne nur dann einen lebendigen Bericht schreiben, wenn er selbst an dem Lauf teilnehmen würde. Großes Gelächter, denn jeder kannte seine schwächliche Konstitution. Was ihn aber extrem nervös machte: Während andere ihre Säcke mit Wäsche zum Wechseln gefüllt hatten, befand sich in seinem Sack die stattliche Summe von einer Million Euro. Krampfhaft hielt er ihn fest. Schaulustige drängten sich auf dem Marktplatz, es ging zu wie auf einem Volksfest. Der Startschuss fiel nach einer Ansprache des Oberbürgermeisters und einem Tusch des Musikvereins um 11.45 Uhr.

Es war ein surrealer Anblick: Tausende von identisch gekleideten Menschen mit Zipfelmützen und weißen Bärten joggten durch die Stadt, winkend, lachend und ihre Säcke schwenkend. Ein Albtraum, dachte Berner. Er war nicht gläubig, aber der echte Sankt Nikolaus, ein Heiliger aus dem türkischen Städtchen Myra, hätte sich bestimmt im Grab umgedreht. Aber das hatte er wahrscheinlich auch schon, als ein amerikanischer Limonadenhersteller sich die Figur des Weihnachtsmannes ausgedacht und mit dem Rot der Firmenfarben versehen hatte. Damit war aus Sankt Nikolaus der Weihnachtsmann geworden, eine Witzfigur, die durch tausendfache Vervielfältigung noch absurder wurde.

Obwohl die Temperatur nur wenige Grade über null lag, brach Berner schon nach dem ersten Kilometer der Schweiß aus. Er war froh über den umgehängten Bart, so blamierte er sich wenigstens nicht öffentlich. Hoffentlich würde die Sackübergabe nicht erst gegen Ende des Laufs über die Bühne gehen, die volle Distanz von zehn Kilometern würde er niemals schaffen. Die Strecke war gesäumt von johlenden und Beifall klatschenden Menschen, es gab Stände mit Glühwein und Bier, das Rote Kreuz wartete auf Läufer mit umgeknickten Gelenken und koronaren Herzkrankheiten. Schnell wurde er von sportlicheren Läufern überholt und fand sich zu Beginn der zweiten Runde schon im letzten Feld. Er hatte keine Ahnung, wie die Entführer ihn in seiner Montur erkennen wollten. Schließlich sahen hier alle gleich aus. Er hatte Kostüm und Sack nach einem Peilsender durchsucht, aber nichts gefunden. An sein Handy dachte er nicht.

Als er hinkend und keuchend und Konrad verfluchend zum zweiten Mal die Stadtkirche passierte, explodierte zu den Füßen der Läufer ein Feuerwerkskörper. Einige Weihnachtsmänner fielen hin, andere stürzten über sie, schrien, Panik brach aus. Berner fiel der Länge nach auf eine üppige Frau und stützte sich beim Aufrichten auf ihren Brüsten ab. Sie schlug ihm die Faust aufs Auge. Als er sich schwer atmend den Bart vom Gesicht riss, leuchtete ein Blitzlicht auf: der Zeitungsfotograf. Berner fluchte. Das Foto würde morgen, wenn es nicht in der Zeitung erschien, in allen Redaktionen hängen.

Mit dem intakten Auge nahm er eine schlanke Gestalt wahr, die ihm den Sack von der Schulter riss. Sie trug wie er ein Nikolauskostüm und einen Bart vor dem Gesicht, er sah nur die Augen. Aber obwohl er seit gestern einen kleinen Verdacht hegte, wusste er sofort: Ulrike war es nicht. Es waren kleine, vor Angst aufgerissene Augen. Gott sei Dank. Sanitäter versorgten die Verwundeten, alle anderen liefen weiter. Berner hinkte zum »Flädle«. Er brauchte jetzt dringend eine warme Suppe. Und ein kühles Hefeweizen.

Auch Clara hatte Durst. In Ulrikes Hotelzimmer gab Fritzi ihr das Fläschchen. Sie war noch ganz außer Atem und ihr Blut voller Adrenalin. Clara spürte Fritzis Aufregung und jammerte. Mit gurrenden Lauten versuchte Fritzi, sie zu beruhigen. Ulrike beobachtete sie.

»Hör endlich auf zu zittern, es ist vorbei!«

»Aber es hätte auch schiefgehen können!«

»Es konnte nicht schiefgehen, weil ich Berners Handy manipuliert habe. Es war ganz einfach. Er hat es immer an und so konnte ich ihn tracken. Einen Knallkörper unter die Leute zu werfen – auch kein Problem bei dem Durcheinander. Und den Sack hat er ja gleich rausgerückt.«

»Aber es hätte auch Polizei da sein können!«

»Es war aber keine Polizei da, ich habe ja Konrad durch Berner entsprechend beeinflussen können. Brauchst du einen Schnaps?«

»Nein. Ich muss mich um Isabella kümmern. Ist sie nicht wunderschön?«

»Ich bezahle jetzt das Zimmer. Morgen früh fahren wir nach Hinterzarten.«

Fritzi hob den Kopf. »Wir müssen sofort fahren. Die Kühe müssen gemolken werden.«

»Können die nicht mal einen Tag ohne dich auskommen?«, fragte Ulrike ärgerlich.

»Wenn sie Milchstau haben, machen die einen solchen Krach, da kommt bestimmt der Nachbar, um nach dem Rechten zu sehen. Dann findet er Hanne und wir sind geliefert.«

Ulrike nickte und verließ den Raum. Nachdem sie die Rechnung beglichen hatte, erwarb sie im örtlichen Kaufhaus eine geräumige Sporttasche. Es war zwar nicht aufgefallen, als Fritzi das Hotel mit Nikolaussack betreten hatte, aber da war auch die ganze Stadt voller Weihnachtsmänner gewesen. Bei ihrer Abreise würde der Sack aber doch auffallen.

Irgendetwas zog sie in die Höllgasse. Sie blickte über die Fassade des Fachwerkhauses. Im ersten Stock waren die Vorhänge vorgezogen. Das Fenster ganz rechts war das vom Schlafzimmer, wo sie noch vor wenigen Tagen mit Konrad geschlafen hatte. Jetzt war er tot. Wahrscheinlich hatte er nicht mehr daran geglaubt, Frau und

Kind retten zu können, und hatte sich umgebracht. Und damit war auch ihr neuester Plan geplatzt: Konrad für sich zu gewinnen, Teil seines Lebens zu werden und ihn nach Hannes Tod und vielleicht einem Trauerjahr zu heiraten. Sie wäre als seine Retterin erschienen, hätte mit dem Lösegeld das Weingut von Leonhard zurückgekauft. Ganz legal wäre so ihr Traum in Erfüllung gegangen: Weingutbesitzerin in Schorndorf. Mit Konrad hätte sie sich schon zusammengerauft. Fritzi hätte sie nach einem Jahr nachkommen lassen, wenn Konrad seine Tochter nicht mehr erkannte.

Immerhin blieb ihr das Geld. Vielleicht konnte sie sich damit in Neuseeland oder Australien ein Weingut aufbauen. Dann müsste sie ihre Mutter natürlich mitnehmen. Die alte Frau in Stuttgart zurückzulassen, kam nicht infrage. Und ob Fritzi überhaupt einverstanden wäre? Ihre Schwester war so träge im Geiste. Und jetzt war auch noch ein Kind da.

Ulrike wunderte sich, als sie eine Kundin ins Probierstüble gehen sah. Die Tür war offen. Sie ging hinterher. Vorsichtig betrat sie den Raum. Berner bediente ein Ehepaar. Erfreut sah er sie an.

»Was tust du hier?«, fragte sie ihn, nachdem die Kunden gegangen waren.

»Ich halte die Geschäfte am Laufen, bis Hanne freigelassen wird. Leonhard hat Konrad ja erlaubt, seinen eigenen Wein noch zu verkaufen. Und Hanne wird Geld brauchen, wenn sie in den nächsten Monaten hier ausziehen muss.«

»Ist sie denn schon freigelassen worden?«

»Bisher leider nicht. Ich hoffe, sie taucht bald hier auf

mitsamt dem Baby. Das Geld haben die Entführer jetzt ja.« Er musterte sie. »Magst du was trinken?«

Ulrike schüttelte den Kopf. »Ich wollte mir nur das Weingut noch mal anschauen, das mir hätte gehören können. Schade, dass Konrad es diesem Leonhard verkauft hat. Und nun hat er auch nichts mehr davon, wo er doch ertrunken ist.«

Sie sah Berner prüfend an. Doch der hatte sein berufliches Pokerface aufgesetzt.

Schließlich lächelte sie: »Du kannst mir noch eine Flasche Schwartzhans schenken. Als Erinnerung an meine Schorndorfer Zeit.«

Berner steckte eine Flasche in eine Tragetasche und reichte sie ihr. »Sehen wir uns noch?«

Wieder schüttelte sie den Kopf. »Ich fahre gleich. Und dann ade Schorndorf. Hier hält mich nichts mehr. Mein Ziel ist jetzt Südafrika. Da gibt es Tausende von Weingütern.«

»Und was ist mit mir?«

Sie zuckte die Achseln. »Was soll mit dir sein?«

Ulrike verließ das Haus, ohne sich umzusehen. Die Tür fiel ins Schloss. Berner griff sich einen Tresterschnaps, goss großzügig ein, ließ sich auf einen Stuhl fallen und starrte den Ausgang an. Er fühlte einen Stich in seiner Brust. Das war wohl die seltsamste Frau, die er je kennengelernt hatte. Ein unbegreiflicher Mensch. Ab jetzt würde sein Bett leerer sein als je zuvor.

Kurz darauf schloss er das Probierstüble, stolperte traurig durch die Altstadtgassen, sah in Schaufenster, ohne etwas zu erkennen, trank hier einen Espresso und dort einen Cappuccino, ging noch auf ein Viertel Wein und einen gefüllten Pfannkuchen ins »Flädle«, legte sich in sein Bett und streichelte das seidene rote Halstuch, das Ulrike vergessen hatte. Tief atmete er den Duft des schweren Parfüms ein. Und dann bemerkte er, wie ihm Tränen über das Gesicht liefen. Erstaunt wischte er sie weg. Seit seiner Kindheit hatte er nicht mehr geweint.

40.

Nach einer unruhigen Nacht stiefelte Berner am folgenden Tag in die Redaktion. Seinen Bericht über den Nikolaus-Fun-Run hatte die Bildredaktion – wie konnte es anders sein – mit genau jenem Foto versehen, auf dem sich seine Hände gegen den üppigen Busen der gestürzten Frau stemmten. Ihr empörtes Gesicht war mit einem schwarzen Balken unkenntlich gemacht. Er selbst hatte gerade den weißen Flauschebart vom Gesicht gerissen und blickte verwirrt in die Kamera. Sein elektronisches Postfach lief über, an mehr oder weniger witzigen Kommentaren von Kollegen und Stadträten herrschte kein Mangel. Er versuchte, souverän über den Geschehnissen zu stehen, was ihm aber kaum gelang. Er war die Lachnummer des Tages und sicher würde dieses Foto bei seiner Verabschiedung dereinst wieder auftauchen.

Aber noch war er im Dienst und der einzige investigative Journalist des Verlags. Konrad wusste er im Schwarzwald, wo er auf Hanne und Clara wartete, denn dort, wo sie entführt worden waren, würden sie ja auch sicher wieder freigelassen werden. Konrad selbst musste natürlich untergetaucht bleiben und wahrscheinlich würde ihn Berner in den nächsten Tagen nachts abholen und in seine Wohnung schaffen.

Was konnte er selbst noch tun? Die Familie Wohlfahrt fiel ihm ein. Er beschloss, noch einmal zu Margarete Haldenwag zu fahren. Als Schwester gehörte sie mit Sicherheit zu den Begünstigten im Erbfall. Leider ging sie dieses Mal nicht ans Telefon. Trotzdem fuhr er in die Lederstraße.

Auf sein Klingeln öffnete sie nicht. Aber weil gerade jemand aus dem heruntergekommenen Gebäude kam, drängte er sich ins Treppenhaus. An der Wohnungstür stand der dickliche Sohn, er wollte Berner nicht vorbeilassen, aber der Journalist stieß ihn unhöflich zur Seite. »Wo ist Frau Haldenwag?«, fragte er. Ohne zu antworten, lief der Mann an ihm vorbei die Treppe hinunter. Berner trat ins Wohnzimmer, die Frau lag auf der Couch. Sie schien zu schlafen. Berner fühlte ihren Puls. Das Herz schlug unregelmäßig, aber es schlug. Berner zog sein Handy aus der Tasche und wählte den Notruf. Er sah sich im Zimmer um. Auf dem Tisch standen verschiedene Reinigungsmittel, womöglich war die Frau gerade beim Putzen gewesen. Der Hausputz forderte jedes Jahr allein in Deutschland Tausende von Todesopfern, wusste Berner. Ein Handdesinfektionsmittel erregte seine Aufmerksamkeit: Die Flasche war halb leer, der Deckel lag daneben. Ein Verdacht kam ihm. Er setzte die Brille auf und studierte auf der Rückseite die Inhaltsstoffe. Sie waren so klein gedruckt, dass er sie selbst mit Brille kaum entziffern konnte. Aber dann stieß er auf das entscheidende Wort: Methanol. Und den Hinweis, dass die Dämpfe auf keinen Fall eingeatmet werden durften.

Der Notdienst war noch immer nicht da. Auf dem Couchtisch lag ein Stapel Unterlagen. Neugierig sah er verschiedene Schreiben durch. Ein Umschlag mit handgeschriebener Adresse fiel ihm auf. Er zog den Briefbogen heraus und las.

Liebe Margarete, stand da in einer zierlichen, geschwungenen Schrift. *Du hast bei unserem letzten Treffen über Geldsorgen geklagt. Ich hoffe ja, dass Hermann und ich noch lange leben. Weil wir nicht wissen, wie lange wir die Kosten für das Heim, die erheblich sind, noch zahlen müssen, sind wir zurzeit sehr sparsam. Aber du sollst wissen, dass du nach unserem Tod keine Geldsorgen mehr haben musst. Hermann hat sehr geschickt mit Aktien spekuliert, sodass nach unserem Tod eine beträchtliche Summe zur Verfügung stehen wird. Natürlich werden wir Jorg, Stenzel und Ligia den Hauptanteil zukommen lassen. Aber auch du wirst im Testament bedacht, und zwar in einer Höhe, dass du zusammen mit deiner Rente davon gut wirst leben können. Mach dir also keine Sorgen!*

Ich will, dass du das weißt. Deine dich über alles liebende Schwester Hedwig.

Berner schob das Blatt wieder in den Umschlag. Margarete Haldenwag regte sich. Sie stöhnte, murmelte etwas, dann erbrach sie sich auf den Teppich. Die Klingel ertönte, Berner öffnete den Sanitätern. »Verdacht auf Methanolvergiftung«, rief er ihnen entgegen.

»Wenn das so ist«, sagte der Notarzt, »müssen wir uns beeilen.« Schnell und professionell verfrachteten sie die Frau durch das Treppenhaus in den Wagen. Berner blieb zurück. Ihm war jetzt klar, wer der Täter war. Er holte sich einen Unterteller als Aschenbecher aus der Küche, zündete sich eine Zigarette an und wartete.

Der Sohn kam eine Stunde später zurück. Berner hörte den Schlüssel im Schloss und stand auf. Der dickliche Mann trat ins Wohnzimmer und wich sofort zurück. Doch Berner packte ihn am Kittel und warf ihn auf die

Couch. Er war selbst überrascht, welche Kraft er plötzlich besaß. Der Mann starrte ihn mit großen Augen an. Mit den Füßen stand er in der Lache aus Erbrochenem.

»Sie haben Ihre Großeltern umgebracht und nun wollten Sie Ihre eigene Mutter vergiften. Nur, um an das Geld zu kommen. Sie haben sich ausgerechnet, dass Sie als Erbe dann eine große Summe bekommen. Geben Sie das zu!«

Berners Handy klingelte. Mit einer Hand hielt er den Sohn am Kragen fest, mit der anderen nahm er den Aufruf an. Es meldete sich ein Arzt aus dem Schorndorfer Kreiskrankenhaus. »Herr Berner? Sie hatten den Sanitätern Ihre Nummer gegeben. Wir haben der Frau Haldenwag Fomepizol verabreicht. Es war knapp, aber ich kann Ihnen sagen, dass sie aus dem Gröbsten raus ist. Mit anderen Worten: Sie lebt und wird voraussichtlich keine Nachwirkungen durch die Vergiftung haben. Wir behalten sie aber noch ein paar Tage hier, zur Beobachtung.«

Berner dankte ihm.

»Eine Frage noch.« Der Arzt meldete sich wieder. »Wie kam es zu dieser Vergiftung? Es gibt nur noch wenige Desinfektionsmittel, die Methanol enthalten. Ich muss das melden. Wir hatten ja in letzter Zeit einige Fälle von Methanolvergiftung. Die Polizei wird Fragen dazu haben.«

»Kein Problem. Ich glaube, ich kann das klären!« Berner legte auf. Er verständigte selbst die Polizei. Der Sohn versuchte, sich seinem Griff zu entwinden, er schlug nach Berner, aber er hatte nicht genug Kraft. Sie rangen miteinander, bis Berner ihn zwischen die Beine trat und auf die Knie zwang. Der Mann wand sich vor Schmerzen.

»Herr Haldenwag, Sie haben gehört, was ich der Polizei gemeldet habe. Möchten Sie dazu etwas sagen?«

Der Mann schwieg.

»Haben Sie auch Frau Weisswanger und Sascha umgebracht?«

Jetzt riss der Mann die Augen auf. »Aber ich kenne diese Leute doch gar nicht! Warum hätte ich das tun sollen?«

Diese Frage stellte sich Berner auch. Was hätte der Sohn von Margarete davon? War er nur ein Trittbrettfahrer? Hatten die Berichte über die Methanolvergiftungen ihn erst auf die Idee gebracht? Aber das würde die Polizei herausfinden, wenn sie den Mann verhörte. Sein Job war hier erst einmal getan. Er setzte sich wieder und wartete mit Haldenwag auf die Beamten. Der Mann kniete noch immer auf dem Boden. Er starrte vor sich hin. Damit waren jedenfalls die Vergiftungen der Familie Wohlfahrt gelöst. Aber was war mit den anderen?

»Woher haben Sie eigentlich das Methanol?«, fragte er Haldenwag unvermittelt. »Das gibt's doch nicht überall.«

Der Mann starrte ihn an. Dann zuckte er mit den Achseln. »Ist das wichtig?«

»Vielleicht.«

»Na ja, ich hatte mal einen Job, aushilfsweise, in einer Galerie. Ich musste die alten Bilderrahmen reinigen. Da waren Ablagerungen im Falz, festgebackenes Zeug, ich musste sie mit dem Spachtel rauskratzen. Für die Feinarbeit haben die mir ein Reinigungsmittel gegeben. Sie haben mich schlecht bezahlt, deshalb habe ich eine Flasche mitgehen lassen, als der Job vorbei war. Erst als diese Isabellasache in der Zeitung stand, habe ich aufs Etikett geschaut. Und tatsächlich ist da Methanol drin. Krieg ich für den Diebstahl jetzt auch eine Anzeige?«

Berner schüttelte den Kopf. »Das glaube ich kaum. Wie hieß denn die Galerie?«

»So ein komischer Name. Koslowski oder so.«

»Koslowski?«

»Nein. Kormoran. Nein, Korovai. Ja, genau. In Weiler. Galerie Korovai. Komischer Laden.«

Sein Sohn Schorsch hatte Berner erzählt, dass ein gewisser Korovai wohl der Nachfahre jener Korovais war, denen Karl damals die Grundstücke in Weiler verkauft hatte. Er googelte den Namen und stieß auf Zeitungsmeldungen, die auf jahreszeitlich bedingte Ausstellungen einer Galerie Korovai hinwiesen: Ostern, Sommer, Erntedank, Weihnachten. Es gab ein paar Leserbriefe, die von Bewunderung – »endlich ein Galerist, der unsere alten Werte noch hochhält« – bis zu totaler Verachtung – »unglaublicher Kitsch« – reichten. Der Besitzer hieß Willibald Korovai, war ein gebürtiger Schorndorfer und betrieb seine Galerie in einer ehemaligen Konservenfabrik, einem Gebäude am Rand von Weiler. Außer über seine Galerie trat er nirgends in Erscheinung. Berner dachte daran, dass Sascha und seine Freunde sich hinter dieser Fabrik zum Kiffen verabredet hatten. Er beschloss, den Mann unangemeldet zu Hause zu besuchen.

41.

Hanne drückte ihre glühend heiße Stirn gegen die kühlen Eisenstäbe des Schweinestalls. Ihre Brüste waren geschwollen und schmerzten. Am Anfang hatte sie noch versucht, die Milch vorsichtig auszustreichen, doch das hohe Fieber hatte sie teilnahmslos werden lassen. Sie hätte sich gerne hingelegt, doch die neue Fessel war so knapp bemessen, dass sie nur sitzen konnte. Unruhig drehte sie sich hin und her, jede Haltung war schmerzhaft. Ihre Kehle fühlte sich ausgetrocknet an. Seit Tagen hatte sie von den Resten in ihrer letzten Wasserflasche gezehrt. Zu essen hatte sie auch nichts mehr bekommen. Selbst der Eimer mit ihren Ausscheidungen war nicht mehr geleert worden. Er stand vor der geschlossenen Klappe.

In klareren Momenten horchte sie auf die Geräusche des Hofes. Manches Mal meinte sie, Clara weinen zu hören, dann wieder Stimmen, aber das war vielleicht Einbildung. Gestern hatten die Geräusche aus dem Kuhstall alles überdeckt, die Tiere hatten stundenlang gebrüllt. Warum kam die Bäuerin nicht zum Melken? Es war schon dunkel, als sie die Geräusche der Melkmaschine vernahm und es im Stall langsam ruhiger wurde.

»Clara«, murmelte sie. »Wo bist du, mein Schatz? Was haben sie mit dir gemacht?«

Ganz unerwartet öffnete sich die Klappe, eine Flasche Wasser wurde hindurchgeschoben. Hanne stürzte sich darauf und trank sie in einem Zug leer. Dann wurde sie müde und schlief ein.

Ulrike stand am offenen Fenster und sah in den Nachthimmel. Die Luft roch nach Schnee, leicht metallisch, frisch und schwer. Sie fühlte sich müde und ausgelaugt. Irgendwie hatte sie in den letzten Tagen ihren Elan verloren. »Gleich müssen wir los«, sagte sie zu ihrer Schwester.

Fritzi schüttelte den Kopf. »Ich muss bei Isabella bleiben. Ich kann sie nicht alleine lassen.«

»Kein Problem.« Ulrike nickte. »Das kriege ich hin. In einer guten halben Stunde wird der Schnee so dicht fallen, dass die Straßen leer sind. Ich bringe jetzt das Geld auf den Heuboden. Nicht dass diese beiden Mädchen, die nach Hanne gefragt haben, plötzlich bei uns in der Küche stehen. Ich wüsste gerne, wer die waren und wieso sie bei uns geklingelt haben. Das kann kein Zufall sein. Ich glaube sogar, dass ich das eine Mädchen mal in Konrads Weingut gesehen habe. Wir müssen uns beeilen.«

Das Geld bedeckte in Häufchen zu je 5.000 Euro den ganzen Tisch. Sie hatten es durchgezählt, denn Ulrike war, wie alle Betrüger, ein misstrauischer Mensch. Nun packte sie die Scheine wieder in die Reisetasche und trug sie über die Tenne auf den Heuboden. Ein paar dicke Büschel Heu darüber, das würde reichen. Auf dem Rückweg ins Haus wirbelte der Wind in kurzen, dichten Böen um ihre schlanke Gestalt. Ihr schwarzer Wintermantel schützte sie kaum. Frierend betrat sie die Küche.

»Wo hast du den Schlitten? Auf dem Heuboden habe ich ihn nicht gesehen.«

»Ich hab ihn schon in den Schweinestall gebracht. Dann kannst du sie dort gleich aufladen. Da hängen auch Kälberstricke an der Wand, du wirst sie festbinden müssen, der Schlitten hat kein Geländer.«

Ulrike nickte und ging in den Stall. In Hannes Bucht blieb sie einen Augenblick stehen und betrachtete die bewusstlose Frau. Konrad hatte Ulrike für Hanne gehalten. Für kurze Zeit hatte sie in seinem Schlafzimmer die Sehnsucht nach einem ganz normalen bürgerlichen Leben verspürt. Die Sehnsucht danach, eine Frau zu sein, die zu einem Mann gehörte, auch wenn der besoffen im Bett lag. Die nicht in einem verzweifelten Kampf um ein Erbe, das ihr womöglich gar nicht zustand, alle Regeln hinter sich gelassen hatte.

Hannes fettige Haare hingen ihr strähnig in die Stirn. Ihr Körper strahlte eine enorme Hitze aus. Ulrike band sie los und streifte einen großen braunen Rupfensack über sie. Dann hob sie das Bündel über die Gitterstäbe des Stalls und schleifte es zum Ausgang, wo ein museumsreifer Hornschlitten mit eisenbeschlagenen Kufen wartete. Sie band Hannes Körper darauf fest und sah wieder nach dem Wetter. Der Schnee fiel immer dichter. Und der Wind wurde heftiger. Eine ideale Nacht, um eine Leiche zu entsorgen. Oder jemanden, der bald eine Leiche sein würde. Irgendwie kam es ihr so vor, als hätte Hanne ihr den Mann gestohlen. Den Mann, der eigentlich ihr zustand. Konrad. Conny. Der jetzt tot war.

Sie ging wieder zu ihrer Schwester in die Küche, die neben dem bullernden Kachelofen saß und verliebt in den geflochtenen Stubenwagen blickte. Ulrike öffnete die Flasche Schwartzhans, die sie aus Schorndorf mitgenommen hatte, und schenkte sich ein. Ihr wurde bewusst, dass sie absichtlich herumtrödelte. Sie hätte schon unterwegs sein können. Aber nach dem ersten Glas goss sie das zweite voll und lehnte sich mit dem Rücken gegen die grünen Kacheln des Ofens.

»Ich habe noch nie einen Menschen getötet«, sagte sie Fritzi.

Fritzi sah auf. »Sag bloß, du bekommst Skrupel. Ausgerechnet du! Du und Mama, ihr wart euch ja schon immer einig. Und über mich habt ihr gespottet, weil ich einen armen Bauern geheiratet habe.«

»Ich werde gleich einen Menschen töten. Eine Frau, der du das Kind weggenommen hast. Sind wir böse, Friederike?«

»Wie meinst du das?«

»Ich meine, sind wir böse Menschen? Wenn wir im Fernsehen einen Film anschauen, rechnen wir uns ja immer zu den Guten. Aber vielleicht gehören wir in Wirklichkeit zu den Bösen. Und merken es gar nicht.«

Fritzi lachte. »Vielleicht solltest du mal in die Kirche gehen, wenn du solche Probleme hast. Gut und böse, was für ein Schwachsinn. Es gibt nur die Dinge, die einem schaden, und die Dinge, die einem nutzen. Wenn man etwas tut, was vielen Menschen schadet, dann ist das böse, wenn es vielen Menschen nutzt, dann ist das gut. Im Krieg bekommst du fürs Töten Orden, im Frieden lebenslänglich. Aus, basta, amen.«

»So siehst du die Welt?«

»Jetzt hör mal zu, liebe Schwester. Ich habe im Stall eine Kuh, die ist eigentlich gesund. Aber sie gibt fast keine Milch mehr. Deshalb werde ich sie zum Schlachter bringen.

Ist das jetzt böse?« Sie schüttelte den Kopf. »Ihr Städter habt wirklich keine Ahnung vom Leben.«

Ulrike seufzte. »Vielleicht hast du ja recht. Aber es fällt mir so schwer.«

42.

Im Hotel Adler saßen die beiden Mädchen auf Annis Bett und studierten ihre Notizen. Sie hatten in den letzten Tagen fast 30 Bauernhöfe abgeklappert und die Bewohner nach Hanne gefragt. Dabei hatten sie versucht, in den Gesichtern Gefühlsregungen festzustellen, hatten unauffällig mit dem Handy Fotos gemacht und ihre Erkenntnisse aufgeschrieben. Die meisten Bauern oder Bäuerinnen hatten nur verwundert den Kopf geschüttelt. Besonders freundlich war niemand gewesen.

Es klopfte und Vrenelis Mutter betrat den Raum. Sie hatte sich schick gemacht. Zu ihrem leuchtend roten Etuikleid trug sie rote Pumps und um den Hals eine doppelte Perlenkette. In der Hand hielt sie ihren Pelzmantel.

»Ich fahre mit Udo noch in den ›Pferdestall‹. Es kann spät werden. Bleibt nicht so lange auf!«

Die Mädchen nickten gleichgültig und senkten ihre Rotschöpfe wieder über die Notizblätter. Der »Pferdestall« war eine Diskothek in Titisee. Vrenelis Mutter hatte an der Bar in den Adlerstuben einen gewissen Udo kennengelernt, einen arroganten Schönling. Wenn die beiden jetzt nach Titisee fuhren, hatten die Mädchen sturmfreie Bude.

»Also«, sagte Vreneli. »Richtig seltsam benommen haben sich eigentlich nur zwei Bauern und eine Bäuerin. Der eine Bauer hatte diesen Hof im Eschengrund, aber der dachte, wir würden um Spenden betteln für irgendeine Weihnachtssammlung, und hat gleich die Tür zugeschlagen. Und dann der vom Schmidbauernhof, aber der trug einen Bademantel und es war ihm oberpeinlich, als der plötzlich aufgeklafft ist.« Sie lachte. »Wahrscheinlich dachte der, wir hätten noch nie einen nackten Mann gesehen und würden ihn anzeigen wegen Exhibitionismus.«

Anni nahm einen Schluck von ihrer Cola und deutete auf das Notizbuch: »Die hier, die Frau vom Josefshof in der Winterhalde, die war ganz seltsam. Zeig mir noch mal das Foto.«

Vreneli suchte das Bild auf dem Handy. Es zeigte keine typische Bäuerin, sondern eine schlanke Frau in einem schicken schwarzen Kleid.

»Wir hatten noch gar nicht ausgeredet, da schlug sie uns schon die Tür vor der Nase zu. Ich glaube, die sollten wir uns noch mal vornehmen«, meinte Anni.

Vreneli nickte. »Aber heute nicht mehr. Schau mal aus dem Fenster. Es schneit wie verrückt.«

Sie daddelten eine Weile auf ihren Handys herum, dann sagte Anni: »Ich weiß nicht, Nele, ich habe so ein komisches Gefühl. Wie wenn heute Nacht was passieren würde. Etwas Schlimmes.«

Vreneli lachte. »Bist du jetzt auch Hellseherin oder Wahrsagerin? Soll ich dir eine Kristallkugel besorgen?«

Anni schüttelte den Kopf und schaltete ihr Handy ab. »Es macht mich verrückt, hier herumzusitzen. Was ist, wenn Hanne tatsächlich in diesem Josefshof gefangen gehalten wird? Dann zählt jede Sekunde. Wir gehen jetzt. Das Schneegestöber ist doch ideal. Da fällt es gar nicht auf, wenn wir uns dort ein wenig umsehen. Und wenn wir Spuren im Schnee hinterlassen, bläst der Wind sie wieder weg.«

Vreneli ließ sich schließlich überzeugen. Sie zogen ihre Skioveralls und die warmen Winterstiefel an und fuhren mit dem Lift ins Erdgeschoss.

»Noch was vor, die jungen Damen?«, fragte der Portier. »Gehen Sie nicht zu weit weg. Es zieht ein böser Sturm auf, da kann man sich leicht verirren. Am besten, Sie lassen Ihre Handys an und schalten die Tracking-Funktion ein. Geben Sie mir mal Ihre Nummern. Dann können wir Sie finden, wenn Sie zu lange wegbleiben.«

Anni ärgerte sich über die Besorgnis des Mannes. »Machen Sie das bei allen so oder nur bei uns, weil wir Kinder sind?«

Der Portier, ein älterer Mann mit beeindruckendem weißem Schnauzbart sah sie an. »Junge Dame, neulich erst hat sich eine Frau beim Mathisleweiher ein Bein gebrochen und ist samt ihrer kleinen Tochter erfroren. Wäre ihr Akku nicht leer gewesen und hätte sie sich tracken lassen, wäre das nicht passiert. Die Touristen können sich gar nicht vorstellen, wie gefährlich der Hochschwarzwald im Winter sein kann. Und ich will nicht schuld daran sein, wenn Sie beide im Sturm nicht zurückfinden. Meinen eigenen Kindern würde ich verbieten, bei so einem Wetter das Haus zu verlassen.«

Die Mädchen gaben ihm ihre Handynummern, schalteten die Tracking-App frei, boxten sich mit den Ellbogen an, grinsten und verließen das Hotel. »Erwachsene!«, sagte Vreneli. »Wie wenn wir nicht selbst auf uns aufpassen könnten.« Aber sie kontrollierten doch den Ladestand ihrer Akkus.

Der dicht fallende Schnee wurde immer häufiger von kurzen, aber kräftigen Böen aufgepeitscht. Sie hielten sich an den Händen und gingen über den Adlerplatz Richtung Winterhalde, das waren nur wenige Kilometer. Ein Räumfahrzeug kam ihnen entgegen und stoppte. Der Fahrer öffnete halb die Tür und sprach sie an.

»Meine Damen, sie sollten heute Abend nicht mehr spazieren gehen. Das ist meine letzte Tour. Bald kann man die Hand nicht mehr vor Augen sehen. Haben Sie es noch weit?«

Anni grinste. Er hielt sie für Erwachsene. »Keine Sorge, wir sind gleich bei unseren Männern!«, rief sie ihm zu. Sie sah Vreneli an und beide prusteten los.

Der Mann grüßte und fuhr weiter. Auf der frisch geräumten Straße kamen sie schnell vorwärts. Allerdings verbreiteten die Straßenlaternen im Schnee nur noch ein milchiges Licht. Doch da sie den Weg kannten, erreichten sie schon nach 20 Minuten den Josefshof.

»Und jetzt?«, fragte Vreneli.

Nur zwei Fenster waren erleuchtet. Der Rest des gewaltigen Gebäudes mit dem alles überspannenden Walmdach lag im Dunkeln. »Wir gehen mal außen herum«, schlug Anni unentschlossen vor.

Rechts führte ein schmaler Weg am Hof vorbei. Anni wollte ihn gerade betreten, als Vreneli sie zurückzerrte. »Da kommt was!«, flüsterte sie.

Sie traten zurück auf die andere Straßenseite. Von der Dunkelheit und vom fallenden Schnee fast verborgen, zog eine schwarz gekleidete Gestalt mühsam einen Schlitten mit hohen, gewölbten Kufen den Weg hinauf. Sie taumelte, fing sich aber wieder. Als sie an den Mädchen vorbeikam, sahen sie auf der Ladefläche einen länglichen Sack liegen.

»Hinterher!«, flüsterte Vreneli Anni ins Ohr.

Viel Abstand konnten sie nicht halten, dafür war der Schneefall zu dicht. Die großen Flocken schränkten nicht nur ihre Sicht ein, sie dämpften auch alle Geräusche. Mit Mühe konnten sie sich am Knirschen der Kufen orientieren, die auf der gebahnten Straße immer wieder über den Asphalt schabten. Nach einer Strecke, die ihnen endlos erschien, bog der Schlitten nach rechts ab. Die Mädchen folgten, dicht aneinandergedrängt. Sie hatten jede Orientierung verloren und trotteten blind hinter dem Schlitten her, dessen Kufen über kleine Steine unter dem Schnee kratzten. Nach vielleicht einer halben Stunde änderte sich das Geräusch, es klang hohl, als würden sie eine Holzbrücke überqueren. Die Mädchen fassten sich an den Händen. Der Schlitten hielt.

Sie mussten sehr nahe herangehen, um überhaupt irgendetwas erkennen zu können. Die dunkle Gestalt, die den Schlitten gezogen hatte, machte sich jetzt an der Ladefläche zu schaffen. Sie zog den Sack vom Schlitten auf die dicht mit Schnee bedeckten Holzbohlen. Dabei musste sie sich immer wieder am Geländer festhalten. Die Mädchen waren mit Vrenelis Mutter schon hier gewesen, sie erkannten, dass dies die tiefste Stelle des Hochmoors war. Der Sack lag direkt an der Kante zum Moor.

»Hanne!«, flüsterte Anni ihrer Freundin ins Ohr. Vreneli nickte. Dann gab die Gestalt dem Sack einen Tritt und er glitt lautlos direkt neben dem Bohlenweg ins Moor. Die Mädchen stießen einen schrillen Schrei aus. Dann stürzten sie sich auf die Gestalt, die sich erschrocken umsah. Der Moment der Überraschung genügte, um die taumelnde Frau übers Geländer ins Moor zu stoßen. Kein Eis bedeckte das Wasser, das verrottende Pflanzenmaterial hatte das Moor offen gehalten. Die Frau schlug um sich, sie fand keinen Halt, wie ein eisiger Mantel schloss sich das Torfmoos um ihre knabenhafte Gestalt. Sie versank bis zur Brust, konnte ihre Beine offenbar nicht mehr bewegen. »Hilfe!«, krächzte sie. Der Sturm riss ihre Worte mit sich.

Bäuchlings auf dem Bohlenweg liegend tasteten die Mädchen nach Hanne. Vreneli fand einen Zipfel vom Sack und zog daran. Er rutschte von Hannes Körper. Anni griff in Hannes Haare und zog den Kopf über das schwarze Wasser, Vreneli versuchte, sie am Gürtel ihrer Hose zu halten. Der Körper war unglaublich schwer, die Kleidung vollgesogen von Wasser. Der Sturm heulte in den Ästen der Kiefern und Moorbirken und trieb den Mädchen harte, kleine Schneekörner wie Nadeln in die Augen.

»Wir schaffen es nicht!«, brüllte Anni. »Wir müssen Hilfe holen!«

Mit klammen Fingern zog Vreneli ihr Handy aus der Tasche. Beim Versuch, es einzuschalten, glitt es aus ihrer Hand und fiel ins Moor.

»Hilfe!«, schrie die Entführerin panisch. »Helft mir doch! Bitte, bitte!«

Sie lag mehr als einen Meter von der Holzbrücke entfernt, selbst wenn die Mädchen gewollt hätten, hätten sie ihr nicht helfen können. Und Hanne nahm alle ihre Kräfte in Anspruch. Anni überließ den schlaffen Körper einen Moment Vreneli und suchte nach irgendetwas, was ihnen helfen könnte. Sie fand die Kälberstricke, mit denen Ulrike Hanne am Schlitten festgebunden hatte. Auf dem Bauch liegend wickelten sie die Stricke um Hannes Körper und verknoteten sie. Nun hatten sie wenigstens einen Halt an dem glitschigen Körper.

»Zu-gleich!«, brüllte Anni. »Zu-gleich!«

Es gelang ihnen, Hannes Körper anzuheben. Doch er klebte förmlich an der Wasseroberfläche und fiel wieder zurück.

»Zu-gleich! Zu-gleich!«, schrie Anni. Mit einem letzten Kraftakt hoben sie Hanne aus dem Moor, ein schmatzendes Geräusch, dann gelang es ihnen, sie auf die Planken zu ziehen. Keuchend blieben sie liegen. Dann rafften sie sich wieder auf.

»Mund-zu-Mund-Beatmung!«, schrie Vreneli. »Herzdruckmassage!« Die Erste-Hilfe-Maßnahmen hatten sie erst kürzlich in der Schule gelernt. Anni hielt Hanne den Mund zu und blies Luft über die Nase in ihre Lunge. Vreneli drückte in kurzen Abständen auf ihr Brustbein. Plötzlich bäumte sich Hanne auf. Sie hustete. Dann erbrach sie einen Schwall Wasser. Die Mädchen sanken erschöpft neben ihren Körper.

»Schnell! Wir müssen sie auf den Schlitten legen und ins Dorf bringen!«, schrie Vreneli. »Sonst erfriert sie uns!« Auch das kostete Kraft. Der Sturm peitschte den Schnee mit ungeheurer Gewalt über das Moor. Anni fand ihr Handy unter der dicken Winterkleidung, sie versuchte, den Notruf zu betätigen. Aber ihre Finger waren so steif, dass sie keine Taste traf. »Wohin?«, schrie sie. Sie sahen sich um. Außer dem tobenden Schnee war nichts zu erkennen. Wie Nadeln stach der jagende Schnee in ihre Augen. Die beiden Geländer des Bohlenweges waren vielleicht eineinhalb Meter voneinander entfernt. Da die Frau den Hornschlitten an Ort und Stelle einfach hatte stehen lassen, mussten sie in die entgegengesetzte Richtung. Die Hände immer am Geländer, zog Anni den Schlitten Richtung Dorf. Vreneli schob von hinten und achtete darauf, dass Hanne nicht abrutschte. Doch das Geländer reichte nur über die tiefste Stelle des Moores. Von da an begrenzte ein Graben und nach ihm ein Wald mit niedrigen Kiefern den Weg. Ständig mussten sie die Richtung korrigieren, die Kufen aus dem Graben ziehen, gegen den heulenden Sturm kämpfen. Hanne richtete sich auf, blickte mit einem verwirrten Ausdruck um sich und schloss die Augen wieder.

»Sie erfriert uns!«, brüllte Anni, die am ganzen Körper schweißgebadet war. Vreneli nickte. Von fern blinkte im jagenden Schnee ein Licht. »Dort!«, schrie sie.

43.

Konrad war in eine kleine Pension in der Sickinger Straße gezogen, Berner hatte dort ein Zimmer für ihn gemietet. Hier in Hinterzarten war Hanne entführt worden, hier irgendwo wurde sie gefangen gehalten, hier würden die Entführer sie und Clara freilassen. Davon war er fest überzeugt. Er hatte damit gerechnet, dass die beiden mitten in der Nacht mit verbundenen Augen auf dem Dorfanger ausgesetzt werden würden. Doch nachdem ihm Berner übers Handy von der erfolgreichen Lösegeldübergabe beim »Fun Run« berichtet hatte, musste er sich eingestehen, dass das Wunschdenken gewesen war. Ein weiterer Tag war vergangen und Hanne und die Kleine waren nicht freigelassen worden.

Immer wieder gingen ihm die Worte von Erika Denzinger durch den Kopf. Dass ihre Tochter Fritzi mit ihrem verstorbenen Mann Josef Winterhalter einen Hof im Schwarzwald bewirtschaftet hatte. Er sah das hasserfüllte Gesicht der alten Frau vor sich. Ihre Überzeugung, dass sie um ihr Erbe betrogen worden war. Weil Richard ihren Vater ermordet hatte. Er sah das Foto mit den beiden kleinen Mädchen vor sich. Ging es der verbitterten Frau gar nicht um das eigene Erbe, sondern um die Zukunft ihrer Töchter? Hatte das mit Hannes Entführung zu tun? Natürlich war der Schwarzwald groß. Es gab den Nord- und den Südschwarzwald. Und den Hochschwarzwald hier in Hinterzarten. Wahrscheinlich gab es auch mindestens so viele Bauern, die Winterhalter hießen, wie Orte namens Winterhalde. Trotzdem. Er öffnete das Fenster. Fast meinte er, einen Zusammenhang zu riechen. Ein Windstoß riss ihm den Fensterflügel aus der Hand.

Josef Winterhalter. Das Problem bei Schwarzwaldhöfen war, dass sie meistens nach demjenigen benannt waren, der den Hof vor Hunderten von Jahren gebaut hatte. Die heutigen Hofbesitzer trugen meist ganz andere Namen. Trotzdem fragte er seine Wirtin nach einem Josef Winterhalter. Frau Andris, über 60 mit streng nach hinten gekämmten und zu einem dünnen Knoten gebundenen Haaren, nickte sofort.

»Ja, der Josef«, erzählte sie ihm. »Das ist eine traurige Angelegenheit. Ein alter Hof mit einer langen Geschichte. Er wurde wahrscheinlich nach dem Erbauer benannt. Aber in dieser Familie hieß der älteste Sohn immer Josef. Der Sepp war ein guter Mensch, fleißig und gottesfürchtig, aber er hatte einfach kein Glück und er hat auch falsche Entscheidungen getroffen. Als alle anderen schon auf Ferienwohnungen setzten, wollte er einfach immer nur Bauer sein und Bauer bleiben. ›Ich bin doch kein Hotelier‹, sagte er immer wieder. So kam kein frisches Geld herein. Und dann das schreckliche Unglück. Er hatte Wiesen nach Titisee hin, am Waldrand oben sind die ziemlich steil. Als er beim Mähen am Hang den Traktor wendete, geriet er mit einem Rad in ein Loch. Der Traktor stürzte um und er kam unter das laufende Mähwerk. Es hat ihm beide Beine zerfleischt. Bis der Notarzt eintraf, war er schon verblutet. Die Fritzi war dabei, die arme Frau, sie hat ihn noch in den Armen gehalten. Das muss man sich mal vorstellen!«

Frau Andris schwieg. Vor ihren Augen spulte sich das Geschehen ab wie ein Film. Konrad kannte solche Unfälle. Auch im Remstal kippten Weinbergschlepper an den Steilhängen um, auch im Remstal kamen Wengerter dabei ums Leben oder trugen bleibende Schäden davon. Oft reichte eine kleine Vertiefung, um die schmalen Schlepper beim Wenden am Hang kippen zu lassen.

Also hatte es hier tatsächlich einen Bauern namens Winterhalter gegeben. Und seine Frau namens Fritzi. Damit rückten Dinge zusammen, die auf den ersten Blick nichts miteinander zu tun hatten. Ziellos stromerte Konrad durch das Dorf. Das bemerkenswerteste an Hinterzarten war der riesige Dorfanger, um den herum sich Schule, Rathaus, Hotels und kleine Läden scharten. Am Spätnachmittag hatte er Frau Andris um ein Vesper gebeten. Sie richtete ihm etwas Bauernbrot mit einer gelben, fetten Butter, Schwarzwälder Schinken und würzigem Käse. Dazu brachte sie ihm eine Flasche Ganterbräu. Jetzt war es draußen dunkel. Ein kräftiger Wind drückte Schneeschauer gegen die Fenster.

Konrad lehnte das Kirschwasser ab, das sie ihm anbot. »Was wurde aus dem Winterhalter-Hof?«, fragte er.

»Ach, der Hof! Die Fritzi versucht seit Jahren, wieder auf die Beine zu kommen. Aber als Frau, ganz alleine, wie soll das gehen? Sie backt Nussbrot und kocht Heidelbeermarmelade ein, dazu macht sie noch selber Bibeleskäs'. Der Verkauf in den Hotels läuft wohl recht gut. Aber man kann so einen Hof nicht alleine bewirtschaften, schon gar nicht als Frau. Für das Vieh braucht man Männer, sie hat ja zwölf Milchkühe. Das ist Männerarbeit. Die Viecher müssen versorgt werden. Im Sommer musst du sie auf die Weide treiben und jeden Abend zum Melken wieder zurück. Für den Winter musst du Heu machen, einen Siloturm für Silage hat sie ja nicht, der Josef wollte das nicht. Für die Milch bekommst du kaum noch Geld. Die Schweinehaltung hat sie schon vor Jahren aufgegeben. Ein paar Hühner hält sie noch, so wie jeder. Aber willst du werden arm und weißt nicht, wie, dann halte dir viel Federvieh! Lange hält sie das nicht mehr durch. Sie sieht ja schon ganz ausgemergelt aus, die Fritzi, für ihr Alter! Wie will sie denn je wieder einen Mann finden? Aber kaufen will den Hof ja auch keiner, da steckst du mehr Geld rein, als rauskommt.«

»Wie ist sie denn so, diese Fritzi?«, fragte Konrad. Er nahm noch einen Schluck von dem leicht bitteren Bier.

Die Wirtin verzog das Gesicht. »Sie ist halt gern für sich. Es hätt' schon Heiratskandidaten gegeben, wissen Sie. Aber für die Jungbauern, die eine Frau suchen, ist sie zu alt. Und alle anderen hat sie vergrault. Es würd' mich nicht wundern, wenn man sie eines Tages tot im Stall findet. Und auch das nur, weil die Kühe nicht gemolken wurden. Die brüllen dann wie verrückt. Erst vorgestern haben sich die Viecher aufgeführt wie wahnsinnig, hat mir der Walter erzählt, das ist ihr Nachbar. Er wollte schon rübergehen, aber dann ist sie doch noch aufgekreuzt, am späten Abend, mit ihrer Schwester. Ganz mondän hat die ausgesehen, sagt der Walter. Gar nicht wie eine Bäuerin. Die Fritzi ist ja ursprünglich auch aus der Stadt gekommen, angeblich hat sie den Josef beim landwirtschaftlichen Hauptfest in Cannstatt kennengelernt. Der Anfang auf dem alten Hof war bestimmt nicht leicht für sie.« Frau Andris bekreuzigte sich. »Und dann ist sie auch noch evangelisch.«

»Wo ist denn der Hof?«, erkundigte sich Konrad.

»Gar nicht weit. Wissen Sie, wo das Hotel Adler ist? Da gehen Sie einfach weiter, bis rechts die Winterhaldenstraße nach Titisee abzweigt. Nach ein paar Kilometern ist der Hof auf der linken Seite. Halb verfallen. Eine Schande ist das. So ein großes Anwesen, so ein stattlicher Hof. Aber natürlich sind das alles moorige Böden, saure Wiesen. Nur der Fremdenverkehr hätte den Hof noch retten können. Oder der Josef hätte einen Reiterhof daraus machen sollen. Das wär was für die Kurgäscht gewesen. Aber dafür braucht man halt auch wieder Geld.« Sie seufzte. »Wo Geld ist, ist der Teufel. Aber wo keins ist, ist er zweimal!«

Konrad beschloss, den Weg in die Winterhalde zu Fuß zurückzulegen. Die Wirtin warnte ihn: Der Sturm würde in den nächsten Stunden noch zunehmen. »Heut Nacht würd ich keinen Hund vor die Tür jagen. Die Kurgäscht wissen ja nicht, wie hart der Schwarzwald sein kann. Bleiben Sie lieber hier. Oder gehen Sie in die Adlerstuben. Das ist nicht weit. Die Straße vor bis zum Platz und dann rechts. Morgen ist auch noch ein Tag!«

Konrad dankte ihr, zog sich warm an, ging von der Sickinger Straße bis zum Hotel Adler und hielt sich dann an die Wegbeschreibung der Wirtin. Aber die Frau hatte recht: Er musste sich mit seinem ganzen Körper gegen den Sturm stemmen. Dazu waren die Häuser rechts und links im Schneegestöber kaum noch zu erkennen. Nachdem er die Neubauten hinter sich gelassen hatte, tauchte ein großes graues Gebäude wie ein Schemen aus der Dunkelheit auf. Es schien mit seiner Umgebung verwachsen zu sein, ein Teil der Landschaft. Hier war er schon mal gewesen, erinnerte er sich. Das war der Hof, wo ihm die

Stalltür so unfreundlich vor der Nase zugeschlagen worden war. Wo sie irgendein Tier geschlachtet hatten. Trotz der Kälte wurde ihm plötzlich heiß. Diesmal würde er sich nicht abweisen lassen. Er klingelte an der Vordertür.

Sie wurde sofort aufgerissen. »Ricke, endlich!«, schrie eine Frau, die bei seinem Anblick sofort zurückwich. Es war dieselbe, die ihn bei seinem ersten Besuch in Hinterzarten abgewiesen hatte. Sie versuchte, die Tür zuzuschlagen, aber Konrad hatte schon den Fuß dazwischen und drückte dagegen. Mit der Schulter stieß er die Tür auf.

»Sie sind Frau Winterhalter!«, stellte er fest und trat in den engen Flur. Die Decke war so niedrig, dass er sich bücken musste. Es roch nach verkochtem Gemüse und nach etwas Süßlichem. Babymilch? Babypuder? Er wusste sofort, dass er hier richtig war.

»Wo ist Hanne?«, fragte er und drängte die Frau durch den Flur. Eine Tür stand halb offen, die Frau baute sich schützend im Türrahmen auf.

»Gehen Sie sofort oder ich ruf die Polizei!« Ihre Stimme klang schrill und panisch.

Konrad lachte spöttisch. »Das können Sie gerne machen! Die Polizei sucht Sie schon. Wo ist Hanne? Wo ist Clara?«

Er stieß sie in den Raum, eine große Küche mit einem altertümlichen Herd und einem grünen Kachelofen. Die Frau griff sich ein Messer von der Spüle. Er sah das Weiße in ihren Augen. War sie verrückt?

»Ich geb' sie nicht her!«, schrie sie. »Ricke! Wo bist du! Hilf mir!«

Wer war Ricke? Konrad sah sich um. Hinter der Frau, nahe beim Kachelofen, stand ein altmodischer, aus Weide geflochtener und weiß angestrichener Stubenwagen. Darin regte sich etwas. Er hörte das leise Greinen eines Kindes. Clara? Die Frau drehte sich ängstlich um. Konrad war mit einem großen Schritt bei ihr und versuchte, ihr das Messer zu entwinden. Aber die Bäuerin war stärker, als er dieser ausgemergelten Frau zugetraut hatte. Sie drehte das Messer und stach ihn in den Oberarm, Konrad schrie und wich zurück. Es war ein tiefer Stich.

»Ricke!«, brüllte sie wieder. Dann nahm sie mit einer raschen Bewegung den Säugling aus dem Wagen. »Ich geb' sie nicht her! Niemals! Das ist mein Kind, meine Isabella!«

Das Kind begann jetzt, laut zu weinen. Eine kleine Kappe rutschte ihm vom Kopf. Konrad kannte sie. Hanne selbst hatte sie mit Vergissmeinnicht bestickt. Und er erkannte sofort Clara. Er streckte die Arme aus.

»Geben Sie mir mein Kind! Das ist meine Clara!«

»Das ist Isabella! Ich habe sie selbst geboren! Sie ist mein Kind!«

Die Frau war völlig unzurechnungsfähig. Konrad ging einen Schritt zurück. Sie hielt noch immer das Messer in der Hand. Am Ende tat sie Clara noch etwas an. Er musste sie beruhigen.

»Kommen Sie zu sich«, sagte er in sanftem Ton. »Ich will Ihnen nichts tun. Aber sagen Sie mir, wo meine Frau ist. Hanne. Sie ist doch hier, oder?«

Jetzt trat ein verschlagener Ausdruck in die Augen der Frau: »Ricke hat sie freigelassen. Mit dem Kind. So wie versprochen. Sie ist in Schorndorf. Seit gestern. Und das Baby da ist meines. Sie können es mir nicht nehmen.«

Konrad überlegte. In seinem Arm bohrte ein dumpfer Schmerz. Dass die Frau log, war klar. Aber wenn er mit ihr kämpfte, geriet Clara in Gefahr. Sollte er die Polizei rufen? Sein Handy hatte er dabei. Aber offiziell war er ja tot. Ertrunken im Stausee. Dass er lebte, war der Polizei schwer zu erklären. Und jeden Moment konnte diese Ricke auftauchen.

Die Bäuerin hatte den winzigen Augenblick seiner Unschlüssigkeit ausgenutzt. Sie riss eine schmale Hintertür auf und stürzte ins Freie. Der Sturm schlug die Tür wieder zu. Konrad fluchte, zog sie mühevoll wieder auf und stand mitten im Sturm. Wohin war die Frau gelaufen? Es war stockfinster, die Straßenlaternen waren kaum zu sehen und der Schneesturm heulte wie ein wütendes Tier. Vorsichtig tastete er sich einen schmalen Weg entlang. Vor ihm lag die Auffahrt zur Tenne. Auf diesem Weg fuhren die Bauern in den Heuboden. Das große Tor schwang auf und knallte wieder zu. Konrad musste alle Kraft einsetzen, um es gegen den Wind aufzustemmen. Die Wunde an seinem Arm behinderte ihn. Als er hindurchschlüpfte, schlug das Tor so schnell wieder zu, dass er seine linke Hand nicht rechtzeitig wegziehen konnte. Er fluchte, seine Finger waren taub, er konnte sie kaum bewegen. Er versuchte, irgendetwas zu erkennen, aber auf dem Heuboden war es noch dunkler als draußen.

Mit dem Schienbein stieß er gegen eine Deichsel und schrie auf. Ein Schatten sprang ihn an, das Messer der Bäuerin riss ihm die Wange auf. Ein heißer, scharfer Schmerz. Er schlug um sich, die Frau versuchte, an ihm vorbeizukommen, er bekam ihren Kittel zu fassen und riss sie zu Boden. Wieder stach sie zu, diesmal prallte die Klinge an seinem Gürtel ab. Sie trug das Kind nicht bei sich. Er bekam ihr Handgelenk zu fassen und verdrehte es mit aller Kraft. Sie schrie auf und zog Konrad mit sich ins Heu. Plötzlich gab der Boden unter ihnen nach, sie stürzten in die Tiefe. Konrad fiel auf die Frau. Es roch nach Mist, ein unruhiges Getrappel, das Muhen von Kühen. Sie waren durch das Futterloch gefallen. Als er sich aufrichtete, regte sich die Frau unter ihm nicht mehr. Offenbar waren sie im Kuhstall. Irgendwo musste es einen Lichtschalter geben. Vorsichtig tastete er sich an einer Wand voller Haken und Nägel entlang. Klappernd fielen Gerätschaften zu Boden, dann fand er einen Bakelitschalter zum Drehen. Mehrere trübe Neonröhren flammten auf. Er erkannte Kühe, die wiederkäuend im Stroh lagen, und die Bäuerin in unnatürlicher Haltung auf dem Betonboden. Konrad drehte sie auf den Rücken. Das Messer ragte aus ihrer Brust.

Wo hatte sie Clara versteckt? Vom Heuboden über ihnen klang aus dem Loch, durch das sie eben gestürzt waren, ein leises Maunzen. War das Clara? Oder nur eine Katze? Er musste wieder hoch. Bei der Suche nach einer Taschen- oder Öllampe stolperte er über eine aufgerissene Sporttasche. Sie war wohl ebenfalls durch das Futterloch gefallen. Geldscheine quollen heraus. Eine Kuh streckte gemächlich ihre lange Zunge aus und zog einen Schein nach dem anderen in ihr Maul. Konrad fluchte und riss die Tasche aus ihrer Reichweite. Staub rieselte ihm in den Kragen. Wo zum Teufel war Licht? Wo zum Teufel war Hanne?

Endlich entdeckte er eine verrostete Sturmlampe an der Wand. Er schüttelte sie, im Tank schwappte noch etwas Öl. Das verkratzte Glas war gelb, wahrscheinlich eine alte Warnleuchte, wie man sie früher auf Baustellen verwendet hatte. Er fand sein Feuerzeug, schob das Glas mit dem kleinen Hebel hoch und entzündete den Docht. Ganz langsam wurde die Flamme heller, er schraubte den Docht höher und nun gab sie einigermaßen Licht. Wieder hörte er ein Maunzen auf dem Heuboden. Dieses Mal klang es eindeutig nach einer Katze. Aber wo konnte die Bäuerin Clara versteckt haben, wenn nicht da oben?

Vom Stall führte eine Tür direkt in die Küche. Er verließ sie wieder durch die Hintertür. Draußen tobte unvermindert der Sturm und trieb ihm die Schneeflocken direkt in die Augen. Er kämpfte sich ums Haus herum und auf die Tenne. Das große Tor ließ sich kaum öffnen, so sehr drückte der Sturm dagegen. Auf dem Heuboden hielt er die Leuchte hoch, viel zu sehen war wegen des gelben Glases allerdings nicht.

»Clara!«, rief er. »Wo bist du, Schätzchen?«

Er vernahm einen kläglichen Laut. Er kam von dem Loch, von dem das Heu in den Stall geworfen wurde. Direkt daneben saß ein schwarz-weißes Kätzchen und miaute. Und neben der Katze, mit dem Kopf fast über dem Abgrund, lag Clara auf dem Bauch. Sie musste bis hierher gerobbt sein, dann hatte sie wohl Angst bekommen. Als sie ihn sah, brüllte sie wie am Spieß.

Vorsichtig ging er um das Loch herum, zog das Kind vom Abgrund zurück und hob es auf den unverletzten Arm. »Clara!«, sagte er zärtlich. »Du machst aber auch Sachen!« Die Katze umschmeichelte sein Hosenbein. »Wer bist du denn?«, fragte er. »Bist du Claras Freundin?« Das Miauen klang wie ein »ja«. Er lächelte. Er war so erleichtert, dass er sich einen Augenblick setzen musste.

Dann verließ er mit der schluchzenden Clara den Heuboden. Die Sturmlampe machte ihrem Namen alle Ehre, sie brannte auch draußen zuverlässig trotz der heftigen

Böen. Durch die Küche gelangte er wieder in den Stall. Es war ein altmodischer Anbindestall, aber die Besitzerin hatte offenbar versucht, ihn in einen Offenstall umzuwandeln. Die Kühe konnten ihre Buchten verlassen, fraßen Heu oder lagen wiederkäuend im Stroh. Dahinter entdeckte er eine schmale Holztür.

»Ob da die Mama ist?«, fragte er Clara. Das kleine Mädchen hatte sich wieder beruhigt, es sah ihn mit riesigen Augen an. Konrad ging an den Kühen vorbei und öffnete die kleine Tür. Eiserne Gitter auf beiden Seiten, dazwischen ein Durchgang. Er leuchtete in jede Bucht und rief immer wieder Hannes Namen. Dann fiel das Licht auf eine Schweinebox, in der ein stinkender Eimer stand. Träge saßen große schwarze Fliegen auf dem Rand. Neben dem Eimer ein dickes Buch: »Die rote Zora und ihre Bande«. Er stieg über das Gitter und untersuchte die Box genauer. Eine Babyrassel, Winterstiefel. Hannes Stiefel! Er stöhnte. Hier war sie gewesen. Aber wo war sie jetzt? »Hanne!«, schrie er laut. Nur das Heulen des Sturmes antwortete ihm.

Systematisch durchsuchte er das ganze Haus. Der Wohnbereich war klein, niedrige Kammern, in zweien waren die Betten gemacht. Ein enges Badezimmer, das kaum Platz für eine kleine Wanne und ein Waschbecken bot. Im Erdgeschoss neben der Küche befand sich die gute Stube, ein mächtiger Tisch, Stühle mit geraden Lehnen, alles in Plastik gehüllt. In diesen alten Höfen spielte sich das Leben in der Küche ab, dort war es am wärmsten. Die gute Stube war Gästen vorbehalten. Er wickelte eine Wolldecke um Clara und beschloss zu gehen. Hanne war hier jedenfalls nicht. Aber das Geld lag noch im Stall.

Zu seinem Entsetzen hatte sich im trüben Licht des Kuhstalls die Bäuerin aufgerichtet. Das Messer ragte aus ihrer Brust, ihre Hand auf dem Griff. Er musste Hilfe holen. Mit seinem Handy erreichte er den Notdienst in Titisee-Neustadt.

»Zentrale Notaufnahme Titisee-Neustadt«, meldete sich eine Stimme mit Schwarzwälder Dialekt. Es knackte und rauschte, dann war die Verbindung wieder weg. Er versuchte es noch einmal. Und noch einmal. Endlich kam er durch. Er schilderte die Situation und gab seinen Standort durch.

»Tut mir leid, wir haben gerade keinen Rettungswagen zur Verfügung. Durch den Sturm hat es zahlreiche Unfälle gegeben. Ziehen Sie auf keinen Fall das Messer heraus. Versuchen Sie, die Frau in eine stabile Seitenlage zu bringen. Moment mal. Ich höre gerade, dass einer unserer Wagen bereits in Hinterzarten ist, er steht beim Feuerwehrhaus. Das kann nicht weit von Ihnen sein. Er hat allerdings schon drei stark unterkühlte Frauen aufgenommen, die sich im Hochmoor verirrt haben. Er ist gerade losgefahren. Wenn ich ihn noch erreiche, schicke ich den Wagen zum Hof.« Es knackte, dann brach die Verbindung ab.

Die Bäuerin hatte sich aufgesetzt. Mit Clara im Arm ging Konrad auf sie zu. Sie hatte nur Augen für das Kind. Er stellte die Sturmlampe neben sie auf den Boden. »Wie fühlen Sie sich?«, fragte er. Ein Lächeln glitt über ihr Gesicht. »Isabella!«, flüsterte sie. Dann sackte sie in sich zusammen. Ihr Fuß stieß die Lampe um. Das Glas zerbrach. Öl sickerte aus dem verbeulten Tank und fing sofort Feuer. Heu und Stroh entzündeten sich. Konrad versuchte, die Flammen auszutreten. Aber sie rasten durch die Futterrinne und griffen auf die Streu über. Die Kühe brüllten. Konrad öffnete ein großes Tor und sie stürmten hinaus in den Sturm. Im Stall lief das Feuer bereits die jahrhundertealten Holzwände hinauf. Konrad mühte sich ab, mit Clara auf dem schmerzenden Arm, die Bäuerin hinter sich her zu schleifen. Ein Mann in blauer Arbeitskleidung kam durch das Tor gerannt.

»Fritzi, um Gottes willen, was isch denn passiert? Sind älle Viecher draußa? Wer sind Sie denn? Hent Sie des Feuer glegt?«

Der Bauer rannte in den hinteren Teil des Stalles, aus dem Konrad nun ein leises Blöken vernahm. Waren noch mehr Tiere im Stall? Der Bauer, offenbar der Nachbar, wollte sie ins Freie treiben, aber die Kälber scheuten vor der dunklen, tobenden Nacht und rannten an ihm vorbei wieder in den Stall.

»Verfluchte Viecher! Dann verreckt halt!« Er beugte sich zu Fritzi, sah das Messer in ihrer Brust und blickte verstört zu Konrad. »Hent Sie des gmacht?«

Er wartete die Antwort nicht ab, sondern stürzte sich auf Konrad. Seine Faust traf ihn direkt am Kinn. Konrad schwankte. Mit dem schmerzenden Arm konnte er ihn nicht abwehren. Mit dem anderen presste er Clara gegen sich. Er trat nach dem Mann, der geschickt auswich, dabei aber über Fritzis Beine stolperte. Vor dem Hof erklang das Martinshorn. Konrad schob Clara unter seinen Anorak, schnappte sich die Sporttasche mit dem Geld und floh durch das große Tor. Ein kläglicher Schrei ließ ihn innehalten. Mit großen, panischen Augen sprang das Kätzchen hinterher. Kurz entschlossen packte er es am Genick und stopfte es zu dem Geld in die Sporttasche.

Mit wenigen Schritten war er draußen, der Sturm griff nach ihm und schleuderte ihn gegen die Außenwand des Hofes. Immer wieder von Böen fast umgerissen rannte er Richtung Dorf. Zwischen den Bäumen und Häusern sah er Blaulicht aufblitzen. Hinter ihm tobte das Feuer wie eine riesige Fackel, angefacht vom Sturm, genährt von jahrhundertealtem Holz. Gespenstisch wurde der fallende Schnee von dem flackernden Licht des Krankenwagens angeleuchtet. Asche regnete herab, glühende Teile fielen wie brennender Regen vom Himmel.

Mit Müh und Not erreichte Konrad seine Pension, wo Frau Andris ihn voller Schrecken empfing. »Der Josefshof brennt! Oh Gott, oh Gott! Bestimmt hat der Blitz eingeschlagen!«

»Ja mei?« Sie starrte auf das Bündel in Konrads Arm. »Ja, um Gottes willen, wo haben Sie denn des Baby her? Doch net von der Fritzi? Die hat doch jetzt a Kindle. Keiner weiß, woher. Und jetzt haben Sie's? Haben Sie's aus dem Feuer gerettet? Was ist mit der Fritzi?«

Die Katze kletterte aus der Sporttasche. »Ja wie, und a Katz haben Sie auch noch? Sind Sie deshalb so verkratzt? Sie bluten ja!«

Konrad griff sich an die Wange. Als er die Hand zurückzog, war sie voller Blut. Gleichzeitig spürte er wieder den Schmerz im Arm und in der Hand. »Haben Sie was zum Verbinden? Nur oberflächlich.«

Die Wirtin versorgte seine Wunden überraschend professionell. »Ich war früher Gemeindeschwester«, versicherte sie ihm. »Aber jetzt sagen Sie doch, wie ist das passiert? Und was ist mit der Fritzi? Ist das der Fritzi ihr Kind?«

»Der Nachbar hat die Fritzi gerettet«, beruhigte sie Konrad. »Sie ist schon auf dem Weg ins Krankenhaus. Und das Baby gehört zu mir. Ich bin der Vater!« Frau Andris sah ihn ungläubig an.

Clara war hellwach. Mit großen Augen blickte sie um sich. Dann verzog sich ihr Gesicht. Gleich würde sie weinen.

»Haben Sie vielleicht …« Nein, Babynahrung hatte die Frau bestimmt nicht. Und Kuhmilch war nicht gut für Säuglinge, hatte Hanne ihm gesagt. Sie war zu fett.

Aber die Frau wusste, was zu tun war: »Ich mach einen Fencheltee mit einem Schugger Milch. Das ist immer gut!«

Bis der Tee fertig war, wickelte Konrad das Kind. Das hatte er schon in Schorndorf oft getan. Da er keine Windeln hatte, behalf er sich mit einer dicken Lage Papiertaschentücher.

Die Wirtin kam mit einer Babyflasche aus der Küche: »Die ist noch von meinem Sohn!«, lächelte sie. »Ich konnte sie nicht wegwerfen.«

Konrad legte Clara in die Armbeuge, sie nuckelte an dem Tee. Die Katze bekam etwas verdünnte Milch mit Honig. Eine friedliche Stille breitete sich in der Wohnküche aus, nur unterbrochen von den Böen, die immer wieder gegen die Fenster drückten. Konrad entspannte sich. Doch entging ihm nicht, dass seine Wirtin ihn verstohlen von der Seite musterte. Dann sah sie auf die offene Sporttasche. Die Geldbündel waren unschwer zu erkennen. Bleiben konnte er hier nicht. Ein Fremder, der mitten in der Nacht blutend mit einem Säugling und einer Tasche voller Geld ankam, würde jeden Menschen misstrauisch machen. Sobald er ihr den Rücken zudrehte, würde sie die Polizei rufen. Und unter ihren Freunden und Nachbarn die Kunde verbreiten, dass ein Gast das Kind von der Fritzi geraubt hatte. Dann konnte er der Polizei alles Mögliche erzählen, glauben würde ihm niemand. Zumal er ja nach Aktenlage tot war.

Als Clara wieder einschlief, ging er mit ihr und der Geldtasche über den Hof zum BMW. Der Sturm riss ihm fast das Kind aus den Armen. Frau Andris lief ihm hinterher: »Sie werden doch jetzt nicht fahren wollen! Der Sturm reißt Ihnen doch das Auto von der Straße.« Konrad beachtete sie nicht. Als er sich ans Steuer setzte, sprang die Katze in den Wagen. Im Schritttempo fuhr er durch den menschenleeren, von heftigen Schneeböen gepeitschten Ort. Er hatte Mühe, die Straße vom Bürgersteig zu unterscheiden. Mehrere Male musste er den Wagen verlassen, weil er die Orientierung verloren hatte, der Schnee hatte Leitpfosten und Schilder zugedeckt. Zum Glück hatte Berner Winterreifen aufziehen lassen. Im Kriechgang fuhr er über die B 31 Richtung Autobahn.

Clara schlief auf dem Rücksitz, eingeklemmt zwischen der Geldtasche und der Katze. Hoffentlich hielt sie durch bis Schorndorf. Der Fencheltee würde sie nicht lange sättigen. Aber im Weingut war Babynahrung, Hanne hatte sie vorsorglich gekauft, weil sie nicht genau wusste, wann sie abstillen sollte. Vermutlich musste das Kind aber ins Krankenhaus. Wer weiß, wie die Entführerinnen mit ihm umgegangen waren.

Die Heimfahrt war eine Tortur. Zwar ließ der Sturm langsam nach, doch der dichte Schneefall machte ein schnelles Vorwärtskommen unmöglich. Mehr als 30 Stundenkilometer waren nicht drin, manches Mal sogar weniger. Die Wunde in seinem Arm pochte immer stärker. Zum Glück konnte er seine Finger wieder bewegen. Auf der Autobahn wunderte er sich, dass trotz des Wetters einige Fahrer mit hoher Geschwindigkeit überholten. Wo war Hanne? Hatten ihre Entführer seine Frau womöglich mitten im Sturm ausgesetzt? Hätte er besser in Hinterzarten bleiben und sie suchen sollen?

Mehrmals versuchte er vergeblich, Berner zu erreichen. Aber der Freund ging nicht ans Handy. Wahrscheinlich war die Verbindung wegen des Wetters unterbrochen.

44.

Einige Stunden zuvor.

Berner hatte seinen Aufmacher über den Fall Wohlfahrt auf die Seite gesetzt und war zufrieden mit sich. Der Sohn von Frau Haldenwag hatte Berners »Stadtgespräch« in der Zeitung gelesen. So hatte er erfahren, dass Methanol in Reinigungsmitteln enthalten war. Und dass er damit ein Mittel besaß, um die Zeit, bis er sein Erbe erhalten würde, zu verkürzen. Er hatte gehofft, dass seine Morde dem Mörder von Katharina und Sascha in die Schuhe geschoben würden. Widerstandslos hatte er sich von der Polizei abholen lassen. Die Story war natürlich toll, Berner hatte mal wieder sein investigatives Talent bewiesen und lief mit geschwellter Brust durch die Redaktion. Sogar der Verleger hatte ihn angerufen und gelobt.

Nun sortierte er die wenigen Spuren der Fälle Weisswanger und von Kerf. Aus Katharinas Nachlass gab es nur das winzige Schwarz-Weiß-Foto, auf dem Konrad seinen Onkel Karl identifiziert hatte. Die Frage war: Wer war der Mann, der Karl offenbar auf dem Gewissen hatte? Ging es um die Immobilien, die dieser Moritz Korovai von Karl erworben hatte? Hatte er einen Betrug mit einem Mord zu verdecken versucht? Und hatte es etwas zu bedeuten, dass die heutige Galerie Korovai Methanol als Reinigungsmittel verwendete? Wahrscheinlich stand das Zeug in vielen Besenschränken.

Laut Schorsch hatte Moritz Korovai eine Konservenfabrik geerbt. Fabriken waren in dieser Zeit alle aus Backstein gebaut worden, schließlich war der Hersteller nicht weit: Zwischen Schorndorf und Weiler hatte sich Jahrzehnte lang die Dampfziegelei Groß befunden, früher der leistungsfähigste Hersteller von Ziegeln in Süddeutschland. Erst 1976 war die Produktion eingestellt worden. Wenn die Backsteinwand also zu der Konservenfabrik gehörte und der Mord an Karl dem damaligen Besitzer Moritz Korovai einen großen Immobilienbesitz ermöglichte, dann musste er mit dessen Erben sprechen. Laut Schorsch handelte es sich dabei um eine Merle Korovai, geborene Ohngemach und verheiratet mit Hans Korovai. Außerdem um einen Willibald Korovai, der in der ehemaligen Fabrik eben diese Galerie betrieb.

Und noch eine weitere Spur führte zu dieser Fabrik: Die jungen Kerle aus der Berufsschule hatten angegeben, sich dort gelegentlich zum Kiffen zu treffen. Allerdings hinter der Fabrik. Berner hatte das Brombeergestrüpp gesehen und sich vielleicht zu schnell davon abbringen lassen, genauer hinzuschauen. Es war Zeit, das nachzuholen. Aber zuerst wollte er ins Altenheim in der Palmstraße. Der letzte Auftrag von Katharina Weisswanger hatte vielleicht doch etwas mit dem Fall zu tun. Wenn sie sich, wie der Feuilletonredakteur behauptet hatte, mit Cold Cases befasste, war sie vielleicht bei der Jubilarin auf eine Story gestoßen. Das Heim lag nur wenige Hundert Meter von der Redaktion entfernt. Berner ging am Weihnachtsmarkt vorbei, wo die Händler gerade dabei waren, ihre Stände abzubauen. Die Palmstraße führte vom Marktplatz direkt zum Altenheim. Trotz des trüben Wetters waren viele Passanten unterwegs, wahrscheinlich auf der verzweifelten Suche nach einem Weihnachtsgeschenk. Dabei fiel ihm ein, dass er mal wieder das Geschenk für seinen Sohn vergessen hatte. Aber was schenkte man einem Jugendlichen? Wie jedes Jahr hatte er diese Aufgabe vor sich her geschoben und wieder einmal kam der Heilige Abend unerbittlich näher. Am Obststand erwarb er ein Netz mit Clementinen für die Hundertjährige. Über Vitamine würde sie sich bestimmt freuen.

An der Rezeption des Heims zeigte er den Zeitungsausschnitt: Auf dem Foto war der Oberbürgermeister zu sehen, wie er gerade der Jubilarin einen Blumenstrauß, eine Flasche Wein und eine Urkunde mit den Glückwünschen des Ministerpräsidenten überreichte und dabei in die Kamera strahlte. Sie hieß Rosa Ritter und hatte sich für den hohen Besuch offenbar fein gemacht: eine bestickte pinkfarbene Bluse mit Brosche, dazu ein langer hellgrauer Rock. Sie saß auf einem Stuhl und blickte etwas verwirrt zu dem kleinen, rundlichen Mann hoch. Hoffentlich war sie nicht dement.

Berner fragte nach Rosa Ritter, er habe noch ein Geschenk für sie und überbringe Glückwünsche der Schorndorfer Zeitung.

»Da sind Sie aber spät dran«, lachte die Frau an der Rezeption. »Wahrscheinlich kann sie sich an ihren Geburtstag schon gar nicht mehr erinnern. Gehen Sie mal nach oben. Sie wohnt in Zimmer 318. Aber vielleicht ist sie schon auf dem Weg in den Speisesaal.«

Er fand sie in einem Aufenthaltsraum, wo eine Gruppe alter Leute schweigend um einen weihnachtlich geschmückten Tisch saß. Kaffeetassen und Gebäck, Kerzen, Tannenzweige, eine große Schale mit Nüssen und Clementinen. »Frau Ritter?«, fragte Berner. Keiner blickte auf. Schließlich deutete ein alter Mann in Strickjacke auf eine Frau direkt vor Berner. »Rosa«, sagte er, »du hast Besuch.«

Die Frau drehte sich um, Berner lächelte freundlich und überreichte ihr verlegen das Säckchen mit Clementinen. »Ich überbringe Ihnen die Glückwünsche der Schorndorfer Zeitung. Wenn ich gewusst hätte, dass Sie hier so gut versorgt werden, hätte ich Ihnen allerdings etwas anderes mitgebracht.«

»Haben Sie Zigaretten?«, fragte Rosa Ritter. Verblüfft suchte Berner in seinen Taschen und fand schließlich eine angebrochene Schachtel. Die Frau zog geschickt eine Zigarette aus der Packung und verstaute sie in ihrer Kittelschürze. Berner holte das Foto aus der Brieftasche und zeigte es ihr. »Das haben Sie neulich meiner Kollegin gegeben. Wissen Sie zufällig, wer das Foto gemacht hat?«

»Mein Mann«, antwortete sie, ohne zu zögern. »Er war Wehrmachtsfotograf. Er hatte immer seinen Fotoapparat dabei. Eine Zeiss Ikon, sein ganzer Stolz. Er hat den ganzen Krieg fotografiert.«

»Gibt es denn noch mehr Fotografien?«

»Ich habe sie erst gefunden, als ich von meiner Wohnung hierher ins Heim gebracht wurde. Viel durfte ich ja nicht mitnehmen. Ich habe sie weggeworfen. Aber das da«, sie deutete auf das Foto, »das habe ich behalten. Obwohl ich nicht weiß, was es bedeutet. Jetzt ist es verschwunden, ich kann es nicht mehr finden.«

»Ich habe es ja, das hier ist es. Der Mann auf dem Boden ist Karl Konrad. Der andere Mann wird dieser Moritz sein, von dem auf der Rückseite die Rede ist. Wissen Sie, wie dieser Moritz mit Nachnamen heißt? Und wer er war?«

Die Frau hielt sich das Foto dicht vor die Augen. »Wahrscheinlich einer von Hermanns Kameraden. Sie sind ja alle nach dem Krieg verschwunden. Gerade erst heimgekehrt und schon wieder weg. Ich bin zu den Amerikanern gegangen. Aber niemand hat sich dafür interessiert. Niemand.«

»Können Sie sich bestimmt nicht an den Nachnamen erinnern? Oder an sonst etwas über diesen Moritz?«

Sie schüttelte den Kopf. »Namen«, sagte sie. »Namen kann ich mir schon lange nicht mehr merken. Haben Sie eine Zigarette?« Berner gab ihr die Packung. Mehr war aus der Frau vermutlich nicht rauszuholen. Er fuhr nach Weiler.

Willibald Korovai wohnte laut Telefonbuch in der Kelterstraße. Staunend stand Berner vor einer prunkvollen Villa zwischen in Wellenform geschnittenen Thujahecken. Ein Portikus aus Marmorsäulen. Im Garten auf englischem Rasen die Nachbildungen antiker Skulpturen: Michelangelos David, die Venus von Milo, die geflügelte Nike von Samothrake. Er hatte nicht gewusst, dass es in diesem eher bäuerlichen Stadtteil so prächtige Häuser gab. Ein Spruch des Kirchenvaters Hieronymus fiel ihm ein: »Der Reiche ist entweder selbst ein Gauner oder der Erbe eines Gauners.« Nach langem Klingeln öffnete eine Frau, die sich als Hauswirtschafterin vorstellte. »Wohnt hier tatsächlich Herr Korovai?«, wollte Berner ungläubig wissen.

Die Frau machte eine wegwerfende Handbewegung. »Alle Häuser in dieser Straße gehören der Familie. Er ist aber nicht zu Hause. Um diese Zeit ist er meistens in seiner Galerie, ganz dort hinten, das Backsteingebäude, die ehemalige Konservenfabrik.«

»Warum hat er denn seine Galerie in einem so alten Gemäuer, das kurz vor dem Zusammenbrechen ist? An Geld scheint es ihm ja nicht zu fehlen.«

»Ich glaube, es ist eine Art Sentimentalität. Die Galerie ist ja nur sein Hobby. Er hat es nicht nötig, Geld zu verdienen.« Die Wirtschafterin musterte Berner. »Wer sind Sie eigentlich? Doch hoffentlich kein Journalist? Herr Korovai hasst die Presse.«

»Äh, nein, natürlich nicht. Sehe ich etwa so aus? Aber vielen Dank für die Auskunft.«

Berner setzte sich in seinen Wagen mit dem Verlagslogo. Zum Glück hatte er ihn um die Ecke geparkt. Mit dem Auto brauchte er nur wenige Minuten zu der alten Fabrik. Das Gebäude atmete den Charme alter Backsteinfabriken mit kunstvollen, wenn auch bröckelnden Ornamenten, eleganten Fensterbögen und farblich abgesetzten Friesen. Die Zeit hatte an dem Gebäude genagt, überall verrostete Dachrinnen, Moos auf den Dachziegeln und junge Birken, die sich zwischen den verfallenden Steinen festgekrallt hatten. Ein romantisches Ensemble. Eine Erinnerung an Alt-Schorndorf.

Von der alten, massiven Doppeltür aus Holz blätterte der Lack in mehreren Schichten ab. »Galerie geöffnet«, stand auf einem kunstvoll bemalten Schild. Berner trat ein. Ein kurzer Gang führte zu einem Empfangsraum, ein Schild »bitte klingeln« wies auf eine Rezeptionsklingel aus Messing, wie sie in Hotels verwendet wurde. Im Hintergrund erklang leise Weihnachtsmusik. Er betrachtete kurz sein Ebenbild im spiegelnden Sprossenfenster, das von gelben Vorhängen eingerahmt wurde. Er strich sich über die Haare und zog den Bauch ein. Dann schlug er auf den Klingelknopf und wenig später trat ein Mann in den Raum, geschmackvoll gekleidet, ein Lächeln im Gesicht, die linke Hand schwer auf einen Stock gestützt. Berner reichte ihm seine Visitenkarte.

»Sie sind also von der Presse.« Der Mann, der sich als Willibald Korovai vorgestellt hatte, nickte. Er bot Berner einen Platz an. »Welch seltenes Glück. Wissen Sie, das Feuilleton Ihrer Zeitung lässt uns seit Jahren entweder links liegen oder schreibt genussvolle Verrisse. Obwohl wir immer wieder bedeutende Künstler haben, voriges Jahr beispielsweise die ›Anbetung der Könige‹ von Giotto di Bondone, ein Werk von unschätzbarem Wert aus dem 14. Jahrhundert. Dieses Jahr ist das ›Kleine Tannenbild‹ von Paul Klee unser herausragendstes Werk. Von Picasso haben wir sogar eine Farbgrafik vom Weihnachtsmann, ›Père Noël‹, drucksigniert. Möchten Sie sie sehen?«

»Vielleicht später.« Berner zog das Foto aus der Tasche. »Herr Korovai, ist der stehende Mann ihr Großvater Moritz?« Berner bemerkte, dass sich die Haltung des Galeristen veränderte. Wachsam saß er in seinem Schalensessel. Er betrachtete das Foto lange. Dann schüttelte er den Kopf. »Keine Ahnung, wer diese beiden Männer sind. Wer hat das Foto überhaupt gemacht?«

»Der Wehrmachtsfotograf Hermann Ritter. Ein Kamerad Ihres Großvaters.«

»Ist das aus dem Krieg? Ich sehe gar keine Uniformen.«

»Laut Datum auf der Rückseite wurde es nach dem Krieg aufgenommen. Im Krieg hat ja Karl Konrad, der auf dem Boden liegt und ganz offensichtlich tot ist, noch gelebt. Man sieht, dass es ein Schnappschuss ist, wahrscheinlich aus einem Gebüsch heraus aufgenommen, im Vordergrund reichen unscharf ein paar Ranken ins Bild.«

Der Mann starrte auf das Foto. Berner beobachtete ihn genau. »Kennen Sie übrigens meine ehemalige Kollegin Katharina Weisswanger? Sie hat in derselben Sache recherchiert und ist dann verschwunden. Ich selbst habe ihre Leiche gefunden. Sie wurde mit Methanol vergiftet. Ich nehme an, dass sie auch bei Ihnen war.«

»Vielleicht war sie da, vielleicht auch nicht. Ich kann mich unmöglich an alle Besucher unserer Galerie erinnern.« Korovai wies auf das Foto. »Mein Großvater sah ganz anders aus. Ich zeige Ihnen gerne alte Fotos von ihm. Sie müssen in einer der Truhen sein, die wir hinten in der Werkstatt aufbewahren.« Er betätigte dreimal die Rezeptionsklingel, griff dann unter den Nierentisch und zog eine schwere Schale mit Gebäck hervor. »Bitte nehmen Sie doch von den Weihnachtsplätzchen, meine Schwägerin backt sie jeden Tag frisch. Sie sind wirklich lecker.«

»Nein, danke, ich muss auf meine Linie achten.« Berner griff mit beiden Händen an seinen Bauch.

Es klopfte an der Tür, eine schlanke Frau in einem engen schwarzen Kostüm trat ein und stellte vorsichtig ein Tablett auf den Tisch. Ihrem sorgfältig geschminkten Gesicht nach mochte sie Mitte 30 sein, ihre Hände verwiesen auf ein höheres Alter.

»Tee oder Kaffee?«, fragte sie.

»Weder noch«, wehrte Berner ab, der nach fünf Tassen bitterem Redaktionskaffee unter Sodbrennen litt.

»Dann nehmen Sie wenigstens von meinen Weihnachtsplätzchen«, deutete die Frau auf die Gebäckschale. »Ich habe mir solche Mühe gegeben. Sind sie nicht niedlich: lauter kleine Frauen, kleine Männer, Monde und Sterne, sehen Sie?«

Berner griff in die Schale und legte eine kleine Frau und einen kleinen Mann vor sich auf den Tisch. »Nehmen wir an, das seien Ihr Großvater Moritz Korovai und Ihre Großmutter Tusnelda. Nach meinen Recherchen kam Ihr Großvater 1945 oder 46 aus dem Krieg zurück.«

»Wenn Sie das sagen.« Korovai lachte. »Ich habe mich nie für Familiengeschichte interessiert.«

»Das sollten Sie aber.« Berner legte unterhalb von Moritz und Tusnelda weitere Männer und Frauen auf den Tisch: »Ihr Großvater hatte nur einen Sohn. Das hier sind Ihr Vater Walter und Ihre Mutter Greta. Sie wiederum hatten zwei Söhne, Hans, der eine gewisse Merle heiratete, und Willibald, das sind Sie.« Etwas entfernt von den Mürbeteigfiguren legte er einen einzelnen Mann: »Das ist Karl Konrad. Er ist der Mann, der auf dem Boden liegt. Sein Neffe hat ihn identifiziert. Er muss zur selben Zeit wie Ihr Großvater aus dem Krieg zurückgekommen sein. Vermutlich haben sie sich nach der Kapitulation der deutschen Truppen in Norwegen gemeinsam in die Heimat durchgeschlagen und sind auch zusammen hier in Schorndorf eingetroffen.«

Berner machte eine Pause.

»Ich höre Ihnen zu«, sagte Korovai. Die Frau war neben dem Galeristen stehen geblieben.

»Was Ihr Großvater besaß, war eine Konservenfabrik, die er von Ihrem Urgroßvater geerbt hatte. Allerdings war sie damals schon stillgelegt.« Berner legte einen der kleinen Sterne auf den Tisch. »Darüber hinaus hatte Ihr Großvater Moritz keinerlei Vermögen. Können Sie mir erklären, wie er zu dem erheblichen Immobilienbesitz kam, für den er nach 1946 in den Grundbüchern auftaucht? Es sind insgesamt sieben Flurstücke, die damals noch Ackerland waren.«

Berner legte sieben weitere Sterne zu dem einen. Fragend sah er Korovai an.

»Nein, das kann ich Ihnen nicht erklären.« Der Galerist stand mühsam auf. »Und wenn ich es erklären könnte, wüsste ich nicht, warum ich es ausgerechnet Ihnen erklären sollte.«

Auch Berner war aufgestanden. »Ihr Großvater hat diese Grundstücke, die heute Millionen wert sind, von seinem Kriegskameraden Karl Konrad für eine fast schon unverschämt geringe Summe gekauft. Bei den paar Reichsmark, die damals den Besitzer wechselten, kann man fast schon von einem Geschenk sprechen. Hat er ihn erpresst? Was hatte er gegen ihn in der Hand?«

Korovai wechselte einen Blick mit der Frau. Sie nickte. Plötzlich entspannte Korovai sich und lächelte. »Das ist übrigens meine Schwägerin Merle. Ich habe sie noch gar nicht vorgestellt. Aber da Sie nun schon einmal hier sind, kann ich Ihnen auch alles erzählen. Wissen Sie, angefangen hatte alles in Norwegen, damals im Krieg. Das Bataillon, dem mein Großvater Moritz angehörte, hatte den norwegischen Hafen Narvik besetzt. Das war wichtig, weil dort Eisenerz verschifft wurde und der Bedarf an Metall im Reich riesig war. Von Osten her marschierte die Rote Armee und sie mussten verhindern, dass ihre Truppen bis Narvik vorstoßen konnten. Sagt Ihnen die Taktik der verbrannten Erde etwas?«

Berner nickte. Er war verblüfft, dass der Mann plötzlich so gesprächig wurde.

»Bei dieser Taktik wird alles zerstört, was dem Gegner nützen könnte, wenn er das Gebiet einnimmt«, fuhr Korovai fort. »Also alle Häuser, Fabriken, Brücken, Schienen, Straßen und natürlich alle Lebensmittelvorräte. Mit Flammenwerfern hat die Wehrmacht die Ernte der Bauern auf den Äckern verbrannt, alle Kühe, Schweine, Schafe, Ziegen, Hühner getötet. Die Kadaver stanken zum Himmel. Doch dann wendete sich das Kriegsglück, mein Großvater und seine Kameraden konnten der Übermacht der Russen nicht mehr standhalten. Sie wurden zurückgedrängt. Durch genau jenes Gebiet, das sie selbst niedergebrannt und geplündert hatten. Eine grausame Ironie des Schicksals. Mein Großvater erzählte, dass es in dieser Todeszone zu dem gekommen sei, was Zeitzeugen später als *unvorstellbare Dinge* bezeichneten: Kannibalismus. Sie fraßen die Toten. Karl Konrad und noch ein paar andere aus Schorndorf waren Weichlinge. Sie kamen nach dem Krieg nicht damit klar, was sie getan hatten. Um ihre Seele reinzuwaschen, wollten sie es an die Öffentlichkeit bringen. Klar Schiff machen. Mein Großvater hielt das für Irrsinn. Es hätte ja auch weitere Ermittlungen nach sich gezogen, Untersuchungen über ihre ganze Zeit in Norwegen. All die sogenannten Kriegsverbrechen. Sie werden verstehen, dass er das nicht zulassen konnte. Karl und die anderen hätten ihn mit in den Abgrund gerissen.«

Berner hörte fasziniert zu. Damit hatte Korovai praktisch zugegeben, dass sein Großvater Karl und seine Kameraden ermordet hatte.

»Karl hatte ja damals das Weingut von seinem Vater

geerbt«, fuhr Korovai lächelnd fort. »Die Ländereien westlich der Konservenfabrik hier in Weiler gehörten ihm. Es war Weide- und Ackerland, damals nicht viel wert, es gab ja kaum Saatgut, weder Weizen noch Kartoffeln. Der Opa hat Karl gebeten, ihm diese Ländereien günstig zu verkaufen. Wenn nicht, müsse er sich leider mal um Karls Freundin kümmern, diese reizende kleine Elsässerin mit dem schönen Namen Isabella.«

Korovai lächelte wieder. Ein dünnes, zynisches Lächeln. Er fuhr fort: »Um es kurz zu machen: So kam der Verkauf mühelos zustande, ganz offiziell und notariell beglaubigt. Danach überschrieb Karl seinem Bruder Richard das Weingut und besorgte für sich und Isabella Schiffskarten nach New York. Aber natürlich war das Risiko für meinen Großvater viel zu groß: Er konnte ihn nicht einfach laufen lassen. Und seine Kameraden auch nicht. Innerhalb von zwei Wochen hat er sie nach und nach erledigt, hinter der Fabrik, wo jetzt die Brombeeren wachsen. Keine Ahnung, wie es zu diesem Foto kam.«

»Aber Karl hatte doch der Familie aus Amerika geschrieben«, wandte Berner ein. »Konrad besitzt die Luftpostbriefe. Alle glaubten, er sei ausgewandert.«

Jetzt lachte Korovai schallend. »Ich hätte nicht gedacht, dass Sie so blöd sind, Herr Berner. Karl hat ja oft über seine Auswanderungspläne gesprochen. Er wollte einen Schlussstrich ziehen, unter den Krieg, unter die Gräueltaten der Wehrmacht, unter ganz Deutschland. Das hat es meinem Opa leicht gemacht. Gibt es etwas Einfacheres, als ein paar Briefe unter fremdem Namen auf Luftpostpapier zu schreiben? Umschläge und amerikanische Briefmarken gab es auch bei den Besatzungsmächten.«

»Dann hat also Ihr Opa Karls Leiche auf dem Neuen Friedhof vergraben? In einem frisch ausgehobenen Grab? Und als meine Kollegin hinter diese Erpressung mit den Grundstücken kam, haben Sie ihr Methanol eingeflößt.«

»Sie sind ein Schlaumeier.« Korovai lächelte und nickte seiner Schwägerin zu. Sie warf einen Blick zur Eingangstür, hob dann die schwere Gebäckschale und stieß die Kante Berner schräg von unten ins Gesicht. Blut schoss aus seiner Nase. Viele kleine Sterne, Männer und Frauen fielen zu Boden und zerbrachen. Berner ging in die Knie. Als Merle ihm die Gebäckschale mit voller Wucht über den Kopf schlug, verlor er das Bewusstsein.

45.

Erst auf der Höhe von Rottweil ging der Schnee in Regen über. Da war Konrad schon über vier Stunden unterwegs. Mehr als 70 Stundenkilometer Geschwindigkeit ließ das Wetter aber nicht zu, immer wieder bliesen Böen des abflauenden Sturmes das Wasser eimerweise über die Frontscheibe. Zum Glück schlief Clara dank des Fencheltees tief und fest auf dem Rücksitz. Konrad schaltete das Radio ein. Nach Informationen über die aktuellen Kriege und deren Auswirkungen auf Europa und Deutschland folgten die Regionalnachrichten. Der Sturm im Schwarzwald habe enorme Verwüstungen angerichtet, hieß es. Viele Straßen seien durch umgestürzte Bäume unpassierbar, Menschen seien von Ästen erschlagen worden, Schneeglätte und schlechte Sicht hätten zu Autounfällen geführt, in vielen Ortschaften sei der Strom ausgefallen.

»Die schon vor Wochen entführte Hanne Konrad aus Schorndorf ist während des Unwetters von zwei 14-jährigen Mädchen aus dem Hinterzartener Hochmoor gerettet worden und befindet sich in der Heliosklinik in Titisee-Neustadt«, meldete der Nachrichtensprecher. »Nach Auskunft der Klinik ist die Frau zwar geschwächt, aber unverletzt.« Konrad horchte auf und drehte das Radio lauter. »Mit dem ebenfalls entführten, erst sechs Monate alten Baby ist ein unbekannter Mann geflohen. Der mehrere Hundert Jahre alte Hof der mutmaßlichen Entführerin ist aus noch unbekannten Gründen bis auf die Grundmauern niedergebrannt. Die Besitzerin wurde mit lebensgefährlichen Verletzungen ebenfalls in die Heliosklinik gebracht.«

Konrad schossen Tränen in die Augen: Hanne lebte! Bis zuletzt hatte er befürchtet, dass die verrückte Bäuerin sie umgebracht hatte. Nach der Eschachtalbrücke bog er ab auf einen Parkplatz und ließ seinen Tränen ihren Lauf.

Sollte Konrad umkehren und in die Heliosklinik fahren? Im Hochschwarzwald würde es noch immer schneien, vielleicht war gar kein Durchkommen. Außerdem musste Clara dringend versorgt werden, der Weg nach Schorndorf war einfacher und schneller. Konrad brachte ein bitteres Lachen zustande, als er an die Bäuerin dachte. Drohte ihm nun auch noch eine Anklage wegen Mordversuchs?

Bei leichtem Nieselregen fuhr er in Schorndorf ein. Clara brachte er sofort ins Kreiskrankenhaus. Dort bekam sie ein Fläschchen Babynahrung, aber sie schickten ihn weiter ins Klinikum Winnenden, wo sich die Abteilung für Kinder- und Jugendmedizin befand. Es gab Schwierigkeiten mit seiner Krankenkassenkarte, weil die einem Toten gehörte. So vergingen Stunden. Zwischendurch wurden seine Wunden desinfiziert und genäht. An der Wange würde er eine Narbe behalten, meinte der Arzt, nicht schlimmer als ein Schmiss. Clara sei in gutem Zustand, erklärte ein anderer in der Kinderabteilung. Es sei aber besser, sie einige Tage zur Beobachtung im Krankenhaus zu behalten.

Mehrmals versuchte Konrad, Hanne anzurufen, bis ihm einfiel, dass die Entführer ihr natürlich das Handy abgenommen hatten. Auch Berner ging nicht ans Telefon, wahrscheinlich schlief er noch tief und fest. Von Anni kam eine Sprachnachricht, sie berichtete kurz, wie sie und Vreneli Hanne aus dem Moor gerettet hatten. Als Konrad wieder in Schorndorf eintraf, hatte die Bäckerei Hetzinger gerade geöffnet und der Duft von frischen Brezeln und Kaffee zog ihn magisch an. Er fühlte sich wie durch die Mangel gedreht. Ein Mann am nächsten Stehtisch rümpfte die Nase und entfernte sich. Da erst merkte Konrad, dass ein stechender Brandgeruch von ihm ausging. Er schlang seine Butterbrezel hinunter, trank den Kaffee aus und ging die paar Meter nach Hause, um zu duschen und sich umzuziehen. Als er das Haus betrat, fiel ihm die Katze wieder ein. Er holte sie aus dem BMW. Sie hatte ihr kleines Geschäft auf dem Rücksitz verrichtet. Berner würde sauer sein. Er würde ihm erzählen, er hätte etwas Sauvignon Blanc im Wagen verschüttet. Der roch manches Mal auch nach Katzenpisse. Er grinste und gab der Katze im Probierstüble etwas verdünnte Kondensmilch.

Oben in der Wohnung fand er auf dem Tisch eine Notiz von Berner. »Lieber Conny«, stand auf einem vom Spiralblock des Reporters abgerissenen Zettel, »vielleicht bist Du ja schon mit Hanne und Clara zurück aus dem Schwarzwald und versteckst Dich oben in der Wohnung. Ich habe mich nicht getraut, Dich anzurufen, weil Du ja offiziell tot bist. Und die können so was irgendwie über die Mobilfunkmasten nachvollziehen. Ich hoffe, in Hinterzarten ist alles gut gegangen. Deinen Laden kann ich heute leider nicht betreuen. Ich bin in unserer Sache unterwegs und will jetzt endlich mal diese Galerie in Weiler unter die Lupe nehmen. Viel verspreche ich mir nicht davon, es sind ja vor allem Spekulationen. Und alles ist lange her. Aber einen Versuch ist es wert. Und die Kollegen in der Redaktion gehen mir eh auf den Wecker. Ich glaube, sie sind neidisch wegen meiner Erfolge. Ich melde mich!«

Der Zettel trug das gestrige Datum. Wieder versuchte er, Berner übers Handy zu erreichen. Als der Freund nicht ans Telefon ging und auch auf keine Kurznachrichten antwortete, rief er in der Lokalredaktion an. Dort teilte ihm ein unausgeschlafener Redakteur mit, der Kollege habe sich seit gestern nicht mehr gemeldet. Er sei an irgendeiner sehr speziellen Geschichte dran. Und wer der Anrufer überhaupt sei? Konrad Konrad? Der Redakteur lachte: »Da müssen Sie sich schon was Besseres einfallen lassen. Herr Konrad ist im Aichstruter Stausee ertrunken! Von einer Wiedergeburt ist der Redaktion nichts bekannt.«

Konrad legte auf. Seinen Tod vorzutäuschen, war schon schwer gewesen. Dass es ebenso schwer war, wieder am Leben zu sein, verblüffte ihn. Und dass Berner so lange nicht ans Telefon ging, war jedenfalls ungewöhnlich. Er gab ja immer damit an, für den Fall der Fälle Tag und Nacht erreichbar zu sein. Konrad war übermüdet, aber gleichzeitig so aufgedreht, dass er sich nicht ins Bett legen konnte. Wieso meldete sich Berner nicht mal in der Redaktion? Er stieg in den BMW des Freundes und fuhr nach Weiler. In der Ortsdurchfahrt wurde er zweimal geblitzt. Es war ihm egal. Er machte sich Sorgen. Diese Galerie war Berners letztes Ziel gewesen.

Das Backsteingebäude kannte er ja schon, es lag in Sichtweite von Leonhards Weingut. Die Haustür war nur angelehnt, aber auf einem Schild stand »Galerie geschlossen«. Es war ja auch noch früh am Tag. Konrad zögerte. Sollte er später wiederkommen?

In diesem Moment wurde die Tür aufgestoßen. Eine Frau im dicken Wintermantel kam ihm entgegen, die Haare unter einem gemusterten Kopftuch verborgen. »Ist denn die Galerie schon offen?«, fragte Konrad.

»Es ist niemand da. Ich bin nur die Putzfrau. Die Galerie öffnet um 11 Uhr.«

Sie drängte Konrad zur Seite und zog einen Schlüsselbund aus der Tasche. »Ich muss abschließen. Kommen Sie später wieder.«

Als er stehen blieb, sah sie ihm ins Gesicht. »Ich kenne Sie doch. War nicht Ihr Foto in der Zeitung? In einer Todesanzeige? Oder einem Nachruf? Sind Sie nicht der Mann, der in einem See im Welzheimer Wald ertrunken ist?«

Konrad schüttelte den Kopf. »Sie sollten nicht alles glauben, was in der Zeitung steht!«

Er drückte gegen die Tür. Aber die Frau fiel ihm in den Arm. »Ich glaube nicht, dass es den Herrschaften recht ist, wenn Sie außerhalb der Öffnungszeiten in die Galerie gehen. Da hängen ja wertvolle Gemälde. Und nachher bin ich wieder schuld.«

»Sie können ja die Polizei rufen. Sagen Sie einfach, eine Wasserleiche sei gerade dabei, die Galerie auszurauben. Dann kommen die gleich.«

Die Putzfrau zögerte. Dann zuckte sie die Achseln und ging kopfschüttelnd weiter. Mehrmals wandte sie sich um. Konrad betrat das Haus und kam zu einer weiteren Tür, die ebenfalls nicht abgeschlossen war. Er öffnete sie vorsichtig und trat in eine Art Empfangsraum. Ein tiefer Teppich, ein fast schon antikes Nierentischchen, schalenförmige Stühle. Vor dem Sprossenfenster das schwarze Geäst eines Apfelbaums. Auf einem der Sitze lag ein Spiralblock, wie ihn Journalisten verwendeten. Er schlug ihn auf, das erste Blatt war leer. Er hielt es schräg gegen das Licht, der Stift, mit dem Berner die Nachricht an ihn geschrieben hatte, hatte sich durchs Papier gedrückt. War sein Freund hier? Jetzt erst nahm Konrad die leise Weihnachtsmusik wahr und schritt zu den Klängen von »Ihr Kinderlein kommet« durch weitläufige Galerieräume. Süßliche Bilder an allen Wänden. Eine Tür ließ sich mühelos aufdrücken. Konrad trat über die Schwelle und blieb ruckartig stehen.

Mitten im Raum saß Berner in einem braunen Ledersessel. Blut lief ihm aus den Haaren, seine Nase war zu einem unförmigen Klumpen geschwollen. Vor ihm ein Mann in Anzug und Krawatte und eine magere Frau in einem dunklen Kleid. Sie bemerkten ihn nicht.

»Ich habe Durst«, krächzte Berner. »Bitte geben Sie mir was zu trinken.«

Die Frau führte ihm ein Wasserglas an den Mund. Jetzt erst sah Konrad, dass sein Freund mit Kabelbindern an die Sessellehnen gefesselt war. Berner schüttelte den Kopf. »Sie wollen mich umbringen. Das ist bestimmt Methanol.«

Der Mann lachte. »Normalerweise benützen wir dieses Reinigungsmittel zum Säubern von Bilderrahmen. Nun beseitigen wir eben Dreck anderer Art damit. Und was Sie betrifft, lieber Herr Berner: Sie glauben doch nicht im Ernst, dass wir Sie gehen lassen? Trinken Sie das Zeug. Es gibt angenehmere Todesarten, aber Sie hätten nicht leiden müssen, wenn Sie Merles Kaffee und ihre guten Plätzchen genossen hätten. Das Schlafmittel hätte Ihnen den Übergang von dieser Welt in eine andere erleichtert.«

»Haben Sie so auch Katharina Weisswanger und Sascha von Kerf umgebracht?«

»Ihre Kollegin war leider genauso neugierig wie Sie. Scheint eine Berufskrankheit zu sein. Der junge Mann war nur ein Kollateralschaden. Das Schloss an der hinteren Tür ist defekt. Da hat er sich wohl reingeschlichen und uns beobachtet. Er war einfach zur falschen Zeit am falschen Ort.«

»Aber warum haben Sie die Toten ausgezogen?«, fragte Berner. Seine Zunge bewegte sich wie ein trockener Stein in seinem Mund. »Haben Sie sich an ihnen vergangen?«

»Blödsinn. Ich bin doch nicht pervers. Wir haben sie getötet, weil es notwendig war. Wie Hegel, übrigens ein Kollege von Ihnen, schon sagte: ›Freiheit ist Einsicht in die Notwendigkeit.‹ So haben wir unsere Freiheit bewahrt. Übrigens nicht das erste Mal, wir leben in einer Zeit, in der das Privatleben nicht mehr geachtet wird. Deshalb bieten wir im Fall der Fälle auch gerne mal Süßigkeiten an.«

Er zupfte an seinen goldenen Manschettenknöpfen und fuhr sich mit einer eitlen Geste über die Haare. »Um Ihre Frage zu beantworten: Die beiden hatten sich vollgekotzt. Bei Methanol kommt das vor. Ich bin Ästhet. Ich kann weder den Anblick noch den Geruch ertragen.«

»Und warum haben Sie die Leichen am Friedhof und im Weinberg abgelegt?«

Korovai zuckte die Achseln. »Hätten wir sie behalten sollen? Sie waren zu nichts mehr nutze. Daher haben wir die Journalistin in den Container für Friedhofsabfälle geworfen. Dort sollte auch der Junge hin. Aber dann kam uns eine Beerdigung dazwischen. Zu viele Menschen auf dem Friedhof. Wir sind in die Weinberge ausgewichen. Das war einfacher.«

»Sie sind ein Verbrecher, genauso wie Ihr Großvater!« Berner zerrte an seinen Fesseln. »Sie tun so, als wäre es ganz normal, Menschen umzubringen. Aber das ist es nicht.«

»Tatsächlich? Wieso darf man dann im Krieg Menschen töten und bekommt sogar noch Orden dafür? Und wenn der Krieg nur einen Tag vorbei ist und man bringt einen Menschen um, dann ist man plötzlich ein Verbrecher? Wenn Sie mir schon moralisch kommen, Herr Berner, dann denken Sie auch an Ihre eigene Doppelmoral.«

Berners Stimme war nur noch ein heiseres Krächzen. »Wenn Sie mich umbringen, wird meine Redaktion Ihnen auf die Spur kommen!«

Wieder lachte der Mann. »Da machen wir uns keine Sorgen. Wenn Ihre Leiche gefunden wird, werden wir Ihrer Redaktion einen Tipp zukommen lassen. Sie sollen sich mal im Weingut Konrad umsehen. Der gute Mann steht ja ohnehin im Verdacht, seine Weine mit Methanol zu verpanschen. Heute Nacht haben wir den Schlüssel für das Weingut aus Ihrer Tasche genommen und sind in den Keller. Dort haben wir uns erlaubt, einige Flaschen zu öffnen und mit Methanol zu versetzen. Das ist der Polizei schwer zu erklären. Aber offensichtlich hat er sich ja in vorauseilendem Gehorsam selbst umgebracht.«

Konrad packte einen der massiven goldenen Bilderrahmen, die an der Wand lehnten. Mit schnellen Schritten durchquerte er den Raum und wollte ihn dem Mann über den Kopf schlagen. Der riss die Augen auf, wich aber geschickt aus. Konrad bekam einen Faustschlag auf den verletzten Arm und schrie vor Schmerz. Berner trat nach der Frau, erwischte sie aber nur am Knöchel. Konrad schlug unkontrolliert um sich und traf Korovais Ohr. Die Frau griff ihm von hinten ins Gesicht und drückte ihre Finger in seine Augen. Gemeinsam stürzten sie zu Boden. Schwer atmend hob Korovai den Bilderrahmen über Konrads Kopf.

»Halt, Polizei!«, befahl eine laute Stimme. Zwei Uniformierte betraten den Raum, dicht gefolgt von der Putzfrau. »Das ist er!«, schrie sie und deutete auf Konrad. Einer der Polizisten zog seine Pistole und gab einen Warnschuss ab. »Auseinander!«, schrie er. »Hinlegen! Alle!«

Konrad wurde mit Handschellen gefesselt, ebenso wie die anderen. Die Putzfrau hatte sich mit einem Besen bewaffnet und schlug nach ihm. Erst Berner, den die Beamten vom Polizeiball kannten, gelang es, die Guten und die Bösen zu sortieren. Mit einer Zange befreiten die Polizisten ihn von den Kabelbindern. Konrad brachte ihm ein Glas Wasser, Berner trank es in einem Schluck leer und verlangte nach einem weiteren. Der Galerist und seine Schwägerin wurden abgeführt. Nachdem alles protokolliert und das Haus mit einem Polizeisiegel verschlossen war, durften auch Berner und Konrad gehen.

»Soll ich dich ins Krankenhaus bringen?«, fragte Konrad seinen Freund. Berner schüttelte den Kopf. »Was ich brauche, Conny, ist ein dreifacher Schnaps. Mindestens. Und dann ein oder drei Bier. Und irgendwas zum Essen. Am besten einen Zwiebelrostbraten mit Bratkartoffeln.«

Konrad rief zunächst im Winnender Klinikum an. Er erfuhr, dass Clara völlig gesund sei, er solle sich keine Sorgen machen. Dann reinigte er oberflächlich Berners Wunden und fuhr mit ihm in die Innenstadt. Doch ihr Lieblingslokal, das »Flädle«, hatte zu. So, wie seltsamerweise alle Restaurants in der Stadt. Erstaunt liefen sie einige Zeit durch die stillen Gassen, bis Konrad sich an den Kopf griff: »Natürlich, heute ist ja Heiliger Abend!«

Fündig wurden sie schließlich in der Daimlerstraße, die Music-Bar Engel hatte auch an Weihnachten geöffnet. Die Wirtin musterte sie zunächst misstrauisch: Ihre Verletzungen im Gesicht machten keinen vertrauenerweckenden Eindruck. Aber sie war in dieser Bar wohl so manches gewöhnt. Sie fanden einen kleinen Tisch zwischen Tischfußball, Spielautomaten und Dartscheiben. Dort rauchten sie genussvoll ein paar von Konrads Selbstgedrehten. Der Engel war eine Eckkneipe, mehr als eine Schale Erdnüsse bekamen sie nicht. Und so stillten sie ihren Hunger mit Bier und Wein und tauschten ihre Erlebnisse aus. Konrad bestellte eine Flasche Tresterschnaps, die, wie er leider feststellen musste, von seinem Konkurrenten Leonhard stammte.

»Was wirst du jetzt unternehmen?«, wollte Berner wissen.

»Morgen fahre ich erst mal zu Hanne in die Klinik«, meinte Konrad. »Aber am zweiten Weihnachtsfeiertag gehe ich Christbaumloben!«

Berner sah ihn verständnislos an.

»So nennt man im Schwäbischen unangemeldete Besuche während der Feiertage«, grinste Konrad. »Ich denke da an ein ganz bestimmtes Weingut in Weiler.«

Berner nickte. »Mach das mal. Ich für meinen Teil verbringe die Feiertage in der Redaktion. Die Story muss gleich nach Weihnachten ins Blatt. Wenn dann nicht der

Spiegel oder der Stern bei mir anrufen oder wenigstens mein Gehalt verdoppelt wird, weiß ich auch nicht.«

Konrad fiel noch etwas ein. »Sag mal, gibt es eigentlich in Schorndorf einen Verein namens ›Der Arme Konrad‹? Der sich auf den Bauernaufstand bezieht?«

Berner überlegte. »In Beutelsbach gibt es einen Jazzclub, der sich so nennt. Irgendein Karnevalsverein in Rudersberg heißt auch so. Hier in Schorndorf hat sich 2014 eine Organisation mit diesem Namen gegründet. Es ging um Gerechtigkeit oder so. Der Aufstand fand ja 1514 statt, also damals vor 500 Jahren. Aber dann habe ich nie mehr was von denen gehört. Es waren lauter alte Männer. Warum fragst du?«

Konrad zuckte die Schultern. »Egal. Ein Bauer hat so Andeutungen gemacht. Wahrscheinlich ist nichts dahinter.«

46.

Rechts und links der A 81 lagen umgestürzte Bäume in den Feldern. Ein paar Autowracks waren noch nicht von den Seitenstreifen geräumt worden. Konrad fuhr vorsichtig, besonders als die Straße ab Villingen-Schwenningen wieder glatt wurde. Auf beiden Seiten der Bundesstraße 31 lag der geräumte Schnee meterhoch. Nach der Gutachtalbrücke bog er ab und erreichte Titisee-Neustadt. Er folgte den Schildern am Straßenrand und fand die Heliosklinik, einen weißen Schachtelbau, etwas außerhalb der Stadt, im Joostal. Die Parkplätze waren nur teilweise geräumt, Konrad steuerte Berners BMW mit äußerster Vorsicht in eine Parkbucht. Sein 2CV stand seit dem »Badeunfall« noch immer im Hof der Polizei.

Am Empfang wies er sich als Hannes Ehemann aus und erfragte ihre Zimmernummer. Das Zimmer war aber leer. Er könnte ja mal in der Cafeteria nachschauen, erklärte ihm eine Krankenschwester. Frau Konrad habe sich schnell erholt, sie sei sicher einen Kaffee trinken gegangen.

Die Cafeteria befand sich im Erdgeschoss. Er sah Hanne sofort. Sie saß in einem weißen, plüschigen Bademantel allein an einem der Resopaltischchen, eine Kaffeetasse und einen Kuchen vor sich, und las in einer Zeitschrift. Konrads Knie wurden weich, er musste mit Gewalt die Tränen zurückhalten. Seine Gefühle überwältigten ihn. Langsam trat er zu ihr.

»Konrad!« Ihre Augen weiteten sich. Überrascht stand sie auf. Der Stuhl fiel um. Im nächsten Moment lagen sie sich weinend in den Armen. »Mein Gott«, schluchzte Hanne, »ich habe dich so vermisst! Wo ist Clara? Ist sie gesund? Diese Bäuerin hat sie mir weggenommen. Ich glaube, sie ist verrückt. Bist du der Mann, der mit Clara aus dem brennenden Hof geflohen ist?«

»Es ist alles in Ordnung!« Konrad küsste ihre Stirn, ihre Augen, ihren Mund. Lange Zeit klammerten sie sich aneinander. Dann ließen sie sich auf die Stühle sinken und Konrad erzählte, wie er Clara gefunden hatte. Und dass sie zur Beobachtung noch in der Klinik war. Er erzählte von Berner und seinen Nachforschungen über die Familie des Galeristen. Dann wollte er alles über die Entführung wissen. Er war fassungslos, als Hanne ihm das Gespräch mit Friederike Winterhalter schilderte. Dass sie und ihre Schwester Ulrike ihn mit der Entführung erpresst hatten, um mit dem Geld sein Weingut zu kaufen. »Die sind doch beide verrückt«, meinte Konrad. »Und dann erzählt sie dir auch noch alles, das ist ja noch verrückter!«

»Zu diesem Zeitpunkt hatte sie bereits meinen Tod beschlossen. Ich begann es zu ahnen. Aber da war es schon zu spät. In dem Eintopf war irgendein Schlafmittel. Ich bin zu mir gekommen in einem Albtraum. Um mich herum tobte ein Schneesturm. Ich war klatschnass und lag auf einem Schlitten. Zwei vermummte Gestalten ohrfeigten mich und schrien, ich müsste wach bleiben. An den Stimmen erkannte ich Anni und Vreneli, aber ich begriff nicht, woher sie kamen und wo ich war. Mir war siedend heiß und eiskalt zugleich. Ich hörte ein ungeheures Brausen und der Himmel war von unten rot beleuchtet. Dann muss ich wohl wieder weggedöst sein, denn erst hier im Krankenhaus kam ich wieder zu mir.« Atemlos schwieg sie. »Es ist ein Wunder, dass die beiden Mädchen mich gefunden haben. Sie haben mir das Leben gerettet. Sie wollten mich auch schon hier in der Klinik besuchen, aber man hat sie nicht zu mir gelassen.«

»Was für eine schwachsinnige Idee, euch zu entführen und mit dem Lösegeld mein Weingut kaufen zu wollen! Ich hatte die Mutter der Schwestern in Stuttgart besucht, Erika Denzinger, aber dem Geschwätz der alten Frau keine Bedeutung zugemessen. Ich glaube auch diese Geschichte nicht, dass der Familie das Weingut zusteht.«

»So viel Hass«, meinte Hanne nachdenklich. »Hass kann sich vererben. Die alte Frau hasste deinen Vater, weil sie glaubte, um ihr Erbe betrogen worden zu sein. Ihren Hass gab sie an ihre Töchter weiter. Und Fritzi hasste mich, weil ich das Kind hatte, das sie sich selbst so sehr wünschte.«

»Und die Korovais? Die hatten doch keinen Grund für Hass. Der Moritz, den Karl in einem seiner Briefe an Isabella erwähnt hatte, muss doch einer seiner besten Kameraden gewesen sein. Einer aus dem Schwabennest, aus dem literarischen Zirkel.«

»Auch nach Moritz' Tod muss die Familie immer Angst gehabt haben, dass früher oder später alles ans Tageslicht kommt. Man bringt Menschen nicht einfach um. Da müssen schon enorme Emotionen im Spiel sein. Und die stärksten negativen Emotionen, die ich kenne, sind Angst und Hass. Das alles haben sie wohl versteckt hinter dem Schein einer seriösen Kunsthandlung. Es würde mich interessieren, was für Kunstwerke dieser Korovai vertritt. Ob sie seine seelische Verfassung widerspiegeln.«

Konrad schüttelte den Kopf: »Das willst du nicht wissen, glaube mir! Das ist Heile-Welt-Kitsch.«

»Vielleicht ist genau das seine Fassade. Übrigens glaube ich, dass auch Leonhard dich hasst. Du hast ihn ja ständig spüren lassen, was du von ihm als Weinmacher hältst: nichts! Du bist auch kein Heiliger, Conny! Und dann muss auch er immer Angst gehabt haben, dass die Wahrheit über den Reichtum seiner Frau irgendwann ans Licht kommt. Auch wenn es schon so lange her ist, die Angst bleibt. Angst vergiftet das Leben.«

»Du hast schon recht«, meinte Konrad. »Angst und Hass ziehen sich durch alles, was passiert ist. Und Gier kommt noch dazu. Die Verbrechen der Gegenwart hatten ihre Wurzeln weit in der Vergangenheit. Alles hatte seine Ursache darin, dass dieser Moritz Korovai 1946 meinen Onkel und seine Kameraden umgebracht hat. Alte Sünden werfen lange Schatten, habe ich irgendwo gelesen. Und alte Reben wurzeln tief.« Er stand auf. »Ruh dich aus, mein Schatz. Ich hole dich und Clara nach Hause, sobald es die Ärzte erlauben. Dann sind wir endlich wieder eine Familie.« Konrad lächelte. »Übrigens haben wir Zuwachs bekommen. Eine kleine Katze hat mich zu Clara geführt. Und dann wollte sie unbedingt auch gerettet werden.«

»Ist sie schwarz-weiß?«, wollte Hanne wissen. Konrad nickte. Hanne strahlte. »Die Mieze, die Kühe und der Gedanke an dich haben dafür gesorgt, dass ich nicht verzweifelt bin in meinem Schweinegefängnis. Was hast du jetzt vor?«

Konrad machte ein grimmiges Gesicht. »Ich muss alle Weine überprüfen, ob Methanol drin ist. Das wird mich einige Zeit beschäftigen. Zum Glück sind Drehverschlüsse verräterisch. An meinen Longcaps kann ich sofort feststellen, ob sie schon mal geöffnet wurden. Womöglich muss ich das Zeug sogar als Sondermüll entsorgen. Dann werde ich mich erst einmal ausschlafen. Aber am zweiten Weihnachtsfeiertag werde ich Werner Leonhard und seiner Frau Gerda einen Besuch abstatten. Das wird die beiden nicht freuen!«

Über Nacht hatte es gefroren, die Luft war klar und frisch, der Himmel blau. Konrad ließ Berners Wagen im Hof und genoss den Spaziergang von der Höllgasse nach Weiler. Auf einer Streuobstwiese sah er einen alten Mann kleine gelbe Äpfel von einem Baum schütteln. Bittenfelder. Sie hingen oft noch den halben Winter an den Ästen. Waren aber die besten Mostäpfel. Der Bauer winkte ihm zu. Es war der Mann vom Obststand. Er überquerte die Wiese, kam auf Konrad zu und schüttelte ihm die Hand. »Fröhliche Weihnachten!«, sagte er und lächelte. Konrad erwiderte den Gruß. »Der Arme Konrad hilft«, sagte der Mann mit sonderbarem Nachdruck. »Ich habe Ihre Äpfel nicht ohne Grund in diese Zeitungsseite gewickelt. Offenbar haben Sie den Wink verstanden.« Er lachte. »Und jetzt ist alles gut!« Er drückte Konrad einen Apfel in die Hand, lupfte seinen Hut und riss mit einem langen Haken an den Bittenfeldern. Konrad schüttelte den Kopf. Das Remstal war wirklich voll von merkwürdigen Gestalten. Er biss in den Apfel, er war ungenießbar. Konrad warf ihn weg.

Vorbei an Einfamilienhäusern ging Konrad weiter zu Leonhards Weingut. Von dort aus hatte man einen guten Blick auf die Galerie in der alten Konservenfabrik. Polizeiautos standen davor, ein paar Uniformierte wehrten Journalisten aus einem Übertragungswagen ab. Er blieb einen Augenblick stehen und dachte daran, was Berner ihm über das Schicksal seines Onkels Karl erzählt hatte. Natürlich konnte er Leonhard nicht dafür verantwortlich machen. Aber zumindest dessen Frau Gerda musste etwas gewusst haben. Schließlich war sie die Schwester des Galeristen.

Er klingelte lange und fordernd an der Tür. Gerda öffnete. Ganz in Schwarz gekleidet, mit blassem Gesicht, ein Kopftuch über den grauen Haaren. Vermutlich hatte sie schon von den Vorgängen in der Galerie ihres Bruders gehört. Sie bat Konrad herein und bot ihm einen Platz im Wohnzimmer an. Doch der schüttelte den Kopf: »Ich werde nicht lange brauchen. Hol deinen Mann.«

Auf dem Tisch lag eine geöffnete Bibel. An der Wand hing ein Kalender mit Sinnsprüchen. »Wo Licht ist, ist auch Schatten«, stand da unter dem Datum des gestrigen Tages. Wie wahr! Vier dicke weiße Kerzen brannten auf einem mit goldenem Brokatband umwundenen Adventskranz. Als Leonhard in schwarzem Anzug und blau gestreifter Krawatte das Wohnzimmer betrat, stellte er eine Flasche Grauburgunder und drei Gläser daneben.

»Wir wollten eigentlich gerade in die Stadtkirche gehen«, meinte er verlegen. »Zum Gottesdienst. Aber es ist noch Zeit. Für einen kleinen Frühschoppen wird es reichen.« In seinem Gesicht wechselten Unsicherheit und Trotz. »Hast du dich duelliert?«, versuchte er, die Situation zu entspannen, und deutete auf den Verband an Konrads Wange.

Konrad ging nicht darauf ein. Er sprach Gerda an. »Die Grundstücke, die dein Großvater meinem Onkel Karl abgenommen hat, haben heute vermutlich einen Wert von

20 Millionen Euro. Sage nicht, du hättest nichts davon gewusst. Ich nehme mal grob an, dein Anteil waren rund fünf Millionen, bar oder als Grundbesitz. Davon haben dein Mann und du dieses schöne Weingut aufbauen können. Ihr schuldet mir also fünf Millionen Euro aus dem Erbe meines Onkels Karl.«

Leonhard starrte ihn an. Dann sagte er mit unterdrücktem Zorn: »Du hättest in der Berufsschule besser aufpassen sollen, Konrad. Erstens sind die Kaufverträge für das Ackerland notariell beglaubigt und damit gültig. Die Höhe des Verkaufserlöses ist unerheblich. Juristisch hätte man höchstens Gerdas Großvater Moritz zur Verantwortung ziehen können, und der ist seit 35 Jahren tot. Was sein Erbe angeht, so habe ich mich erkundigt: Da sind alle Ansprüche verjährt. Wir schulden dir keinen Cent.«

Gerda legte ihrem Mann die Hand auf die Schulter und sah ihn eindringlich an. Konrad erkannte plötzlich, dass diese Frau schon lange unter der Schuld ihrer Familie litt. »Werner«, bat sie, »lass es gut sein!«

»Rein rechtlich mag stimmen, was du sagst«, meinte Konrad. Auf seiner Stirn hatte sich eine zornige Falte gebildet. »Aber da ihr von den Taten gewusst habt, gibt es auch eine moralische Schuld. Ich brauche der Presse nur einen Tipp zu geben, dass euer Weingut mit Blutgeld erbaut wurde. Dann kriegt ihr hier keinen Fuß mehr auf den Boden. Jeder, der euch in die Augen blickt, wird wissen, dass ihr euer Geld auf meine Kosten gemacht habt. Dann könnt ihr euren Wein selbst saufen.«

Leonhard öffnete die Flasche und schenkte sich mit zitternden Händen ein. In ihm kochte es: »Weder kann ich was für das Erbe von Gerda noch habe ich selbst was mit der ganzen Sache zu tun. So kannst du mir nicht kommen, Konrad!«

»Und du, Gerda«, fragte Konrad. »Siehst du das genauso?«

»Ich möchte endlich wieder ruhig schlafen können, Conny. Das ist alles, was ich will. Ich habe von dieser ganzen Geschichte erst erfahren, als ich schon verheiratet war. Mit Frauen hat man damals in unserer Familie über Geld oder Besitz nicht geredet. Ich wusste nicht einmal, wie groß mein Erbe ist. Auch Werner hat mit Willy über meinen Kopf hinweg die finanziellen Fragen unserer Heirat besprochen. Erst danach, als Willy einmal sehr betrunken war, hat er mir alles erzählt. Seither bete ich jeden Morgen und jeden Abend zu Gott, dass er meiner Familie vergeben möge. Und nun kann ich selbst etwas dafür tun. Da dieser ganze Besitz hier von meinem Erbe bezahlt wurde, werde auch ich über ihn entscheiden, Werner, und nicht du. Conny, was verlangst du von uns?«

»Ich schlage euch eine Lösung vor, mit der wir alle leben können. Ich informiere die Presse nicht über euren Profit aus der Erpressung und Ermordung meines Onkels. Dafür wird der Verkauf meines Weingutes an euch sofort rückgängig gemacht. Und den Verkaufspreis von 800.000 Euro werde ich euch nicht zurückerstatten. Ich nehme dieses Geld als Schmerzensgeld dafür, was eure Familie meiner zugefügt hat. Ich halte das für ein sehr großzügiges Angebot. Wenn ihr damit einverstanden seid, ist die Vergangenheit für mich erledigt. Ich werde nie wieder ein Wort darüber verlieren.«

Leonhard öffnete den Mund. Er wollte protestieren. Doch nach einem Blick auf seine Frau nickte er widerwillig.

Gerda schossen Tränen in die Augen. Sie fiel vor Konrad auf die Knie. Ihr Kopftuch verrutschte und ihre dünnen grauen Haare fielen über ihre Schultern. »Ich habe immer gewusst, dass das alles ein schreckliches Ende nimmt, Conny! Jeden Tag habe ich gebetet. Aber Willy wollte nicht auf mich hören. Und Werner auch nicht. Und Merle ist der Teufel. Immer hat sie mich wegen meines Glaubens verhöhnt. Gott alleine weiß, wie sehr ich gelitten habe.«

Konrads Mitleid hielt sich in Grenzen. Er verließ das Haus und ging leise vor sich hin pfeifend durch den kalten Morgen zu seinem Weingut. In der Küche brühte er einen starken Filterkaffee, füllte ihn in eine Thermoskanne, nahm seine Rebschere, fuhr mit dem Schlepper auf den Grafenberg und begann, die jungen Satin-Noir-Reben zu schneiden. Für ihn eine der schönsten Arbeiten im ganzen Weinjahr. Ab und zu blieb er stehen und blickte auf das von der Wintersonne beschienene Schorndorf, die Häuser der Altstadt, den spitzen Turm der Stadtkirche, das rote Rathaus. Dann zog ein Wolkenschleier vor die Sonne, große Schneeflocken fielen aus dem Himmel und verzauberten die Weinberge. Er war froh, dass er nicht nach Neuseeland hatte auswandern müssen.

47.

Die dünnen Töne der Friedhofsglocke störten die Rabenkrähen, die zu dicken Klumpen gedrängt auf dem Dach der Aussegnungshalle hockten. Schwerfällig flatterten sie der Stadt zu. Nasskalt strich der Wind um Gräber, immergrüne Sträucher und die schwarzen Äste der unbelaubten Bäume. Wenige Menschen hatten sich um ein frisch ausgehobenes Grab versammelt. Neben Konrad im gefütterten Kapuzenparka stand da sein Freund Berner in einem langen schwarzen Mantel mit elegantem rotem Schal. Neben ihm sein Sohn Schorsch. Dann eine dunkelhaarige Frau, Monika Burri, die in ihrer dünnen Windjacke vor Kälte zitterte. Und ihre über 80-jährige Mutter Barbara, umhüllt von einem in allen Farben leuchtenden Poncho. Konrads Frau Hanne hatte die Arme um zwei rothaarige Mädchen gelegt, Anni und Vreneli, die in ihren gesteppten Winterjacken wie aufgeblasen wirkten. Zu Hannes Füßen im Maxi-Cosi lag die kleine Clara, von der nur eine winzige, gerötete Nase zu sehen war. Wer fehlte, war die nächste Verwandte des Toten, seine Tochter Erika Denzinger. Konrad hatte sie nicht eingeladen, er hätte ihre Gegenwart nicht ertragen können. Und natürlich fehlten Karls Enkelkinder, Ulrike und Friederike, die aus unterschiedlichen Gründen verhindert waren.

Wenige Tage zuvor hatte Konrad Besuch von Polizeihauptkommissar Heinz bekommen: »Ihr Verdacht hat sich bestätigt, Herr Konrad«, meinte der Kommissar: »Bei den Knochen handelt es sich um Ihren vor 77 Jahren verstorbenen Onkel Karl Ernst Konrad. Aus den Haaren in der Dienstmütze konnten wir genügend DNA entnehmen, um die Knochen eindeutig identifizieren zu können.«

Karls Mütze hatten Hanne und er in einer Truhe auf dem Speicher gefunden. Zusammen mit seiner Paradeuniform, die er wohl nicht mit in den Krieg hatte nehmen wollen. In einem ersten Impuls hatte Konrad alles verbrennen wollen. Denn Mütze und Uniform enthüllten ein Geheimnis, von dem er lieber nichts gewusst hätte. Aber Hanne hatte ihm abgeraten: »Besser, du nutzt das Zeug, um die Identität deines Onkels klären zu lassen.« Also ließ er einen DNA-Abgleich machen.

Nun war es also offiziell: Was da vor ihnen in einem schlichten Fichtenholzsarg lag, waren die sterblichen Überreste seines Onkels Karl Ernst Konrad. Geboren am 17. Januar 1917, ermordet nicht von seinem Bruder Richard, sondern von seinem Kriegskameraden Moritz Korovai.

Das Erdreich des Grabes war mit grünem Tuch ausgekleidet. Konrad stand davor und schwieg. Er wusste, dass er ein paar Worte sagen sollte. Aber es fiel ihm schwer. Denn die Kopfbedeckung seines Onkels war eine grauschwarze Schirmmütze, wie sie Infanterieoffiziere der Waffen-SS getragen hatten. Mit Reichsadler und Totenkopf. Dass der Bruder seines Vaters Mitglied der SS gewesen und damit nicht der Wehrmacht, sondern ausschließlich »Reichsführer« Himmler unterstellt war, dass er damit zu den schlimmsten Verbrechern dieses verbrecherischen Krieges gezählt hatte, konnte Konrad nur schwer ertragen.

Ausgerechnet dieser feinfühlige Mann, der im Unterstand an der Front noch Gedichte rezitiert und über Kunstwerke diskutiert hatte, der Briefe voller Sehnsucht und Liebe an seine Verlobte geschrieben hatte. Aber es gab keinen Zweifel: Die Mütze war am Innenrand namentlich gekennzeichnet.

Die Totengräber sahen Konrad fragend an. Er gab sich einen Ruck. »Lieber Onkel Karl«, sagte er. »Du hast in einer Zeit des allgegenwärtigen Hasses gelebt. Wir wissen inzwischen, dass du für das, was in Norwegen geschehen ist, Buße tun wolltest. Du und fünf deiner Kameraden. Aber ihr habt nicht mit der Angst und vor allem der Gier des Siebten gerechnet. So musstest du im Alter von nur 29 Jahren sterben. Hinterlassen hast du eine junge Frau mit ihrem ungeborenen Kind. Die Geburt deiner Tochter Erika durftest du nicht mehr erleben. Was auch immer du im Krieg getan oder nicht getan hast, lieber Karl, aus deinen Briefen an Isabella weiß ich, dass du geliebt hast. Vielleicht kommt es ja auch nur darauf an: dass man liebt und dass man geliebt wird. Deshalb, Karl, wollen auch wir in Liebe an dich denken.« Er sah sich unsicher um. Sollte er noch etwas Pathetisches sagen wie »Ruhe in Frieden«? Oder »Gott sei mit dir«?

Hanne griff nach seiner Hand und zog ihn einen Schritt zurück. Plötzlich erklang hinter ihm Musik. Er erkannte das alte Oscar-Peterson-Stück »East of the Sun«. Eines seiner Lieblingsstücke. Und vielleicht – vielleicht – hatte auch der SS-Offizier Karl Ernst Konrad dieses Stück gekannt und geliebt. Er lächelte vor sich hin. Hanne grinste. Hinter einem Gebüsch traten die Musiker hervor. Ein paar kannte er. Sie gehörten zu einer Band, die jedes Jahr bei seinem Herbstfest unter den Isabellareben auftraten. Es war klar, dass Hanne das arrangiert hatte.

»Und jetzt«, wandte er sich an die Trauergemeinde, »fahren wir alle zusammen ins ›Flädle‹. Passend zu dem nasskalten Wetter wird uns der Koch einen herzhaften Gaisburger Marsch servieren! Er möge uns Magen und Herz erwärmen!« Konrad küsste Hanne, nickte den Totengräbern zu und freute sich auf ein gutes Viertele. Schon wollte er zum Wagen gehen, da trat Barbara Burri neben ihn. »Conny, hast du noch einen Augenblick Zeit?«

»Klar.« Er winkte den anderen: »Ihr könnt ja schon mal zum Wagen gehen. Laufen wir ein Stück?«, fragte er Barbara.

Sie lächelte. »Sei doch so lieb und zeige mir das Grab von Richard!«

»Kanntest du ihn denn?«, fragte Konrad erstaunt.

»Kennen ist zu viel gesagt.« Sie hakte sich bei ihm ein. »Aber natürlich waren wir in der Nachkriegszeit häufig im Remstal. In Stuttgart gab es ja nichts zu essen. So haben sich meine Eltern und ich regelmäßig mit Rucksäcken auf den Weg gemacht. Im Gepäck allerlei Tauschwaren, vor allem Nippes und so Zeug, das den Bauern gefiel. Einmal sogar unsere einzige Spätzlespresse. Um dann festzustellen, dass der Bauer schon fünf solcher Dinger im Schrank hatte!« Sie lachte. »Wenn wir nichts eintauschen konnten, haben wir eben Äpfel geklaut. Oder Birnen. Oder wir haben Schlehen gepflückt, Brombeeren, wilde Himbeeren, im Wald Pilze gesammelt, Haselnüsse, Bucheckern für ein bisschen Öl – was man eben so findet. Und natürlich Heizmaterial, vor allem Tannen- und Kiefernzapfen, das war ja erlaubt.« Sie schwieg einen Augenblick. »Dabei haben wir natürlich auch Richard besucht. Er hat ja das Weingut bewirtschaftet, während sein Bruder Karl im Krieg war.«

Konrad hörte aufmerksam zu. Es war das erste Mal, dass ihm jemand von der Vergangenheit seiner Familie erzählte. Barbara Burri sah zu ihm hoch. »Dein Vater war damals ein fröhlicher Mann. Wenn er im Weinberg gearbeitet hat, hat er immer gesungen. Mich hat er an meinen Zöpfen gezogen, im Spaß natürlich, ich war sechs oder sieben Jahre alt.«

Konrad schüttelte den Kopf. »Das kann nicht sein. Mein Vater war eine Mauer aus Schweigen. Er kannte nur Beten und Arbeiten.«

Sie lächelte. »Damals war er ganz anders. Einmal haben wir sogar zu zweit einen Ausflug mit dem Traktor gemacht. Hoch in den Schurwald, zum Tannenzapfen- und Reisigsammeln. Er hat eine Decke auf den Waldboden gelegt und wir haben ein richtiges Picknick veranstaltet. Natürlich gab es nur eingemachte Äpfel und Butterbrote, aber ich habe mich fast erwachsen gefühlt, ich war glücklich.«

Konrad versuchte, sich seinen Vater mit 28 Jahren vorzustellen, fröhlich den Traktor steuernd, Volkslieder singend, die kleine Barbara strahlend auf dem Notsitz. Im Hänger Säcke mit duftenden Tannenzapfen und Büscheln von Reisig. Es gelang ihm nicht. »Ich habe in den Unterlagen meines Vaters seltsame Bibelzitate gefunden. Da hieß es unter anderem: ›Geh nicht ins Haus deines Bruders, wenn dir's übel geht.‹ Glaubst du, Richard und Karl hatten Probleme miteinander?«

»Das weiß ich natürlich nicht. Ich war ja ein Kind. Aber stell dir mal vor, du als der ältere Sohn rechnest fest damit, das Weingut zu bekommen. So, wie es in landwirtschaftlichen Familien Brauch ist. Dann zieht dein jüngerer Bruder in den Krieg und dein Vater teilt dir mit, dass er das Weingut bereits ihm überschrieben hat. Obwohl du die ganze Arbeit machst. Wie würde es dir dabei wohl gehen?«

Konrad nickte. »Du hast recht. Ich glaube, das war Karl auch bewusst. Sonst hätte er das nicht rückgängig gemacht, als er aus dem Krieg kam.«

»Aber ich wollte etwas anderes mit dir besprechen, Conny. Kannst du eigentlich rechnen?« Barbara sah ihn spöttisch an. »Wenn ja, hättest du doch längst draufkommen müssen.«

Konrad verstand nicht. »Worauf kommen, auf was willst du hinaus?«

Sie waren beim Grab seiner Eltern angelangt und blieben stehen. Alles voller Unkraut, die Ligusterzweige standen noch in der Vase, aber sie waren verdorrt oder erfroren. »Jetzt pass mal auf«, sagte Barbara, trat vor ihn und packte ihn am Revers seiner Jacke. »Richard hatte seine erste Frau, Margret, schon kurz nach dem Krieg verloren. Wie du sicher weißt, starb sie an einer Sepsis. Sie hatte sich mit einer Rebschere in die Hand geschnitten. Er war also solo und fühlte sich wahrscheinlich auch ziemlich verlassen. 1946, im selben Jahr, verschwand sein Bruder Karl, angeblich ausgewandert nach Amerika, tatsächlich aber ermordet von diesem Moritz Korovai. Dein Vater sah gut aus damals, das kannst du mir glauben, trotz seinem verkürzten Bein. Isabella war wunderschön. Beide hatten keinen Lebensgefährten mehr. Sie hungerten nach Trost. Was glaubst du wohl, was passiert ist?«

Konrad protestierte. »Du willst doch nicht etwa sagen, dass Richard und Isabella – nein, das glaube ich nicht. Niemals.«

Barbaras Lächeln fiel dieses Mal ziemlich maliziös aus. »Deshalb habe ich dich gefragt, ob du rechnen kannst, lieber Conny. Du hast mir erzählt, dass die Auseinandersetzung zwischen Karl und diesem Korovai gleich nach deren Rückkehr aus dem Krieg eskaliert ist. Dass Karl ihm schon am 17. Januar 1946, seinem Geburtstag, alle diese Grundstücke verkauft hat. Und noch am selben Tag gab er das Weingut seinem Bruder Richard. Schon am 18. Januar muss er ermordet worden sein, wenn stimmt, was auf der Rückseite dieses alten Fotos steht, das Berner mir gezeigt hat. Und jetzt, mein Lieber, kommt die Preisfrage: Wie konnte er dann sechs Wochen später, um den 6. März 1946 herum, Erika zeugen? Denn die ist ja am 6. Dezember 1946 geboren und Isabellas Schwangerschaft hätte ansonsten über zehn Monate dauern müssen!«

Konrad starrte sie an, völlig perplex. »Aber das ist doch Unsinn. Das hätte auch Erika schon immer wissen müssen. Sonst hätte sie doch nie behauptet, sie sei Karls wahre Erbin!«

»Ach ja? Hast du denn jemals nachgerechnet, wie lange du im Bauch deiner Mutter warst, Conny? Kinder fragen nie nach so etwas.«

»Aber wenn Isabellas Kind gar nicht von Karl stammt, dann muss es nicht unbedingt von meinem Vater sein. Es könnte doch auch ein Besatzungskind gewesen sein. Damals hatten viele Frauen ein ›Bratkartoffelverhältnis‹ zu amerikanischen Soldaten! Jeder musste sehen, wo er bleibt.«

Barbara wiegte den Kopf. »Das ist natürlich möglich. Aber ist es auch wahrscheinlich?« Sie zog einen goldenen Anhänger aus der Tasche. »Den hat Isabella mir geschenkt, als ich 15 wurde. Zur Konfirmation. Wahrscheinlich hatte sie nichts anderes zu verschenken, sie war ja arm. Aber vielleicht hat sie auch einfach vergessen, was auf der Rückseite eingraviert war.«

Sie reichte Konrad das kleine Schmuckstück. Die goldene Kette rieselte in seine Hand. Ein Herz. Er drehte es um. »In Liebe von Richard für Isabella«, stand da. Nicht »von Karl für Isabella« – von Richard für Isabella!

»Warum sind sie dann nicht zusammengeblieben? Richards Frau Margret war tot, Isabellas Karl war verschwunden. Beide waren frei. Und Isabella war von ihm schwanger. Warum haben sie nicht geheiratet?«

»Das kann ich dir leider nicht sagen. Warum trennen sich Paare? Im Streit um Kleinigkeiten? Weil der gegenseitige Trost in der Not nicht für ein ganzes Leben reicht? Oder weil die Vergangenheit die Liebe erdrückt? Isabella ist dann jedenfalls nach Stuttgart und hat dort ihr Kind auf die Welt gebracht. Dass dann Richard ein anderer Mensch wurde, frömmelnd, humorlos, verbissen in seine Arbeit, wundert mich nicht. Er hatte innerhalb eines Jahres seine Frau Margret verloren, seine Geliebte Isabella und seinen Bruder Karl. Und im selben Jahre ist auch noch sein Vater gestorben. So etwas geht doch nicht spurlos an einem Menschen vorbei! Über 20 Jahre hat er gebraucht, um sich wieder mit einer Frau zusammenzutun, deiner Mutter Ella.«

Konrad schwirrte der Kopf. »Dann wäre ja Erika Denzinger meine Halbschwester. Dieses böse Weib. Die ihre Töchter, also meine Nichten, dazu angestiftet hat, Hanne und Clara zu entführen. Das kann ich nicht glauben. Und erbberechtigt wäre sie dann auch noch! Nur nicht über meinen Onkel, sondern direkt über meinen Vater! Was für ein Wahnsinn!«

Barbara Burri nahm seinen Arm und zog ihn vom Grab weg. »Lass uns zu den anderen gehen, Conny. Mir wird langsam kalt.«

EPILOG

Am 6. Januar, dem Dreikönigstag, servierte Konrad seinen Gästen einen selbst gemachten Sauerbraten mit viel Soße, Spätzle und Salat. Gemeinsam feierten Hanne und er mit Berner, Anni, Vreneli und Schorsch in der Wohnung über dem Weingut. Im Kaminofen flackerte ein kräftiges Feuer, es roch nach Marinade und Harz. Der Regen peitschte gegen die Fenster. Berner trank zu viel und bekam den Moralischen. »Nicht mal ein Foto habe ich von Ulrike«, jammerte er. Die beiden Mädchen schleppten ihn durch die nasskalte Nacht in seine Wohnung. Sie brachten ihn ins Bett und deckten ihn warm zu. Er schlief schon, als sie die Wohnungstür leise schlossen.

Leonhard hatte das Weingut nach den Feiertagen wie versprochen wieder an Konrad überschrieben. Nicht ohne ihn darauf hinzuweisen, dass er diese milde Geste nur der Güte seiner Frau Gerda zu verdanken habe. Mit den knapp 750.000 Euro vom Lösegeld – die Kuh hatte doch mehr Scheine gefressen als angenommen – erwarb Konrad das neben dem Betrieb stehende Eckhaus in der Höllgasse. Dort richtete er eine klassische Besenwirtschaft ein: nur 40 Plätze, nur einfache Speisen, nur wenige Wochen im Jahr geöffnet. So wie es Karl der Große im Jahre 800 in seiner Landgüterverordnung »capitulare de villis vel curtis imperii« festgelegt hatte. Das war zwar nur eine Legende, aber eine schöne Geschichte, so Berner, sei allemal besser als eine langweilige Wahrheit. Anni, Vreneli und Berners Sohn Schorsch besserten dort regelmäßig ihr Taschengeld in Küche und Service auf. Eine kleine, schwarz-weiße Katze wurde zum Maskottchen und sorgte dafür, dass die Wirtschaft im Volksmund schon bald den Beinamen »Katzenbesen« erhielt.

Für die Anstiftung ihrer Töchter zur Entführung von Hanne und Clara wurde Konrads Halbschwester Erika, geborene Denzinger, verwitwete Perler, nicht zur Verantwortung gezogen: Ein Gutachter bescheinigte ihr fortgeschrittene Demenz. Sie zog ins Haus Morgenstern, ein Alten- und Pflegeheim mit gemütlichen Zimmern. Sie war fest davon überzeugt, in einem Luxushotel zu leben, dessen Kosten das Weingut Konrad aus ihrem Erbe bestreiten musste. Und dabei lag sie nicht einmal so falsch. Denn Konrad überwies dem Heim regelmäßig einen gewissen Betrag. Anfangs fragte Erika noch nach Ulrike, bis auch die Erinnerung an ihre Lieblingstochter hinter dem dichter werdenden Schleier der Demenz verschwand.

Der Galerist Willibald Korovai und seine Schwägerin Merle wurden wegen Mordes an Katharina Weisswanger und Sascha von Kerf zu einer lebenslangen Freiheitsstrafe verurteilt. Merle nahm sich bereits bei Haftantritt in Stuttgart-Stammheim das Leben. Sie entriss einem Wärter die Pistole und schoss sich in den Kopf.

Friederike Perler, verwitwete Winterhalter, genannt Fritzi, erholte sich schnell. Das Messer war im Brustbein stecken geblieben, lebenswichtige Organe waren nicht verletzt worden. Auch Verbrennungen hatte sie nicht erlitten. Sie bekam fünf Jahre Haft für Entführung und Erpressung, kam aber wegen guter Führung schon nach drei Jahren wieder auf freien Fuß. Dass der denkmalgeschützte Schwarzwaldhof nach dem verheerenden Brand nicht wieder aufgebaut werden konnte, war ihr Glück. Ein großer Teil des Hofgeländes wurde Bauland. Der Erlös dürfte bei rund 1,5 Millionen Euro liegen. Wie ein Heiligtum hütet sie in ihrer Zelle eine Säuglingspuppe, die sie Isabella nennt. Nie erhielt sie Besuch. Auch nicht von Konrad, dem Halbbruder ihrer Mutter.

Dass Konrad seinen Tod durch Ertrinken vorgetäuscht hatte, blieb ohne Folgen. Berner hatte in der Kürze der Zeit weder einen Totenschein beantragen noch seinen Anspruch als Begünstigter der Lebensversicherung geltend machen können. Dass Konrad seine Badesachen am Aichstruter Stausee vergessen und seinen Wagen auf dem dortigen Parkplatz hatte stehen lassen, konnte ihm nicht als Vortäuschung seines eigenen Todes angelastet werden. Auch für die Kosten der versuchten Bergung wurde er nicht verantwortlich gemacht. Schnell geriet der Vorfall in Vergessenheit, zumal die Polizei mit dem Fund zweier Leichen im Stausee immerhin einen Erfolg vorzuweisen hatte.

Der Sohn von Margarete Haldenwag wurde wegen Mordes an seinen Großeltern und einem Mordversuch an seiner Mutter zu einer hohen Freiheitsstrafe verurteilt. Er arbeitete in der Putzkolonne des Gefängnisses und soll dort eines Tages Reinigungsmittel getrunken haben.

Ein Bauer, der auf dem Schorndorfer Wochenmarkt einen Obst- und Gemüsestand betrieb, kam gelegentlich im Katzenbesen vorbei. Statt sein Viertele zu bezahlen, legte er immer einen Apfel auf den Tisch. Eingewickelt in braunes Papier. Konrad nahm es mit Humor. Bis er eines Tages das Einwickelpapier glatt strich. Es war ein

Mitgliedsantrag. Von einem Verein namens »Der Arme Konrad«. »Sie brauchen Hilfe?«, stand darauf. »Wir helfen unseren Mitgliedern in allen Lebenslagen.« Langsam begann er doch, neugierig zu werden. Er nahm sich vor, die unter dem Antrag stehende Telefonnummer anzurufen. Aber dann vergaß er es wieder.

Ulrikes Leiche im Hinterzartener Hochmoor wurde nie gefunden. Berner glaubte fest daran, dass sie sich hatte retten können. Er träumte davon, dass sie eines Tages an seine Tür klopfte, in ihrem schwarzen Wollmantel und ihrer durchbrochenen Bluse. Eine Flasche Rémy Martin stand immer bereit, das Bett war stets frisch bezogen, die Wohnung aufgeräumt. Regelmäßig zog er seine Joggingschuhe an, um für den Fall der Fälle in Form zu bleiben …

ENDE

DANKSAGUNG

Vor 25 Jahren nahm ich an einer Weinverkostung teil. Ein Wengerter, hochdeutsch: Winzer, sprach mich an: »Ihr Journalisten, ihr trinkt alle gern Wein«, sagte er. »Aber ihr habt keine Ahnung, wie schwer es ist, Wein zu machen!« Dann fixierte er mich: »Aber dir bring ich's bei!« Und das tat er dann auch. Wolfgang Haidle aus Kernen-Stetten, seiner Familie und meinen Weinberggenossen Markus Polinski und Manne Munder verdanke ich mein ganzes Weinwissen. Die Fehler gehen allein auf meine Rechnung.

Es hätte dieses Buch nicht gegeben ohne Dr. Patrick Baumgärtel von der Schoneburg-Agentur in Berlin. Er hat mich schon unterstützt, als mein Manuskript noch eine andere Struktur und einen anderen Inhalt hatte. Er hat nicht aufgegeben, bis er den passenden Verlag und mit dem Verlag die Lektorin Teresa Storkenmaier gefunden hat. Bessere Helfer kann man sich nicht wünschen!

Meinen Schorndorfer Lesern danke ich für ihr Verständnis, dass ich meine und ihre Heimatstadt aus dramaturgischen Gründen etwas umbauen musste: Natürlich gibt es in der Höllgasse kein Weingut und dort, wo ich den Betrieb des niederträchtigen Winzers Leonhard verortet habe, stehen Einfamilienhäuser. Längst abgerissen ist die alte Ziegelei, in der ich die Galerie Korovai untergebracht habe.

Meiner Frau, Christina Richter, danke ich für ihre unendliche Geduld: Es kann kein Vergnügen sein, mit einem Mann zusammenzuleben, der mitten im Gespräch mit abwesendem Gesichtsausdruck ins Leere starrt. Danke, mein Schatz!

WILDIS STRENG
Gassenfest
HOHENLOHE-KRIMI
GMEINER